狂野白云淖尔

马铮 著

文化藝術出版社
Culture and Art Publishing House

图书在版编目（CIP）数据

狂野白云淖尔 / 马铮著. —北京：文化艺术出版社，2020.10
ISBN 978-7-5039-6971-3

Ⅰ.①狂… Ⅱ.①马… Ⅲ.①长篇小说—中国—当代
Ⅳ.①I247.5

中国版本图书馆CIP数据核字（2020）第172849号

狂野白云淖尔

著　　者	马　铮
责任编辑	董良敏
责任校对	董　斌
书籍设计	姚雪媛
出版发行	文化藝術出版社
地　　址	北京市东城区东四八条52号（100700）
网　　址	www.caaph.com
电子邮箱	s@caaph.com
电　　话	（010）84057666（总编室）　84057667（办公室） 　　　　　84057696-84057699（发行部）
传　　真	（010）84057660（总编室）　84057670（办公室） 　　　　　84057690（发行部）
经　　销	新华书店
印　　刷	国英印务有限公司
版　　次	2020年11月第1版
印　　次	2020年11月第1次印刷
开　　本	710毫米×1000毫米　1/16
印　　张	24
字　　数	340千字
书　　号	ISBN 978-7-5039-6971-3
定　　价	60.00元

版权所有，侵权必究。如有印装错误，随时调换。

目 录

1. 序曲 / 001
2. 牛魔王初来草原 / 010
3. 摔跤：三战三胜 / 024
4. 动物世界（一）/ 036
5. 动物世界（二）/ 046
6. 动物世界（三）/ 053
7. 揭竿而起 / 061
8. 配种 / 069
9. 上海姑娘 / 079
10. 有缘千里来相会 / 093
11. 遭遇盗马贼 / 100
12. 偶遇老情人 / 112
13. 好事儿多磨 / 123
14. 打马鬃 / 135
15. 驯马 / 144
16. "猫冬"：杀牛宰羊 / 155
17. 庖丁解牛 / 167

18. 猫鼠和平共处 / **175**

19. 营救奎木狼 / **180**

20. 狩猎野兔、狐狸 / **189**

21. 牛魔王出走 / **196**

22. 儿骆驼 / **202**

23. 朝鲁、乌日娜话当年 / **213**

24. 白毛风 / **225**

25. 牛魔王归来 / **236**

26. 荒野的呼唤 / **247**

27. 初恋 / **255**

28. 飞蝇"隔空甩子"的绝技 / **264**

29. 上学 / **274**

30. 问世间情为何物 / **285**

31. 奎木狼终成正果 / **298**

32. 大黄狗之死 / **304**

33. 二豆的婚事 / **317**

34. 男大当婚,女大当嫁 / **329**

35.又见高考 / **340**

36.回城 / **354**

37.尾声 / **363**

序曲 1

  草滩,黑色的草滩;夜,深沉的夜。

  大地仿佛睡去,唯有天上的星星还在不停地眨眼,密密麻麻,离地面那么近,仿佛你只要往前走,就能走到星河中去。

  月亮出来了,没有热情,没有力量,只是不声不响地缓缓升起。然而繁星退去了,当暗红色的月光洒向草原,原来灿烂如锦的星河时隐时现,淡若云烟。

  "哞——哞——",一头老牛在草滩上徘徊,幽灵一般,喘着粗气,拖着沉重的脚步。月光照在它的身上,在它身后拖下一条长长的影子。它昂起头,伸长脖子,对着那团火球,扬起双角,发出阵阵哀嚎,似乎要倾诉一肚子怨气。

  "哞——哞——",老牛爬上一座土岗,孤零零的,瘦骨嶙峋,两只眼睛发出幽蓝的光。

  坡下不远处有三座蒙古包,包前立有两根拴马桩,包后有一个篱笆围就的小牛圈,圈里有四十多头牛犊;稍远处还有一个大羊圈,圈里有几百只绵羊,不时可听到沉重的鼻息声,原来那里是一个普通的蒙古营盘。

老牛不敢走上前,但它也不愿转身离去,因为那里有它的爱和恨。

老牛对着蒙古包发出低沉的吼叫,一声又一声,一声比一声悲愤,令人心碎。在这静谧清朗的草原之夜,刺耳的吼叫是如此不协调,以致吼叫声沉寂下去之后,你会感到周围静得可怕;而当吼叫声突然发出,划破寂静,在草原上滚滚而过,犹如鬼哭狼嚎,令人心惊胆战。

其实这只是一头老牛,颤抖着四肢,弱不禁风,已经走到生命的尽头。它把体内仅剩的一点精力,化作一口气,拼死吼了出去。是对逝去岁月的眷恋,是对现实遭遇的愤懑,也是对即将到来的死亡的一种恐惧。

于是它铆足气力拼死一吼,不管结果如何,直到一头倒下。

突然,一个蒙古包的小窗户闪出亮光,微弱暗淡。老牛瞧见了,它知道自己的吼叫终于有了结果,也许是可怕的结果,但它并不畏惧,大不了一死而已。

老牛掉转身子,叹息着,慢慢离去。

蒙古包里,老牧民巴雅尔找出小烟袋锅子,在炕桌腿上狠狠敲打了一阵,装上一袋烟,点着火抽了起来。

他的老伴乌兰惊醒,欠身问:"深更半夜,又怎么了?"

巴雅尔阴沉着脸,不说话。

"是不是牛魔王那个老家伙?"

"明天我非宰了它不可!"

"怪可怜的……"乌兰说着,打一个哈欠,翻身又睡去了。

巴雅尔吧嗒着烟袋锅子,瞅着煤油灯发呆,好像在思考什么,其实脑子里空空如也。他喜欢直来直去,不愿意费心劳神。对他来说,宰一头牛犹如碾死一只臭虫,这一辈子他宰过的牛,何止千千万万,从没眨过一回眼。况且这头牛老了,没用了,又是皮包骨头,肉也煮不烂,还真不值得脏一回手呢。

第二天早晨天一放亮,巴雅尔醒来,乌兰已经挤回牛奶,烧好奶茶。见他一屁股坐到炕桌前,忙拿一个碗,用一块黑破抹布,将碗擦得锃光瓦亮,倒一碗奶茶,放至巴雅尔面前,又拿出炒米、奶皮子、奶豆腐、手扒肉,满满摆了一桌子。

巴雅尔端起碗嘬了一口,烫得他差点没跳起来。又放了两个屁,把昨晚生的一肚子闷气,也顺便放了出去。这一下他心满意足了,抓起一把炒米撒到奶茶里,再放几块奶豆腐、奶皮子,美美地喝了几碗。

喝完奶茶,巴雅尔从地上捡了一根绳子,起身走出蒙古包。乌兰问他去哪儿?他一声不吭,背着手朝白云淖尔方向走去。

在蒙古语中,"淖尔"的意思就是"湖泊"。白云淖尔犹如镶嵌在草原上的一颗明珠,方圆几十平方公里,清波荡漾,鱼跃鸟翔,周遭水草丰美,是马、牛、羊、驼的乐园。

在干旱少雨的大草原,大自然能形成这样一颗"草原明珠",全赖有一条白云河。白云河也不知源于何处,弯弯曲曲,从沙漠深处缓缓而来,初似涓流,逐渐变大,终至奔腾咆哮,最后流入白云淖尔。

白云淖尔是白云河的归宿,白云淖尔就变成了湖。

巴雅尔抬起手遮住眼,向白云淖尔那边望去,只觉满眼的绿色。

那是一种酣畅的绿,在汇聚,在拥挤,浓绿中绽起一簇簇异彩纷呈的小花。剽悍的骏马踏起尘烟,牛群在清澈的水泡子里嬉戏,大片大片的羊群,如绿丝绒上缀满珠玑。

巴雅尔没有兴致欣赏眼前的景色,天天如是,早就习以为常。在牧人的意识里,绿总比黄好,绿代表生,黄代表死,生生死死,循环往复。如果草原一年常绿,那么在枯黄寒冷的冬季,就不必为牲口的瘦弱死亡而辛苦憔悴了。

巴雅尔走到湖边的大草滩,在牛群中转悠,但没有找见牛魔王。这个老家伙躲到哪儿去了?巴雅尔想,算它命大,让它再多活一天吧。

巴雅尔不慌不忙地往回走,长期的游牧生活使他养成一种近似达观的慢性子,凡事能干则干,不能干绝不勉强,心安理得。

牛魔王老了,死期将至,早晚也是死,早一天,晚一天,又有什么区别?

巴雅尔走上一个土包,发现前面草丛里卧着一团黑乎乎的东西,心里一动,似乎有一种直觉,就走了过去,仔细一看,果然是牛魔王。

牛魔王瞧瞧巴雅尔,无动于衷。仍旧努动嘴巴,转动舌头,竭力要把夜里吃下去的一点草消化掉。它并不感到有什么乐趣,只是为自己尽一点义务。

巴雅尔蹲下身,仔细打量这头老牛,大吃一惊,他没想到牛魔王会瘦成这般模样:只剩一副骨头架子,骨头一根一根的,透过那张斑驳脱落、又脏又癞的皮,可以看得清清楚楚。它那两只大眼睛浑浊不清,黯然无光,对世间的一切,包括它自己在内,都漠然视之。

绿草蓝天已经勾不起它的丝毫兴趣,阳光也难在它身上留下一丝暖意……

巴雅尔的怜悯之心油然而起,眼前突然闪现出过去牛魔王高大威猛的身影。此一时彼一时也,世间万物由生而死,由死而生,变化之快叫人不可思议。

巴雅尔摇头叹息一番,伸出手拍拍牛魔王的头,趁机将绳子套住它的犄角,然后站起身拉一下绳子,牛魔王不动;又拉一下,牛魔王仍不动,巴雅尔咬牙狠命一拽,牛魔王这才摇摇晃晃站起,无可奈何地跟在巴雅尔身后,一步三晃地走了回来。

回到营盘,巴雅尔把老牛拴在马桩上,进入蒙古包,从立柜里找了一把薄薄的宰牛刀,又从哈纳墙上找一块油石,往上啐两口唾沫,开始磨刀。

正磨着,他的小女儿斯琴其其格推门走了进来,问道:"阿爸,您把牛魔王捉回来做什么?"

"宰!"巴雅尔闷声闷气,头也不抬。

"宰?没肉吃了吗?"

"它这辈子跳过多少母牛,它的肉能吃?"

"既然不能吃,您何必还宰它?"

"它晚上老跑来吼，吼得我睡不着觉。"

"这也难怪，牛魔王有怨气……"

"什么怨气？"巴雅尔停下来，抬眼看着小女儿，好像不认识她。

"您就留它一条命，让它自生自灭吧。"

"非宰不可！"

"我姐肯定不同意。"

"天王老子来了也不行！"

斯琴其其格生气了，一甩手走出了蒙古包。女儿深知阿爸的脾气，就像牛脖子，他要认准一个理儿，脖子一梗，十匹马也拉不回来。

斯琴其其格走到牛魔王面前，摸着它的大脑袋，心里充满了歉疚："牛魔王，对不起，是阿爸要杀你，他老了，自己也不知道在干什么。我们对不起你，可你为什么一定要跑回来呢？草原这么大，何不找一个没人的地方躲起来，安安稳稳去死，让谁也不知道……"

牛魔王似乎听懂了小主人的一番话，抬起它那又丑又大的脑袋，在斯琴其其格的大腿上蹭来蹭去，颇有依依不舍之情。

斯琴其其格跑去装了半水斗高粱，送到它嘴边，说："吃吧，牛魔王，死也要做一个饱死鬼！"

牛魔王只是闻了闻，没有动嘴。岁月无情，它的牙已经被磨损得残缺不全，高粱虽然好吃，可惜它吃不动了。

斯琴其其格心一酸，眼泪不觉流了下来。

"行啦，别婆婆妈妈了，我的乖女儿。"背后传来巴雅尔沙哑的声音，像一口破锣，"你的这点孝心，哪怕分给阿爸、阿妈十分之一，我们也就心满意足了。"

斯琴其其格小脸涨得通红，扔下手中的高粱，抄起地上的马鞍，一甩扔在背上，拔腿就走。

乌兰问她："你又去哪儿？"

斯琴其其格头也不回："找我的小红马。"

"找小红马去哪儿？"

"去找我大姐!"

巴雅尔嘿嘿冷笑了几声,手上一把薄如裁纸刀的宰牛刀,闪闪发出寒光。斯琴其其格去找她大姐,确实击中了他的要害。他的这个大女儿名叫阿斯茹,大学生,公社种畜站站长。而且她与牛魔王的感情极深,她要是不让宰,巴雅尔也不敢不听。

巴雅尔心想,那么多年了,心里的结仍旧化不去,不都因为这个畜生吗?不如趁阿斯茹还没回来,一刀宰了它,即便阿斯茹来了,生米已煮成熟饭。一刀便了却二十年的恩怨,不也是一大快事?

想到这里,巴雅尔不再犹豫,大步走到牛魔王面前,右手握刀,左手去摸牛魔王脖子上脊骨接缝处。摸准了,正准备一刀扎下去,忽然手臂被人死死抱住,回头看时,却是他的老伴乌兰。

"老头子,也许丫头说得对,你何必跟牲口一般见识呢?"

巴雅尔怒不可遏,心说:女儿咱惹不起,老婆也越来越不听话。现在虽说改革开放了,可也没改到老婆骑在汉子头上拉屎吧?他用力一甩,将乌兰甩了个趔趄。乌兰就势捂住脸,呜咽说:"好你个老不死的,孩子都这么大了,你还敢打我,我也不过了,咱们离婚!"

"咦,"巴雅尔颇感诧异,"要说打你,好歹也打了三十多年,你从没提出离婚,今天是怎么啦?"

"离婚,今天就离!我和其其格过,你一个人单过,晚饭你自己做吧!"

巴雅尔一听,顿时像泄了气的皮球,瘪了下去。巴雅尔自诩是个硬汉,可你让他做饭,那还不如要他的老命呢。

巴雅尔想投降,说句服软认输的话,可一时又放不下架子,只好有气无力地说:"你敢罢工?"

乌兰冷笑着说:"我就罢工,有本事去告我!"

"你敢罢工,我就敢告你,有什么不得了?不过看在老夫老妻的分上,我就包庇你一回吧……"

老夫既要"徇私舞弊",老妻也心存感激,老夫老妻又和好如初。

巴雅尔宰了一只羊，准备为大女儿接风。他是个宰羊的老手，宰一只羊，放血、剥皮、剔骨，分成八块，还不到二十分钟。蒙古族人宰羊从不"大抹脖"，嫌"大抹脖"太"小儿科"，粗俗鲁莽，不似行家所为。蒙古族人宰羊讲究"掏心"，在羊的上腹部切一个两三寸的小口，伸进手去，拉断羊的大动脉。这样羊血全流进腹腔，剥完皮后，羊肉干干净净，不见一滴血，而流进腹腔的羊血，又可以灌血肠，没有丝毫浪费。

巴雅尔宰羊，乌兰在一旁打下手，灌血肠、清理内脏。等一切收拾停当，你再看巴雅尔，叼着烟卷，优哉游哉，除了双手，浑身上下不见一丝血迹。不像我们这些城市里来的知识青年，宰一只羊，弄得浑身血污不堪，一看便像嗜血成性的"屠夫"。

"哞——哞——"

太阳快落山的时候，牛魔王突然又吼了起来，巴雅尔老两口忙起身迎了出去。

阿斯茹、斯琴其其格两姐妹骑着马走进营盘，好一对姐妹花，整个营盘顿显生机盎然。

阿斯茹招呼说："阿爸、阿妈！"

老两口满脸是笑，心里乐开了花。

阿斯茹跳下马，径直走到牛魔王面前，解下它头上的绳子，说："走吧，牛魔王！"

牛魔王可不想走，伸出大舌头舔阿斯茹的手，又舞动大脑袋在阿斯茹腿上蹭来蹭去。见了旧主人，分外亲热，一个行将入土的老家伙，表现得竟如孩子一般。

阿斯茹没办法，转身向远处走去，牛魔王跟在后面，像孩子跟着母亲。

走了很久，也走了很远，阿斯茹停下身，拍着牛魔王说："走吧，走吧。"

序曲

牛魔王很听话，慢慢往前走，又一步三回头，恋恋不舍。

送走牛魔王，阿斯茹回到蒙古包。乌兰已经备好晚饭，一壶奶茶、一盆手扒肉、一屉包子。一家人席地而坐，笑语喧哗，其乐融融。

巴雅尔拿出一瓶酒，说："阿斯茹，陪阿爸喝一杯。"

阿斯茹一笑说："好啊。"

巴雅尔用牙咬开瓶盖，倒了两盅酒。

斯琴其其格说："我也喝！"

巴雅尔脸一板："小孩子家喝什么酒！"

"大姐能喝，我为什么不能喝？"

斯琴其其格回身从立柜的小抽屉里拿出两个酒盅，说："给阿妈也倒一盅。"

巴雅尔瞪大眼睛，这可是自古以来没有的事，难道今天要坏了规矩？转念一想，眼下明摆是三女一男，就是举手表决，也只输不赢，既然如此，何必再充什么恶人呢。

大女儿是金，小女儿是银，老婆是什么？老婆是宝。知足吧，巴雅尔！

巴雅尔哈哈一笑，又倒下两盅酒。

四个人端起酒盅，斯琴其其格说："为牛魔王……"

巴雅尔生气了："不为阿爸，也不为阿妈，为什么为这个畜生？"

"牛魔王今天险成刀下之鬼，难道不该为它逃过这一劫干一杯？"

"好，为刀下之鬼干一杯！"巴雅尔一饮而尽。

阿斯茹说："阿爸，您为什么要宰牛魔王？"

巴雅尔说："它已经老得不成样子，再活也痛苦。"

"您也不想想，谁都能宰，唯独咱们不能！"

"为什么？"

"咱们当不起这个罪人，您难道忘了，正是您把牛魔王引到咱们这里。它已经成为图腾，遍身环绕光环。您要是宰了它，人家会骂咱们忘恩负义、残忍、嗜血成性……人家不会相信它老弱不堪，是您一刀解除了它临死前的痛苦煎熬，人家会说您谋财害命，是个杀人不眨眼的刽子手……"

"图腾？图什么腾！"

巴雅尔连干了三盅酒，脸立刻变得通红。他意犹未尽，还要再喝，被乌兰伸手拦住了。

还谋财害命，还杀人不眨眼，一头老牛而已，至于说得那么邪乎吗？巴雅尔觉得，女儿有点太夸大其词了……

2 牛魔王初来草原

"牛魔王"出身名门,血统高贵,是一头来自荷兰的种牛。

1970年,"文化大革命"如火如荼,内蒙古也是重灾区。说也奇怪,就在这个时候,有关方面从荷兰引进几头种牛,目的是帮助牧区改良畜种。

当时,巴雅尔是白云淖尔公社红旗大队的党支部书记,接到通知去旗里开会,议题便是如何分配从荷兰引进的种牛。

会上,旗革委会副主任乌力吉说:"这一次上级给我们分配了两头种牛,只有两头。一方面这是上级领导对我们的关心爱护,另一方面也有一定风险。为什么这么说,因为这种牛是第一次引进,过去谁也没见过,结果怎么样也很难预料。所以这一次不做硬性分配,你们哪个大队愿意要,可以自愿报名……"

下面数十位公社、大队的基层干部,一个个都耷拉着脑袋,沉默不语。俗话说"出头的橡子先烂",当时正处于一个敏感时期,动辄就给你扣一顶大帽子,谁敢往前伸头呢?这些人虽然只是基层小干部,但也如"泥菩萨过河,自身难保",所以大家都抱着"无过便是有功"的思想,过一天算一天。

乌力吉有点急了，点名说："巴雅尔，你们大队来一头吧？"

巴雅尔不说话。

"你是老党员，你们大队为什么叫红旗大队，你总没忘记吧？"

红旗大队原名白云淖尔大队，以白云淖尔命名。后来白云淖尔大队畜种改良做得好，成为旗里的一面旗帜，就改名为红旗大队。

这个名还是乌力吉亲手改的，"文化大革命"前乌力吉是旗长，白云淖尔大队是他一手扶持起来的先进单位，他觉得"白云淖尔"这个名虽然也不错，但不如"红旗"两个字响亮，便一手包办，将"白云淖尔"改为"红旗"了。

老旗长亲自点将，巴雅尔也不好驳他的面子，勉强说："那我们就来一头吧。"

不过他心里还有点嘀咕：过去红旗大队搞畜种改良，主要是从新疆引进种马和种羊，好歹是一个国的事，现在却成两个国的事了。人家荷兰公牛愿意和咱蒙古母牛交配吗？生出来的小杂种不中不洋，又是个什么东西？

对于这一点，他心里还真没底。

巴雅尔回到大队，将接收荷兰种牛的任务交给了北京来的知识青年罗明。他觉得北京知青见多识广，对付一头外国种牛大概不成问题。但罗明的蒙古语较差，想给他配一个助手，一时找不到合适的人选，就叫自己的大女儿阿斯茹陪罗明一块儿去。

当时阿斯茹才15岁，小学毕业，刚升入初一，就赶上了"文化大革命"。学校停课闹革命，她一直辍学在家。最近听说学校要复课，但阿斯茹已经玩野了，不愿意再到学校去受罪。这一次阿爸叫她陪罗明去接荷兰种牛，她心里别提多高兴了。小姑娘长这么大，除了蒙古包外，就是大草原，最远也就去过公社。去一趟公社就像过年，回来也要说三天三夜。

这一次去接牛，可以去旗里、盟里逛一遭，你说她能不高兴吗？

不过罗明可不高兴，在他眼里，阿斯茹是个什么也不懂的小丫头，土里土气，就知道傻笑。和他这个北京学生相比，实在不太般配。两人一起出去办事，别人看到他身边跟着一位半大的蒙古族姑娘，会怎么想？不了解情况的人，也许会以为他正和这位蒙古族姑娘谈恋爱，甚至说他拐骗少女也不一定呢。

  北京的学生想法还真多。

  罗明和阿斯茹去马群挑了两匹好马，又去公社开了介绍信和防火证，然后骑马上路。

  不是有汽车吗，为什么不坐车？这也是风俗习惯使然。蒙古族人号称"马背上的民族"，视马如同生命。能骑马的地方，他们绝不坐车，尽管车比马要快得多。

  骑一匹剽悍的骏马，手持套马杆，呼啸而来，呼啸而去，狂放不羁，风流倜傥。

  这是一个蒙古族男人挥之不去的梦！

  罗明不是蒙古族人，他对马没有那么深的感情，但也不得不入乡随俗。他来内蒙古大草原已经两年多，还从未骑马走过这么长的路。所以还没到旗里，他的屁股已经磨破了。

  罗明忍着痛，生怕阿斯茹瞧出来笑话他。但你既骑马，又不敢屁股挨马，那副受罪的窘相谁又瞧不出来呢？

  阿斯茹抿嘴一笑："罗明哥，是不是屁股磨破了？"

  罗明说："没有，没有。"

  "把我的马换给你骑吧。"

  "你的马就不磨屁股？"

  "我的马腰软。"

  罗明细瞧阿斯茹骑的马，那是一匹小红马，走起路来又碎又快，而且随着它走路的频率，腰也有节奏地一陷一陷，显得十分柔软。不像他的马，走起路来腰只会往上弓，硬得像一道钢梁。

  罗明知道自己上当了。在马群挑马的时候，阿斯茹就劝他别要这匹马，但他相中这匹马高大威猛，骑着有派。

上当又能怨谁呢？只能怨自己。

好不容易到了旗所在地，两人先找一车马店安顿下来，然后去旗畜牧局开了介绍信。

休息了一夜，第二天两人又上路。罗明的屁股还未恢复，阿斯茹把自己的小红马换给他骑。

小红马腰软软的，罗明感觉好多了。可一看阿斯茹，感觉显然比他还好，骑着高头大马，威风凛凛，把罗明也比矮了许多。走到空旷处，阿斯茹挥鞭打马跑了一圈，那马风驰电掣如流星一般，阿斯茹回来，连称："好马，好马！"

罗明不禁有点失落，莫非这畜生也会欺侮人？他骑它屁股磨破见了血，阿斯茹骑它却如鱼得水。罢罢，看来骑马是骑不过这个小丫头了。

傍晚掌灯时分，两人来到锡林郭勒盟，找了一家旅馆，先把马安顿好，拴进马棚，卸下马鞍，喂马吃草，饮足了水。然后两人洗了脸，出去吃饭。他们找了一家国营饭馆，要了十张肉饼，两碗羊肉汤。这里的肉饼远近闻名，薄薄的肉饼可以看见里面的馅，吃一口满嘴流油。两人也饿了，放开大吃，如风卷残云。

阿斯茹说："没吃饱。"

罗明说："五张还不饱？"

"我才吃了四张！"

罗明又要了十张肉饼，一人五张，也都吃了下去。

吃完了饭，回到旅馆。两人也累了，早早歇息，一宿无话。

第二天，两人去畜牧局接洽种牛的事儿，被告知种牛还在路上，恐怕要等几天。究竟得等几天？也不好说，总之，等就是了。

"要不你们先回去，等牛来了，我再通知你们？"畜牧局的人说。

罗明一想，来一趟也不容易，屁股都磨破了。要是再折腾一趟，恐怕屎也折腾出来了。还不如就蹲在这里等呢。

谁知一蹲就是七八天，蹲得人心烦意乱。主要是无处可去，无事可干，整天吃饭、睡觉，百无聊赖。

这里是盟所在地，却没有什么像样的建筑。除了盟委有一座二层楼，大街上一眼望去全是黄色的泥土房屋。盟所在地只有一条不长的大街，大街上有一家不大的百货商店，进去一看只有一些简单的日用品，也没什么可买的，转一圈就出来了。前面有一家新华书店，罗明是读书人，见了书店自然要"顶礼膜拜"一番。进去一看不禁大失所望，那么大的书店只有一两本书，罗明只好退了出来。大街的尽头有一家电影院，一天两场，只演一部样板戏。这个戏连阿斯茹都看过五六遍，你说还有什么意思呢？

两人乘兴而来，败兴而返，只好回旅馆睡大觉。

晚上，罗明正在灯下看书，阿斯茹推门走了进来，说："罗明哥，就你一个人吗？"

罗明说："昨晚还有一个人，今天走了。"

"那我在你这儿睡吧？"

"开什么玩笑！"

"我那屋来了一个老太太，脏得要命，浑身虱子，我可不愿跟她一屋睡。"

"她有虱子也是咬她，又不咬你，你怕什么？"

"昨晚刚睡下，我就听见她那边的虱子，嗖嗖嗖嗖，都跑我被窝来了。浑身一通乱痒，只好跳下床，打开灯，翻开被子捉虱子。你猜我捏死多少只虱子？"

罗明只觉浑身上下一通乱痒，阿斯茹捋开袖子，让罗明看她手臂上咬的包，又解开衣领的扣子，让罗明看她脖子上咬的包。她还要往下解，罗明赶紧制止了她。

"反正我就在你这儿睡了，赶我也不走。"阿斯茹说着，一头倒在床上，不大一会儿就打起了呼噜。

罗明心里暗骂："死猪！"

过了一会儿，阿斯茹忽然睁开眼睛，问："罗明哥，你怎么还不睡?"

罗明说:"你睡你的,少管我。"

"那你有虱子没有?"

"那还能没有,兴许比你那屋的老太太还多呢。"

"我帮你捉捉!"

阿斯茹翻身跳下床,跑过来,翻开罗明的被子,坐到罗明身边,开始捉虱子。罗明只管看书,也不理她。

士子读书,红袖挑灯,本是一幅温馨浪漫的图画。可惜眼下是士子读书,红袖捉虱,一点点浪漫都让虱子闹没了。打住,其实罗明心里可没有一丝一毫的绮念,阿斯茹太小,还是个孩子,罗明对她一点兴趣也没有。

第二天一早,旅店的服务员来找罗明,告诉他盟畜牧局来了电话,说荷兰种牛已经运到。罗明和阿斯茹赶紧跑到畜牧局,终于见到他们盼望已久的"西洋怪兽"。

两人都吓了一跳,他们原也想到荷兰种牛要比本地牛大一些,可没想到会是这么大。

究竟有多大?可以比较一下。

草原上什么动物最大?骆驼!这头牛虽然没有骆驼那么高,却比骆驼大得多。

"牛魔王!"罗明仔细打量这头体形庞大的怪兽,心中惊诧不已,三个字不由脱口而出!自此,这头种牛便得了一个"牛魔王"的外号。

《西游记》里是怎样描写牛魔王的?《西游记》第六十一回"猪八戒助力败魔王,孙行者三调芭蕉扇"有这样的描写:"牛王嘻嘻地笑了一笑,现出了原身——一只大白牛,头如峻岭,眼若闪光,两只角似两座铁塔,牙排利刃。连头至尾有千余丈长短,自蹄至背有八百丈高下。对行者高叫道:'泼猢狲,你如今将奈我何?'……"

罗明不是孙悟空,也没有孙悟空那么大的本事。面对眼前这个牛魔王，他可真有点不知如何是好了。

怎么把它弄回去呢？用车拉吧，盟里没那么大的车，即便有那么大的车，还得有十几个棒小伙，前拉后推，费尽九牛二虎之力，也不一定能把这个庞然大物弄上车。过程中要是不小心伤了它，自己可就吃不了兜着走了。

罗明回身请教畜牧局的同志，牛是怎么运回来的？据畜牧局的同志讲，这一次他们一共运回两头荷兰种牛，从呼和浩特至锡林郭勒盟，也没用车运，而是花钱雇了十几个民工，骑马赶回来的。

所以只能用最土、最原始的办法，让牛自己走，人从后面赶。

最原始的办法，也许就是最好的办法。

罗明和阿斯茹先回旅馆结账，带出自己的马，然后又到畜牧局，放出了牛魔王。

牛魔王一开始还老实听话，顺着锡林郭勒盟那条唯一的大街，慢慢向前走去。罗明和阿斯茹牵着马跟在后面，颇为悠然自得。他们觉得牛魔王身躯虽然庞大，但性格还算温顺。

阿斯茹说："初来乍到，它还认生呢。"

他们很快就走出了锡林郭勒盟所在地，前面有一条路，是通往白云淖尔唯一的路。依罗明的意思，还是顺着路走为好，至少不会迷路。阿斯茹说："顺着路走光秃秃的没有草，你让牛魔王吃什么？再说天黑了咱们睡哪儿？"

罗明假装生气："那你说怎么走？"

阿斯茹说："朝咱们大队的方向，斜插过去就是了。"

"那要走丢了怎么办？"

"只要能遇到蒙古包，就不会走丢。"

两点之间的距离以直线为最短，是初中几何学过的定理，怎么一到实践，还不如一个小丫头片子呢？

两人骑上马，将牛魔王从路边赶向草滩。那草先是稀稀疏疏，逐渐繁密，忽然走进齐腰深的草丛里。牛魔王大喜，贪婪地大口吃草，赶它也不走了。

罗明大声吆喝,挥舞手臂连轰带吓,牛魔王向前跑了十几步,猛又掉头跑了回来,依旧吃草。阿斯茹挥鞭抽它两下,那牛魔王还真记仇,立刻昂起头,两只铜铃般的眼睛瞪向阿斯茹,拔腿向她逼来。小姑娘吓得转身就跑,可两腿发软,跌了一个跟头,连滚带爬,嘴里喊着:"救命,救命……"

其实牛魔王只是逗她玩,追了两步,就停下了,又低头吃草。

两人累了一身臭汗,也没把牛魔王赶多远。幸亏牛吃草是一边走一边吃,不停地吃,不停地走。所以你也不用赶它,跟着它走就是了。只是牛吃草没有方向,哪儿草长得高,长得密,它就往那儿去。两人跟在牛魔王后面走了一会儿,罗明估计,离他们大队又远了五里地。

幸亏还只是五里地!

这时,阿斯茹发现前面不远处有两个蒙古包,烟囱里冒出缕缕炊烟,兴奋不已:"罗明哥,咱们去喝碗奶茶,歇一会儿吧?"

罗明说:"牛跑了怎么办?"

"它能跑到哪儿去?"

"要喝你喝,我得看着牛。"

阿斯茹丢下罗明,飞马向蒙古包跑去,不大一会儿带了一个中年汉子走回来。

那人一见牛魔王,也吓了一跳,张大了嘴半天也合不拢。他拿一根皮条,拴了一个死套,轻轻走到牛魔王面前,趁它正专心吃草,把套套在了牛的犄角根处。

牛魔王警觉地抬起头,吓得那人跑到一边去了。

三个人一人在前面牵牛,两人跟在后面赶牛,费尽吃奶的力,满头大汗,终于把牛弄到蒙古包前。

中年牧民喘着气说:"不行,这样可不行,这样你们还是弄不走它!"

阿斯茹说:"大哥,你是老草原,你可有什么好法子?"

牛魔王初来草原

"不行给它穿个鼻环吧!"

俗话说"牵牛要牵牛鼻子",怎么牵牛鼻子?这位中年牧民要为我们做一个真切的演示:首先他找了一截食指粗的树枝,把一头削尖;然后给牛的前腿扣上马绊,叫罗明和阿斯茹死死拽住牵牛的皮条。做了这样一些准备工作以后,他握紧削尖的树枝,朝牛魔王鼻子中间的隔膜死命一戳,牛魔王一疼,身子立了起来,又像铁塔般落下,大脑袋往右一甩,罗明和阿斯茹跌出几米多远;又往左一甩,牛嘴撞到中年牧民的胳膊,他老兄飞了起来,重重摔在地上,不省人事了。

罗明和阿斯茹也顾不得身上的疼痛,爬起来扑向中年牧民:"大哥,您怎样了?"

蒙古包里的婆婆、媳妇、孩子也都跑了出来,孩子不懂事,吓得哇哇直哭。

中年牧民悠悠醒来,连说"没事,没事",只是胳膊已经不能动了。

这一次幸亏是牛嘴撞到胳膊,要是牛角戳到其他部位,他老兄怕是要一命呜呼了。

其实他老兄的方法本没有错,草原自古也是如此:在牛鼻膜上刺一个洞,穿一个铁环,环上再拴绳子。牛的鼻子比较敏感,你只要拉绳子,牛怕疼只好乖乖跟你走了。

"牵牛要牵牛鼻子"讲的就是这个道理。

可惜牛魔王的鼻膜太厚,他仍然依葫芦画瓢,又怎么能成功?险些连命也搭进去了。

经此一劫,罗明和阿斯茹也被弄得灰头土脸,垂头丧气,虽然天色还早,他们也不愿意走了。这个牛魔王太累人,还是好好休息休息,无论什么事明天再说吧。他们放牛魔王去吃草,远远跟着,心有余悸,不敢拂逆它的旨意。幸亏周围的草还算茂盛,牛魔王始终没走多远。太阳快落山的时候,两人试着把牛魔王往回赶,可牛魔王不理他们,仍旧往前吃,越走越远。正彷徨无计时,中年牧民走来,说:"打桶水试试。"

罗明跑去,打一桶水来,递到牛魔王面前。那牛也渴了,低头一饮而尽。

中年牧民说:"你别叫它都喝光了!"

罗明说:"你早说呀。"

"你知道阎王他二大爷是怎么死的?"

"怎么死的?"

"笨死的!"

阿斯茹嘻嘻一笑,罗明可不觉有什么好笑,一瞪眼:"你去打!"

阿斯茹噘起小嘴:"你就知道欺负我。"

她拿起水桶,慢悠悠走回营盘,从井里打了小半桶水,又慢悠悠走回来。离牛还有一丈多远,她放下水桶,牛朝水桶走来,刚走到跟前,她拎起水桶往后退,退了十余步,又放下水桶,牛又跟了过来,就这样将牛引到营盘里。

罗明抓住牛角上的皮条,把牛魔王拴在马桩上。打水喂它喝,那牛足足饮了三大桶方罢休。罗明又顾虑马桩不结实,牛魔王一高兴,把马桩连根拔起也是可能的。就把牛改拴在一个石辘轳上。那个石辘轳足有五六百斤,想必牛魔王也奈何不得。

太阳已经落山,空旷的草原逐渐暗淡下去,只有天边还露出一道黑红色的晚霞。

中年牧民说:"趁着天还没黑,打点草吧。"

罗明和阿斯茹拿起镰刀,跑到草密的地方,割了一捆青草,足有五六十斤。

回到营盘,天已全黑了。只见女主人骑着马,把他们放牧的羊群赶了回来,男主人迎了上去,两口子吆喝着,把羊圈进柳笆墙围就的羊圈里。

一干人回到蒙古包,男主人点起煤油灯,女主人开始做饭。她也没洗手,和面、擀面、切条,又从哈纳墙上拿了两条晾干的羊肉,胡乱切成块儿。男主人点火烧水,等水开了,把面条和肉一起扔进锅里,也没有菜,一大锅羊肉面就这么完成了。

"不干不净，吃了没病。"罗明和阿斯茹每人吃了两大碗。

吃完饭，女主人拿出被褥，铺床，张罗睡觉。当时也没有电视，牧民晚上也没什么好干的，只有吃饱了就睡，早睡早起。罗明尽管很不习惯，也不得不入乡随俗。

蒙古包太小，两个大人、两个孩子，再加上罗明和阿斯茹，一共六个人，如何睡得下呢？女主人叫丈夫去婆婆那屋睡，男主人答应了，起身要走，罗明和阿斯茹忙说："不如我们去婆婆那屋睡。"

两人出了这个蒙古包，又进那个蒙古包。只见婆婆已在靠近炉灶的一边睡下，两人怕虱子，远远离开婆婆。

罗明不放心牛魔王，出去探望一番。只见牛魔王老老实实站在那里，就把那捆青草放在它的面前，让它吃点"夜宵"，吃饱了，也就不想走了。

回到蒙古包，阿斯茹已经睡下，罗明有点犯难。一边是婆婆，一边是阿斯茹，他该如何应付这个局面？

犹豫再三，他还是选择了阿斯茹，吹了灯，走过去，也不脱衣服，在阿斯茹脚边躺下。

他觉得这样就足以证明自己的清白了。

其实，他的想法很幼稚，因为"清白"不是那么容易得到的。

阿斯茹突然坐起身，抓起枕头放到罗明头边，侧身躺下。

罗明很生气："你又跑到这边来干吗？"

阿斯茹说："我可不闻你的臭脚丫。"

"我连马靴都没脱。"

"脱呀，谁拦着你了？"

罗明转身不理她了，不久两人便沉沉睡去。

第二天一早，罗明猛然惊醒，听到外面有牛叫的声音，大牛小牛，此起彼伏，相互应答。其中是否有牛魔王的声音，他还分不太清。正想起身，忽然发现阿斯茹光光的胳膊搭在他的胸前，吓了一跳。这要让人瞧见，跳进黄河也洗不清了。忙把阿斯茹的胳膊拿开，见她睡得正酣，又帮她盖好被子。

罗明走出蒙古包，见牛魔王正伫立在晨光的熹微中。太阳刚刚升起，草原笼罩着一片红晕。随着太阳渐渐升高，红晕也渐渐褪去。

女主人正准备挤奶，三十余头母牛围在牛圈外面，母牛叫小牛，小牛应母牛，声音一阵紧似一阵。

这么些母牛站在不远处，牛魔王并没有动情，只是静静地瞧着它们。第一次见面，总要表现一点绅士风度。不错不错，看来牛魔王还不是轻薄好色之徒。

也有母牛瞥见了牛魔王，这是个什么东西，难道也是我们的族类吗？走近几步想要瞧个仔细，可一见它那庞大的身躯，如泰山一般，吓得浑身哆嗦。牛魔王"哞"地叫了一声，像是要招呼她们。可那些母牛都是"土包子"，没见过什么世面，忽然掉头逃走了。

女主人打开牛圈的门，母牛鱼贯而入，找到自己的小"宝贝"，又是闻，又是舔。小牛昂起头，用嘴去撞母牛的乳房，开始吃奶。

小牛的撞击是一种刺激，可以促使母乳加速分泌。女主人趁机挤奶，犹如和小牛抢食儿一般。忽然女主人哼起了小曲儿，婉转悠扬。罗明走上前观看，据说哼曲儿可以促进牛乳分泌，果然不大工夫女主人就挤了两大桶奶。她把奶提回，放进蒙古包外的小"崩克"（用柳条编的筐状物，高一米多，直径约两米，倒扣在地上）里，这两桶奶一桶做奶食，另一桶要卖给公社乳品厂，换些零花钱。

罗明叫醒阿斯茹，两人起床的第一件事不是洗脸刷牙，而是去抓马。昨天晚上他们把马放出去吃草，虽然也给马上了马绊，但一夜的时间你很难预测马到底去了哪里。在草原没有马寸步难行，所以起床要把马抓回来才安心。多亏附近的草长得不错，两人没走多远，便在一个小山包后面发现了他们的马。两人给马戴上嚼子，解开马绊，把马牵了回来。

女主人已烧好奶茶，罗明和阿斯茹喝了几碗，吃了些奶食，随即告辞上路。男主人送出来，指点了大致的方向。两人放开牛魔王，骑上马，向男主人拱拱手，赶着牛魔王走了。

白吃，白住，不用付一分钱。吃罢，住罢，拍拍屁股走人。这就是游牧民族的习惯。

在草原的游牧民族中，多少还保持一点原始社会的遗俗：家庭中由女人"主事"。家中的事，举凡放牛、放羊这些基本生产劳动，以及洗衣、做饭、挤奶、看孩子、捡牛粪等家务事，大都由女人承包了。那么男人干什么呢？男人整天骑着马，手持套马杆，俗称"戳腚棍子"，走东串西，四处溜达。男人整日不着家，你上我家吃住，我上他家吃住，你的就是我的，我的就是你的，大家亲如兄弟姐妹，好似一家人。

这一路，罗明和阿斯茹不知住了多少家的蒙古包，吃了多少家的饭，如果没有这么一点"便利"，他们就要受苦遭罪了。

牛魔王实在太累人，它是国外引进的"宝贝"，担负着改良草原畜种的重任，谁敢亏待它？不仅不敢亏待，还得像对待孩子一样哄着它。它要吃草，你就得停下来看它吃；它要往东，你得先顺着它往东，然后想法哄它调整方向。实在忍无可忍，两人只好采取最原始的方法，一人牵牛，一人赶牛，如同步行。明明有马却要步行，而且是长途跋涉，其难可知。尤其到了夜晚，安顿牛魔王是件费心费力的事儿。一夜要起来三四趟查看照料，怕它渴着、怕它饿着、怕它跑了、怕它被什么东西伤害。如此担惊受怕，还能睡安稳吗？

由盟里到红旗大队，骑马走不过两天的路程，但这一趟罗明和阿斯茹却走了十五六天。

为什么？还不是因为带着牛魔王。当他们把牛魔王带回红旗大队，人都变了模样，面容憔悴，又脏又黑，见他们的人都吓了一跳，认也不敢认了。

后来，大队管理员白银仓大爷回忆当时的情景说："我正纳闷，也不知从哪儿冒出两个黑鬼，带着那么老大一头牛。我寻思跑这儿干吗来了？"

多少年后，当牛魔王声名鹊起，闻名遐迩之时，它如何从荷兰来到中国，又如何从盟里来到红旗大队，成了一段佳话，常为人所津津乐道。罗明和阿斯茹托牛魔王的福，也成为佳话中的主人翁。

一段青春岁月时的经历，平淡无奇，也不知是爱还是恨，叫人这辈子无法忘记。

3 三战三胜：摔跤

荷兰种牛。

当时草原的牧民也曾产生一个疑问：荷兰在哪儿？它是以牛著称于世的吗？

荷兰是北欧的一个小国，历史上曾崛起为海上强国。它的崛起不是因为牛，而是因为鱼。

每到夏季，就有大批的鲱鱼游到荷兰北部的沿海区域。14世纪时，荷兰的人口不到100万，却有大约20万人以捕鱼为生，小小的鲱鱼为五分之一的荷兰人提供了生计。生活在北海边的其他国家、其他民族也都组织了捕捞鲱鱼的船队。

富有戏剧性的是，一个普通的渔夫和他的一把小刀最终奠定了荷兰垄断鲱鱼贸易的地位。

鲱鱼贸易最挠头的环节是保鲜，在那没有冰箱冷柜的时代，捕捞上来的鲱鱼很快会臭掉，这极大地限制了鲱鱼贸易的发展。这时有一个聪明的荷兰渔夫，名叫威廉姆，发明了一种简单处理鲱鱼的方法，即用一把小刀将鲱鱼肚子剖开，取出内脏，去头，把盐放在里面，这样就可以保存一年多的时间。这个方法看似简单，却使荷兰的渔船可以放心大胆地在海上长期作业，深入更远的海域，大量打包运输腌制的鲱鱼，成批量出口到其他国家。

在17世纪初的北海上，有500余艘被称为"鲱鱼公交车"的荷兰大型专业捕鱼船四处游弋，每个捕鱼季节能够收获3万多吨鲱鱼，鲱鱼也就成了荷兰崛起的"第一桶金"。捕鱼对各类船只的需求推动了造船业的兴起。这个只有数万平方公里，土壤贫瘠、地势低洼的小国通过海上贸易开始铸就一个伟大的商业帝国，凭借小小的鲱鱼走进了辉煌灿烂的黄金年代，源源不断地从世界各地吸取着财富。有人曾经这样描述当时的荷兰："挪威是他们的森林，莱茵河两岸是他们的葡萄园，爱尔兰是他们的牧场，普鲁士、波兰是他们的谷仓，印度和阿拉伯是他们的果园……"

如今在威廉姆的家乡小城，人们为他竖起了一座全身铜像。"他"一手拿着小刀，一手握着鲱鱼，注视着远方，仿佛在回忆鲱鱼给这个国家带来的辉煌。

随着时间的推移，荷兰这个曾经的商业帝国不可避免地走向衰落。原因也很简单，这个国家太小，人口也太少，而且仅凭鲱鱼贸易也很难维持商业帝国的繁荣与发展。

如今的荷兰给人留下的印象是鹿特丹、奶粉和牛。鹿特丹作为世界第一大港的历史，就是从一只只装满咸鲱鱼的大缸开始的。荷兰的奶粉有口皆碑，荷兰的牛高大威猛，无论走到哪里都惊世骇俗。比如牛魔王，从遥远的荷兰来到中国内蒙古草原，也产生了惊天动地的影响。可惜它来得不是时候，正赶上了"文化大革命"。

牛魔王初来红旗大队，立即陷入动乱之中。你也许会奇怪，一头牛与动乱何干？这也是大环境使然，想躲也躲不开。

还在罗明和阿斯茹去接牛的时候，公社一些造反派去红旗大队，将党支部书记巴雅尔抓到旗里，关进"劳改营"，罪名是"崇洋媚外"、破坏"抓革命，促生产"，指的就是巴雅尔接受荷兰种牛这件事。

"崇洋媚外"还好理解，怎么又破坏"抓革命，促生产"了呢？畜种改良明明是"抓革命，促生产"，但某些人混淆是非，指鹿为马，反而成了罪名。

造反派也有"理论家"，他们说：荷兰牛高大威猛，本地牛瘦弱矮小，确实不假。但是，荷兰牛能与本地牛联姻生子吗？要是生出的下一代像马和驴生出的骡子一样，不能生育可怎么办？这是一场阴谋，目的是要本地牛断子绝孙，逐渐消亡。

巴雅尔既然想让本地牛断子绝孙，所以他就是破坏"抓革命，促生产"，因此也就成了历史罪人。

对历史罪人怎么办？先抓到"劳改营"干几天苦力再说吧！

其实造反派的矛头主要还是乌力吉，想要趁机把他打倒，巴雅尔只是一只小小的替罪羊而已。

巴雅尔被抓，群龙无首，大队的领导班子也瘫痪了。罗明和阿斯茹虽然将牛魔王平安带回大队，但却没人接管这头牛。总不能像别的牛一样，把牛魔王撒到大草原，任它随意吃草，自生自灭吧？罗明找了几个大队领导班子成员，请他们出面接收牛魔王，并派专人负责照看喂养。谁知那几位都怕担责任，缩头乌龟一般，一推六二五。

罗明百般无奈，只好找阿斯茹商量，叫她先把牛魔王带回家照料几天，等大队领导班子开会做出决定再说。

阿斯茹说："那得等到驴年马月了。"

罗明说："要是你阿爸回来就好了。"

阿斯茹眼圈一红："那我阿爸啥时才能回来呢？"

罗明没说话，因为他也不知道。

沉默了一会儿，阿斯茹说："罗明哥，要是你帮我一起照料牛魔王，我就带回去。要不我也不管了。"

罗明答应了，他觉得阿斯茹还太小，让她一个人承担这副重担，他还真有点不放心呢。

不过这件事儿也有风险，他们照顾牛魔王并未得到官方认可，名不正，言不顺，将来可能连工分都拿不到。

拿不到工分就没有钱，没有钱连饭也吃不上，那你干不干呢？罗明没有犹豫，该干的事儿就要去干，钱不钱的还没放在眼里，人总不能为钱才活着吧。

罗明帮阿斯茹把牛魔王赶回家，放到阿斯茹家的牛群里。牛魔王的身份特殊，不能与其他牛等同对待。白天放它出去吃草，得在后面跟着，怕它跑丢了。晚上还得把它捉回来，拴在营盘里。其他牛就享受不到这样的待遇了。

阿斯茹家的牛群有四五十头牛，整天撒在大草原吃草，晚上也不用圈回来，只是白天阿斯茹或她阿妈骑着马，到草原上转一遭，看看牛还在就不管它了。有时候这种"大撒鹰"式的放牧也会发生意外，牛跑了，无影无踪。这时就轮到男人出动了，他们骑着马四处找牛，牛与马不一样，一般跑不太远，所以不难找回来。

但是冬天情况就不一样了，冬天下雪的时候会刮"白毛风"，这种风很硬，刮在脸上如针刺般疼痛。牛也不敢正面对抗这种风，只要一刮起"白毛风"，它们就会顺风没命地狂奔，好像后面有刺刀追赶。直到"白毛风"停止，它们才会停下来。比如刮了一夜"白毛风"，第二天牛群不见了，你要找牛，恐怕得到一百多里地以外去找。这样无疑会增加找牛的难度，丢失几头乃至十几头牛也是常有的事儿。

牧人也有让牛自觉围绕营盘、不愿离去的绝招，比如圈住小牛，母牛就不会离去，而且每天会自觉回来给小牛喂奶。冬天的时候，河水冻冰了，牛群没处喝水，牧人会打井水喂牛喝。这样每天太阳快落山的时候，牛群会排着队来到井边，等着喝水。牛每天都要回来，它还能离开营盘远去吗？牧人正是用这种小伎俩拴住了牛的心。

罗明每天都去阿斯茹家，帮忙照看牛魔王。天天亲密接触，那头牛对他们两人也逐渐产生了"感情"。有一天，两人正在说话，阿斯茹忽然感到手背一阵刺疼，不禁"哎哟"叫了起来。回头一看，原来是牛魔王正伸出大舌头舔她的手。牛魔王的舌头上密密麻麻长满肉刺，它的一番"温存"，反叫小姑娘的手背肿起几道血痕。牛魔王意犹未尽，又用大脑袋去蹭阿斯茹的腿。小姑娘吓得转身就跑,牛魔王在后面紧追。小姑娘躲到罗明身后,牛魔王站住了,瞪着罗明,似乎很不高兴。

罗明有点奇怪。这个庞然大物为何只舔阿斯茹,却从来不舔他,难道它也懂得男女有别,重色轻友?

动物的心似乎没人那么复杂,可谁又能说清楚呢?

一天,公社某造反组织纠集了三十几个人,骑着马,来到巴雅尔的营盘,团团围住。乌兰和阿斯茹迎了出去,问他们来干什么?他们说:"奉上级指示,带走荷兰种牛!"

乌兰和阿斯茹面面相觑,一时没了主意。依乌兰的意思,他们既然是"奉上级指示",就让他们带走算了。阿斯茹不同意,说还是去问问罗明哥怎么办?

阿斯茹走到马桩前,解下马,上马要走,那帮人连忙拦住了她,问她要上哪儿去?她说:"你们不是要带走荷兰牛吗?荷兰牛在草滩上吃草,我去把它找回来。"

那帮人也挑不出什么毛病,只好放行。

阿斯茹纵马疾驰,在大草滩上找到了罗明和牛魔王,气喘吁吁地说:"不好了,公社来了一帮人,要带走牛魔王呢!"

罗明问:"有多少人?"

"我也没数,怕有好几十人吧!"

"我先去稳住他们,你赶紧去饲草基地,把知青都叫来!"

"就是都叫来也没几个人,管用吗?"

"怎么也比那帮乌合之众管用。"

"阿妈说,只要他们不伤害牛魔王,不如给他们算了。"

"凭什么?"

阿斯茹骑上马去了。罗明朝远处大草滩望去,牛魔王正混在牛群、马群、驼群中吃草,陌生人不易找到。周围有不少母牛,想来牛魔王也不会轻易走掉。

罗明放心了，转身朝营盘慢慢走去。

公社那帮人正等得心焦。忽见来的人不是阿斯茹，而是北京知识青年，心里都不由得暗暗吃惊。

罗明问："谁是你们的头儿？"

没人回答。

"你们要荷兰种牛做什么？"

一个彪形大汉走了过来，满脸横肉，凶神恶煞般绕着罗明转了一圈，上下打量他，恶狠狠地说："幸了吃肉！"

"你是头儿吗？"

"我不是。"

"叫你们头儿出来。"

许多人的眼睛朝后溜去，躲在后面的"头儿"也不得不露面了。

只见一个蒙古族人打扮的人从后面走上前来，笑容可掬，主动招呼说："罗明，老没见了，你可好啊！"

罗明说："张大夫，怎么是你？"

张大夫名曰张凤选，原是旗医院的大夫，医术精湛，远近闻名。后因手术失误，致人死亡，被贬到公社卫生院。"文化大革命"中张大夫起来造反，任负责人。公社成立革委会后，他被选为革委会委员。罗明等北京知识青年来到大草原后，张大夫负责接待，主动热情，诸多照应，所以双方熟络得很。

张大夫握住罗明的手："兄弟，这是旗里的指示，哥哥我也没有办法。"

罗明说："有指示就好，你把指示给我瞧瞧。"

张大夫支吾说："指示在革委会，我并没带来……"

"你也是公职人员，你讲讲，没指示我能把牛给你吗？"

"兄弟，我是革委会委员，难道你还不相信我吗？"

"公事公办，不谈私情。这头牛是旗里给我们大队的，而且在盟里、区里都备了案，你说我能让人随便就带走吗？"

"兄弟，你说的也有理，我跟他们商量一下看。"

张大夫叫了几个人，走到一边，窃窃私语一番。又走过来，面带气恼地说："我劝了他们半天，可这帮人死心眼儿得很，就是不听劝，把我也气个半死。"

"他们要干什么？"

"他们说你要不给，他们就要动硬的，今天死活也要带走荷兰种牛！"

罗明一笑："我看他们不敢。"

"兄弟，你不了解他们，这些人没知识、没文化，有什么他们不敢干的？"

张大夫连哄带吓，罗明不为所动。双方正僵持不下，忽然北面扬起灰尘，十几匹马呼啸飞驰而来，有男有女，原来是阿斯茹带着知识青年来了，罗明一喜，张大夫一惊。

张大夫和这些知识青年都认识，忙主动招呼，又是握手，又是问候，像老友重逢。

他这个人老于世故，不敢得罪北京知青，但又不甘心铩羽而归，害怕有失脸面。

知识分子总是把脸面看得比什么都重要，命可以不要，脸面非要不可。

张大夫找了几个小头目商议，说："今天这个事不好办，硬抢恐怕不行，这帮北京知青不好惹！"

一个小头目说："他们不过十几个人，我们三十几个人，怕什么？"

"你懂什么，这不是人多人少的问题。你惹他不要紧，把他惹翻了，也不用他说话，就有人找你说话了。弄不好再给你扣一顶'破坏知识青年上山下乡'的大帽子，你可就吃不了兜着走了。"

又一个小头目说："惹不起，躲得起，撤吧？"

"那可不行，今天要是不把牛弄回去，咱们怎么跟上面交差？"

"惹又不敢惹，撤又不让撤，那你说咋办？"

张大夫只好去找罗明，说："兄弟，你可真叫哥哥作难。既然你不同意，我也不好强行把牛带走。这样吧，我去请示一下，你看行不？"

罗明说："你是受命差遣，请示一下也是应该的。不过你最好把旗里的指示带来，白纸黑字，口说无凭。"

"一定，一定。"

张大夫走回去，对他带来的喽啰们小声说："一个也不许走，都给我老老实实待着，谁要敢擅自离开，可别怪我翻脸不认人！"

众喽啰忙答应了。

张大夫又转身朝罗明那边笑笑，招招手，骑上马颠颠地走了。

主事儿的一走，众喽啰立刻像大马猴卸了枷锁，原形毕露。三三两两席地而坐，有的抽烟，有的聊天，有的干脆躺在地上，用帽子盖住脸，先睡一觉再说。

乌兰烧了一锅茶，灌了两壶，一壶给"乌合之众"，一壶给知识青年。阿斯茹拿出一些炒米、奶豆腐，招待知识青年。"乌合之众"瞧着眼馋，有人说："小丫头，也赏我们一点儿。"

阿斯茹翻白眼说："没有！"

又有人说："小阿妹，难道你忘了我们蒙古人家的规矩？"

"什么规矩？"

"我们蒙古人最好客，客人来了，家里的好东西全拿出来，宁可自己不吃，也要让客人吃好。"

"原来如此，那你是蒙古人吗？"

"当然是了，如假包换！"

"那你跑我们家来抢牛，也是蒙古人的作为吗？"

一句话噎得对方一溜跟头，半天说不出话。乌兰拿出一小袋炒米、一小袋酸奶片，招待"乌合之众"，说："小孩子家不会说话，你们别跟她一般见识。"

草原牧民好客是不假，他们还有一个特点，就是崇拜孔武有力的人。

牧人们聚在一起，谈话的内容往往是力气大小。你说你的力气大，他说他的力气大，谁也不服谁。最后，"是骡子是马，拉出去遛遛"，抻胳膊动腿儿见个真章。

"乌合之众"吃饱喝足，闲得无聊，玩起摔跤游戏。两个人你搂着我，我搂着你，转来转去，谁也摔不倒谁。其他人在一旁起哄，哄得知识青年也来了兴致，纷纷坐过来看他们摔。

"乌合之众"有点瞧不起知识青年，不就多读两天书吗？有的还戴个眼镜，这四只眼的怎会比咱两只眼的好使呢？

"乌合之众"向知识青年发出挑战，要跟他们比比摔跤，看看谁的力气大。

看两个牧人摔跤，头撞在一起，你顶我，我顶你。你进三步，我退三步；我进三步，你退三步。只知"一力降十会"，不知"一巧拨千斤"。

知识青年也没把他们放在眼里，摔就摔，谁怕谁？双方约定三局两胜，随即推举上阵的人选。

第一场，"乌合之众"出阵的是那位凶神恶煞般的彪形大汉，一开始他曾上下打量罗明，表现出极度的轻蔑。他之所以抢着出阵，就是想给知识青年一个教训，要叫他们知道"马王爷三只眼"。

知识青年上场的是一位虎背熊腰的壮小伙，名叫韩力。上学的时候，他曾在北京什刹海体校学习柔道，对技巧很有研究，对付一个外行绰绰有余。

一开始，"彪形大汉"使出蛮力，主动进攻，想要速战速决。韩力处处退避忍让，显得弱不禁风，麻痹对方。彪形大汉果然上当，一味使力而疏于防范，露出了破绽。正当他气喘吁吁，调整呼吸之际，韩力使了一个漂亮的"别子"，将他摔倒在地。彪形大汉茫然无措，以为韩力会什么法术，不禁对他大为佩服。

1∶0，"乌合之众"先输第一局，嚣张的气焰顿时矮了一半。

第二场，罗明自告奋勇出阵，他见彪形大汉不过如此，也想捡个便宜，显示一下自己的英雄气概。谁知他的对手是个经验老到的汉子，抓住罗明的两个肩膀，死死撑住，绝不主动进攻。罗明一要动作，他的两只手便用力摇晃，摇得罗明骨软筋酥，满头大汗。

　　幸亏他只是摇晃而已，并不下绊，罗明还能坚持。但罗明心里明白，这个局面维持不了太久，只要对方再摇晃两回，他只能举手投降。为今之计如何是好？罗明拼命挣脱开对方的两只手，突然弯下腰，抱住他的一条腿。对方一愣，不知如何是好。"乌合之众"纷纷嚷道："犯规，犯规，不许抱腿！"罗明只当没听见，咬牙拼命一甩，将对方扔倒在地。

　　那汉子爬起来说："我们蒙古人的规矩，不许抱腿！"

　　罗明说："我这是国际比赛的规矩，国际比赛允许抱腿。"

　　哪个规矩更合理？那汉子老实，也说不出什么，摇摇头，退出场去。

　　2∶0，"乌合之众"又输了第二局，开始垂头丧气。

　　第三场，"乌合之众"阵营中走出一位"武大郎"，五短身材，圆圆的脑袋，浑身是肉。这个人知识青年都认识，正是他们大队的一个活宝，名叫二豆。只见他一边走，一边嘟哝："天底下哪有这样的事儿，摔跤还许抱腿，我可是第一次看见……"

　　知识青年这边出阵的，名叫刘元，身材与"武大郎"相仿，但瘦弱许多。知识青年已经赢了两场，胜利可以说板上钉钉，派刘元上阵就是想输不想赢，卖个人情，安慰一下对方"抱腿"的怨恨。

　　"武大郎"一心报仇，刘元无意恋战，只想怎么输得精彩一点，不让对方看出破绽。谁知"天有不测风云"，两人正僵持不下，刘元也想学学罗明，突然伸手，假装要去抱对方的腿，"武大郎"立刻吓得浑身颤抖，当即自动倒地，表示认输。

　　"武大郎"甘拜下风，刘元却胜之不武红了脸。原来蒙古人怕抱腿，你只要一抱腿，他就认输了。

　　3∶0，"乌合之众"又输了第三局，不由得军心溃散，"兵败如山倒"。

"乌合之众"虽然输了，但却拉近了他们与知识青年之间的感情。他们说知识青年个个都是"武把式"，有两下子。称赞之余，他们对"国际规则"也表示疑问，摔跤怎能允许抱腿呢？看来"国际规则"也不大高明。

太阳快落山的时候，有人骑马来了，告诉"乌合之众"：张大夫叫他们散了。"乌合之众"巴不得这一声，顿时如鸟兽散，骑上马各奔东西。

一场夺牛大战，顷刻间烟消云散。

又过了几天，巴雅尔也被放回来了。安在他身上的罪名不了了之，只是公社下文撤销了他大队党支部书记的职务。

巴雅尔赋闲在家，担负起照看牛魔王的工作，他天天照料牛魔王的饮食，立刻发现了问题。他对罗明、阿斯茹说："牛魔王天天吃草可不行，得给它增加营养，要不怎么让它配种呢？"

但他现在不是书记，无职无权，无法发号施令，只能用自己家的奶，去公社粮站换点高粱米，喂牛魔王。光喂高粱米也不行，还得喂些高营养的东西，如鸡蛋、胡萝卜之类，就不是巴雅尔力所能及的事情了。

不久，公社又恢复了巴雅尔大队党支部书记的职务。党支部书记的任命，一般在大队党员中选择。当时红旗大队一共有三名党员，另两位一位年老体衰，说话半天也嘟囔不清；一位干脆躺倒不干，他讲话：当支书一天8分，放羊也一天8分。支书说官不是官，说民不是民，整天不少受累，还没人说你好，怎如我放羊，整天跟着羊屁股，不招灾，不惹祸，有饭吃一口，有茶喝一碗，过一天是一天，怎么不是一辈子？

他死活不愿当支书，公社也拿他没办法，总不能"牛不喝水强按头"。现在只剩巴雅尔一个人了，你不任命他还能任命谁呢？

若论学识、本事，比巴雅尔高的人，红旗大队少说也有五六个，可他们不是党员，你总不能任命非党员为党支部书记吧？所以只好任命巴雅尔为党支部书记，没办法，一点办法也没有。

巴雅尔又成为红旗大队第一把手，可把某些人吓傻了。这些人抓巴雅尔的时候，充当了内应和打手。

他们急忙跑到巴雅尔身边表忠心："巴书记，可不是我们要抓你，是公社那些人逼的……"

巴雅尔不冷不热地说："你们也不用害怕，该干吗就干吗，我不是爱记仇的人。"

巴雅尔上任干的第一件事，就是任命罗明为荷兰种牛饲养员，阿斯茹为助手。顺便给荷兰种牛起了个名字：安吉斯。但罗明等年轻人还是喜欢叫它"牛魔王"。然后又召集了十几个人，在大队饲草基地对面，为牛魔王盖了一座很大的牛舍，里面设有办公室、配种室、储藏室，一应俱全。

牛魔王，一头荷兰种牛，终于在中国内蒙古大草原安了家。

等待它的将是怎样的命运？

4 动物世界（一）

饲草基地的地理位置得天独厚，白云河流到这里，转了九道弯，恰好绕饲草基地一圈，然后朝白云淖尔流去。

饲草基地距白云淖尔也不远，站在这里稍高一点儿的地方向南望去，便可看到白云淖尔波光潋滟的湖面。

白云淖尔与饲草基地之间是一片方圆几十公里的大草滩。水草丰美，是各种动物休养生息的好地方。

在这个大草滩上，你能见到多少种动物？且听我细细道来。

狼，草原上最凶狠的动物是什么？是狼。内蒙古草原没有狮子、老虎、花豹、鳄鱼等大型食肉动物，能称王称霸的就是狼了。

狼在许多人的心目中占有一个特殊的地位，它是狂野或励志的象征。对另一些人来说，狼是梦魇般的动物，是引发莫名恐惧和憎恶的存在。对汉族人来说，狼几乎从来没有好名声，我们从小熟知的童话故事中狼往往背的都是骂名。但是在蒙古族文化中，狼却是高高在上的图腾，古籍中对此多有记载。

比如《周书·突厥》："或云突厥之先出于索国，在匈奴之北。其部落大人曰阿谤步，兄弟十七人，其一曰伊质泥师都，狼所生也。谤步等性并愚痴，国遂被灭。泥师都既别感异气，能征召风雨。娶二妻，云是夏神、冬神之女也。一孕而生四男……此说虽殊，然终狼种也。"

又《蒙古秘史》："当初元朝的人祖，是天生一个苍色的狼，与一个惨白色的鹿相配了，同渡过腾吉斯名字的水，来到于斡难名字的河源头，不儿罕名字的山前住着，产下了一个人，名字唤作巴塔赤罕。"

又法国勒内·格鲁塞《草原帝国》：我们知道突厥——蒙古民族的古代神话中的祖先是一只狼。据《乌古思史记》，突厥人的神祖是一个灰色的狼，"从一条光芒之中出来了一个巨大的灰色毛和鬃的雄狼"。

狼，高踞草原食物链的顶端，比它低一级的食肉动物有狐狸、雕……

草原上除食肉动物外，更多的是食草动物。

草原上最常见的食草动物是马、牛、羊、骆驼。在这四种动物中，马的地位最高，牛羊次之，骆驼只能排在最末。

马，形态俊美流畅，奔跑迅速，是人类得力的助手。马在历史上曾起到非凡的作用，想当年成吉思汗骑着马，挥舞大刀，征服世界的时候，马是他不可或缺的作战工具，没有马寸步难行，不要说征服世界，恐怕就连草原的其他部落也征服不了。

不妨说，是马成全了一代天骄成吉思汗的丰功伟业！

草原牧人把马视同生命一样宝贵，这是从古代遗留下来的传统。

然而，随着时代的进步，马也逐渐失去了利用的价值。如今在草原，马除了代步之外几乎毫无用处。偶尔有人用它拉车跑运输，但这方面的功能逐渐被汽车、拖拉机所代替。马的经济价值也不如牛羊，这主要是马的数量比较少。罗明等北京知青在草原插队的时候，一匹马可以卖七八百块钱，一头牛卖二三百块钱，一只羊卖一百块钱左右。但红旗大队养羊一万八千多只，养牛五六千头，养马七八百匹。一年所卖的马最多二三十匹，卖不了多少钱。

本地马，俗称蒙古马，吃苦耐劳是它的长处，但个头矮小，形状猥琐。一个彪形大汉骑一匹蒙古马，犹如一个庞然大物骑在玩具上，模样极为滑稽可笑。

牧人也想改良本地马，让它威猛高大起来。具体做法就是从新疆引进伊犁种马，对本地母马进行人工授精，生下的第二代就是改良马，牧人称之为"新疆马"。

伊犁马挺拔伟岸，四肢纤长，奔跑起来如风似电。自古以来，西域"汗血宝马"名震遐迩，可谓千里马中的千里马。据说"汗血宝马"流的汗呈红色，所以自古以来传说"汗血宝马"流的是血。也不知伊犁马与"汗血宝马"有何渊源？或许它带有一点儿"汗血宝马"的基因也未可知呢？

"新疆马"是伊犁马和蒙古马"爱情"的结晶，作为一个改良品种，它本应兼具"父母"身上的优点，不料事与愿违。

从外形看，"新疆马"酷似伊犁马，挺拔伟岸，四肢纤长。但它耐力很差，让它跑一圈的话，一开始也如风似电，只是跑不过五百米便慢了下来，后力不继，浑身大汗淋漓，看它出汗的样子，颇有点"汗血宝马"的意思，只不过它流的是"水"，不是"血"。

看来"新疆马"只继承了"父亲"的优点，而对"母亲"的优点却敬而远之。也许从基因遗传的角度看，外貌容易继承，而"吃苦耐劳"却不易继承下来。

尽管如此，"新疆马"仅凭外貌，经济价值也比"母亲"大得多。一匹蒙古马只卖七八百块钱，而一匹"新疆马"可以卖到一千五六百块钱。

买马是要做什么呢？难道只是把它当"花瓶"，而不需要它做工吗？看来在马的买卖市场，"以貌取人"，仍难以避免。

这个世上真正的"伯乐"又有几人呢？

牛，"吃的是草，挤的却是奶"。从外表看，牛不如马那样挺拔俊秀，也不如马那样矫健，奔跑如飞。牛给人的印象似乎是傻傻的、笨笨的，不招人待见。这大约是牛在牧人心中的地位不如马的原因之一。其实牛对人类的贡献一点也不比马少,只是它老实忠厚,笨嘴拙腮,只讲奉献,不求索取。

每到开春,遍地黄草返青的时候,老牧人常笑着说:"三瓣嘴都吃饱了,可老牛想吃也吃不到。"三瓣嘴指的是野兔,枯草返青的时候,只长出一点点小尖,浅浅的,绿茸茸一片。野兔凭借小巧的嘴,掐尖尝鲜已能吃饱,而老牛的大嘴巴又短又笨,眼睁睁看着草绿了,馋得直流口水,可就是吃不到,唯有"望洋兴叹"而已。

牛在国外的地位似乎比在我们这里高。比如在美国华尔街,街头最显著的标志就是一尊高大威猛用铜铸就的牛,预示着金融业的兴旺发达。

又如印度,作为印度教大神湿婆的坐骑,牛也被视作"神"的化身,所以牛在印度的地位高过人是理所当然的。在印度的各地,无论市井街巷还是乡村院落,牛自由自在地行走坐卧,四处觅食,不但没有被当肉食的风险,甚至被驱赶都极为少见。据统计,首都新德里每天有数以万计的牛上街,牛粪也到处可见,没人敢管,也没人敢轰,为什么?因为牛是神圣不可侵犯的。

在西班牙,牛是人们最喜爱的动物。"斗牛"是一项令人刺激、疯狂的游戏。"斗牛舞"风靡世界,英武神勇的斗牛士、美丽如火的西班牙女郎,令人振奋,令人向往,仿佛任何艰难险阻都不在话下。

正如海明威所说:"人生就像是斗牛,不是牛被人杀死,就是人被牛挑死。"

"斗牛",从它的表现形式看,带有某种宗教祭祀的痕迹。在古代,杀牛并不仅仅为了吃肉,也为了把牛放到祭坛上,使它的灵魂得到升华,成为图腾,供人膜拜。

杀牛如果只是为了吃肉,那就太缺乏文化内涵了。

牛浑身都是宝,没有一丝一毫的浪费。

牛比马有力,也更为吃苦耐劳,常被人用来拉车、耕田……牛不如马跑得快,没人愿意骑着它潇洒一回。但若没有马,牛也可以用来代步。罗明在红旗大队的时候有一年"打马鬃",一位老牧人早晨起来没找到马,只好从牛群中抓一头犍牛,配上马鞍骑着牛来到大队部,参加"打马鬃"盛会。他立刻成为万众瞩目的焦点,您想,大家都骑马,就他一个人骑牛,能不成为"明星"吗?大姑娘、小媳妇嘲笑他,亲朋好友也打趣他,但那位老牧人毫不在意,仍旧骑着牛,摇头咂嘴,扬扬得意,着实风光了一回。

牛肉可以吃,牛奶可以喝。对于向人类提供食物,草原上的任何动物都无法和牛相比。马、羊、骆驼的奶也可以喝,马奶可以酿"马奶酒",羊奶可以做奶食,但马、羊、骆驼的奶量很少,不像牛奶天天有,量也大。

蒙古族妇女每天早晨挤好牛奶,倒进锅,用文火熬煮。过一段时间,奶液上凝起一层厚达半厘米的皮,俗称"奶皮子"。奶皮子富含黄油,凝聚了牛奶的精华。牧人要炼制黄油,只需把奶皮子放在锅里一熬就行了。奶皮子特别香,是奶食里的上品。牧人喜欢用奶皮子泡茶,有时也用奶皮子拌炒米,只要吃小半碗,一天都不饿。去掉奶皮子,剩下的奶继续熬下去,直到水分熬尽,便制成了"奶豆腐",即城里人常说的"奶酪"。过去以为奶酪是什么好东西,到了草原才知道,原来奶酪是去了精华的"渣滓"。牧人日常也做酸奶,但不是为了喝,而是做另一种奶食,即酸奶渣、酸奶片,这种奶食由于太酸,细菌和虫子难以光顾,可以长期保存。

牧人的生活习惯是一天吃一顿饭,白天主要是喝茶,佐以肉、奶食、炒米。晚上才做饭,包子、面条之类。但这顿饭也可有可无,牧人只要喝茶就已足够。牧人吃肉,蒸、炸、烹、炒一概没有,主要是煮肉骨头,不放盐,水一开即捞,还带着血丝。

他们说煮得太烂吃了不消化。吃肉也不是抱着骨头啃,而是把肉削成片,泡进茶里,一边喝茶,一边把肉吃下去。

牛肉可以吃,也可以卖。牛皮、牛肝、牛尾、牛骨都可以卖。牛的内脏奇大无比,牛是反刍动物,有四个胃,盲肠也很发达。宰牛的时候，一剖开腹腔，首先映入眼帘的是它那庞大的胃。若划开胃，可以倒出五六十斤草水。何谓"一肚子草包"？大约指的即是牛的胃。

对牛的内脏，蒙古族牧人不大"感冒"，牛肝可以卖，牛肠勉强可以煮来吃，但牛心、牛肺、牛肚则弃之喂狗。汉族人什么都吃，心、肺、肚也甘之如饴。其他如牛头、牛蹄也不放过，牛头、牛蹄收拾起来很费事，但他们说："吃牛头最有讲究，因为牛头上什么样的肉都有。牛肉可以不吃，但牛头不可不尝。""要在口（张家口）里，牛蹄筋那就是名菜，想吃还吃不着呢。"

罗明他们刚下来的时候，公社要他们"忆苦思甜"，不仅请人讲旧社会的伤心家史，还要吃"忆苦饭"。若在其他地方，会拿糠和野菜煮一锅糊糊，取其苦涩难咽。但牧区哪有糠和野菜呢？结果拿牛内脏煮一锅汤，心、肝、肺、肚、肠，样样不缺。知识青年吃得兴高采烈，都说跟北京的名吃"羊杂汤"差不多。

好，现在一头牛已经吃得一干二净，只剩下骨头了。骨头也可以卖，所以牛的浑身上下不是吃就是卖，没有一点浪费。

有一位老牧人，罗明他们称他"李哥"，李哥一天突发奇想，想要知道一头牛的骨头究竟有多重？他没有"曹冲称象"那么聪明，采取的是一个笨法子，即煮骨头吃肉，然后把骨头一根一根积攒起来。冬去春来，肉吃完了，一头牛的骨骼也完整地保存下来。送到公社收购站一称，足足五十斤。

羊，它的经济价值与牛相仿，一只羊自然不如一头牛，但羊的数量比牛多，整体经济价值甚至超过了牛。当时，红旗大队每年光卖羊毛的钱就有十好几万，那时的钱不像现在这么毛，十几万已是很大的数目。

羊是一种非常可怜的动物，不是指它个头矮小，而是它太老实巴交，唯唯诺诺，一副受"人"欺凌的弱小形象。马、牛、驼都比它强，活动范围更大一些，行动也自由一些。吃草想吃就吃，不想吃就走，累了可以躺一会儿，不高兴了可以扬起头吼几声，再不干脆一走了之，让

动物世界（一） | 041

你历尽千辛万苦才能找到它。

羊只知低头吃草，没有一点个性。每天早晨太阳还没露头，牧人就把羊放了出去；每天傍晚太阳已经下山，牧人才把羊赶回来，关进圈。羊一天光吃草的时间就占十五六个小时。

羊的生命周期很短，一般约为十年，但牧人不会让它们活那么长。被阉的公羊，蒙古人叫"羯子"，这种羊不男不女，心无旁骛，因此成长迅速，肉质鲜美。"羯子"一般长到两三岁时，正是膘肥体壮的大好时节，牧人也会不失时机地宰了它。这样看来"羯子"的寿命也就两三年而已。种公羊，又称"爬子"，数量少，一般会集中圈养。不能任凭它们随意胡来，否则羊种改良的效果就会大打折扣。除优良种羊如澳大利亚细毛种羊、新疆种羊外，本地"爬子"一般能活五六年，在它年老体衰之前，牧人也会一刀帮它解决俗世的烦恼。母羊，可以多活几年，原因是牧人需要它们传宗接代。母羊二岁时即进入生殖年龄，一般生育三四胎即已进入生殖衰退期，牧人便会宰了它吃肉。这样母羊的寿命也就五六年而已。

由于人的野蛮干预，草原的羊几乎都成了刀下之鬼，很少寿终正寝。在短短五六年生命周期里，羊用三分之二的时间吃草，三分之一的时间睡觉。在此期间，它还要完成一生中唯一的大事：传宗接代。然后血淋淋悲惨死去，完成生命的轮回。

每一次轮回基本如是，几千年来没有什么变化。

罗明在草原的时候，也曾放过羊，但只放过很短一段时间。原因是他很不适应这个工作，每天十几个小时跟在羊群后面，看羊吃草，单调、乏味，你会觉得你是在无端浪费自己的生命。

有时，罗明坐在山坡上，看羊吃草。羊吃草的专心程度是他人很难想象的，埋着头，不停地吃，一吃就是十五六个小时。使你不禁会想：羊这样拼命吃草是为了什么？是为了活着吗，还是为了繁殖下一代，抑或是吃肥了让人宰了吃肉？

罗明感到一种莫名的悲哀。

一想到自己这辈子可能一事无成,他就不由得从头凉到脚。

我是谁,从哪里来,到哪里去?

罗明一边放羊,一边想到这个至今仍令人困惑的哲学命题。

人生的意义究竟是什么?

罗明没有释迦牟尼或基督那么伟大,能从一些简单的事物领悟人生的真谛。他只是感觉:人不能像羊那样,无意识地重复生命的轮回。人应该做点什么,否则这辈子就白活了。人生只有一回,转瞬即逝,"白活"是谁也承受不起的。

骆驼,俗称"沙漠之舟"。骆驼的生命力极为顽强,耐饥、耐渴、耐寒。在干旱的沙漠或寒冷的不毛之地,骆驼可以数十日不吃不喝,而活力丝毫不减,因此成为人的有力帮手。

骆驼为何耐饥、耐渴、耐寒?奥秘就在它的驼峰之中。骆驼的背上有两个奇怪的突起,是为驼峰。罗明初来草原的时候,老牧人告诉他:一个驼峰储存水,另一个储存脂肪。罗明感到奇怪,储存脂肪还好理解,储存水是怎么一回事?他曾仔细触摸驼峰,发现两个驼峰一样坚硬,丝毫没有区别。后来有人宰骆驼,罗明特意跑去观察,发现两个驼峰都是白肉,根本没有水的迹象。

驼峰储水从此成为一个谜,罗明在草原七八年,一直没弄清这个问题。后来还是看电视节目《狂野周末》,才揭开了心中的疑问,不过已是二十年以后的事了。原来骆驼有一种特殊本领,能够将脂肪转化为水。实际上骆驼的两个驼峰储存的都是脂肪,它既可将脂肪转化为热量,也可将脂肪转化为水。

骆驼的这种本领,在动物界可谓绝无仅有,也不知它是怎么受苦受难才进化而来的。

这无疑是自然选择的结果。自然选择导致进化日积月累,当小小的变化聚在一起时,就可以达成质的飞跃——实现复杂的适应能力。这种累积的过程就是进化,引发进化的力量则是自然选择,和骆驼处于同一环境中的动物绝不止一种，但只有骆驼进化成将脂肪转化为水的本领。有的动物被淘汰，有的动物进化为其他形式的本领。

草原的动物如马、牛、羊，也有储藏脂肪的本领，它们一般储藏在腹部与臀部，但这种储藏方式脂肪很容易消耗，难以保存。每到夏天水草丰美的时候，马、牛、羊都会吃得滚瓜溜圆，身体内储存了大量脂肪。以马为例，马这个时候看上去膘肥体壮，但却禁不住跑几圈。几圈下来，出一身汗，就掉一圈膘；跑几圈，出几身汗，掉几圈膘，它就又变得骨瘦如柴了。

马、牛、羊不管夏天吃得多么肥壮，冬天都会变得瘦骨嶙峋。夏天若不养好膘，冬天就会死去，已成为草原不成文的规律。每年冬天，都会有一些牲口被冻死，其中以羊为甚。瘦弱的羊，俗称"拨赖羊"，牧人担心它们过不了冬，就把它们挑出来提前宰杀。每年红旗大队提前宰杀的"拨赖羊"都有1000只左右。

骆驼一年四季形态变化不大，夏天既不特别肥，冬天也不特别瘦。这有赖于它储存能量的特殊本领，骆驼把能量转化为脂肪，储存在驼峰内，不到万不得已的情况下，绝不动用。一旦环境恶劣，缺食少水，骆驼便会把驼峰中的脂肪化为能量和水，维持身体需要。

这就是它比其他动物耐饥、耐渴、耐寒的主要原因。

在草原有一种长期流传的说法，骆驼被认为是人类死亡的预警系统。老一辈人说：骆驼是最后死亡的动物，一旦它开始死亡，人的死亡就是早晚的事儿了。想一想这种说法似乎也有一定的道理，骆驼是最能耐饥、耐渴、耐寒的动物，它如果都顶不住了，开始死亡，表明环境已恶劣到极点，那人还能好到哪儿去呢？

骆驼还有一些耐人寻味的特点。

在草原的动物中，骆驼的个头最为高大，但性格十分温顺。人要想骑骆驼，先得让它卧倒，然后才能骑上去。为了驾驭骆驼，人也像对待牛一样，用削尖的木棍穿透骆驼鼻孔薄膜，再在木棍上拴一根绳，这样骆驼就不得不听话了。比如你要让它卧倒，就一下一下往下拽绳子，骆驼虽然不愿意，但它怕疼，只好弯腿屈身卧倒。不过这时你可要小心了，因为有时它会突然张口一喷，把口中又酸又臭的草沫子喷你一身，表示它对你的愤怒。

骆驼力大无比，比牛更胜一筹，有一段时间上级下指示，让牧区学大寨，解决粮食自给自足。上面怎么说，下面怎么做，大队调集人开荒种地。岂料草原的地皮很硬，牛根本犁不动。一开始，人们也学农民模样套牛犁地，牛拉两下不走了，抽它，拉两下又不走了，再抽它，它干脆躺倒在地上装死，怎么抽它也不起来了。没办法只好换骆驼，骆驼犁地，是草原独有的景观，谁知骆驼还真不含糊，生生开出了几百亩田地。

骆驼形状奇特古怪，性格温顺，优点很多，但骆驼中的雄驼却是一种可怕的动物。雄驼，牧人又称"儿骆驼"。罗明等北京知青刚到草原时，被告知两项可怕的事物，一是白毛风，二是儿骆驼。

白毛风即冬天雪后刮的西北风，风卷起雪，白茫茫一片，什么也看不见。牧人警告说若在旷野中遇到白毛风，千万不要走动，因为很容易迷路，一旦找不到人家，那就只有冻死了。

"千万不要走动"是什么意思？不走动不是一样冻死？所以最好不要遭遇白毛风，千万不要！

儿骆驼是怎么回事儿？据说儿骆驼发情时会变得性情暴躁，极为可怕。见什么追什么，追上以后就把它压在身子底下碾。人也不能幸免，而且在旷野中你也跑不过儿骆驼，只要它想追你，你就只有死路一条了。

可怕呀，恐怖呀，白毛风与儿骆驼！

儿骆驼春、夏、秋三季都像一个温顺的妇人，但每到冬季发情时，突然一变而为狰狞的杀手。两头儿骆驼为争夺交配权，会进行你死我活的拼斗。撕咬撞踢，死缠烂打，直到有一方落荒而逃，战斗才会结束。

在自然界，据说这种争斗是必要的，可以保证强壮的基因传给下一代。

马、牛、羊、驼是草原动物的主体，千百年来，它们已成为人类的朋友、助手及衣食的来源。

5 动物世界（二）

草原还有许多其他的动物。

家养的动物，除马、牛、羊、骆驼外，还有猫、狗、鸡、猪。

养猫可以捉老鼠，养狗可以看门、打猎、放羊。用狗放羊由来已久，史书早有记载，苏格兰牧羊犬也举世闻名。用狗放羊并不是让狗成天跟在羊群后面，而是羊群太过分散的时候，才把狗放出去。狗围着羊群跑一圈，羊即惶恐地聚在一起。傍晚把羊收回时，可以放狗在后面撵，羊会吓得没命地跑，很轻松就把羊收回圈。

用狗放羊，实际上就是利用食草动物对食肉动物的恐惧，起一定的约束作用，把狗想象成训练有素的"工人"是不对的。

养鸡是为了吃蛋，养猪却不是为了吃肉，牧人家中养的猪主要吃泔水和野菜，不吃粮食，肉不香。牧人既然有牛羊肉吃，就不想吃猪肉了，而是把猪肉拿到公社收购站卖了换些零用钱。

除家养动物外，草原还有许许多多野生动物，构成一幅生动活泼、绚烂多彩的图画。粗略统计一下，主要有野兔、黄羊、狼、狐狸、老鼠和田鼠，以及一些飞禽如老鹰、猫头鹰、沙笨鸡之类。这三种飞禽与白云淖尔边的水鸟属于两个系统，水鸟都是候鸟，时而飞来，时而飞去，而老鹰、猫头鹰、沙笨鸡则是草原的常年驻客，只是数量不多。

草原没有狮、虎、豹、熊、鳄鱼、鬣狗等大型食肉类动物，看不见血淋淋的猎杀场面。草原的食肉动物最厉害的也就是狼和狐狸了，而狼和狐狸在人类的不断捕杀下，也濒临灭绝。

野兔的繁殖能力极强，一只母兔一年可以怀三四胎，每胎近十只幼崽，所以野兔的繁殖呈几何级数增长。澳大利亚曾有深刻教训。澳大利亚原本没有野兔，20世纪初期，有人从欧洲带进一对野兔，由于没有天敌，野兔繁殖迅速，在不到一百年的时间里，澳大利亚变得满山遍野都是野兔，成为一种蝗虫般的灾害。这些野兔都是那对欧洲野兔的后代，人们不得不花大力气捕杀野兔，直到它们减少到人们可以容忍的程度。

草原上的野兔从来没有泛滥成灾，原因是这里有许多野兔的天敌，如狗、狼、狐狸、鹰，自然它的最大天敌还是人。

野兔的肉没滋没味，和什么肉煮在一起，就是什么肉的味。牧人猎杀野兔不是为了吃肉，而是用它的皮做帽子。

罗明在草原时，曾亲眼见过天敌猎杀野兔的经过。一次在大队部，突然一只野兔蹿出，三只猎狗立即扑了上去，双方就在队部院子里追来跑去，引得人驻足观看。野兔有一种特殊本领，即在玩命狂奔中会突然急转弯朝反方向跑去。猎狗就没有那么敏捷了，野兔来三个急转弯，猎狗就晕了。然而野兔毕竟势单力薄，在强敌紧追不舍之下，逐渐显得力不从心。三只猎狗终于将野兔逼到墙角，堵住它所有的退路，野兔吓得闭上眼，缩成一团。三只猎狗同时下嘴，咬住野兔，用力一扯，野兔分为血淋淋的三块。

罗明最看不惯这种以大欺小、以强凌弱的事情，路见不平，拔刀相助，抄起一块砖头朝狗打去，打中一只狗，狗疼得惨叫一声，嘴里的兔肉掉在地上。罗明张牙舞爪冲了过去，三只狗夹起尾巴落荒而逃。

还有一次，罗明在旷野中，忽然看见不远处有一只老鹰低空飞行，心里十分奇怪，再仔细一看，草地上有一只野兔正拼命地逃窜。突然老鹰急速俯冲，就像被子弹打中，一头栽下，抢开利爪朝野兔抓去。就在这千钧一发之际，野兔"刺溜"一下钻进了地洞，老鹰扑了个空，站在洞口徘徊良久，最后不得不悻悻飞去。

黄羊是草原最美丽的动物，小巧玲珑，浑身棕红色，但从屁股到腹部却呈白色，就像穿一件棕白两色的开司米毛衣。牧人中也流传一句有关黄羊的歇后语："黄羊的屁股——白白的。"用来形容某人或某事瞎费力气，徒劳无功。

黄羊也是草原中跑得最快的动物，马都没黄羊跑得快，骑马追黄羊那是越追越远。用牧人的话说，就是"黄羊的屁股——白白的"，别说追，连影都看不见。

罗明放羊的时候，就闹过一个追黄羊的笑话。有一天，他中午回去喝茶，多耽误了一会儿，出去以后找不见羊了。这一下他可慌了，骑着马狂奔，四处乱找。忽然看见前面有一群羊，急忙纵马追了上去。谁知那群羊见他追来，撒腿就跑，越追越跑，越跑越远，罗明这才发现，原来是一群黄羊。只好又掉头回去找，在营盘附近的小山洼里，找到了自己的羊。其实羊根本没有走远，只是他一时粗心没有瞧见而已。

后来罗明追黄羊的"英雄壮举"，成了牧人之间的笑谈，见了面还夸奖他："你小子还真有两下子，没事居然追黄羊，追得上吗？"

草原上的黄羊原本很多，因为除了狼以外，黄羊没有什么别的天敌，由它自生自灭，也就越繁殖越多。后来由于人的大规模猎杀，几乎消亡殆尽。等罗明他们来草原后，基本已经看不到黄羊，偶尔碰到一小群，不禁视为稀罕。

猎杀黄羊的多是外地人，因为本地牧人不吃黄羊肉。猎杀黄羊可谓一本万利，黄羊是野生动物，不归任何人所属，猎杀它不用花钱，也就难怪人们一时趋之若鹜了。

猎杀黄羊不骑马，而用汽车。这就是人的厉害之处，黄羊跑得再快，也跑不过汽车。

有一次罗明去盟里办事，半路搭了一辆运货的汽车。途中遇到一小群黄羊，司机来了兴致，也顾不上运货了，加大油门追黄羊。罗明亲眼看到四只黄羊，在汽车追逐下，一只一只力竭心衰，倒地而亡。

大规模猎杀一般都在夜晚，两辆卡车载着十几个猎人，手持小口径步枪。车在旷野中行驶，漫无目的，如果侥幸碰到一群黄羊，车便会加大马力，开亮车灯，直冲上去。黄羊被刺眼的灯光所震慑，胆战心惊，反而不知逃跑了。猎人们趁机大开杀戒，噼里啪啦，砰砰砰，转眼之间就撂倒二三十只黄羊。这时其他黄羊也醒过闷儿，转身狂奔逃命。猎人下车，将草地上的死羊一一扔上车，然后驱车继续追赶。

这一夜，运气好的话可以打一百多只黄羊，满载而归。

为什么草原的黄羊濒临灭绝？就因猎杀黄羊的人太多了。

如果有一天，草原上再也见不到这种美丽的动物，那将是多么遗憾的事！

狼是草原上最凶残的动物，高踞食物链的顶端。草原没有狮、虎、豹之类的大型食肉动物，矬子里面拔将军，狼便成为动物世界里的大王。

狼的食谱很广泛，家养的马、牛、羊、驼，野生的野兔、黄羊以及一些水鸟，都是它猎食的对象。但狼和狗却是朋友，大约同种同源，两种动物不仅可以一起嬉戏游玩，甚至可以通婚，产下机灵、漂亮的第二代——狼狗。

狼虽然是威风凛凛的统治者，但也欺软怕硬。它一般只对弱小的羊下手，却从不主动攻击个头较大的马、牛、驼。即便攻击，也只攻击幼崽，或老弱病残、行动不便的成年动物。

但是对羊它就不客气了，冲进羊群，任意撕咬。狼吃羊，一次咬死二三十只是常有的事，无形中激化了它们与人的矛盾。20世纪50年代，草原曾掀起一场"除狼害"的运动。见狼就打，见狼就追，甚至直捣狼穴，锄恶务尽。经过人的不懈努力，如今草原上的狼也和黄羊一样，成为比较罕见的动物。

据专家的意见，食肉动物与食草动物的关系是相辅相成、相得益彰的。食草动物牺牲自己，供食肉动物果腹，食肉动物也帮助食草动物淘汰老弱病残，使更强壮的基因得以流传。

狐狸在草原是仅次于狼的食肉动物，它的食物包括野兔、鸡、田鼠之类，对马、牛、羊、驼，它是不敢问津的。

按理狐狸对人的危害要比狼小得多，但人却猎狐成瘾，见狐必打，甚至找上家门，逼得它们几无立锥之地。这一方面是因为狐狸的皮毛特别细腻、柔软，是做帽子、皮衣的上好之选，具有一定的经济价值；另一方面，猎狼存在很大风险，弄不好让狼咬一口可不是玩的，猎狐则不存在任何风险。

狐狸是狡猾的化身，猎狐时你明明看见前面草丛里有一只狐狸，只见它毛茸茸的大尾巴左一闪，右一闪，然后就失去了踪影，让你也弄不清它是往哪个方向跑了。

有一位老牧人，盯一只狐狸已经很久了。他在狐狸经常出没的地方下了几只夹子，但狐狸从不上当。老牧人气愤不已，不杀此狐，誓不为人！一天，他在荒原上蹲守，看见那只狐狸钻进洞。老牧人对这一带的地形很熟悉，知道那个地洞只有两个口。连忙扑上去，摘下自己的狐狸皮帽子，堵住其中的一个洞口。然后从另一个洞口伸进一根带钩的"豆条"。一边往里探，一边使劲拧。忽然感觉钩住了什么东西，老牧人心中暗喜，以为钩住了狐狸，越发用劲拧。等拽出来一看，谁知却是自己的帽子。

这一下他可是"赔了夫人又折兵"。

老鼠是草原的一大公害，草原肉多，老鼠是肉的主要盗食者。

牧人一般是在十一月初，天寒地冻时集中宰牛宰羊，宰好的牲口冻成坨，藏在冷屋或"崩克"里。这种藏法很原始，可以防猫防狗，但防不住老鼠。原因是老鼠会打洞，你今天把这个洞堵死，它明天在另一处又挖一个洞。你再堵，它再挖，老鼠锲而不舍，人却有灰心丧气的时候。你一想，反正也堵不住，干脆让它吃算了，你的肉便全喂了老鼠。

大禹治水"堵不如疏"，禹的父亲鲧就是因为"堵"而掉了脑袋。从草原堵鼠洞这件事也可以看出，"堵"这种方法确实有很大缺陷，主要是防不胜防。至于怎样疏导老鼠，到目前为止还没有想出什么好的办法。

人与老鼠有时也会演绎一场战争。

大队部修了一座冷库，用来藏肉。地上铺了厚厚一层水泥，四面墙壁也抹了一层水泥。只有天花板没抹，不是不想抹，是因技术不到家，抹上没附住。库里藏了五头牛、一百多只羊的肉。原以为很安全了，谁知老鼠就在天花板盗了一个洞，每天夜里，一百多只老鼠从洞口鱼贯而入，恣意享用牛羊肉大餐。

老管理员气坏了，纠集了五六个知识青年，如罗明、韩力、刘元等，决心打一场灭鼠的战役。

白天，老管理员带领大家查看地形，商讨灭鼠的方法，布置任务。夜晚，一干人摩拳擦掌，整装待命。估计老鼠们已经在冷库里摆开宴席，正大嚼特嚼之时，一干人突然一拥而入。一人先跑去将洞口堵住，老鼠没了退路，乱作一团。手电筒一照，一百多只老鼠红通通的眼睛，黑乎乎的躯体，在身边窜来窜去，那情景也真够令人毛骨悚然。罗明等人开始用手中带刺的木棍刺杀老鼠，最终将一百多只老鼠全部杀死，但也付出了不小的代价。

韩力刺杀一只肥大老鼠时，那只老鼠极为强悍，竟然顺着棍子蹿了上来，一跃跳到韩力身上，转眼已爬到他的胸前。韩力忙用手去抓，老鼠反身一口，利齿咬穿了韩力的食指，疼得他半天也直不起腰。

刘元就更惨了，一只小老鼠从天花板掉到他的脖子上，他一低头，老鼠就势钻了进去。这一下乱子可大了，刘元又蹦又跳，老鼠又抓又咬。无奈刘元只好当众一件一件脱衣服，大冷天冻得哆里哆嗦，最后虽然将老鼠弄了出去，但刘元也吓个半死。

第二天一早，韩力和刘元一起去卫生院找张大夫，说昨天被老鼠咬了，可能会得鼠疫。张大夫说，50年代初，草原倒是闹过一次大规模鼠疫，但自打那以后，已经有二十几年没见鼠疫了。放心，即便被老鼠咬了，也不会得鼠疫。韩力和刘元说，不怕一万，就怕万一，万一得了鼠疫可怎么办？张大夫一笑，给他们一人打一针"破伤风"，又开了一些消炎药，聊以安慰而已。

田鼠和老鼠不一样，主要生活在旷野，以粮食、草籽为生，对人的危害较小。

草原上的地洞比比皆是，很难分清是哪种动物的洞口，但要分清田鼠的洞口却很容易。秋冬之际，你走在草原上，忽然看见某一洞口外面，有带穗蒿草搭建的小天篷一层又一层，一尺大小，三四寸厚，你就可以判断，下面准是田鼠的洞。带穗蒿草也是田鼠储藏的过冬食物，大约洞里储藏的东西太多，放不下，暂时放在洞口的。

有一位老牧人，想要知道田鼠在洞里究竟藏了些什么？于是找了一个田鼠洞，用铁锨挖了个底朝天。结果他找到的粮食有玉米、高粱、黍米、草籽，满满装了一脸盆，足有二十五六斤。

老鼠面目可憎，行止猥琐，令人厌恶。草原牧民深受其害。

6 动物世界（三）

　　白云河流向白云淖尔，白云淖尔还是各种野生鸟类的天堂。

　　如果你没到过白云淖尔，或许以为白云淖尔是蓝色的。但是，当你走到湖边，却会发现湖水是青灰色的。你可以划一条小船，慢慢荡入湖中，你会发现湖水是透明的，一眼可以望到底。假如你跳下水，向湖底扎去，不管你多么努力，也休想探到底。据说湖中最深处达几十米，但究竟有多深，没人知道。事实上，白云淖尔绝非单一颜色，在不同的地方，不同的角度，不同的时间，不同的季节里，湖水的颜色或蓝或青，或灰或绿，或赤橙黄绿青蓝紫，多彩多姿的颜色同时出现在浩渺的烟波、荡漾的碧水中。使你不由得流连忘返，啧啧称奇。

　　白云河里有鱼，白云淖尔里也有鱼。河里的鱼仅限鲫鱼和"白条"，因为只有这两种鱼要逆流而上产卵，然后再回到白云淖尔里。湖里的鱼主要也是鲫鱼和"白条"，这是野生鱼。还有一些鲤鱼、草鱼、鲢鱼之类，则是人撒的鱼苗，慢慢长大的。

　　湖里还有水鸟，各式各样的水鸟，天鹅、大雁、野鸭、灰鹤、"野鸡"之类。这里所说的"野鸡"，并非通常所说的羽饰鲜艳的山鸡，而是一种泛称，泛指那些种类繁多，个头像鸡一样大小的水鸟，叫不上名,也难一一分辨,只好统称为"野鸡"。

夏秋两季犹可,如果到了春天,尤其是刚开春的时候,从南边飞来的水鸟,路过草原,都会在这里驻足休息。游一游水,捉几条鱼,流连忘返。有的干脆留下,生儿育女;有的继续往北飞,寻找更好的栖息地。然而旧的去了,新的又来,白云淖尔几乎成了鸟的世界。

这时你若去湖畔走一遭,会发现形形色色的鸟,身前身后,铺天盖地,几无立锥之地。

最多的是一种白色的大鸟,状似海鸥,是不是海鸥则不敢确定。当地人叫它"海猫子",又叫它"贼鸥"。海猫子好似鸟中的强盗,飞来飞去,嗷嗷乱叫,扰得四邻不宁。你正在湖边徘徊,忽然成千上万只海猫子,扇动大翅膀,一起朝你扑来。吓得你不由得蹲下身,双手抱住头,其实海猫子只是从你头上掠过,在空中转了一个圈,又飞向白云淖尔。

湖里有无数的水鸟在游水,知名的有野鸭和鸳鸯。灰鹤站在水里,长长的脖子、长长的腿,忽然伸嘴一叼,叼上一条小鱼,吞下肚去。湖边有更多不知名的水鸟,大大小小,走来走去,忙着觅食。你即便从它们中间走过,它们也不怕,依旧各忙各的,视若无睹。

这是一个恋爱的季节。

这里所有的水鸟,天上飞的、水里游的、地上走的,都趁着大好时光,忙忙碌碌谈恋爱。好像是例行公事,传宗接代,完成生命的一个周期。

大雁似乎是所有水鸟中对谈恋爱最积极的一种鸟,当别的鸟还处于交谈协商阶段,大雁已经迫不及待地筑巢下蛋了。巢筑得草率,蛋下得也很草率。母雁似乎什么地方都可以下蛋,草丛里、山冈上、废弃的房屋,有时干脆下在湖边的地上。母雁一天只下一个蛋,一直下十五六个蛋为止。如果你想偷蛋,千万不要忘记在巢里留一个蛋,那样母雁还会在这里下蛋。若你把蛋都拿走了,母雁就会飞走,不在这里下蛋了。

湖边的草丛里,到处都有水鸟筑的巢。大大小小,大的有一尺方圆,小的只有三四寸而已。这些巢既不遮风,也不避雨,带有临时性质。水鸟终究是要飞走的，等小水鸟出生，长到几个月大小，"家庭"开始解体，水鸟便飞走了。这些巢也弃之如敝屣，一阵风刮过，巢也就四分五裂随风而去，草原又恢复了原来的模样。

水鸟的婚姻大多带有临时性质，一雄一雌两个水鸟组成一个家庭，为的是生儿育女。少则一两个月，多则三四个月，等小水鸟可以自食其力后，雄水鸟和雌水鸟就各奔东西，家庭也随之解体。但在生儿育女这个阶段，水鸟家庭还是稳定的，一个在家孵蛋，一个外出觅食，分工合作，亲密无间，信奉一夫一妻制原则。不像某些大型爬行动物或胚胎动物，三妻四妾还嫌不足，为了争夺交配权，往往打得头破血流，上演不高明的一幕。

罗明正在草丛中行走，忽然看见一只小鸟飞来，落到他的脚面上，用它那尖尖的小喙一下又一下不停啄他的脚。罗明很奇怪，不知道它要干什么？

罗明停下脚步，向四周仔细观察，这才发现在他脚边不远处的草丛中，有一个小小的鸟巢，细枝绿草编就，三四寸大小。巢里有三枚小小的花皮鸟蛋，一只小鸟，麻雀大小，但比麻雀苗条，站在巢的边缘，飞起落下，落下又飞起，嘴里叽叽喳喳叫个不停，显得焦躁不安。

罗明这才明白那只小鸟为什么啄他的脚，于是转身朝相反方向走去，那只小鸟也立刻从他脚上飞走了。

多么勇敢的一只小鸟！

水鸟当中也有终生信奉一夫一妻制原则的，那就是天鹅。

湖中有十几只白天鹅，悠然自得划水，它们远离其他水鸟，好像不屑与它们为伍。天鹅是水鸟中的贵族，优雅大方，从容不迫，有一种其他水鸟难以企及的高贵气质。看它们游水是一种很好的享受，洁白的羽毛象征着纯洁，雄天鹅在前，小天鹅在中，雌天鹅在后，完全是一幅家庭和睦的图画，令人赏心悦目。据说天鹅对爱情极为忠贞，一雄一雌两只天鹅终生厮守，从不变心。当一只天鹅不幸去世，另一只天鹅会守在它身边，不吃不喝，直到随它而去。

谁说动物不懂感情，至少天鹅这种以死殉情的精神，我们人类还很难做到。

白云淖尔是野生动物的乐园，呈现一幅自然和谐、生动活泼的美丽画卷。然而过去的白云淖尔，要比现在更加兴旺。

据老牧人回忆，过去每到春天，湖畔飞来的水鸟是现在的十倍，湖里的鱼比现在多百倍还不止。

过去你站在湖边，可以看到湖里的鱼密密麻麻，一条挨着一条。

现在你站在湖边，左也瞧不见鱼，右也瞧不见鱼，不知它们都藏到哪里去了。河里有时还能见到鱼，有一年夏天，罗明偶然看见河里的鲫鱼像傻了一样，一动不动。连忙跳下河去抓，抓的时候鱼也不动，随手就抓了十几条。回家做了一锅红烧鲫鱼，美美吃了一顿。

后来才知道，上游水文站附近，大队组织人力洗羊。洗羊就是将一个大池子里放进河水，再倒入"六六六"杀虫剂，然后把羊赶入池子浸泡，目的是消灭羊身上的寄生虫。废弃的水再放入河里。

河里的鲫鱼为什么不动？原来它们是中了"六六六"的毒，想动也动不了。"六六六"不易分解，它们会随河水流入白云淖尔，对湖水造成污染，湖里的鱼也会中毒。罗明吃的红烧鲫鱼也是有毒的，只不过仗着当时年轻，身体抵御能力强，没什么反应。

过去每到春天，湖边到处都是鸟蛋。你想拣鸟蛋，可以套牛车去拣。不大工夫便能拣半牛车。一牛车能装一千多颗鸟蛋，半牛车也有五六百颗。拣这么多鸟蛋做什么？不是为了吃，而是喂猪。

如今春天的时候，在湖边已经基本见不到鸟蛋了。拣的人太多，随下随拣，你能赶趟吗？若你特意要拣，就得起个大早，赶个晚集，兴许能拣十颗八颗，但要拣半牛车，那就是天方夜谭了。

为什么鸟蛋少了？一是环境变了，飞来的鸟少了。二是拣的人太多，鸟也学聪明了，它知道白云淖尔不是生儿育女的好地方，就不愿意在这里下蛋了。

过去白云淖尔里何以那么多鱼？主要的原因是牧民不吃鱼，没人打扰，鱼也就越繁殖越多。牧人为何不吃鱼？有人说牧人有那么多牛羊肉，他还吃鱼干吗？也有人说蒙古人把鱼视为图腾，所以不吃鱼，但这种说法缺乏有力的证据。

有一段时间罗明迷上了钓鱼，没事就拿上自制的鱼竿，去河边钓鱼。还带一本书看，有时看得入迷了，就忘了钓鱼。有道是"姜太公钓鱼，愿者上钩"。钓得上也罢，钓不上也罢，为的不是鱼，而是那份悠闲的心情。何为隐者？大约也就是他这个样子吧。

有一次他在水文站附近的桥边钓鱼。这个水文站建在一个高岗上，白云河流经这里，到桥下形成一个瀑布。说是瀑布也没有"飞流直下三千尺，疑是银河落九天"那样的气势，只是一个宽两丈、长三丈余的小瀑布而已。但也有一些大鱼在这里上蹿下跳，忙得不亦乐乎，难道它们也想在这个小瀑布一跃成龙吗？

罗明也看准那里的鱼多，常在小瀑布下面不远处钓鱼。那一天他的收获颇丰，钓到三条大鱼、十几条小鱼。他带来一个小水桶，舀半桶河水，把钓起的鱼放到里面。那鱼一着水都活，虽然天地不大，但游来游去，似也很快乐。

罗明正钓得来劲儿，忽然有一个人从公社方向走来，走上桥，一眼瞥见了罗明，就拐下桥，不声不响走到罗明身边。罗明回头一瞧，是公社喇嘛庙里的一个老喇嘛，名叫江布。就问："江布怪，你这是要去哪儿？"

名字后面加一个"怪"字，在蒙古语是尊称的意思，犹如说"江布老""江布先生"。

老喇嘛说："去沙窝子转转，没烧的了，想弄点干柳条子。"

说起这个老喇嘛，也是白云淖尔公社远近闻名的人物。据说他道行极深，在喇嘛庙里地位仅次于活佛。各大队的老人，尤其是妇女，去公社买东西的时候，会偷偷给他送点东西，奶食、黄油、肉干之类，求他为他们念念经，以保平安。罗明曾随乌兰、阿斯茹去过这个老喇嘛的家，尤其是巴雅尔被抓到旗里的时候，乌兰去得更勤了，每一次都带点冻奶坨、奶豆腐、黄油，求老喇嘛念经，保佑巴雅尔平安归来。后来巴雅尔被放回来了，乌兰又去了一次老喇嘛家，感谢他念经念得灵，巴雅尔真的回来了。出来以后，乌兰嘱咐罗明，不要把她看老喇嘛的事告诉巴雅尔。

罗明说："怕什么？"

乌兰说："他是支书，知道了会不高兴。"

这以后乌兰就不去老喇嘛家了。

她说："有奶豆腐、黄油，我不会自己留着吃，老给他送，我不是犯傻吗？"

罗明是无神论者，自然不相信巴雅尔被放回来与老喇嘛念经有什么关系，但对她这种实用主义也不大赞同。

罗明对老喇嘛很有兴趣，因为他是高僧，在北京想见高僧也见不着，不想在这个边陲荒漠之地却遇到了一位。他想跟老喇嘛好好聊聊，请教一下佛经要义，但一直没有机会深聊，不料今天却不期而遇。

老喇嘛在罗明身边坐下，从公社到水文站有15里路，走累了，想歇歇脚。他问罗明在做什么？罗明说：钓鱼。他叫罗明给他看看鱼钩，罗明把鱼钩从水里提出来，老喇嘛拿在手里仔细端详了半天，问："这就能钓鱼吗？"

罗明给他看桶里游动的鱼，说："这都是钓上来的。"

"你钓鱼做什么？"

"吃。"

"鱼能吃吗？"

"能。"

"这么活蹦乱跳的东西，你把它吃了，不是太残忍了吗？"

"那宰牛、宰羊，血淋淋的，不是更残忍吗？"

"牛和羊生来就是给人吃的，但鱼不是！"

"那鱼生来是做什么的呢？"

老喇嘛也说不出鱼生来是做什么的，只好沉默不语。后来他求罗明把鱼放回河里,说:"救人一命胜造七级浮屠。"

鱼又不是人,救鱼一命也能造七级浮屠吗?

鱼都可以救,不忍见它死,那牛、羊、马、驼呢?

这里面似乎有点虚伪,但似乎又不虚伪,谁知道呢?

老喇嘛见劝说无效,只好从兜里摸出五块钱,说要买他的鱼,罗明不忍再拒绝了,说:"鱼我可以送给您,但钱我不要。"

老喇嘛把桶提到河边,嘴里念着佛号,把鱼放回到河里。看着鱼一条一条游走,老喇嘛的眼睛里流露出慈祥的目光。

那一瞬间,罗明也被深深地感动了。

这是二十多年前的一件往事,花钱买鱼,然后放生,无疑是一件善事。然而靠几件类似的善事,并不能挽救鱼类大量减少的命运。

1959年、1960年,全国范围粮食大面积减产,许多农区的人纷纷涌入草原。这些人以内蒙古通辽、河北阳原、河南禹县的人为最多,"阳原的糊糊,禹县的毛糕"是这两地老乡常说的一句话,既表明了家乡的标志性食物,也表明了家乡的贫穷。

农民的涌入,不仅改变了草原某些传统的生活习惯,也破坏了草原的生态环境。这些人有一个特点,就是什么都吃,什么都敢吃。天上飞的,水里游的,地上跑的,大嘴一张,一扫而空。甚至连小小的田鼠也不放过,说田鼠乃天下之美味,一半清炖,一半红烧,再蘸些黄酱、蒜泥、辣椒,不尝尝岂非白来世上走一遭?

这样一来,白云淖尔便遭了殃。鱼少了,鸟少了,鸟蛋基本看不见了。其他如狼、狐狸、黄羊、野兔、田鼠也越来越少,濒临灭绝。这两年就像一个坎,从此之后,草原上人越来越多,野生动物却越来越少。

野生动物如此,那么家畜又怎样呢?如果把马、牛、羊、驼都看成家畜,家畜也面临一场空前的浩劫。人多了,宰杀的家畜也多,马、牛、羊、驼的存栏率大幅下降。然而事在人为,经过人的不懈努力,马、牛、羊、驼的数量不仅没有减少,反而稳步上升。即便"文化大革命"时期,草原的畜牧业虽然也受到很大影响,但马、牛、羊、驼的存栏率并没下降多少。"文化大革命"之后，草原的畜牧业迅速恢复了元气，马、牛、羊、驼的数量大大提升。然而令人没想到的是，家畜数量的增多极大地影响了草原的生态环境，这种影响是致命的。

过度放牧使草场大面积退化，草原的生态环境极为脆弱，干旱少雨，每年平均降雨量只有120毫米左右，这使草场的恢复和成长十分缓慢。而大量家畜对草场的破坏是致命的，尤其是羊，羊吃草干净彻底，贪心不足，往往连草根都刨出来啃。这样草场一年不如一年，加上干旱少雨，就会逐渐沙化。有研究表明，在造成草场沙漠化的原因中，自然因素只占0.6%，而滥垦的因素占将近70%，其他还有滥牧、滥砍、水资源利用不当等。由于人类活动急剧增加，草原沙漠化面积呈迅速扩大之势。

这是大自然对人类的惩罚。人类要生存，必然要发展生产，发展生产往往会破坏生态环境，生态环境的破坏又反过来危及人类的生存。

7 揭竿而起

牛魔王落户饲草基地之后,开始了它创建"王国"的伟大事业。创建一个王国,开什么玩笑?对人来说,似乎不太可能,但是对一头优良种牛来说,却不是什么难事。需要的只是牛的基因和一两个优秀的配种技术员。

牛魔王来自异国他乡,血统高贵,体形硕大,孔武有力,具备开创基业的良好潜质。但它只是一介"武夫",没有文化,也没有创建一个王国的才能,如果任由它胡来,大约它只能建一个小家,娶二三十个老婆,生六七十个孩子,如此而已。

牛魔王需要帮助,有人帮助它策划一切,面面俱到,古称"谋主"。

牛魔王的谋主是谁?就是巴雅尔、阿斯茹、罗明这些人,其中罗明起的作用最大。

牛魔王的出现,在牛群中引起巨大恐慌,这些畜生自知地位不保,都把矛头指向了牛魔王。

一场暴动在暗中酝酿,这在牛群中还是第一次。

七八月是母牛发情的季节,暴动终于打响了。

一天,有人跑来说,湖边大草滩上,四十几头毛牛(当地牧民对种公牛的称呼）将牛魔王围在中央，一场大战在所难免。

罗明和阿斯茹急忙跑到草滩上，这里已经摆开了战阵，大战一触即发。

牛魔王站在草滩中央，旁若无人，依旧悠闲地吃草；在它四周围着四十几头毛牛，各按方位，一个个红着眼，喘着气，死死盯住它，随时准备发动致命的一击。

战场周遭围着几群牛，母牛、小牛、健牛都有，它们忘记吃草，抬起头，抽动着鼻子，紧张注视着场内的一举一动。牛群外面是马群、羊群、驼群，还有一些水鸟，飞上飞下。这些都是看客，牛魔王与毛牛的争斗，于它们本没有利害冲突，但若打斗太过激烈，有死有伤，造成很大轰动，也会影响它们平静的生活。羊仍忘不了吃草，低着头不停地吃，马和驼不时停下脚步，抬起头朝战场这边张望，感觉到一种死亡的气氛。

阿斯茹害怕牛魔王受到伤害，想上前制止这场冲突，罗明伸手拦住了她。

四十几头毛牛围攻一头牛，太不寻常了，这种情况过去从未发生过。

以前每到母牛发情的时候，毛牛也会彼此争斗，为了争夺交配权，拼个你死我活。但这种争斗都是小范围的，每个牛群配备两三头毛牛，争斗也只发生在这两三头毛牛之间。很少有毛牛跑到别的牛群去无事生非。如今这么多牛群的毛牛不约而同跑来围攻牛魔王，不是太不寻常了吗？显然，这些毛牛已经意识到牛魔王对它们的巨大威胁，故捐弃前嫌，同仇敌忾，必欲置牛魔王于死地而后快。

阿斯茹说："罗明哥，你什么意思？"

罗明说："有好戏看了，傻丫头！"

"要是伤着牛魔王可怎么办？"

"牛魔王那么强大，谁能伤着它？"

罗明也想看看牛魔王有何招数对付这些强敌。

这时，毛牛开始蠢蠢欲动，一些毛牛前腿跪在地上，在草地上摩擦自己的脖子，然后用蹄子刨土，以角挑起土和草，朝牛魔王抛去。这是它们挑战的一种方式，表示与对手不共戴天……

突然，四头最勇敢的毛牛，低下头，挺起尖尖的角，从四个方位，一起朝牛魔王冲去。

前面的两头毛牛首先发起攻击，牛魔王低头迎战，双方的角如利刃一般上下滚动，缠在了一起。那两头毛牛极为灵活，专刺牛魔王的眼珠子，几次三番就要得手，又被牛魔王巧妙躲过。罗明和阿斯茹瞧得胆战心惊，生怕毛牛伤了牛魔王。说时迟，那时快，这时后面的两头毛牛也冲了上来，舍命一头撞去，牛魔王顾头顾不了腚，被毛牛顶中后臀部。"哞——"它吼叫了一声，它真的怒了，丢下前面两头毛牛，转身朝后面两头毛牛扑来。左角一挑，将一头毛牛挑上半空；右角一挑，将另一头毛牛也挑上半空，两头牛都重重地摔在草地上。

牛魔王又转身去收拾前面两头毛牛，眼见那两位兄弟倒地不起，它们再也不敢言勇，慌忙掉头而逃。这一逃不要紧，当即引起巨大的连带效应。先是其余的毛牛，见它们四位勇敢的伙伴倒的倒，跑的跑，吓得魂飞魄散，赶紧溜了。接着牛群也被牛魔王的威力所震慑，见毛牛逃跑，也紧随其后而去。牛群的逃跑引起莫名的恐慌，马群、羊群、驼群，还有水鸟，也不知发生了什么事儿，你逃我也逃。一边逃，一边叫，各种动物的叫声此起彼伏，响成一片，完全是一幅动物大逃亡的悲壮画面。

"哞——哞——"牛魔王傲然兀立，瞧着四散而逃的动物，昂起头，对着天上的太阳发出胜利的吼叫。

"好样的，牛魔王！"

罗明和阿斯茹跑到牛魔王面前，罗明想要拍拍它，牛魔王立即显出敌意，低下头，牛角指向了他。罗明吓得急忙后退。阿斯茹忙用身子挡在他的前面，轻轻摸着它的大脑袋，说："牛魔王，你怎么了，难道不认识我们了？"

牛魔王伸出舌头舔她的手，眼中敌意渐消，摇头晃脑围着阿斯茹转，又变得温顺可爱。罗明恨得牙痒，但也无可奈何。

事情并没有结束。

那天夜里，五六十头毛牛围住饲草基地，几乎红旗大队所有的毛牛全都来了，对着牛魔王的居室吼叫不已，它们不敢靠前，只是远远地站着，似乎害怕牛魔王的巨大威力。然而它们又不走，撵也不走。罗明和阿斯茹拿着手电筒去撵它们，牛群跑两步，站下了，继续朝着夜空吼叫，一声接着一声，一声紧似一声，声声动人心弦。有的毛牛被撵急了，反身朝罗明和阿斯茹冲来，吓得二人落荒而逃。

在这个非常时期，牛与人的矛盾也变得尖锐起来。

母牛真有那么大的魅力吗？

牧人常说一句俚语："三年没见女人，见了母牛也要飞飞眼。"用来讽刺某些年轻人没出息，见了女人就走不动道儿。用母牛比喻女人，尽管是丑陋的女人，对母牛来说，恐怕也是一种"赞誉"。

第二天，罗明去找巴雅尔，说："巴书记，这些毛牛围着饲草基地不走，恐怕对牛魔王不利。"

巴雅尔说："没关系，过了这个月就好了。"

"这些牛一夜一夜地叫，叫得人心烦意乱，连觉都睡不着，老乡们很有意见。"

"那怎么办？要不全宰了吧，反正也没用了。"

有了牛魔王，这些牛确实也没用了。全宰倒是一劳永逸的好办法，留着它们也是一个不小的麻烦，因为这些家伙不老实，它们会肆无忌惮地与母牛交配，让它们怀上孩子。那样的话，改良畜种的效果就会大打折扣。

又一天，巴雅尔找来一些年轻人，骑着马，手持套马杆，开始了捕杀毛牛的行动。

捕杀行动很快就演变成了一场赛马游戏，这些年轻人纵马追毛牛，如果不走，他们就打牛屁股，催它们跑起来。哪头牛跑得慢，他们就放过它，先去追别的牛。牛跑得越快，他们越高兴，牛在前面跑，他们在后面狂追。追上以后，一甩套马杆，套住牛的头，然后欠身坐到马鞍后面，死死拽住牛。这时便会有人走上前，用绳子拴住牛角，把牛牵回，拴在马桩上。

经众人一番努力，五十余头毛牛都被捉住了。巴雅尔叫罗明挑二十余头强壮的牛放生。

罗明说："不是全宰吗？"

巴雅尔说："全宰可不行，总得留几头。"

"你昨天可是说全宰的！"

"我昨天只是随口一说，你就当真啦？不留几头怎么行，要是配种没配上，又没别的毛牛，母牛都空着肚子，明年下不出小牛，那可就抓瞎了。"

"那畜种改良不就大打折扣了？"

"畜种改良照样搞，本地毛牛照样撒，不能让母牛空着肚子就是了。"

罗明奉命去挑牛，他首先挑中的，是那天主动向牛魔王发起攻击的四头牛。这四头牛最勇敢，想必也最强壮，让它们的基因继续流传显然没有问题。这四头牛也好认，遍体鳞伤，一眼就挑了出来。除了这四头牛，又挑了十几头体格伟岸的牛，一一指给"刽子手"看，说先让这几头牛陪绑，看看屠杀它们伙伴的全过程，也好吓吓它们。

蒙古族人宰牛也很有讲究，从不"大抹脖"，嫌"大抹脖"埋汰，太没水平。他们宰牛，只用一把细细的小刀，刺牛的中枢神经。牛背靠近头和脖子的地方，有一个窟窿，正是牛头和牛身的接骨处，这里是牛的"命门"，只要一刀刺中，牛立即砰然倒地。

我们看西班牙斗牛节目，斗牛士也采用这种杀法。但他们用的是长剑，往往要刺五六剑，甚至十几剑，才能将牛刺死。牧人讲究一刀毙命，若刺第二刀，就不是高手所为了。

"刽子手"开始行刑，不大工夫，已有二十余头毛牛倒地毙命。

罗明看出了便宜，觉得杀牛简直太容易了。阿斯茹逗他说："罗明哥，你也杀一头让我们瞧瞧。"

罗明说："杀就杀，有什么了不起的。"

阿斯茹对一个"刽子手"说："二豆，你把刀给罗明哥，让他杀这头。"

二豆斜眼瞟了瞟罗明："他行不行啊？"

罗明说："行不行都让你说了，不就杀头牛吗？"他接过刀，大大咧咧走到牛面前，举刀就要往下捅。

"慢！"阿斯茹拦住他，吩咐二豆："你去找两个马绊来。"

二豆一瞧，这是把他当下人使唤，心里老大不高兴，可又不敢不听，嘴里嘟嘟囔囔，去熟人家找来两个马绊，扔到罗明脚下。

阿斯茹一瞪眼："扔什么扔，还不赶快把牛绊上！"

二豆只好捡起马绊，走过去，蹲在牛腹下，给牛腿上马绊。一边上，一边嘀咕："这么麻烦，你还不如把他抱在怀里杀呢。"

"小嘎巴豆子，你嘀咕什么呢？"

"我敢嘀咕什么！"

罗明用手去摸毛牛脊背上的窟窿，摸准后刺了一刀。谁知牛皮太厚，这一刀竟没刺进去。牛疼得一哆嗦，罗明的手也开始哆嗦。然而众目睽睽之下，又不容他逃避，咬咬牙又狠命一刀，这一刀倒是刺进去了，只是牛没倒下，反而立了起来。罗明面红耳赤，满头大汗，他知道第三刀若再刺不中，他只好找个地洞钻进去。

那头牛也愤怒了，无法容忍罗明的手艺如此不精，一而再，再而三地拿它做实验。当罗明第三刀刺下去，就像给牛通了电，猛一挣扎，一下将马桩连根拔起，四条腿一弹，又将马绊挣断，朝人群猛扑过去。人们四下躲藏，小孩哭，大人叫，乱作一团。

那牛疯了，见人就顶，穷追不舍。有几个人被它追得走投无路，只好躺倒在地。这是人对付牛的最后一招，因为牛比较笨，头和脖子转动不灵，你只要躺倒在地上，它的角就顶不着你了。又有几个人骑上马，挥舞着套马杆，想要套住它。那牛也不畏惧，一头朝马冲去，吓得那几个人连忙掉转马头逃走了。

好一头牛，为了生存，不惜拼死一搏，大闹饲草基地，叫人威仪扫地，狼狈不堪，想忘也忘不了这一天！

阿斯茹笑说："罗明哥，你可真是个笨蛋！"

罗明面红耳赤，一句话也说不出。

二豆可得了意，卷一炮"莫合烟"，美美抽了几口，眉飞色舞说："好家伙，真有两下子，这牛宰的，鸡飞狗跳。不知道的人还以为谁在咱们头顶上扔了两颗炸弹呢！"

阿斯茹说："你那两个破马绊是从哪儿弄来的？"

二豆说："怎么就破马绊了？"

"不是破马绊牛一踢就断？"

"像他这么宰牛，什么马绊不断，就是铁条也得断。"

"总之，是你不好……"

"我不好，我不好，我哪儿比得上你罗明哥呀。"二豆醋意十足，起身要了把刀子，朝牛走去。他要一刀把牛刺倒，让阿斯茹瞧瞧他的本事。

那头牛正孤零零站在场子中央，一动不动，人们都远远看着，不敢靠近。二豆背着手，装作若无其事的样子，他想偷偷靠近它，猛然一刀，牛没有一点反应便已颓然倒地。这么漂亮的手法，美人能不另眼看待吗？

但是那头牛警觉得很，二豆围绕它转了好几个圈，它始终眼睛盯着他，牛角对准他，不给二豆任何机会。二豆没办法，只好铤而走险，猛地冲上去，照牛的"命门"就是一刀。这一刀也刺偏了，毛牛朝二豆猛撞过去，二豆忙转身逃跑，但已来不及。牛角戳进他的屁股，把他挑向半空，又重重摔落在地。

人群发出一片惊呼，罗明和阿斯茹等几个人急忙跑过去，赶走毛牛，扶起二豆，阿斯茹问："没事吧？"

"没事，没事。"二豆捂着屁股，一瘸一拐，惨笑说："今天算是捡了一条命，老婆没娶，儿子没生，这要去见阎王爷，可就太亏了。"

"呀呀呀，"巴雅尔摇头说，"这头牛可没治了，还是别惹它，放它走吧。"

叫人攮它走，爱上哪儿上哪儿。又吩咐把罗明挑中的牛也一块儿放了。这二十几头牛经此一劫，早已吓得屁滚尿流，没了底气，原先那股飞扬跋扈的气焰，也不知跑到哪里去了。一个个垂头丧气，悄不声地溜走了。

8 配种

大队成立了"配种小组",任命罗明为组长,阿斯茹为副组长。一来他们是饲养员,和牛魔王混得很熟,尤其是阿斯茹,牛魔王最听她的话;二来两人都参加过公社组织的配种培训班,每年冬天也都给羊配种,好歹也算熟练工。如今虽然把羊换成了牛,个头大了许多,但道理是一样的,让他们两人负责,巴雅尔也放心。

配种看似简单,其实很担责任。你今年给牛配种,明年一头小牛没下,或者下得不多,这个责任你担得起吗?

去年冬天给羊配种,罗明担任"主治医师",阿斯茹在一旁打下手,双手捧着试管,试管里装的是种羊的精液。罗明从阿斯茹手里接过试管,想给母羊注进去,但一推试管却推不动,原来天太冷,早把精液冻成了坨。阿斯茹颇有小聪明,拿起试管,跑进屋,放在炉火上烤,等精液烤化了,又拿了出来。

罗明说:"还管用吗?"

阿斯茹一笑:"管他呢!"

罗明也笑了,遂把烤化的精液给母羊注了进去。

条件因陋就简,技术是二把刀,操作也吊儿郎当,这配种还不跟开玩笑一般?

除罗明和阿斯茹外,大队还给他们配备了几个助手,有刘元、二豆,还有一个二十多岁的少妇云登其木格。大队在牛魔王居室外面搭了一个简易牛圈,又搭了两个蒙古包。一个给阿斯茹、云登其木格住,另一个给罗明、刘元、二豆住。五个人一起搭伙,轮流做饭,临时组成一个类似家庭式的小集体。

这一次二豆加入配种小组,醉翁之意不在酒。他暗恋阿斯茹,想离她近一点,这要一不留神成了书记的女婿,岂非天上掉下一个大馅饼?他主观认为罗明是他最大的情敌,想要给他找点麻烦,让他的组长坐不牢。至于怎么找麻烦,二豆也没想好,过了两天就把这个碴儿忘了。

配种小组成立后头几天,也没人送牛来,几个人无事可干,等牛等得心焦。这一天刘元带牛魔王出去吃草,将近晌午的时候,忽然跑回来说:"不好了,那十几头毛牛又来了,围住牛魔王,眼看就要打起来了。"

罗明、阿斯茹等急忙跑了出去,只见饲草基地东面大草地上,十几头毛牛远远围在牛魔王周围,死死盯住它的一举一动。但牛魔王根本没把这十几头毛牛放在眼里,气定神闲地吃着草,颇有一点儿"人不犯我,我不犯人"的劲头儿。

罗明看这十几头毛牛似乎没有恶意,但也不明白它们大老远跑来做什么?

忽然牛群中走出四头牛,正是那天领头向牛魔王发起攻击的四头毛牛,只见它们迟疑着向牛魔王靠近。走走停停,见牛魔王没有反应,就慢慢蹭到牛魔王身边,一脸恭顺的模样,开始嗅牛魔王的屁股。其他牛群也跟着走来,一头一头嗅牛魔王的屁股,嗅个不停。

其实这是动物之间的一种礼仪,嗅屁股就是表示臣服。

嗅屁股似乎是动物之间一种重要的表达方式,除雄性嗅雄性的屁股外,雄性嗅雌性的屁股则更为常见,这是交配前的一个必要程序,目的是判断雌性有没有发情。

牛魔王昂起高贵的头,心安理得接受众牛嗅它的屁股。

阳光灿烂,绿草如茵,牛魔王又低头吃草,充分享受吃草的乐趣。

突然,有什么东西从后面偷偷向它围来,不怀好意,空气中充满着生与死的味道。

阿斯茹惊呼:"狼,是狼!"想冲过去帮牛魔王一把,罗明忙拉住她。

牛魔王没在意,仍旧低下头吃草,没把这群狼放在眼里。狼的个头太小,它根本不相信这些小东西会对它造成什么威胁。

那群狼有十几只,跟在后面,忽然一起扑向牛魔王,但牛魔王太高,它们只能咬牛魔王的后腿。这群狼也是饿疯了,竟找牛魔王这样的大家伙下手,岂不是活得不耐烦了,找死吗?有两只狼奋力一跃,跳到牛魔王的背上,但牛魔王的皮太厚,咬也咬不动,抓也抓不住,牛魔王跑了几步,就把它们颠了下来。

又有几只狼扑向牛魔王的屁股,想采取"掏肛战术"。这是草原"二哥"鬣狗的惯用伎俩,因为肛门这个地方柔软,是动物身上的薄弱环节,鬣狗从这个地方入手,最容易攻破动物身上的防线。我们常常看到一个鬣狗围攻角马的场面,前面角马还左右而顾,后面已被鬣狗掏破肛门,拽出大肠、小肠,大嚼特嚼,场面之残忍令人发指。

人们常说鬣狗行径卑鄙无耻,指的就是它的"掏肛战术"。

但是狼想采取"掏肛战术"却不行,原因是牛魔王太高,狼虽咬住了牛魔王的屁股,脚却够不着地,等于悬在半空,久而久之它只好松开嘴,跳回地面。

又有几只狼奔到前面,拦住牛魔王的去路,咬住它的喉咙,牛魔王急了,"哞——"长吼一声,向前冲去,甩掉几只狼,又撞倒两只狼,低头尖角一顶,刺穿狼的肚子,扬头一挑,那狼在半空中划一道弧线,重重摔落在地,眼见是活不成了。其他狼吓得胆战心惊,四散逃去。

这一战牛魔王大获全胜。

第二天，有人送来几十头母牛。送牛的人恰好是云登其木格的丈夫毕力格，来了就不想走，说要看看牛魔王怎么给他的母牛配种。他问："那么一个老大的家伙，母牛受得了吗？"

罗明跟大队要了一只羊，正愁没人套车去拉，就求毕力格跑一趟。毕力格爽快答应，骑着马跑了二十多里路，驮回一只羊。又帮着宰羊，把羊肉割成条，晾在蒙古包的哈纳墙上。

晚上，罗明煮了一锅肉骨头，炒了两个菜，一个肉片洋葱，一个肉丝蒜苗，又拿出一瓶"草原牌"老白干，说要犒劳毕力格。毕力格连称"好生活"，说这样的好生活以后还不知有没有了？他喝得酩酊大醉，云登其木格把他扶到另一个蒙古包，他一头倒下，呼呼大睡。

阿斯茹问："他还走不走？"

云登其木格说："醉得跟死猪似的，还怎么走？"

"他不走我走！"

"小丫头，我看你不像蒙古人。"

"怎么不像？"

"蒙古人没那么些臭毛病。"

"我讨厌醉鬼！"

阿斯茹叫来罗明，把铺盖抱到办公室，搭了一张床，安置下来。

母牛来了，配种工作正式开始。

每天早晨，太阳还没露头，五个人就已爬起，脸不洗，饭不吃，先开始配种工作。据说这个时候是母牛发情的最佳时间，所以要抓紧时机给它配种。至于这种说法是否科学，也很难说清。

刘元和二豆先去抓一头母牛，牵到配种室。里面设有一个类似法国断头台式的木制装置，中间有一个大的圆孔，可以把牛头伸进去，卡住，让它动弹不得。然后把牛魔王牵过来，牛魔王一见母牛，立刻来了情绪，也不管周围有好几个人盯着它，没脸没皮，顿时两条后腿站立起来，身子往前一探，两条前腿搭在母牛背上。谁知它的重量太重，母牛支撑不住，扑哧一下，当即瘫倒在地。

结果什么也没搞成,牛魔王气得"哞哞"直叫,母牛就更惨了,因为它的头还卡在"断头台"里,这一倒差点儿没把它勒死,窜了一地稀屎,半天也扶不起来。

　　这头母牛长得倒还小巧玲珑,在牛群里算得上是一位"美人"。可惜它福分太浅,当不了牛魔王的原配夫人。

　　罗明叫刘元、二豆换一头母牛,结果连换两头都是牛魔王一上身,就不由自主瘫倒在地。弄得罗明也失去信心,怀疑引进牛魔王是个错误,牛魔王太大太重,与本地母牛根本无法交配。

　　后来,还是毕力格比较了解他的母牛,挑了一头傻大黑粗的货色,牛魔王跳上身时,虽然腿也哆嗦,尚能勉强支持,于是就让它做了牛魔王的原配夫人。

　　下一步工作是采精,这绝对是一件技术活,具体来讲是这样:当牛魔王把它的"小弟弟"探向母牛时,你要用手帮它稍微转向,然后用一个橡皮做的器械套住它。牛魔王哪能辨出真假,一股盲目的激情化作精液,全部喷射在橡皮器械里。

　　然后将精液灌入细细的玻璃滴管里,牵走牛魔王,放走傻大黑粗的原配夫人。罗明决定暂不为它配种,而是让它作采精时的"诱饵",人才难得,岂能轻易放过。或许有人会问,你就是给它配种,不是一样当诱饵吗?其实不然,配不配种,母牛释放的气味大不一样。牛魔王若闻出气味不对,知道母牛已经怀孕,就不愿再为它浪费精力了。

　　刘元和二豆又牵来一头母牛,铐在断头台上。罗明要为它人工授精,阿斯茹双手捧着玻璃滴管在一旁打下手。罗明见云登其木格没事干,就叫她回去做饭。

　　云登其木格问:"吃什么?"

　　罗明说:"简单一点儿,熬一锅奶茶吧。"

　　"哪儿有奶呀?"

　　"你不会挤?"

　　云登其木格一笑去了,罗明这才拿一个不锈钢扩约器,探进母牛阴道。这一探有讲究,母牛若是发情,会有分泌物流出,可以为它授精。若没分泌物流出,证明它还没发情,你就是给它授精也是白搭,只好先放了它,换一头母牛。眼下这头母牛发情状况良好,有大量分泌物流出,气味很浓。罗明皱着眉头,将扩约器抽出,以便让上面粘的分泌物流下。再将扩约器探进,张大,从阿斯茹手里接过滴管,通过扩约器伸到母牛子宫口,往里滴一两滴牛魔王的精液,人工授精即算完成。

这一两滴精液所包含的精子,虽然只是原来的十分之一,但也可称千军万马。这些精子进入子宫口后,会争先恐后地朝里游去,但绝大多数夭折在半途中,只有一百多个精子能到达卵子周围。这一百多个精子可谓翘楚中的翘楚,它们千方百计企图钻入卵子。但只有一个最具活力的"幸运儿"能够捷足先登。然后卵子周围会覆盖一层保护膜,彻底阻止其他精子进入。

受精卵开始孕育新的生命,神奇而又伟大。

就这样,他们先后给十头母牛人工授精,精液也用尽了。这一项工作并不难,但要抢时间、抢速度。因为精子的活力有限,耽误不起,时间一过,精子就死了。你把死精子给母牛子宫注进去,不是"瞎子点灯——白费蜡"嘛。

"收工!"罗明大喝一声,充分显示他小组长的权威,第一天能干成这个样子,他已经很满意了。

四个人回到蒙古包,刷牙、洗脸。云登其木格已经熬好一锅奶茶,众人围坐在一起,开始喝茶。罗明一边喝,一边分配工作:二豆放牧牛魔王,云登其木格放牧母牛,刘元做饭。

二豆说:"那你和阿斯茹做什么?"

罗明说:"我们得洗刷配种用具,完了还得给牛魔王准备饲料。"

"那我做饭行不行?"

"行,反正做饭是大家轮流做,一人做一天。不过你会做吗?"

"牛皮不是吹的,我要做饭,天天包子、饺子、馅饼,管保你们吃得满嘴流油,赞不绝口。"

"那你中午准备做什么？"

"大家说吧。"

阿斯茹、云登其木格说："包子！"

刘元说："发面包子，死面的我可不吃。"

"发面就发面，我最拿手的就是发面！"

喝完茶，众人各忙各的。刘元将牛魔王放了出来，罗明嘱咐他离母牛远点儿，害怕牛魔王见了母牛，一时把持不住。云登其木格打发毕力格去放牛，自己打扮一番，去饲草基地串门儿。罗明和阿斯茹清洗配种用具，今天的配种工作就算结束了，原因是每天只能采一两次精。

所以每天的配种工作，就是清晨忙一阵，过后就基本没什么事儿了。

两人正忙，二豆来找，说："头儿，咱们也没酵母哪。"

罗明说："你还是叫我的名字，不要叫什么头儿。"

"你本来就是头儿，大家都听你的，不叫你头儿叫什么？"

"你也不用给我拍马屁。"

"没有酵母我可就蒸死面的啦。"

"刘元不是说他不吃吗？"

"那咋办呢？"

罗明叫他去后面住户各家转转，说不定哪家有酵母，要一点儿就是了。二豆去后面人家转了一遭，借了一点酵母。回来以后，从哈纳墙上摘几条肉剁馅，又去野地摘一把野韭菜，切碎和到肉馅里，包了两屉包子。还剩一半的面，馅却没了，只好先扔在一边。去外面撮一筐牛粪，点火蒸包子。蒸了半天，也不知熟没熟？掀开锅盖用手去摸，包子上立刻显出两个黑指印。二豆一瞧，手上满是牛粪碎屑，就在衣服上擦擦，又去摸包子，发现还有点黏。盖上锅盖，添几块牛粪，又蒸了半天。这一回总算熟了，包子蒸得又白又胖，看着都喜人。

二豆十分满意，坐在毡子上，卷一炮莫合烟，咂嘴点头，美美抽了几口。心想：没办法，没办法，谁叫咱这么有本事呢，等着听夸奖吧。

阿斯茹瞧他这么会蒸包子，兴许一高兴就嫁给他也说不定呢。

中午，一干人聚齐在蒙古包里，二豆端上两屉包子，又端上一壶奶茶，说："包子就奶茶，简单了一点，大家凑合吃吧。"

毕力格伸手拿一个包子，三口两口吃下肚，又拿一个，吃得倍儿香。

阿斯茹拿筷子夹一个包子，刚尝了一口，即皱起眉头："怎么是酸的？"

"酸的？"二豆瞪大眼珠，伸手拿了一个包子狠狠咬了一口，果然是酸的，脸不由得涨得通红。

罗明说："你是不是没兑碱哪？"

二豆说："怎么没兑，化碱的碗还在柜子上，不信你看嘛！"

"那就是你兑得还不够。"罗明又问阿斯茹："怎么样，还能吃不能吃？"

阿斯茹没回答，毕力格说："能吃，能吃，酸一点就不用蘸醋了。"

云登其木格捶了他一拳，笑说："猪！"

毕力格嘿嘿一笑："只要不让我做，你就是做成猪食我也能吃，绝不挑三拣四。"

二豆说："大哥，谢谢你这么支持我！"

"好说，好说。"

罗明说："能吃就将就吃吧，二豆也不容易，别辜负了他的一番辛苦。"

众人见他这么说，也不好再埋怨什么，勉强吃了一两个，二豆赌气吃了三个，只有毕力格吃了五六个，算是给二豆一个大大的面子。

罗明以为，做饭是一件大事，不能光凭面子维持，决心罢免二豆的厨师资格。下午上工的时候，他对二豆说："你和刘元换换，你照看牛魔王吃草，让刘元做饭。"

二豆说："不，我还要做饭！"

"你这又何苦？"

"从哪儿跌倒,就从哪儿爬起来。"

对二豆的固执,罗明倒也欣赏,说:"既然如此,你可不能再做砸了。"

"不会。"

"想好没有做什么?"

"包子!"

"怎么又是包子?"

"我要恢复名誉!"

"还有发面吗?"

"有,还有半盆呢。"

"你要恢复名誉是不错,"罗明对他还真有点挠头,"可咱们也没有那么些羊肉供你糟蹋呀,我看你还是蒸馒头吧?"

"蒸馒头就蒸馒头。"二豆答应了。罗明又告诉他一个检验发面兑碱的方法,说这个法子虽然笨一点,但对没有经验的人却很实用,至少不会把馒头做酸了。

二豆心想:管他法子笨不笨呢,有用不就行嘛。

傍晚做饭的时候,二豆和面、兑碱,然后照罗明教他的方法,揪一小块面放在火上烤一下。可惜他把面烤煳了,掰一小块放进嘴里嚼了半天,只觉有点苦味。他也不耐烦再烤,索性揪一小块生面扔到嘴里,嚼了半天,发现还有点酸,于是又往面里兑了一些碱水,揉了半天,又揪一小块生面嚼了嚼,这一回差不多了,一点酸味也没有了。

二豆长舒一口气,点火蒸馒头。蒸了十几分钟,二豆忽然闻到一股浓郁的碱味,一开始他还有点奇怪,后来才意识到是馒头发出的味道。坏了,他急忙打开锅盖,一个个馒头焦黄焦黄的,显然是碱大了。

这样的馒头能吃吗?二豆犹如掉到冰窖里,心都凉了半截。

晚饭的时候,二豆硬着头皮端上馒头。大家看馒头黄成这般模样,都装聋作哑不说话。二豆希望有人说话,比如三个男的,只要有一个人对馒头提出不同意见,他就会假装勃然大怒,然后猪八戒倒打一耙:"就这个,爱吃不吃!"如果是两个女的首先说话,他也可以装可怜,大大检讨一番:"对不起,对不起,都是我的错,希望大家原谅我一次……"

可是这五个人似乎商量好了一样,谁也不说话,叫二豆的一番"抱负"竟无从施展。

后来还是阿斯茹首先打破了沉默,她说:"罗明哥,晚饭吃什么?"

罗明说:"烙饼吧,烙饼快一点儿。"

"我和面,你烙。"

"好啊。"

大家的情绪活跃了起来,刘元说:"我点火。"

云登其木格说:"我烧茶。"

毕力格说:"我就坐着等吃吧。"

阿斯茹说:"想得美,我们这儿可不养懒汉!"

"可也没啥可干的啦。"

"你把这些馒头拿出去倒掉!"

"太浪费了吧?"

"要不你给后边哪家喂猪吧。"

"猪吃吗?"

听了这话,二豆伤透了心,心想:我蒸的馒头猪都不吃,也太小瞧我了吧?

后来,这件事传遍了整个红旗大队,成为妇孺皆知的笑料。凡是吃"大锅饭"的人,都拿二豆说事儿,说他上顿蒸包子,把包子蒸酸了,酸得能倒牙;下顿蒸馒头,把馒头蒸黑了,黑得像煤块。

二豆做饭,猪都不吃。

9 上海姑娘

又过了几天,第一拨母牛配种完毕,第二拨母牛也来了。

毕力格要赶他的母牛回"浩特"(蒙古语,意为水草边的"定居点"),他有点不愿走,倒不是舍不得云登其木格,而是舍不得配种小组的"好生活"。

送第二拨母牛来的是老江巴和他的小女儿,毕力格告诉老江巴,配种小组可以随便吃肉。巴雅尔答应过,只要这只羊吃完了,就再给他们一只,天天包子、饺子、馅饼。

老江巴说:"咱们一夏天最多吃一只羊,他们凭啥这么特殊?"

毕力格说:"他们又是知识青年,又是为牛魔王配种,特殊一点也是应该的。"

"这些日子我老听人说牛魔王,不就一头牛吗?"

"一头牛不错,可那是荷兰种牛,荷兰你知道吗?"

"不知道。"

"我也不知道。"

"见了巴书记我得说说,谁也不能搞特殊!"

"拉倒吧,你说了对你有什么好处?还不如跟他们一块儿吃,也过几天好生活。"

"那不是跟他们一起搞特殊了？"

"你都这么大岁数了，就算搞一回也不为过。"

"那倒是。"

毕力格赶着他的母牛走了，心中多少有点遗憾。

老江巴领着女儿去找云登其木格，说要在她这儿住几天。云登其木格说："这又不是我的蒙古包，我说了也不算！"

老江巴说："不就你一个人吗？"

"还有阿斯茹。"

"两个人也没关系，我和女儿在门犄角那儿忍几天就行了。"

"你还是去问问罗明，他是我们的小组长。"

老江巴见她如此不痛快，心中不悦，只好去找罗明。

罗明一听是云登其木格的主意，就明白她的意思了，说："江巴怪，那个蒙古包我们配种还要用，你住不合适吧？"

老江巴说："那我上哪儿住去呢？"

"你还是先回浩特吧，等我们配完了，你再来把牛赶走就是了。"

"我回去也没事，不如留在这儿照看我的母牛，也给你们减轻点负担不是？"

"既然如此，我们在后边有一间空房，你先住在那儿行不？"

那间房原是知识青年的宿舍，现已人去房空。知青们把它当作一个驿站，有时路过住一晚，第二天又走了。

罗明带老江巴去"驿站"，老江巴见炕上铺着五六层毡子，锅灶家具一应俱全，十分满意，拿过自己带的铺盖卷，安顿下来。

晚饭的时候，老江巴领着小女儿来到罗明的蒙古包，坐在小炕桌旁，也不说话。罗明让他吃饭，他也不客气，大吃特吃起来。

老江巴今年67岁，他的小女儿才12岁，看上去更像爷爷带着小孙女。

他的小女儿不简单，来自上海，是名副其实的上海姑娘。

原来20世纪60年代初,草原人丁不旺,许多人家没有子女。因此,国家从各地调来一些孤儿,送给没儿没女的人家扶养,其中也包括上海孤儿。不过,草原牧人对待子女的观念,与汉族人大不一样,他们重女轻男。所以国家调来的全是女婴,没有男婴。

老江巴的小女儿就是他领养的上海孤儿,视如己出,宠爱有加。十几年一晃而过,当年的婴儿如今已长成一个大姑娘了。

罗明和刘元知道她是上海姑娘,心中十分好奇。当时上海姑娘在人们心目中还有一定分量。在塞外草原,能够见到一位上海姑娘,其欣喜为何如?

只是眼前这位上海姑娘,黑红的小脸,皮肤粗糙,五短身材,丝毫不见南国女儿的灵秀模样。

罗明问她:"知道你是上海人吗?"

小姑娘说:"知道。"

"还记得爸爸、妈妈什么样吗?"

"不记得。"

"想不想爸爸、妈妈?"

"不想。"

老江巴一脸微笑,瞧着他的小女儿,眼睛里流露出温柔慈爱的目光。

第二天一早,罗明、刘元、二豆正呼呼大睡,老江巴来到蒙古包前,敲门招呼说:"罗明、刘元,该起了!"又到云登其木格的蒙古包前,敲门说:"其木格,该起了!"随后又到配种室,推门没推开,他就绕到办公室窗户前,敲着窗户说:"阿斯茹,该起了!"

几个人经他这一番"好意",起得都比平常早,一个个哈欠连天,心中不由得对老江巴产生一种不耐烦的感觉。

中午和晚上,老江巴又领着他的小女儿来吃饭。众人嘴上虽然没说什么,心中的忍耐已经达到极限。

老江巴浑然不觉。

晚饭后，众人也就散了。老江巴依然不走，盘腿坐在炕桌前喝茶，吧嗒吧嗒抽着旱烟。忽然他对罗明说："这两天我咋没见你们学习呀？"

罗明说："我们现在不读书、不看报、不听广播，早就不学习了。"

"不吃饭可以，不学习可不行。我在浩特是组长，天天组织领导学习，我也帮你们组织领导一下吧？"

"好啊！"

老江巴叫罗明把刘元、阿斯茹等一干人召集到一起。他坐在中央，从怀里掏出一本蒙古文小册子，说："今天咱们学习《老三篇》，罗明，你念吧。"

罗明还没念两句，阿斯茹忽然大惊小怪说："江巴怪，你怎么把书也拿倒了！"

老江巴说："反正我也不识字，拿倒了也没关系。"

阿斯茹和云登其木格嘻嘻地笑，罗明说："严肃一点！"

他继续往下念，等一篇文章快要念完的时候，忽然听到有人打呼噜，不由得停了下来。

众人一瞧，原来是老江巴。只见他盘腿正襟危坐，双手捧着小册子，垂着头，闭着眼进入了梦乡。若不是他打呼噜，大家还以为他正用心学习呢。

刘元凑过去，叫他："江巴怪，江巴怪。"他不理，又推他两下，他才猛然惊醒。刘元说："江巴怪，你叫我们学习，你自己怎么倒睡着了？"

老江巴有点不好意思："年纪大了，精神不济，想着不能睡，要坚持下去，可不知怎么又睡着了。"

他回头瞧瞧小女儿，小女儿早就躺在毡子上睡着了。他说："你们学吧，我先回去眯一会儿。"说着叫醒小女儿，领着她走了。

众人见老江巴走了，开始七嘴八舌数落他。

刘元说："这老头也太爱管闲事了。"

二豆说："他这辈子没当过官，旗都没去过，去一趟公社回来也得说上三天三夜。大队让他当个浩特小组长，就把他能得不知吃几碗干饭了。"

做了这样的人身攻击之后，二豆有点心虚，跑到蒙古包外，查看老江巴走没走。回来后又说："我最反对他早晨叫门，你叫就叫吧，他叫罗明、刘元，却不叫我二豆，明摆着小瞧人。"

阿斯茹说："江巴怪和他的女儿顿顿上咱们这儿吃饭，罗明哥，是你答应他的吗？"

罗明说："我没答应。"

云登其木格说："是我们家那个死鬼，说咱们这儿伙食不错，江巴怪才来的。"

刘元说："明天我做饭，管保叫他再也不来了。"

罗明说："你们都厚道一点儿行不行，江巴怪都那么大岁数了，多担待他才是。"

阿斯茹说："他也有点儿太气人了。"

第二天刘元做饭，连做两顿糜子米饭，小白菜汤。糜子米糙，老江巴咽不下去，有点儿不高兴了："我听毕力格说，你们这儿是好生活，我怎么看着还不如旧社会呢？"

刘元说："没面了，只好吃糜子米。"

"你们不是还有肉吗？"

"我们那点儿肉得吃一个月，不省着吃可不行。"

"我听说，巴书记不是答应了，只要你们吃完了，他就再给你们开条抓羊吗？"

"这怎么可能，我们有什么特殊的地方？"

"你们年轻，又是知识青年，干的也是要紧的活儿，让你们多吃点肉也是应该的。"

"那你跟巴书记说说。"

"行，等我见了他，跟他说说。"

这顿饭老江巴没吃几口，饿着肚子领女儿走了。回到后面房间里，他想起毕力格说的"好生活","难道是我听岔了?"他熬一锅奶茶,泡一碗炒米,痛痛快快地喝了几碗,舒了一口气,好像又回到了新社会。

这一天,罗明他们继续配种。二豆忽然抓住云登其木格,把她的脑袋塞进"断头台",死死卡住,说要给她配种,几个人笑成一团。

罗明说:"二豆,别胡闹,还配不配种?"

二豆说:"配呀,这不正要配种吗?"

罗明过去,把云登其木格放了下来,其木格笑得倒在地上,半天站不起来。

二豆说:"头儿,让我也学学采精,行不行?"

罗明还未答话,阿斯茹抢着说:"不行!"

"为啥不行?"

"采精是一件技术活,你笨手笨脚,一旦弄砸了,还怎么往下进行?"

"小瞧人是不是?"

罗明说:"二豆既然想干,不妨让他试试。以后每个人都可以试试。"

"他连馒头都蒸不好,能干这个?"

二豆怕罗明反悔,忙从他手里抢过采精器械。刘元从牛圈牵来一头母牛,锁进"断头台"。

罗明和云登其木格牵来牛魔王。它也立刻来了反应,站立起来,爬到母牛背上。罗明大喝一声:"快!"二豆手忙脚乱,他把牛魔王的"小弟弟"拨了过来,可采精器械却套不上去。牛魔王哪有那个耐性,不管三七二十一,一射如注,喷了二豆一头一脸。

现场乱成了一锅粥,阿斯茹骂二豆比猪还笨,又骂他"牛筋""牛脖子"。刘元也骂他"成事不足,败事有余",十足一只"拨赖羊"。二豆被骂得垂头丧气,又不敢回嘴,转身朝外走去。

云登其木格也墙倒众人推:"站住,谁让你走的?"

二豆像个受气包,可怜兮兮地说:"我总得洗洗吧?"

牛魔王静静瞧着眼前发生的这场戏，不紧不慢吧嗒着嘴，一副袖手旁观的模样。似乎说："吵，吵，你们就会吵，难道这就是'智慧之花'超越世间万物的表现？"

罗明叹了一口气："收工吧。"

二豆回来以后，洗脸、洗头、刷牙，可身上仍留有一股淡淡的味道。阿斯茹和云登其木格都不敢靠近他，避之唯恐不及。二豆觉得她们两人太矫情，没有一点儿眼光。

这一天二豆昏头昏脑，面色发赤，两眼通红，像喝醉了酒。胸中一股郁闷之气无以排遣，他想要毁坏点什么，有一种犯罪的冲动。心就像被猫爪挠过一样难受，欲望膨胀得像一只饿狼，意识却像一只偷东西的小老鼠。

青春的骚动有时也很可怕。

二豆跟罗明请了假，骑上马去外面瞎撞了一回，没有目的，没有目标，即便想干点坏事，也没有遇到机会。杀人、放火他可不敢，偷东西吧，大家都一穷二白，也没什么可偷的。最好偷着宰一只羊，或宰一头牛，找几个铁哥们儿，大碗喝酒，大块吃肉，过过《水浒传》上那些英雄好汉的快意生活。

二豆去浩特找他的一个铁哥们儿，学着花和尚鲁智深的样子说："这两天没吃肉，嘴里淡出了鸟，你给我弄点肉吃！"

铁哥们儿说："我哪有肉，一夏天三四个月才许宰一只羊，早吃得掉底精光了。"

"你不会宰？"

"怎么宰？"

"你这儿有1000多只羊，偷着宰一只不就是了？"

"那我可不敢，偷宰牲口是要判刑的！"

"你不会说丢了，被狼吃了？"

"你别以为天底下就你聪明，别人都是傻瓜。"

"要不咱们趁月黑风高，去草滩上偷一头牛？"

"那我就更不敢了。"

"草滩上那么多牛,又没人看着,你怕什么?"

"若想人不知,除非己莫为。再说人家都能忍,咱们为啥那么没志气?"

"胆小鬼!"

话不投机半句多,二豆说没他那样的朋友,一怒之下,又骑马回到饲草基地。他不想回配种小组,怕见阿斯茹,就到一熟人家喝茶唠嗑消磨时间。晚饭的时候,男主人留他吃饭,拿出一瓶酒,二豆喝得酩酊大醉。女主人怕他要酒疯,又怕他赖着不走,连拉带劝把他推出了屋。

天已经黑了,又没有灯,伸手不见五指。二豆深一脚、浅一脚往回走,忽然被什么东西绊了一下,摔了一个大马趴。这一摔倒把他的酒劲儿摔醒大半,爬起来继续走,心里恨道:"他妈的,人要倒霉喝凉水都塞牙!"

二豆愤愤不平,走进云登其木格的蒙古包。

云登其木格见他来了,就像见了一只大苍蝇,心中懊恼不已,冷冷地说:"我要睡觉了。"

二豆一屁股坐下,嬉皮笑脸说:"睡觉好啊,你一人睡不冷清吗?"

"你又在哪儿灌了两杯猫尿才来的?"

"我一个男子汉大丈夫,用得着喝酒壮胆吗?"

"够牛的。"

"你还没见我牛的呢,要是有一天……"

"那你牛是啥样儿?"

"你想瞧瞧吗?"

二豆伸手朝云登其木格抓去,云登其木格像泥鳅一样,闪身躲开,顺手抄起夹牛粪用的长铁夹,二豆吓了一跳,不敢造次,忙说:"开个玩笑,何必当真呢?"

云登其木格说:"滚!"

二豆讪讪退出蒙古包,心说:"夹得紧,买得贱,二分钱,摸个遍。

装得倒挺像，要不是怕人听见，我非……"

他走到配种室门口，犹豫了一会儿，推门走了进去。

屋里一片漆黑，分不清牛魔王所处方位。二豆心里有点儿害怕，正犹豫不决，忽然黑暗中传来沉重的鼻息声，二豆吓得胆战心惊，怀里犹如揣了一只野兔，突突跳个不住，眼看要蹦了出去，急忙学黄花鱼溜边，紧走几步，来到办公室门前。他又犹豫了半天，试着用手一推，门开了，一咬牙走了进去，轻声说："阿斯茹，别怕，是我！"没人答话，他以为阿斯茹睡着了，大着胆朝床上摸去。床上有人，二豆伸手一通乱摸，一跃爬到那人身上，抱着头就啃。这一啃他才感觉不对，那人居然长着胡子，不由得一惊。只听那人大喝一声："谁！"竟然是巴雅尔的声音，二豆魂飞魄散，急忙跳下床，如丧家之犬，一溜烟地跑了出去。

跑出配种站，他继续往野地里跑，很快消失在黑暗之中。其实他也没有跑远，而是藏身在一个土包后面，像一只土拨鼠，伏在地上，窥伺四周的动静，随时准备溜走。四周很静，但他觉得远处似乎有人打桩，哐，哐，一下一下打在他的心上。打桩声和心跳声产生了共振效应，一下强似一下，心脏几乎承受不了。

二豆心想：干点坏事还真不容易，坏事没干成，心脏却受到很大损害。

二豆在土包后面伏了很久，见配种站那边没什么动静，这才起身慢慢走回蒙古包。

蒙古包里，阿斯茹正和罗明、刘元说笑聊天，二豆见没有巴雅尔，稍稍放了心，也不言语，找一个角落悄悄坐下，装作一只老实听话的小花猫。他心里恨死了阿斯茹，这个害人的小妖精！你不在好歹说一声，害得我出乖露丑，抱着个满嘴胡子的大男人亲嘴，丢死人了。对这样的小妖精，你能怎么办？

罗明说："二豆，又干什么亏心事了？"

二豆不由得一哆嗦："我能干啥亏心事？"

"那你进来一句话不说，老实巴交，像是心里有鬼。"

"我在后面侯哥那儿喝酒,喝得有点高了。"

阿斯茹说:"小嘎巴豆子,你有事没事老往侯哥家跑,是不是看上侯嫂子了?"

二豆心想:我倒没看上侯嫂子,而是看上你了,可惜你又看不上我。

正说着,巴雅尔推门走了进来,问:"刚才你们谁去配种室了?"

几个人都拿眼睛看着二豆,二豆说:"你们看我干吗,我又没去!"

巴雅尔说:"让我找出这小子,我非扒了他的皮!"

阿斯茹问:"阿爸,发生了什么事儿?"

"没事。"

"牛魔王还好吗?"

"好。"

"阿爸,你今天就在我那儿睡吧,我去和其木格挤一宿。"

"记住拴好门,小心黄鼠狼!"

第二天一早,巴雅尔观看罗明他们配种,顺便了解一下配种的进度。配种结束后,他把罗明叫进办公室,谈了昨天晚上发生的事,说:"你估计会是谁呢?"

罗明说:"不知道。"

他怀疑是二豆,但不愿指名道姓说出来。因为这种事可大可小,可重可轻,既然什么事也没发生,何必损毁他的名誉呢。

巴雅尔说:"我可把宝贝女儿交给你了,你要对她负责!"

"放心,我一向把阿斯茹当作小妹妹,我会好好保护她的。"

吃完早饭,巴雅尔骑马回大队部。罗明想跟二豆谈一谈,但又不知从何说起,后来他决定先放一放,以后有机会再说。

二豆的情绪已平静了许多,体内的荷尔蒙也稀释了许多。一觉醒来,他忽然对昨天的"疯狂"感到后悔,想要做一个好青年、好牧民。

善恶往往系于一念之间。

上午的工作完成以后,是自由支配时间,二豆安静地坐在蒙古包里，拿出一本厚厚的书，开始阅读。罗明有点奇怪，因为这是他第一次看见二豆读书，好奇地问他："你看什么书呢？"

二豆说："《红楼梦》。"

罗明拿过书翻了几页，全是蒙古文，一个字也不认识，就把书还给了二豆，问他："看到哪一段了？"

"情切切良宵花解语，意绵绵静日玉生香。"

罗明大为惊奇，心说倒别小看了这小子，文化水平还不低呢。因问："你什么学历？"

"高一，后来学校停课，就回来了。"

那时，罗明从北京来到内蒙古大草原，一本书也没带。为何不带？主要是没什么好书可带。家里原也有一些经典著作，比如《红楼梦》《三国演义》《西游记》《儒林外史》《聊斋志异》等，但"文化大革命"初期都主动烧毁了。各家出版社也处于瘫痪状态，再没出版过这些著作，想买都没地儿买。

难道再也看不到这些书了？

罗明原来挺瞧不起二豆，就因为他看《红楼梦》，不由得对他另眼看待。

中午，天气很热，罗明提议去河里游泳。刘元说他的马绊坏了，得找人修一下。二豆说："坐着不如躺着，好吃不过饺子。"他先闷一觉再说。

罗明说："年纪轻轻，睡什么午觉。"

二豆说："春困秋乏夏打盹儿，睡不醒的冬三月。"

"懒猪！"罗明不再劝说，去配种室牵出牛魔王，慢慢朝河边走去。

草原的夏天，温度变化很大。中午几乎和北京一样热，晚上睡觉却需盖棉被，有点儿"早穿皮袄午穿纱，守着火炉吃西瓜"的意思。

罗明选择的下河地点，是一处人们骑马过河的路口，两边都是斜坡，牵牛下水很方便，而且那里的水浅，刚没过小腿。他脱掉衣服，只剩一条裤衩，牵牛魔王下水。牛魔王先是死活不肯，经不住他连哄带劝,终于下到河里。

罗明用刷子给牛魔王洗澡,刷子很硬,牛魔王却感觉很舒服,不久便闭上两只大眼睛。罗明的裤衩也弄湿了,沾在腿上十分难受,看看四下无人,就脱掉裤衩,拧一下水,摊到岸边晾干。

赤条条一身无牵挂。

衣服的起源,据说有两个原因:御寒、遮丑。后者也是从动物到人的标志之一。人是有羞耻心的,如果不穿衣服,看上去十分不雅,所以要穿衣服。

如果把赤身裸体的男人、女人放在一起比较,不难发现女人不穿衣服,仍不失为曲线之美,堪称上帝的杰作;而男人不穿衣服,则显得丑陋不堪。上帝为何要把男人造成这副模样,让人不好理解。

总之,衣服对于男人要比女人更重要。

罗明感觉去掉一切束缚,回归原始,回归大自然,像鱼一样水里游,像鸟一样天空飞,像狮子、老虎一样地上跑,也是一种乐趣。

正当他体验赤身裸体水里游的乐趣时,忽然有人骑马来到河边,罗明抬头一瞧,竟是云登其木格,想去穿裤衩已经来不及,急中生智,便一屁股坐到水里。

河水成了他临时遮羞的"衣服"。

云登其木格跳下马,走到岸边坐下,笑嘻嘻瞧着他,罗明脸一红:"瞧什么瞧?"

云登其木格说:"我看你长得比我还白呢。"

"你骑马要去哪儿?"

"回浩特拿点奶食。"

"那你怎么还不走?"

"忙什么。"

"你没看我正光着呢!"

"你光你的,我又没让你光着。"

遇见这么脸皮厚的女人,罗明还真不知拿她怎么办。两人正僵持着,牛魔王不耐烦了,抬腿朝岸上走去。罗明急忙站起身想要抓它,哗啦啦溅起一片水花,忽然想到自己正赤身裸体,"扑腾"又坐到水里。其木格哈哈大笑,跳下水,抓住牛魔王的缰绳,把它牵上岸。

这时远处有人喊:"罗明哥!"

云登其木格瞟着罗明,撇嘴一笑说:"你的阿斯茹来了。"

罗明暗暗叫苦,要是让阿斯茹看到他这副模样,赤身裸体和一个女人在一起,不知要做何猜想呢。他也顾不得许多,起身三步两步跑上岸,穿起裤衩,又穿起长裤,这才稍稍安了心。

阿斯茹、刘元、二豆一起走了过来,三人见罗明光着上身,下身湿漉漉的,又见云登其木格湿了下半截裤子,眼睛里都不由得露出狐疑的目光。

云登其木格说:"阿斯茹,咱们游泳啊?"

阿斯茹说:"好啊,我正要游泳呢。"

刘元说:"我听说你们一辈子就洗两回澡。"

阿斯茹说:"哪两回?"

"出生时洗一回,结婚时洗一回。"

"过去或许是这样,现在不同了,我每年夏天都游二十多次泳呢。"

罗明说:"你们要游,上那边游去吧。"

"这儿怎么啦?"

"这儿水浅,没法游。"

"那你刚才是怎么游的?"

"我什么时候游了?"

"那你身上怎么湿漉漉的?"

"我给牛魔王刷澡溅上的。"

二豆说:"你也盘问得太清楚了吧?"

云登其木格说:"阿斯茹,走吧,咱们上那边游去,我告诉你一个秘密!"

"什么秘密?"

其木格搂着阿斯茹的肩膀，说说笑笑沿河走去，转了两道弯，就不见了踪影。刘元和二豆脱衣下水，刘元剩一条裤衩，二豆则脱得精光。刘元嫌水浅，想换一个水深的地方，好好游游泳。罗明却不愿挪地方，说要照看牛魔王。刘元说那就将就在这儿洗洗吧，脱下裤衩，扔到河里洗。二豆想起自己的裤衩也很脏，去岸边找到裤衩，也洗了起来。

罗明坐在河边晒太阳，不远处牛魔王低着头吃草。河湾那边，阿斯茹和云登其木格也下了水，说笑声依稀可闻，颇能引人遐思。

忽然，云登其木格喊："救命啊，救命……"

"罗明、刘元，救命……"

二豆说："喊救命呢。"

罗明说："甭理她。"

"真的见死不救？"

"你要救你救，我们不救。"

"她叫的是你们，又没叫我……"

10 有缘千里来相会

一天，二嫂从公社回来，告诉罗明：她在供销社遇到雷达站刘站长，刘站长托她带个话，说他们的一只狼狗下了一窝小狗，罗明想要的话就赶紧去一趟，晚了他就送别人了。

第二天罗明骑马去雷达站，告诉卫兵他找刘站长，卫兵就放他进去了。转到后院，他突然停住了脚步，原来地上趴着一只两米多长的大狗，全身黑毛，只有四肢和嘴巴是棕黄色的。它趴的姿势也很奇怪，不仅四肢摊开趴在地上，连头和脸也趴在地上，只有两只眼睛紧紧盯着罗明。

罗明从来没见过这么大的狗，进也不是，退也不是，犹豫了半天。后来一想，人怎么能怕狗呢？壮着胆子走了过去，那狗动也没动。

来到办公室，见到刘站长，闲聊了几句，刘站长就带他去瞧小狗，几个战士也跟了出去。一干人走到院子里墙角边一个新搭的狗窝旁，还没来得及往里瞧，就见那边趴着的大狗起身颠颠向这边跑来，刘站长忙呵斥它："虎妞，趴下，趴下！"那狗不情愿地趴下，看来还训练有素。

罗明这才往窝里仔细打量，里面有三只毛茸茸、胖乎乎的小狗崽，互相挤着，你往我身上爬，我往你身上爬，闹成一团。

罗明怎么看也像三只小笨狗，问刘站长："是狼狗吗？不是狼狗我可不要！"

"怎么不是，我们这狗上二代真正跟狼配过，可谓纯种狼狗。"

"耳朵都没支棱起来？"

"那还不简单吗，朝耳朵上铰一剪子就支棱起来了。这么大正是铰的时候。"

刘站长就叫一旁看热闹的战士去拿一把剪子，等剪子来了，刘站长问："你要哪一只？"

"我要一只小母狗吧。"

刘站长指着一只体形略小的狗说："这只就是母狗。"

"那就要这只吧。"

刘站长将小狗拎了出来，叫一个战士抱着，他把小狗的两只耳朵摊平，斜着各铰了一剪子。小狗似乎对疼痛并不敏感，没叫也没挣扎，只是铰的地方渗出点儿血丝，罗明倒是为它心疼了老半天，这么小就被人生生剪下两块肉，扔在地上，多可怜啊！

罗明将小狗放进书包，向刘站长告辞。

刘站长说："我送送你。"

"这怎么敢当，千万别客气。"

"不是客气，我要不送你，怕你走不出这个院子。"

果不其然，当他们走到那只大狗身边时，大狗起身对着罗明龇牙咧嘴，发出低沉的咆哮，眼看就要扑上来，刘站长呵斥它，它也不听，刘站长只好叫一个战士抓住它，带到后边去了。

见罗明疑惑不已，刘站长说："这是它的崽子，你想拿走，它能不急吗，我要不跟着，它早扑上来了。"

罗明把小狗带回家，放到炕上，想要仔细看看它。这时从被垛上跳下一只小花猫，伸一个懒腰，打一个哈欠，围着小狗转了两圈，好像主人一般。小狗怯生生看着它，不知如何是好。

罗明去邻居家要了点儿鲜牛奶，拿回来倒在一个铁盘子里，放到炕上。小花猫一见大喜，上前舔个不停，小狗也挤上去凑热闹，小花猫伸爪打了它一下，小狗不敢吃了，退到旁边趴下，呜呜地哼着以示抗议。过了一会儿，小狗终究抵不住奶的诱惑，试探着走到盘子边，这一回小花猫只顾舔奶没理它，小狗才伸出舌头舔奶。

两个小家伙逐渐熟悉，你打我一下，我打你一下，不大工夫竟成了好朋友。

说起这只小花猫，和罗明颇有点儿不解之缘。那是在深秋的一个夜晚，罗明睡觉时听见屋外有猫叫，"喵——喵——"，声音虽然不大，但一声一声也格外清楚。罗明正想着阿斯茹，本就难以入睡，再加上猫叫就更难入睡了。

罗明越发烦躁，他想把这只讨厌的猫撵走，点着油灯，跳下炕，打开门，只见一只不起眼的小花猫走了进来。一开始罗明想把它拎起来扔出去，又一想天这么冷，小猫一定是受不了才在他门前叫的，不如让它在屋里睡一夜，明天再撵它走就是了。

罗明锁好门，钻进被窝。那只小猫也没闲着，在屋里转了一遭，这儿嗅嗅，那儿嗅嗅，忽然跳上灶台，又从灶台跳上炕。罗明冷眼旁观，想看看它到底要干什么？只见小猫走到他脚底被子边，找一个藏身之处，身子缩进去，趴下不动了。

罗明见它安顿好，吹灭了灯。

第二天一早，罗明喂小猫吃了点儿饭，出门的时候，把小猫也带到屋外，放到地下，锁好门扬长而去。意思是给小猫充分自由，爱上哪儿上哪儿，生也好，死也罢，别再找我就行。

晚上回家，他早把小猫忘到脑后了，谁知打开门后，第一眼就见那只小猫安安稳稳趴在被垛上，正瞧着他笑呢。究竟笑没笑，他不知道，不过他感觉小猫在笑。

真这么好笑吗？罗明瞧瞧窗户，窗户是用纸糊的，一小格一小格，没有一格是破的，那这只猫是怎么进来的呢？

"主雅客来勤"，赶都赶不走。罗明只好又扮演主人的角色，请小猫吃了一顿饭，那天他正好要了两条鱼，但缺醋少作料，做得很腥，罗明不想吃，全便宜了小猫。第二天又把它拎到屋外，扔在地上，晚上回来又发现小猫趴在被垛上呢，如是者三，罗明没咒念了。他总结教训，觉得要扔就得扔远点儿，扔近了摆脱不了它。他骑上马，把小猫装进书包，带到大队，放到院子里。大队离饲草基地有五公里远，小猫该不会再找回饲草基地吧？但愿它找个好人家，从此不再颠沛流离。

虚伪，你既然怕它颠沛流离，为什么不收留它呢？

第一天小猫没回来，罗明以为他和这只小猫已经彻底拜拜了，谁知第二天小猫就回来了，罗明晚上下工回家，打开门一眼就瞧见小猫趴在被垛上。罗明服了，大队离饲草基地这么远，骑马还要走好大一阵子呢，这只小猫愣是找了回来，这份眷恋之情又该怎么形容呢？

罗明想它既然不愿意走，那就留下它吧，正好做个伴儿。

罗明一开始为什么不愿意收留小猫？主要因为它是只流浪猫，浑身脏兮兮的。不像那只小黑狗，出身狼狗世家，血统高贵，让人爱不释手，不忍离弃。那只小猫若是只名猫，罗明会拎起它的脖子一把扔出去吗？

想不到罗明在学校时一向反对"血统论"，但在现实之中，面对猫、狗这些小动物，他又成"血统论"的忠实拥护者了。

他打了一盆水，又兑了点儿热水，给小猫洗了一个澡。虽然血统不名贵，可也得干干净净的。小猫洗了澡，模样也出来了，罗明仔细端详，发现小猫身上有三种颜色，两只耳朵是黑色的，腹部是白色的，脑袋、脖子、背部直到尾巴是白底黄花，一圈一圈煞是好看，只是瘦骨嶙峋，透着营养不良。

罗明给小猫起了个名：小花，给小狗也起了个名：小黑。两个小家伙从此陪伴着他，整天在屋里跑来跑去，打打闹闹，给他寂寞的生活平添了不少生气。

小黑、小花长得很快，一个多月已长大不少。尤其是小黑，长得比小花快，过去它是小妹妹，现在已是大姐姐了。然而大姐姐从来不欺负小弟弟，两个小家伙一块儿玩，一块儿睡觉，就如亲姐弟一般。老话说狗是猫的死对头，见了猫就追，但在小黑、小花身上，罗明没看出这层敌对关系，也许它们还小吧。

两个小家伙饭量与日俱增，罗明逐渐喂不起了，他是光棍，"一人吃饱，全家不饿"，能有多少残汤剩饭喂小猫小狗呢？无奈只好放它们出去自谋生路，他和左邻右舍打招呼，说："这是我的小猫小狗，诸位多担待点儿。"左邻右舍看他的面子，对小黑小花也很友好。有些好心的大婶、小媳妇若有残汤剩饭，还特意招呼小黑小花来吃，两个小家伙竟是吃百家饭长大的。

俗话说"有奶就是娘"，吃别人的饭，是不是就跟别人亲呢？两个小家伙挺仁义，只把罗明视为它们的主人。小花每天都回罗明这儿睡觉，把罗明这儿当作它的家。小黑虽然在外面睡觉，但是对罗明最亲，每天傍晚收工回家，老远就会瞧见小黑飞跑过来迎接他。跑到跟前，摇头摆尾往罗明身上扑，罗明蹲下身，抚摸它的脑袋。小黑立起身，两条前腿搭在罗明身上，往他怀里钻，亲热得不得了。

二嫂恰好跟在旁边，笑道："瞧它那股亲热劲儿，简直把你当它爹了。"

"那当然，"罗明说，"这是我的小宝贝。"

"跟猫啊狗啊太亲热也不好。"

"怎么呢？"

"你没听一句老话吗：男不搂猫，女不玩狗。"

"为什么？"

二嫂不答。罗明又问，二嫂说："你知道就得了，打听那么清楚做什么？"

有一天晚上，罗明吃撑了，感到内急，不由得自嘲说：怎么跟孩子似的，吃饱了就拉？赶忙扯了两页书，向外走去。

外面夜色如洗，罗明走到房后，感到这里不保险，又朝远走。

当时卫生条件很差，饲草基地没有厕所，整个大队也没有。牧民怎么解决内急之类的问题？就是找个没人的地方就地解决。这不是随地大小便吗？习惯如此，没有办法。但这习惯也够吓人的，一开始罗明等知青很是瞧不惯，久而久之也就见怪不怪了。

罗明还有个毛病，解决内急时羞于见人，若有人在场或有人闯进来，他就跟得了病似的，再也解不出来。所以每当他内急时，总要躲得远远的，任何人也遇不见。

这一次他找到一个大土包，上面长满了草，草很硬，两尺来高，笔直向上，像箭一样。罗明很好奇，伸手触碰这种草，这一碰不要紧，草丛中立刻飞起成千上万只蚊子，在他眼前形成一层薄薄的黑雾。罗明吓得目瞪口呆，这些蚊子要是一起向他扑来，叮在他的脸上手上，他会变成什么模样，又有谁能说得清呢？

罗明吓得一动也不敢动，说也怪，周围的环境一平静，蚊子一起落入草丛，什么也看不见了。又有谁知道，这片三米方圆的草丛里竟隐藏着一支"军队"呢？

万幸万幸，罗明心想：原来草原的蚊子不叮人！那他也不敢惊动这片草丛，遂走得远远的，面对草丛蹲下，准备解决内急。谁知忽然感觉有东西触碰他的屁股，回头一瞧，原来是小黑。也不知这个小家伙什么时候跟来的，罗明知道它要干什么，不由得怒从心起，大喝一声："滚！"小黑才不在乎，依旧死皮赖脸地往罗明身上凑，罗明只好站起身，提上裤子，又呵斥一声："滚！"踢了小黑一脚。小黑从未受过这种待遇，叫了一声，转身就跑，跑了几步又停下，瞧着罗明，似有乞求之意。罗明毫不心软，做出一副老虎妈子的模样，捡两块石头，假装朝小黑丢去，这才把小黑吓跑了。

这一天真不顺，罗明心里懊恼不已，拉泡屎也不痛快。

俗话说：狗行千里也吃屎，这是动物的本性，自然而然。但罗明不这样想，他以为小黑血统高贵，怎么能吃屎呢？从今天的情况看，罗明意识到小黑可能经常以人的排泄物为食，他不由得感到深深的自责。

  自打那天以后，他开始关心两个小家伙的饮食，做饭就多做一些，除了自己吃，也喂两个小家伙吃。有鱼就喂小花，有肉就喂小黑，没过多长时间，就把两个小家伙喂得精神焕发，毛色油亮，身子也粗壮不少。

11 遭遇盗马贼

那一年,罗明的配种小组共为200多头母牛进行了人工授精。配种的效果如何,很难预料,人们不免有点忐忑不安。

经过漫长的冬天,第二年春夏之交,200多头小"牛魔王"诞生了。小牛欢蹦乱跳,身躯比本地牛犊大了近一倍,瞧着就叫人高兴。

一个新的品种——荷兰种牛与中国母牛的杂交品种问世了,牛魔王王国初步兴起,使草原显露出勃勃生机。

那些日子,罗明和阿斯茹几乎走遍了大队各个浩特,了解小牛诞生的情况,看过不知多少头小牛呱呱坠地。母牛的妊娠周期是280天左右,和人类相仿,但它的生育方式很奇特,不是卧着生,而是站着生,甚至一边走一边生。有时你跟在母牛后面,看见小牛犊两条后腿已露出母牛体外,知道它要生了,但母牛仍旧走走停停,似乎毫不在意。忽然"哗啦"一下,母牛将裹着胎衣的牛犊连同羊水一起排出体外,重重摔落在地上。那情景委实令人触目惊心,小心,不要摔坏了小牛!其实牛犊不会那么脆弱,一经坠地,它会撑破胎衣,露出小脑袋,拼命挣扎站起,摔倒,站起,又摔倒,又站起……这个过程一般会持续很长一段时间。母牛在一旁伸出舌头舔净小牛身上的羊水,耐心帮助它站起,直到牛犊站稳脚跟，跑到母牛腹下，找到奶头喂奶。

配种一结束，配种小组也随之解体。云登其木格、二豆各自回了浩特，刘元打零工，四海为家。只有罗明、阿斯茹留了下来，依旧照看牛魔王。阿斯茹仍住办公室，罗明则搬回到后面的"驿站"。两人仍维持知识青年的集体生活，一块儿起火做饭。孤男寡女在一起，难免遭人非议，饲草基地的嫂子、大婶笑他们像小两口儿，阿斯茹听了，脸一红，心里却美滋滋的。

生活极度单调、贫乏，不读书、不看报、不听广播、不看电视，整个与世隔绝。

不读书是因为无书可读，罗明的宿舍里一本书也没有。知识青年刚来的时候，也带过几本书，后来都点火用了，一天扯几页，有多少书扯不光？不看报是因为交通不便，报纸回回误期。大队订了两份报纸，一份汉文，一份蒙古文，回回要晚七八天。你想看报纸，得去大队部，而且看的全是旧闻。一开始罗明还有看报纸的积极性，每礼拜都骑马去大队看报纸，以为饭可以不吃，报纸不能不看。只是看一份报纸实在不易，后来他的这种积极性也逐渐消磨殆尽。知识青年刚来草原的时候，上面也为他们配备了收音机。几年过后，这些收音机坏的坏，丢的丢，想听广播也没法听了。至于电视，当时还未普及，偌大一个草原，一台电视机也没有，你想看电视不是白日做梦吗？

罗明感觉，这里的生活有点像世外桃源，"不知有汉，无论魏晋"。

饲草基地住有七八户汉人家庭，组成一个小小社会。观察他们怎样生活，可以了解当时草原牧民的基本状况。

这里的人仍然过着"日出而作，日落而息"的简单生活。他们不读书、不看报、不听广播，精神生活基本没有，物质生活也相当匮乏。他们每月跟大队借一点钱，然后去公社买粮，这也许就是他们和外界的唯一接触。

大队的借钱标准是每人5块钱，一个五口之家可以借25块钱。这点儿钱够干什么？勉强维持基本的生活。除了买五人的口粮之外，还买半斤盐、半斤煤油，其他就什么也不敢买了。手头总得留几块钱，要不心里不踏实。有时买一瓶酒，或买几块糖，那就像过节一样，一家人别提多高兴了。

然而有一些必备用品，比如女人例假用的草纸，五毛钱一沓，虽不想买，不买又不行。有一个牧人，罗明叫他二哥，家里有一个老婆，还有一个十六七岁的女儿，别人买一沓草纸，他得买两沓。罗明曾听他抱怨："简直浪费，我都快供养不起了！"虽然是玩笑话，但也带有一丝苦涩。

至于擦屁股用草纸，这里的人可没那么奢侈，一般是扯两页书，或撕半张报纸，有人既找不到书，又没有报纸，就干脆用石头。

走进这里的人家，家家都是一铺占半间屋子的火炕，炕头有灶台，上面放一口黑铁锅。炕上铺一层毛毡，有两三床被褥，还有一张小红木桌和一个一米长、半米宽的红木柜，此外就什么也没有了。如果晚上去串门儿，你会发现家家都是一豆灯光。合作社卖的油灯，他们嫌费油，因此都用小药瓶自制油灯，有点亮儿就行了。

但若跟一些农区的情况比较，这里的条件还是不错的。有数不尽的马、牛、羊、驼，不仅有肉吃，而且吃商品粮，至少在吃的方面，要比农区强得多。罗明有一些同学，分配到农村，据他们来信说，那里一个工分才两分钱，你就是拼死拼活干一天，也不过挣十分，才两毛钱。真不知那里的人是怎么活的？

大家都过得很拮据，为生活而苦苦奔命，在当时的条件下，也看不到什么希望。

一天早晨，罗明正在睡觉，忽然有人敲门。

"谁？"

"我！"是阿斯茹的声音。

罗明跳下炕，打开门。阿斯茹一脸惊慌："牛魔王不见了！"

"怎么可能？"

罗明随阿斯茹来到前面配种站，牛魔王果然不见了。

"你昨天晚上没锁门？"

"锁了！"

不过配种站的锁只是一个挂钩，防牛魔王出去或许还管用，但要防贼进来则不可能，拿刀一拨就开了。

两人骑上马，四周转了一圈，一直找到白云淖尔边的大草滩。那里的马、牛、羊、驼成千上万，就是不见牛魔王的踪影。

牛魔王，你在哪里？

两人又回到配种站，罗明学着福尔摩斯，仔细寻找蛛丝马迹。如果是它自己逃走的，它首先需得挣脱缰绳，那样的话会有残破的缰绳留在桩子上。但是现在桩子上空空如也，似乎表明它是被人偷走的。

有人趁夜深人静来到配种站，用刀拨开门，悄悄潜入，解开牛魔王的缰绳，牵着它走了出去，消失在黑暗中……

谁这么大胆？

"罗明哥，你说怎么办？"

"只好先通知你阿爸！"

阿斯茹哭了，哭得很伤心："阿爸非打死我不可。"

罗明和阿斯茹先去大队部，巴雅尔不在。又去浩特，巴雅尔正起羊粪砖，见他们俩来了，说："怎么都来了，谁看着牛魔王呢？"

罗明说："牛魔王丢了！"

"什么？"巴雅尔先还以为罗明开玩笑，罗明简单讲述了一下昨晚发生的"案件"，说出自己的判断：是被人偷走的！

巴雅尔怒了，眼珠差点儿没把眼眶撑裂，像是要杀人："阿斯茹……"

阿斯茹吓得躲在罗明身后，说什么也不敢出来见阿爸。

"阿斯茹，你也不小了，怎么做事还这么不经心？人家把牛魔王那么一个大家伙牵走，你就睡在旁边，居然一点动静都没听见？"

罗明说："这也不能怪阿斯茹，我也有责任，可谁能料到会有人偷

遭遇盗马贼

牛魔王呢。"

"要不是罗明也在这儿,我非打你一顿不可!"

"你打她有什么用,还是先想想怎么办吧。"

巴雅尔叹了一口气:"先进屋再说吧。"

三个人走进蒙古包,乌兰听说牛魔王丢了,也很着急,把女儿埋怨了一通。巴雅尔点着一锅烟,吧嗒吧嗒抽个不停,阴沉着脸,半天不说话。

罗明忍不住说:"您以为是谁偷的?"

巴雅尔说:"周边大队的人恐怕不敢,要偷也是流窜的马贼!"

"马贼偷牛做什么?"

"还能做什么,卖个好价钱呗。"

牛魔王身价不菲,要比几十匹马还值钱。但是要卖牛魔王也会担很大风险,原因是它的速度太慢。一旦马贼发现带它走路会危及自己,他们也会毫不犹豫地杀了它,然后逃之夭夭。

一想到这里,罗明不由得浑身大汗淋漓,不一会儿就把内衣都湿透了,他恨不得立刻跳上马去追盗马贼。

"您判断马贼会往哪个方向跑?"

"不是往北就是往南,往北可以出境,往南可以去张家口,那里有牲畜市场,偷来的马、牛、羊、驼不难脱手。"

"那我往南跑一趟怎么样?"

"不见得有用,马贼太狡猾,很难判断他们走哪一条路。"

"死马当活马医吧,不追一下又岂能甘心?"

阿斯茹说:"我也去!"

巴雅尔思考了半天,说:"你们人生地不熟,还是我去吧!"

他这个人干事,有点杀伐决断的劲头儿,一旦下定决心,毫不拖泥带水。当即起身,去哈纳墙挑了一副马嚼子,推门走了出去。乌兰说:"你这就走啦?"他也不答。

罗明、阿斯茹连忙跟了出去,巴雅尔走到马桩前,用马嚼子捆住马鞍，甩在背上，往大草滩方向走去，去找他的马。走了几步，又回身朝罗明、阿斯茹招手，两人跑了过去。

巴雅尔说："这件事先不要声张，一切等我回来再说！"

两人忙点头称是，又问："您是往北还是往南？"

"也还不一定。"

"那我们干点什么？"

"什么也不用干，先回去等着吧。"

罗明和阿斯茹很无奈，只好先回饲草基地。明明知道牛魔王正处于危险之中，却有力无处使。

经过一年来的亲密接触，他们与牛魔王之间建立起深厚感情。有点像父子、母子之情，也有点像朋友之情。他们待牛魔王如孩子，牛魔王待他们像朋友。这种感情要比人与人之间的感情更纯洁，因为它不掺杂一丝一毫私心杂念。

罗明和阿斯茹环顾空空如也的配种室，心中充满了悲伤，他们想象着牛魔王正在干什么，是否在挣扎，是否在吼叫，是否饿了或是病了……

牛魔王，你在哪里？

罗明和阿斯茹默默祈祷，不管它在哪里，但愿那些马贼能够好好待它，不要饿着它，不要虐待它，更不要伤害它。

在他们心中始终有一个希望，希望牛魔王能够平安回家，回到这片草原，回到亲人身边。

尽管这种希望很渺茫，他们也不愿放弃！

现在他们唯有耐心等待，把赌注压在巴雅尔身上，期盼他能带回一个好的消息。

然而与他们的期盼相反，巴雅尔的寻找之旅却陷入了困境。这几天，他辛苦奔波，风餐露宿，往南找了一大圈，最远走出几百多里地。见蒙古包就问，逢人便打听，结果也没能探出一点有关牛魔王的消息。

巴雅尔有点心灰意冷，他感觉牛魔王恐怕是找不回来了。

过去被马贼盗走的马,很少有找回的先例,原因是马贼的行踪飘忽不定,个人没有力量追捕,公安机关也心有余而力不足。草原地广人稀,交通不便,通信也不发达。就算你去公社打电话向旗公安局报案,等他们立案派人下来调查时,马贼早已跑了,你上哪儿找他们去?

过去若是马贼盗了你的马,你只好自认倒霉。但牛魔王的情况有所不同,它是国家花重金从荷兰引进的优良种牛,盟里、旗里都很重视。要是它就此丢失,或受到伤害,上面能饶了你吗?

巴雅尔想:大不了撤了我的职,总没有杀头的罪过吧?

撤了他的书记倒没什么,但是牛魔王就这样不明不白地丢失,他心有不甘。牛的畜种改良刚刚起步,第一拨小牛也平安降生,个个活蹦乱跳,给这片草原带来了喜庆,也带来了希望。若是没有了牛魔王,不仅畜种改良就此止步,以前的一切努力也将付之东流。

一想到牛魔王的种种好处,巴雅尔决心再找一找,哪怕最终只找到尸首,也算有个交代。他又往回走了一百多里地,深入沙窝子里。那个地方自然条件恶劣,人迹罕至,是狼群和马贼经常出没的地方。巴雅尔在沙窝子里一连转了三天,仍旧没能打探出一点消息。

这一天,他人困马乏,饥肠辘辘,想找一个蒙古包洗一把脸,喝一碗热奶茶。他骑着马漫无目的地寻找,忽然看见一条牛车蹚出的小路,便顺着小路走了下去。

这个地方已属别的大队势力范围,巴雅尔不是很熟。走了半天,那小路仿佛没有尽头,始终看不见一个蒙古包。巴雅尔昏昏欲睡,任马行走。这时有一匹马从后面赶了上来,马上坐着一个女人,当她看清巴雅尔时,不由得惊喜地叫道:"巴雅尔!"

巴雅尔抬眼一瞧,也不由得喜出望外:"托娅,怎么是你?"

"你这是要去哪儿?"

"我正想找个人家歇一歇。"

"我的包就在前面,到我那儿去吧。"

巴雅尔随托娅去到她的蒙古包,在一片密密匝匝的柳条林边,扎着两顶蒙古包,地上的草又高又密,简直就是沙窝子里的绿洲。

两人进入蒙古包里,托娅点火烧茶。蒙古人烧茶用的是茶砖,烧出的茶又黑又苦,兑点牛奶,调成咖啡色,是为奶茶。托娅将烧好的奶茶舀到壶里,端上桌,又拿出奶食、炒米。巴雅尔抓两把炒米,拈一块奶皮子放进碗,倒上奶茶,足足喝了几碗。

巴雅尔喝茶的时候,托娅一直盯着他看,仿佛看不够,两眼情意绵绵。

巴雅尔说:"看什么,不认识啦?"

托娅温柔一笑:"看你又黑又脏,胡子拉碴,还是洗洗吧。"

"好几天没洗脸了。"

"来!"托娅拉着巴雅尔走出蒙古包,去水车卸了一桶水,"把上衣脱了!"

巴雅尔脱去上衣,露出古铜色的肌肉。托娅舀一瓢水,轻轻往下倒,巴雅尔弯下腰,双手接水,洗了脸,洗了头,又胡乱洗了几把上身。托娅去蒙古包拿来干毛巾和刮胡刀,说:"把胡子也刮刮吧。"

巴雅尔用毛巾擦了擦头,又擦了擦身子,然后开始刮胡子。他的胡子又粗又硬,钢针一般,刀子又快,一不小心就刮了一个口子。血开始往外冒,托娅从地上拈起一撮土,涂到他的伤口上,她轻轻摸着巴雅尔的脸,忍不住在他嘴唇上亲了一口。

巴雅尔推她说:"老没正经。"

托娅说:"原来是嫌我老了。"

"我也老了,要是二十年前,还用你这样,我早就恶狼似的扑上去了!"

巴雅尔穿起衣服:"我得走了。"

托娅起初还以为他开玩笑,继而见他真要走,心都有点凉了:"咱们这么多年没见,我有多少话要对你说,你咋说走就走,难道就不愿在我这儿多待一会儿?"

"要是没事,待几天都行,只要你那口子没意见……"

"他有什么意见……"

"我这次出来是要找牛,已经五六天了,连个毛也没见着。要是找不回来麻烦可就大了,不仅队里的配种工作要停顿,盟里、旗里也可能要追究我的责任,你说我待得住吗?"

"什么牛这么严重?"

"要命的牛……"

巴雅尔把牛魔王的情况简单述说了几句,问托娅:"你可听到过什么消息?"

"当然听到过!"

巴雅尔的心都快停止跳动了:"真的?"

"骗你做什么。"

巴雅尔一把抱住托娅:"好托娅,快告诉我!"

"你先消消停停在我这儿住一晚,明天一早告诉你。"

"你先说!"

托娅不说,转身进了蒙古包,巴雅尔无奈,乖乖跟了进去。由不得长吁短叹,心急如焚,托娅故意不理他。

"你那口子上哪啦?"

"上大队开会去了。"

"孩子呢?"

"去别的浩特玩去了。"

"好啊,那我就住一宿,明天早晨再走。"

嘴上虽然说不走,心却早已飞走了。托娅也感觉到他的勉强,不由得感慨她与巴雅尔之间已经生疏多了,昔日的生死之情一去不返,即便留住他也没什么意思了。

托娅感到心酸,眼泪夺眶而出。

"你又怎么了?"巴雅尔受不了女人无缘无故掉眼泪,起身走出蒙古包。托娅用手擦干眼泪,追了出去。

巴雅尔说:"马跑不远吧?"

托娅说:"这儿草好,跑不远。"

"托娅,有一件事我老想问你,可一直没找到机会……"

"什么事儿?"

"你的儿子……是不是我的?"

"你说呢?"

"孩子要是我的,我得负起做父亲的责任。"

"儿子都17岁了,你现在才来问,不嫌晚了一点儿吗?"

"这么说是我的了?"

"不是!"

"真不是?"

"不是!"

"那我就安心了。"

巴雅尔似乎有点失望,托娅看出他其实心不在焉。她感觉自己并不了解巴雅尔,比如她的这个儿子,和巴雅尔长得几乎一模一样,活脱脱就是一个小巴雅尔。谁都知道他是巴雅尔的种,唯独当事人却不知道,你说是怎么回事儿?难道非要扯着他的耳朵,大声嚷嚷"这是你的儿子!"他才知道吗?

如果你所深爱的人,居然这么笨,你将做何感想?

托娅想,他准是因为那头牛丢了,找了几天没找着,受到很大刺激,才变成这个样子的。

她所认识的巴雅尔,是那么英俊,那么魁梧,那么聪明,那么可爱……绝不是现在这个样子。

"巴雅尔,你不是想知道你丢的牛在哪儿吗?我告诉你吧。"

"在哪儿?"

"在朝鲁那儿,你一去就找到了。"

"朝鲁?这个浑蛋,我非宰了他不可!"

"其实你该感谢他才是,要不是他从马贼手里截下牛,那牛早就喂狼了。"

遭遇盗马贼 | 109

"朝鲁住在哪儿?"

"东南方向,离这儿有十多里地吧。"

巴雅尔二话不说,转身去蒙古包拿自己的马嚼子,然后去找马,马没有走远,正在柳条林里吃草。巴雅尔给马戴上嚼子,解开马绊,牵了回来。他又从水车里卸了一桶水饮马,等马喝饱了水,给马配上鞍子,飞身上马,疾驰而去。

托娅冲着他的背影喊:"还回来不?"

巴雅尔勒住马,回头说:"你烧好茶、做好饭等着我吧,一会儿就回来,在你这儿过夜!"

巴雅尔纵马朝东南方向驰去,一走出托娅的风水宝地,即陷入"穷山恶水"之中,一个沙窝接一个沙窝,马根本跑不动,只能一步步向前挪行。

正行走间,一道高高的沙梁挡住了去路,巴雅尔奋力打马爬上沙梁,抬眼一望,前面又是一道沙梁,连爬了七道沙梁,那马也累垮了,两条前腿一软跪倒在地,一步也不愿走了。

巴雅尔下马,拉起马,奋力向上爬去,心说:要是前面还是沙梁,我也得趴下了。好不容易爬上沙梁顶,眼前忽然一下豁然开朗,原来前面是一马平川。巴雅尔极目望去,发现远处有一群牛,星星点点,看不清楚。精神为之一振,拉马下梁,朝牛群走去,越走越近,忽然发现一头又高又大的黑牛赫然夹杂其中,正是牛魔王,不禁热泪盈眶,心中的一块石头终于落了地。

巴雅尔走到牛魔王身边,它正低头吃草,一副心安理得、乐不思蜀的样子。老友重逢,分外高兴。它抬起头,"哞——哞——"地吼叫了几声,伸出大舌头去舔巴雅尔的手,巴雅尔受不起,躲手去摸它的头。抬眼仔细观察,变化不大,只是略显清瘦,滚圆的屁股凹陷下去,露出铮铮棱骨。巴雅尔心疼不已,这才发现牛魔王周围全是母牛,大大小小,各式各样的母牛。那些母牛摇头摆尾,搔首弄姿,眼睛里流露出无限崇拜的目光,跑过来又跳过去。

巴雅尔不由得怒火中烧，眼下正是母牛发情的季节，大队的配种工作即将开始，如若牛魔王在这里毫无节制地纵欲偷情，无疑会损害大队的利益。这里只有几十头母牛，而大队却有3000多头母牛，这笔账该和谁来算？

12 偶遇老情人

巴雅尔四下一望,看见不远处有一顶蒙古包,知道那里就是他可以算账的地方。他大步朝蒙古包走去,一脚踹开门,闯了进去。

包里有一男一女,男的是白云大队的牛倌朝鲁,女的是他老婆乌日娜。这两个人巴雅尔都认识,尤其是朝鲁,和他在那达慕大会摔跤比赛中交过手,是他的手下败将,所以他根本没把朝鲁放在眼里。

朝鲁见他来者不善,吃了一惊,忙赔笑说:"这可是稀客,乌日娜,赶紧烧茶!"

"烧茶?"巴雅尔冷笑了两声,一脚将锅灶踹去半边。朝鲁哇哇大叫,起身扑了上来,要和巴雅尔拼命。巴雅尔照他肚子就是一拳,把他打倒在地,半天爬不起来。乌日娜连连作揖求饶,朝鲁说:"兄弟,你要打就打吧,做哥哥的要是还一下手,就不算英雄好汉!"

英雄好汉?天哪,别让人笑掉了大牙!

"知道我为什么打你吗?"

"不知道!"

"为什么偷我的牛?"

"我没偷,是从马贼手里买的!"

"买的?"

"买的,花了 200 块钱呢。"

原来马贼把牛魔王带到沙窝子就已经筋疲力尽了,他们害怕后面有人追赶,急于脱手,正巧遇到了朝鲁。朝鲁一眼就认出了牛魔王,因为这头牛的英雄事迹,在方圆几百里早已传得沸沸扬扬。马贼问朝鲁要不要牛魔王?朝鲁假装不感兴趣,后来又说自己没钱,最后双方以 200 块钱成交。马贼认为朝鲁是个傻瓜,你遇见个傻瓜有啥办法?蚂蚱虽小也是肉,有 200 块钱总比没有强。朝鲁认为马贼是蠢驴,这么一头外国种牛 200 块钱就出手,天底下还能找到这样的蠢驴吗?

朝鲁原想把牛魔王给巴雅尔送回去,随即灵机一动,改了主意,把它撒到牛群里养了起来。这样神不知、鬼不觉,牛魔王就可以给他的母牛改良品种,明年下一窝欢蹦乱跳的小牛,你说该有多美?

朝鲁的小算盘不可谓不精明,但人若太精明也不见得就是好事儿。精明反被精明误,朝鲁很快也自食其果,肚子上挨了一拳,锅灶被踹去半边。对蒙古人来说,锅灶被人踹是奇耻大辱,这也是精明所付出的代价。

巴雅尔说:"就算你花钱买的又怎样,你把牛魔王放在你的牛群里是何居心?"

朝鲁说:"我不放在牛群里,难道还放在羊群里?"

"你还嘴硬……"

乌日娜说:"巴书记,您大人有大量,就饶了我们这一回吧。"

"乌日娜,你不用求他,我朝鲁好汉做事好汉当,要打要罚都由他!"

"既然乌日娜求情,看在乡里乡亲的分上,我就饶了你这一回吧。"

巴雅尔找回牛魔王,又出了一口恶气,心情大为好转,也想找个台阶,息事宁人。掏出 300 块钱,扔在朝鲁面前:"多给你 100 块钱,算你这几天照看牛魔王的工钱。"

朝鲁怕挨打,一直躺在地上不起,此时"噌"地坐了起来:"就给

100 块钱，少一点吧？"

"少？本该一分钱都不给你。"

"兄弟，做哥哥的也不傻，这笔账我可会算！"

"你算！"

"要不是我买下了牛，你能找回牛来吗，这笔账该怎么算？"

"你的牛群有多少母牛？"

"60 多头。"

"明年要是给你生 60 来头外国小牛，这笔账又该怎么算？"

朝鲁哈哈大笑："两清，两清，你不欠我，我不该你！"

巴雅尔说："给我找几根皮条。"

朝鲁遵命拿来几根皮条，巴雅尔把皮条一根一根接起，转身朝外走去。朝鲁忙拉住他："兄弟，这就是你的不对了，瞧不起我是不是？"

"我怎敢瞧不起你。"

"乌日娜，你说咱们能放他走吗？"

乌日娜也不说话，上前抱住巴雅尔的胳膊。

夫妻二人一起抱住巴雅尔，死死不放，像要生吞活剥了他。

"我还有事，耽误不得！"

"你到哥哥这儿连杯茶都不喝，叫哥哥的脸面往哪儿搁？"

"我倒想喝呢，早就渴了，可你总得把灶台修好再说吧？"

朝鲁一笑松了手，可乌日娜仍旧不松。巴雅尔瞅了她一眼，她脸一红，松开了手。

巴雅尔走出蒙古包，来到牛群中，用皮条拴住牛魔王，又抓回马，牵着一牛一马往西走。朝鲁和乌日娜送出老远，千恩万谢，直到巴雅尔的背影看不见了，才回蒙古包。

巴雅尔回到托娅的蒙古包时，太阳已经落山了。

托娅迎了出来，后面跟着她的两个儿子。三个人对牛魔王十分好奇，围着观看，赞叹不已。托娅说："老听人说牛魔王，今天算是开了眼。"

托娅的两个儿子，一个叫巴图，17岁；另一个叫道尔吉，10岁。巴雅尔特别留心的是巴图，仔细打量他。看一眼他觉得这孩子像自己，活脱脱就是一个年轻时的自己；再看一眼，他又觉得这孩子不像自己，而像托娅，清秀俊朗，皮肤细腻，颇带一点儿托娅少女时的风采。

巴雅尔有点儿糊涂了。

托娅叫巴图和道尔吉趁天还未黑去割点草，准备晚上喂牛魔王，两个孩子去了。等他们走远以后，巴雅尔说："我看他是我的儿子！"

托娅说："不是。"

"跟我长得一模一样。"

"可见他的人都说长得像我！"

"也许像咱们两人。"

"别臭美了。"

两个孩子割草回来后，托娅招呼大家吃饭，巴图说："不等阿爸了吗？"

托娅说："你阿爸去大队开会，不一定回来。"

饭桌上的气氛很尴尬，两个孩子因有陌生人在座，话不多；巴雅尔和托娅纵有千言万语要倾诉，当着孩子的面，一句也说不出。巴雅尔想和巴图说几句体己话，沟通一下彼此的感情，可那孩子带有明显的敌意，爱搭不理，冷冷相对。巴雅尔几次话到嘴边，又生生咽了回去。

吃完饭，托娅打发两个孩子去睡觉，巴图问了一个奇怪的问题："巴雅尔叔叔睡在哪儿？"

托娅不知该怎么回答。

"让巴雅尔叔叔和我们一起睡吧！"

托娅说："巴雅尔叔叔还要照看牛魔王，你们先去睡吧。"

巴图带着弟弟去了另一个蒙古包。

托娅说："孩子大了，懂事了。"

巴雅尔说："这孩子鬼，既护着你又防着我。"

"怎么讲？"

"他阿爸不在他就想保护你，提防我这个外人做出对不起他阿爸的事。"

"其实他也不知道谁是他的阿爸。"

"这也难怪，从小就叫阿爸，叫了17年，你又不告诉他，他怎知阿爸是另一个人。"

"你让我怎么告诉他？"

"他不知道也罢了，三宝知不知道？"

"我也闹不清他知不知道，不过他对孩子倒是挺好的，比自己的还亲呢。"

两人聊了一会儿，巴雅尔出去看了看牛魔王，回来说："给我床皮褥子、皮被子，我去外面睡。"

托娅说："你这又何必？"

"我得守着牛魔王，要是再被人偷走，我可没法活了。"

"谁能上这儿来偷东西？"

"还是小心一点为好。"

托娅不明白他为什么非要去外面睡，难道17年未见，有点生分，不愿意和她亲热了？

其实巴雅尔是因为托娅对孩子说他要照看牛魔王，才决定去外面睡的，他不愿意失信于孩子，想给孩子留一点儿好的印象，尤其是巴图。

巴雅尔躺在离牛魔王不远的草地上，草原的夏夜十分凉爽，盖一层皮被也不嫌热。月亮还未升起，夜空中布满繁星，星光闪烁。巴雅尔睡不着，瞪着两颗火辣辣的眼睛看着星星，据老一辈人说，那里的每一颗星都代表一个人，有一颗代表他，还有一颗代表托娅。他弄不清这两颗星有什么象征意义，又能给人带来什么好运，但他想这两颗星肯定相距比较遥远，很难走到一起，就像他和托娅两人一样。

两个相亲相爱的人，被命运捉弄，始终不能结合在一起，成为人生的一种遗憾，每当想起都痛苦得无法释怀，这恐怕是人世间最悲哀的事了。

巴雅尔深深陷入回忆之中，往事一幕幕如在眼前……

那是 1957 年，巴雅尔 19 岁，托娅 17 岁。

那一年夏天，乡里举办那达慕大会。"那达慕"在蒙古语里是"玩"的意思，所谓"那达慕"大会就是"玩的大会"，内容包括摔跤、射箭、赛马、象棋比赛，以及一些商贸交易活动。

巴雅尔作为白云淖尔推举的摔跤手参加了比赛。比赛进行得异常激烈，因为那是新中国成立以来第一次恢复举办"那达慕"，各地来的跤手很多，其中还有一些职业跤手，如那顺图日勒，曾在全国比赛中取得过第三名，尤擅"别子"，人称"别子那"，美名早已传遍内蒙古草原。这些职业跤手平日里也不事生产，只是骑着马四处游逛，参加几次那达慕大会，所获奖品就够他一年的嚼裹儿了。

巴雅尔"初生牛犊不怕虎"，凭借年轻力壮，一路过关斩将，接连击败 36 名跤手，进入决赛，相遇那顺图日勒。

赛前没人看好巴雅尔，谁是巴雅尔，哪冒出这么一个愣小子？巴雅尔也不看好自己，论名气、论经验，他怎么比得上那顺图日勒呢？要说赢可想都没想，只想别输得太没面子就行了。那顺图日勒也没把他放在眼里，半决赛的时候，他特意观看了巴雅尔的两场比赛，发现他除了力气大一点，就没有什么特点了，而且经验不足，毛病很多，"傻小子睡凉炕——全凭火力旺"。对这样一个刚出道的雏儿，那顺图日勒自信三下五除二就能把他解决了。

决赛的时候，巴雅尔一上来即采取守势，弯下腰，撅起屁股，死死抵住那顺图日勒。不让他发挥"别子"的特长。两人转过来转过去，僵持了半个多小时，那顺图日勒被他耗得心烦意躁，火冒三丈。猛地扑上去，想要抱住巴雅尔的腰，速战速决。不想用力过猛，脚下不稳，巴雅尔顺势一带，那顺图日勒倒在了地上。周围响起了一片掌声和欢呼声，巴雅尔却站在那里发呆，半天不敢相信自己竟赢了大名鼎鼎的那顺图日勒。

巴雅尔的冠军奖品是一匹两岁种马,那顺图日勒的奖品是一副银马鞍,这在当时都是一笔不小的财产。

巴雅尔所赢不仅是一匹两岁种马,他还获得了托娅的青睐,这可是意外的收获。

巴雅尔和托娅原本并不相识,两家人相距好几百里,本不容易相见,只因这次那达慕大会才走到一起。所谓月老牵线,有缘千里来相会吧。

那是摔跤比赛进行到中途的时候,一天,巴雅尔正和其他跤手坐在帐篷里喝马奶酒,托娅和乌日娜来找朝鲁,朝鲁介绍巴雅尔和她们相见,巴雅尔当即被托娅的美貌惊呆了。托娅究竟怎么美,他也说不上来,只觉她和一般蒙古族姑娘不一样,第一次见面,就使他产生一种冲动,想要亲近她,娶她做老婆,只是他有那样的福气吗?

托娅和乌日娜走后,朝鲁对托娅赞不绝口,说她是白云淖尔最漂亮的女人。有一位外地跤手,名曰苏和,见他那副眉飞色舞、无限崇拜的样子,心中有气,就说托娅是不错,但比他妹妹可就差远了。

朝鲁瞪大眼睛:"你妹妹什么样?"

苏和说:"反正比托娅强。"

"不可能!"

"你啥意思,不承认我妹妹比托娅漂亮吗?"

"我又没见过你妹妹长个啥样。"

"你要不承认,我也没办法,只好跟你决斗了!"

"决斗!"朝鲁万分诧异,"怎么决斗?"

"按咱蒙古人的规矩,摔跤,一跤定输赢。你要是输了就当众宣布,我妹妹比托娅漂亮!"

"你要是输了呢?"

"我也当众宣布:托娅是天底下最漂亮的女人!"

朝鲁老实,一时不知怎么办才好。他把巴雅尔拉到一边,问他:"兄弟,你说我可以跟他决斗吗?"

巴雅尔说:"他是故意逗你,你又何必往他的套里钻?你就承认他妹妹比托娅漂亮又怎样。"

"那不成,托娅是我老婆,我不能让她的名誉受损!"

"托娅是你老婆吗?"

"现在还不是,早晚会是,反正我已经把她当我老婆了。"

"托娅同意吗?"

"那我还没问她。"

巴雅尔放了心:"那你就应战,和他摔一跤。"

"他们人多,我怕要吃亏。"

"不摔不成,摔也不成,那你到底要怎样?"

"兄弟,你要是站在哥哥一边,哥哥心里就有底了。"

"我自然是站在你一边了。"

"那好,我这就跟他决斗,谁敢说托娅不是天下最漂亮的女人,看我不捏死他!"

朝鲁张牙舞爪走了回去,答应决斗,众跤手一声欢呼,纷纷走出帐篷,围成一个圈。

苏和站在圈中央,威风凛凛,凶神恶煞,朝鲁一见,心里又没了底,悄悄对巴雅尔说:"兄弟,还是你上吧!"

巴雅尔说:"托娅是你老婆,又不是我老婆,与我何干?"

"不是你老婆,总是你嫂子吧。"

"不成,不成。"

"兄弟,说句老实话,我的跤不行,上去也是输,那样咱们就得承认他妹妹比托娅漂亮,你说,咱们能忍下这口气吗?"

巴雅尔年轻气盛,愿为朋友两肋插刀,见朝鲁说得可怜,便答应代他上场决斗。巴雅尔走到圈子中央,苏和说:"怎么又换成你了?"

巴雅尔说:"不就摔一跤吗,谁上不一样?"

"你愿意遵守规则吗?"

"什么规则?"

"你要是输了就当众宣布：我妹妹比托娅漂亮！"

"没问题，就是不摔我也愿意承认，你妹妹比托娅漂亮！"

"你什么立场，巴雅尔！"朝鲁冲了过来，"他妹妹怎么会比托娅漂亮？"

苏和说："朝鲁，你这个软蛋，你不敢和我决斗，找巴雅尔代替，这哪像咱蒙古人的做派！"

这话可够伤人的，朝鲁不由得火冒三丈，冲上去要和苏和拼命。巴雅尔拉住了他，说："还摔不摔？"

苏和说："怎么不摔。"

"我和你摔行不行？"

"谁都一样。"

这里正闹得不可开交，那边乌日娜找到托娅，对她说："小伙子们正为你打架呢！"

托娅说："谁为我打架？"

"就是那些跤手，朝鲁、咱们刚认识的巴雅尔，还有东乌珠穆沁的苏和。"

"为什么？"

"听说朝鲁说你漂亮，苏和说他妹妹比你漂亮，谁也不服谁，巴雅尔就和苏和打起来了。"

"关巴雅尔什么事儿，咱们跟他又不熟？"

"哎呀呀，真叫人嫉妒……"

"嫉妒什么？"

"有人为你打架，我都快嫉妒死了。"

"走，瞧瞧去。"

两个人跑到摔跤场，只见围了里三层外三层的人，两人挤到前面，"决斗"已经结束了。巴雅尔摔倒苏和，就等他履行约定了。朝鲁哈哈大笑，巴雅尔对苏和说："你要是不好意思，就不用当众宣布了。"

苏和说："说出的话难道能噘回去？"

苏和走到场子中央，大声说："诸位父老乡亲，我，东乌珠穆沁的苏和与白云淖尔的巴雅尔比赛摔跤，结果我输了，输得心服口服。现在我愿意当众宣布：托娅是天底下最漂亮的女人！"

托娅！托娅是谁？

认识托娅的人都朝她望去，指指点点，议论纷纷。结果全场的人都知道谁是托娅了，也都朝她望去。众人鼓掌欢呼，为本乡本土能出现一个"天下最漂亮的女人"由衷感到自豪。托娅哪经过这样众星捧月似的盛大场面，不由得脸红了，红得像一朵花。

巴雅尔也朝托娅望去，他感觉众目睽睽之下的托娅更加美丽动人，正是那种年轻人百般追求，可望而不可即的梦中情人。托娅也朝巴雅尔偷偷瞟去，在那无数投来的目光中，她只感觉到巴雅尔火辣辣的目光。四目相对之际，心有灵犀一点通，两人同时产生一个心愿，一个非卿不娶，一个非君不嫁。何谓一见钟情，也许就是巴雅尔和托娅这个样子吧。

在随后的摔跤比赛中，巴雅尔如狮子下山，如老虎添翼，所向披靡。原因是他有一件"秘密武器"，那就是美人托娅的媚眼和微笑。

两人很快就坠入了爱河，如胶似漆，海誓山盟，私下里约定了终身。等那达慕大会曲终人散的时候，已经不分你我，谁也离不开谁了。

临别之时，托娅嘱咐巴雅尔，回去以后立刻去她家提亲，一刻也不要耽误，巴雅尔答应了。托娅问他有钱没有？说她爹妈别的都好，就是嗜财如命。

巴雅尔说："我不是刚得了一匹两岁种马吗，怎么也值800块钱，都给二老拿去，够不够？"

托娅说："给他们200就行了，咱们也得留点儿以后过日子用。"

两个人洒泪而别。

想到这里，巴雅尔的脸上浮现出苦涩的微笑。他感觉年轻人的初恋太甜美了，可惜太短暂了，他的初恋也就那达慕大会那几天，还没来得及好好咂摸滋味,就已经结束了,以致他每当想起这段往事,都会感到心痛。

巴雅尔又朝夜空望去,想找出能代表他和托娅的那两颗星星,看看究竟是怎么回事儿,为什么他和托娅会弄成现在这个样子?

夜空中的星星太多太多,无法分辨。巴雅尔盼望能有奇迹发生,眼前一亮,神明突然出现在他的面前,告诉他:我的孩子,不要灰心,幸福就要来临,有情人终成眷属。看这颗星,多么明亮,那就是你;再看那颗星,多么美丽,那就是托娅。这两颗星越走越近,越走越近,总有一天会走到一起……

月亮出来了,星星隐退了,梦幻消失了,巴雅尔也回到了现实……

13 好事儿多磨

巴雅尔回到家后，本想一两天即去托娅家提亲，不料他所在的"互助组"事忙，一时竟脱不开身。他这个"互助组"一共五户人家，他是小组长，乡亲们有事都来找他，他要起带头作用也义不容辞。当时"互助组"最缺的就是资金，五户人家东家没钱买炒米，西家没钱买煤油，一家蒙古包上的毡子破破烂烂，四下漏风，另一家牛车散了架，每天要步行10里地挑水吃……而且要进行互助生产，也需购置必要的生产工具，比如眼下就到了剪羊毛的日子，不买几把锋利的剪刀，又怎能应付过去？巴雅尔无奈，只得卖掉两岁种马，犹豫再三，一咬牙把钱交给"互助组"，充作日常开支。

没钱怎么去托娅家提亲？只好先放一放，等他日有钱了再说，巴雅尔以为早一天、晚一天还不一样？以他和托娅之间的关系，早已爱得死去活来，天底下还有谁能把他们分开呢？

正是这种想法最终害了他，也害了托娅。

一天傍晚，太阳已经落山，巴雅尔刚把羊赶进羊圈安顿好，就见有一个人骑着马朝他这个方向狂奔而来。他还想这是谁呀？天都要黑了，还这么玩命，这要摔一跤可怎么好？谁知等那人纵马跑到他的面前，他才认出原来是托娅。只见她泪痕满面,衣衫不整,模样大变。

巴雅尔大吃一惊,忙问这是怎么啦?托娅说和她阿爸阿妈吵架,被她爸妈撵出来了。

"为什么?"

"他们逼我嫁给三宝,我不愿意,就吵起来了……"

"三宝是谁?"

"我叫你快去提亲,你怎么至今也没去?"

"我没有钱……"

"你的两岁种马呢?"

"我把马卖了,可卖马的钱我给互助组用了。"

"是我重要,还是互助组重要?"

"三宝是谁?你还没回答我。"

"回答你又怎样,你还能去把他杀了?"

要说三宝也不是简单人物,他是一位军人,刚刚复员回家。复员时得了几百块钱复员费,还有安家费、伤残补助等,加在一起有1000多块钱。这在当时也是一笔不小的数目,乡亲们都把他视为土财主。有人说:就是现在的富牧也不见得比他有钱,富牧是有几十头、几百头牲口,可自古以来就有一个说法:"家趁万贯,带毛的不算。"平日牛得很,可你别有个三长两短,万一来个灾什么的,牲口全死了,立刻变为穷光蛋。

上门给三宝提亲的媒婆络绎不绝,她们说:你岁数也不小了,该娶个老婆,组织个家庭,明年再添个大胖小子,那有多美?可媒婆介绍的对象,三宝一个也没相中,他讲话:如今咱身份不一样了,须得娶一个漂亮的。他也听说了托娅的美名,偷着见了一面,吓了一跳,心说:以托娅这个模样,过去只有旗里的王爷才有福享用,自己要是能把她娶到手,不是也当一回王爷了?一时心痒难熬,又急不可耐,也不请媒婆,亲自上门提亲。见了托娅的阿爸阿妈,先敬二老一人一支"哈德门"香烟,没说两句话,就拍出500块钱。托娅的阿爸阿妈见钱眼开,笑得嘴都合不拢，一口答应了这门亲事儿。

这件父母包办的婚姻发生在那达慕大会召开期间，等托娅回到家后，爸妈就将三宝来求亲的事儿告诉了她。托娅一听，火冒三丈地说："也不经我同意，你们怎么就答应了他？"

她阿爸说："我们怎么就不能答应？自古以来儿女的婚事不都是父母说了算。"

"现在是新社会！"

"新社会怎么啦，新社会就不听父母的啦？"

"你们这不是卖女儿吗，500块钱就把我卖啦？"

"一把屎、一把尿把你养这么大，要点彩礼钱难道还不应该吗？"

她阿妈说："这门亲事你不愿意可以再商量，可500块钱我们已经花了300多，你说怎么办？"

托娅说："我还！"

"你还，你拿什么还？"

托娅犹豫再三，但事已火烧眉毛，岂容你藏着掖着再不吐露实情呢？只好将她与巴雅尔私订终身的事儿告诉了父母。

她阿爸一听巴雅尔得了一匹两岁种马，顿时来了兴趣，说："你要和巴雅尔好，我们也不拦着，新社会嘛，那你让巴雅尔拿1000块钱来就行了。"

托娅说："他把马卖了也就七八百块钱，哪有1000块钱给你？"

"那我不管……"

"凭什么三宝你要500块，巴雅尔就要1000块呢？"

"谁让他不经过我同意，就敢和你私订终身呢。"

父女俩越吵越凶，托娅句句不离新社会，她阿爸也不敢说新社会的不是，一时火起，抄起马鞭没头没脑地抽托娅，她阿妈忙抱住女儿的头，也挨了几鞭子。托娅哭着跑出门去，她阿爸说："你跑，跑了就别回来，回来也不给你饭吃，饿死你！"

"她可是你的女儿。"

"我没这个女儿!"

托娅是有主意的人,二话没说,骑上马就去找巴雅尔。但她从没去过巴雅尔的家,一路上逢人便打听,绕了好大一个圈子,好不容易找到巴雅尔的家,天也黑了。

巴雅尔将托娅让进他的蒙古包,点着油灯,又去外面拿了一筐牛粪,准备烧茶、做饭。托娅见他笨手笨脚的样子,就推开他,接手了主妇的工作。一边干一边问巴雅尔:"你看这事儿应该怎么办?"

巴雅尔说:"你既然回不去,就先在我这儿住着吧。"

"我说的不是这个,我是说咱们的婚事儿。"

"那你说怎么办?"

"不如先把结婚证领了,那他们就没辙了!"

"好啊,等这两天剪完了羊毛,咱们就去领。"

"这事儿可不能拖!"

"怎么也得等剪完羊毛,卖俩钱,咱们要结婚也得用钱哪。"

巴雅尔盘算得还不错,但现实却不允许他一拖再拖。等他们卖了羊毛,手拉着手,去乡民政科登记结婚时,得到的回答是:暂不受理!

为什么?

民政科的同志说:"现在有人告你们,得等这事解决了以后再说。"

两人犹如兜头浇了一桶凉水,托娅怀疑是她阿爸,说她阿爸也够狠的,一点儿不顾念父女之情。其实来告状的人并不是她阿爸,而是三宝。

三宝一听托娅跑了,而且住到巴雅尔那里,直气得暴跳如雷。他跑到托娅家大吵大闹了两三回,但也不起什么作用,就骑上马跑到乡政府告状。他找到武装部部长说:"你知道上甘岭吗?我在朝鲜参加过上甘岭战役,那子弹哗哗的如下雨一般,我背上中了三块弹片,现在还有一块没取出来……"

武装部部长说:"你的光荣历史我很清楚,可你今天来有什么事儿?"

"我有冤屈，你们管不管？"

"怎么会不管！"

"我复员回来，好不容易找了一个老婆，正要办喜事儿，可新娘子让人拐跑了。"

"谁这么大胆？"

"白云淖尔的巴雅尔！"

武装部部长感到事态严重，就去找民政科科长商量，又去请示领导，回来对三宝说："你先回去，我们得派人下去了解一下情况，过几天再给你答复吧。"

三宝回去等了七八天，乡政府方面一直没有回音，三宝以为那些人准是犯官僚主义，根本不拿他小老百姓当回事儿。其实乡政府拿他这事儿已经商量了好几回，但一时也没商量出妥帖办法。你想，巴雅尔和托娅是自由恋爱，你能把他们拆散了吗？可三宝是个负过伤的复员军人，你也不能对他太过刺激。结果就是巴雅尔和托娅来办结婚手续，民政部门回答"暂不受理！"至于什么时候受理，恐怕还得等上面有人发话才行。

三宝可不耐烦日复一日等下去，他决心有所行动，就骑马去旗里告状。这一回他不仅要告巴雅尔，还要告乡政府那些人，什么武装部部长、民政科科长等，一个也不饶。他找到旗委所在地，说要见旗长乌力吉，传达室的门卫告诉他：旗长今天不会客。他又说自己是复员军人，参加过上甘岭战役，背上中了三块弹片，每逢刮风下雨都疼，"他要是不见我也没关系，我就去呼和浩特告"！

门卫一听，吓了一跳，忙给他传了进去。旗长一听，也不敢怠慢，忙把他请进去，起身迎接，让到座位上坐下。旗长说："同志，你这就不对了，领导的工作那么忙，你去打扰他多不合适。你有什么事儿，我帮你解决不也一样？"

三宝自诩见过大世面，可一见旗长这么和颜悦色，反而不知说什么好了，嗫嚅了半天，也没把事情说清楚。

旗长说："你究竟想让我帮你做什么？"

三宝说："您只要下一道命令，叫巴雅尔把托娅让出来就行了。"

"是白云淖尔的巴雅尔吗？"

"就是那小子！"

旗长乌力吉太了解巴雅尔这个人了。巴雅尔成立的互助组，号称白云淖尔第一个互助组，就是乌力吉手把手扶持起来的，为此他还授意将巴雅尔选为劳模，后来又亲自介绍他入了党。可以说巴雅尔是乌力吉在白云淖尔地区树立的一面旗帜，没想到这面旗帜这么快就出了问题。

两人又聊了一会儿，乌力吉说："同志，你先回去吧，一半天我就去白云淖尔视察工作，顺便帮你解决问题，你说好不好？"

乌力吉虽说一半天就去，但他身为旗长，事情太多，竟不容他分身。但他心里一直惦念着巴雅尔这件事儿，心想：这面旗帜不能倒！又过了十多天，好不容易有段空闲，他坐上吉普车，来到白云淖尔。下车伊始，先听乡政府领导汇报工作，了解一下地方的民情。然后下到营盘，找到巴雅尔和托娅。询问他们的近况，巴雅尔就把他和托娅的恋爱经过细说了一遍，托娅也哭着表示：这辈子就嫁巴雅尔一个人，死也不嫁三宝。乌力吉听了微微一笑，没说什么。

从巴雅尔家出来，乌力吉又去了托娅家，征询二老对女儿婚事的意见。托娅的阿爸说："现在是新社会，主张婚姻自由，她想嫁给谁就嫁给谁，做父母的也管不了。"

乌力吉说："老人家的思想还很开通嘛。"

"但只一样，不知是不是新社会的规矩？"

"哪一样？"

"没结婚就住在一起……"

"这自然是不对的。"

"现在左邻右舍都在背后戳我的脊梁骨，谁叫我养了这么个不争气的闺女呢，脸都丢尽了，作孽呀。"

"回去我说说他们，让托娅先回来。"

乌力吉又询问三宝的情况，托娅的阿爸说："三宝先来提的亲，下了彩礼，我们也答应了。"

托娅的阿妈说："三宝是复员军人……"

"征求托娅的意见了吗？"

"那倒没有，我们是按过去的规矩办的。"

"老人家，过去的规矩现在可不管用了！"

第二天，乌力吉去找三宝，对他说："三宝同志，今天咱们好好唠一唠。"

三宝说："我是盼星星，盼月亮，一直盼着您来呢。"

"我昨天了解了一下情况，你在巴雅尔和托娅的问题上，是不是有错误？"

"我有什么错误？"

"你和托娅谈过恋爱吗？"

"那倒没有。"

"你给托娅的父母几百块钱，就让老两口答应了这门亲事，是不是这样？"

"不错。"

"这不成了买卖包办婚姻了吗？"

"父母之命，媒妁之言，过去不都是这样吗？"

"过去确是如此，现在可就行不通了。《婚姻法》上说得很清楚：禁止包办、买卖婚姻。我们现在执行的就是这个政策。"

三宝尽管心里不服，嘴上可不敢反对，因说："我也许有错误，可巴雅尔比我的错误更大！"

"人家是自由恋爱，有什么错误？"

"未婚就同居，这不违反《婚姻法》？"

乌力吉一时语塞，三宝又说："眼下周围乡亲们都反对巴雅尔和托娅这门亲事，您何不听听乡亲们是怎么说的！"

乌力吉说："好啊，今天我就住在你这儿，一会儿你带我去周围转转。"

稍后,乌力吉带上三宝,坐吉普车到周围几个营盘转了一遭,了解了一下乡亲们对巴雅尔和托娅一事的反映。令乌力吉深感意外的是,乡亲们大多对这两个年轻人的结合并不看好,议论纷纷。乌力吉心说:这两人是怎么啦,这么招人忌恨?其中反对最激烈的是朝鲁和乌日娜,朝鲁深爱托娅,但托娅却被巴雅尔抢走,朝鲁深受打击。乌日娜暗恋巴雅尔,但她自知不敌托娅,心中不由得怨恨百生。这两人爱极生恨,成了同一战壕里的战友,后来日久生情,也成就了一段姻缘佳话。

乌力吉回去后,派人把巴雅尔找来,和他进行了一次严肃的谈话。

乌力吉说:"周围群众的舆论对你很不利,你知道吗?"

巴雅尔说:"不知道。"

"意见虽然各种各样,但主要一条,说你不该留托娅在家里住。"

"托娅被她父母赶了出来,我不留她,让她上哪儿去?"

"可你们还没领结婚证嘛。"

"我们去领过,可民政科不给办。"

"民政科没办,你们就可以住到一起吗?这是违反政策的!"

"我错了……"

"你是一个预备党员,虽然还没转正,但要以一个党员的标准要求自己,不能给我们党的脸上抹黑。"

"我知道,可您说说,我该怎么办?"

"你先让托娅回去吧,你们俩是自由恋爱,民政科早晚会给你们办结婚证的。但事前你是不是要做一些铺垫工作,比如首先要和托娅的父母搞好关系,其次要平息一下周围群众对你们不利的舆论,不能老让人背后指指点点,而要让人当面祝福你们,祝你们幸福美满,白头偕老。"

"是,我听您的,回去我就跟托娅说,让她先回她父母那儿去。"

当年乌力吉还说了一些什么,似乎说了很多,但时间久远,巴雅尔已经记不太清了,但有一点他记得很清楚,乌力吉就像一位慈祥的长辈,谆谆教导,而他则像一个孝顺的晚辈。十几年来,他一直对乌力吉心存感激，认为他是自己成长道路上的指路明灯。同时他心里也存一点疑惑：当年他听从乌力吉的话，让托娅回家，结果却成今天这副模样。假如他当年不听乌力吉的话，坚持不让托娅回家，那结果又如何呢？

巴雅尔陷入深深的迷惘之中。

忽然他感觉有人揭开他的皮被钻了进来，身子紧紧贴上来，两只胳膊箍住他的脖子。巴雅尔意识到这是托娅，也伸手紧紧搂住了她，叹了一口气。

托娅说："还没睡着吗？"

巴雅尔说："睡不着。"

"想什么呢？"

"想咱们过去那些事儿。"

"事情都过去了，还想什么？"

"我忘不了你！"

"我也忘不了你！"

两人紧紧地搂在了一起。

巴雅尔说："我好恨，为什么咱们俩不能在一起？"

托娅说："也许老天爷不愿意咱们俩在一起。"

"我才不信这一套呢！"

"那你信什么呢？"

"当年我若不听乌力吉的，不让你走，也许咱们俩就成了。"

"谁让你听他的不听我的呢。"

"以咱们俩的好，世上恐怕也难找出第二对来，可你讲讲，你为什么突然又嫁给三宝了呢？"

托娅没说话，忍不住眼泪涌出，一滴一滴滴在巴雅尔的手臂上，巴雅尔不由得心都碎了……

当年，巴雅尔回去后，把乌力吉和他说的一番话，都告诉了托娅。劝她先回父母那里去，等他上门提亲。

托娅说:"我要是能回去不早就回去了。"

巴雅尔说:"你就是不能回去也得回去了。"

"为什么?"

"因为乌力吉旗长是这么说的。"

乌力吉说的话百姓敢不听吗,何况人家说的在理儿。巴雅尔告诉托娅,乌力吉说他们违法,群众影响很不好。要他写深刻检查,这一回事情闹大了,连他的党籍都可能保不住了。

一个党员如果被开除党籍,那就等于政治上被宣判死刑。

托娅吓了一跳,没想到她和巴雅尔之间的一点儿小事,竟然惊动了旗长。无奈何,她只好离开巴雅尔,回到父母身边。

托娅回家第三天,巴雅尔带上烟酒上门提亲。托娅的父母也没难为他,只是提出要1000块钱彩礼。并且说明:500块钱要还三宝,500块钱补贴家用,把她养这么大,要点儿彩礼还过分吗?

巴雅尔一时也不知从哪儿去凑这1000块钱,请求宽限时日,托娅的父母也答应了。

在巴雅尔看来,进展还算顺利,就告别托娅和她的父母,高高兴兴回家去了,不想这一别竟成"永诀"。

不久,忽然传来消息,托娅嫁人了,嫁给了三宝,犹如晴天霹雳,巴雅尔一下被打蒙在地,许久缓不过劲儿来。

他不相信,骑马去找托娅,被托娅的父母挡在了门外。

"托娅,托娅……"巴雅尔喊道,可包里没有回应。

"托娅,你倒是出来见我一面啊!"巴雅尔哭道,跪倒在蒙古包前,"给句痛快话,我也好死了这份心!"

包里仍旧没有回应。巴雅尔就这么跪着,跪了很长时间,托娅的父母也挺不落忍,告诉他托娅不在家。

"托娅去哪儿了?"

"托娅嫁给了三宝,自然是去三宝家了。"

这一下巴雅尔没咒念了,只好灰溜溜地回家去了。

多少年来，巴雅尔一直有个问题想不通，托娅为什么会背弃自己，嫁给三宝？没有理由呀，一点理由也没有！

今天他终于有点想通了，托娅之所以嫁给三宝，大约是因为巴图！

当年托娅忽然发现自己怀上了巴雅尔的骨肉，陷入极大恐慌之中，未婚先孕会被人一辈子指指点点，尤其对她那样名声在外的人，会声誉扫地，再也别想顶天立地地光鲜做人了。

托娅面临的唯一出路就是赶快结婚嫁人，方能将肚子里的孩子掩盖于无形。若嫁人，她首先想到的是巴雅尔，但巴雅尔有一些实际困难无法克服。首先 1000 块钱彩礼还不知上哪儿去淘弄，其次民政部门不给他们办结婚证也要命，即使最后给他们办了，也不知猴年马月了。

可肚子里的孩子不等人，一天一天长大，再过些时候，想瞒也瞒不住了。

无奈之下，托娅只好选择了三宝。

这是巴雅尔在脑海里为自己描绘的一幅图画，其中不乏想当然的成分，真实情况如何尚不得而知。

托娅为什么会嫁给三宝呢？

"汪——汪——"狗忽然叫了起来。

两只狗一黑一白，跳起身，朝夜空狂叫了几声，忽然又不叫了，回身卧倒在蒙古包旁。

巴雅尔说："三宝回来了。"

托娅没说话。

巴雅尔推她一下，"三宝回来了"。

"回来就回来吧，"托娅仍旧用双手搂着巴雅尔的脖子，动也没动，"甭管他。"

借着月亮的清辉，可以看见一个人骑着马沿柳条林边的小路走了过来。走到马桩前，看见了牛魔王，那马猛然一惊，嘶叫着立起了前腿，把马上的人扔到地上。

好事儿多磨 | 133

那人骂了几句,正是三宝那略带苍老的声音。

三宝起身抓住马,卸下马鞍,给它戴上马绊,放它走了。然后走进蒙古包,不大一会儿包里闪出一豆灯光,接着三宝端着油灯走了出来。

他先到另一个蒙古包,进去瞧了瞧,出来喊道:"托娅,托娅!"

托娅没吱声。

这时三宝也瞧见了巴雅尔和托娅躺着的地方,就端着灯走了过来,将灯凑到那两人脸边,瞧个仔细。

托娅仍紧紧搂着巴雅尔的脖子,两人也平静地瞧着三宝。

"巴雅尔,是你吗?"三宝假装什么也没看见。

"是,是我。"巴雅尔叹了一口气。

"躺在这里做什么,进家来吧。"

巴雅尔和托娅再也躺不住了,只好起身随三宝进了蒙古包……

14 打马鬃

这一天是大队"打马鬃"的日子。

一大早巴雅尔就去抓马,准备去大队部主持"打马鬃"活动。谁知他四处找,最远一直找到白云淖尔的大草滩上,也没找到他的马。难道是马绊坏了,马跑了?偏偏是这么个日子没了马,你说让他有多糟心。去马群抓匹马肯定来不及了,只好先借了一匹马。可跟谁借呢?乌兰倒是有一匹马,可那匹马又小又老实,骑着不够气派。阿斯茹那匹马高大威猛,快如闪电,骑上也还凑合事儿,可跟女儿开口借马合适吗?

巴雅尔背着手溜达到饲草基地,见阿斯茹正在做饭,就问:"做什么?"

阿斯茹说:"小米粥,再馏几个剩馒头。"

"怎么不烧茶?"

"没奶。"

"我倒忘了,以后叫你阿妈每天给你送点儿奶来。"

"阿爸,还没吃早饭吧,跟我们一块儿吃吧。"

"'我们'是谁?"

"我和罗明哥呀。"

"吃不惯!"

正说着罗明抓马回来了,这是他和阿斯茹的分工,一人抓马,一人做饭,倒还真像小两口过日子。三个人一起吃饭,巴雅尔虽然瞧不上小米粥、剩馒头,但年轻人一个劲儿让他,他也就不坚持了。罗明拿出几块榨菜,巴雅尔尝尝,又脆又辣,挺有嚼头,就撕了一大块放进碗里,喝了两碗粥,吃了一个馒头。

巴雅尔问:"去打马鬃吗?"

阿斯茹说:"去,那还能不去?"

罗明说:"今天还非去不可,我的马瘸了,放回马群,马倌说今天给我抓一匹马呢。"

"没马你可怎么去呢?"

"只好走着去了。"

"罗明哥,咱俩骑一匹马,我驮着你。"

"那可不行,我驮着你还差不多。"

"大男子主义!"

"阿斯茹,你干脆也和罗明一块儿走着去,把马借给我。"

"你的马怎么了?"

"找不见了,可能是马绊坏了,跑了。"

"行。"

巴雅尔一听女儿答应借马,起身就走。一边走一边说:"你们俩走着去,不如把牛魔王也带上,让它也遛遛。"

巴雅尔说着出了门,走到马桩前,给马配上鞍子。阿斯茹的马是一匹新疆改良马,火红毛色,长而细的腿,昂首挺胸,看着就精神。巴雅尔跨上马,一勒马嚼子,那马犹如得到命令,立刻腾起四蹄,向前跑去,越跑越快。

阿斯茹在后面喊:"阿爸,别让它跑,一跑就瘦了!"

巴雅尔勒紧马嚼子,那马摇头摆尾拼命挣扎,似乎不服巴雅尔的管教。巴雅尔将马嚼子缠到手臂上,加大手劲,好不容易才将马制服帖了。心说：这么疯的马，阿斯茹也敢骑，不要命了？但一想时候已经不早，不容耽搁，又催马快跑。等到了大队部，那马浑身上下大汗淋漓，犹如水洗一般。巴雅尔摇摇头，这种改良马到底不如蒙古马，耐力太差。

巴雅尔将马拴到马桩上，走进大队部，迎面碰上管理员白银仓，问他："今天中午吃什么？"

白银仓说："吃包子。"

"宰了几只羊？"

"五只。"

巴雅尔走进厨房，只见里面有五六个人，绞馅、包包子、烧火，正忙得不亦乐乎。又问白银仓："你估计今天能来多少人？"

"咋也来个一二百人。"

"够吃吗？"

"够，五只羊怎么也出一百五六十斤肉，吃不了的。"

"我指的不是肉，是包子！"

"我这儿三个灶，一个灶上十个屉，一屉能蒸五十个包子，蒸一回就一千五百个包子，您说够不够？"

正说着，只听外面笑语喧哗，巴雅尔和白银仓知道是客人到了，忙迎了出去。

来的人有本大队的，但更多是外大队的。男人女人都骑着马，穿着各式各样的蒙古袍，扎着腰带，打扮得光鲜利索。小伙子提着套马杆，大姑娘头上戴着各色彩巾，争奇斗艳，一个个喜气洋洋，如同赶庙会一般。

几位有头有脸的人物，看见巴雅尔，上前举双手问候说："赛啨（好吗）！"巴雅尔也回礼说："赛啨！"

白云大队的朝鲁和乌日娜也来了，两人是老朋友，而且在不久前牛魔王丢失那件事上立了大功，巴雅尔也格外高看一眼，把两人让进办公室。

朝鲁说:"牛魔王呢?那头牛我养了一阵子,还真处出点感情来了,怪想它的。"

巴雅尔说:"别忙,一会儿我女儿就把它牵来。"

"是阿斯茹吗?几年不见长成大姑娘了吧?"

巴雅尔一边和客人有一搭无一搭地闲聊,一边朝外张望,心说:那两个孩子怎么还不到呢?

从饲草基地到大队约5公里路,罗明和阿斯茹牵着牛魔王,愣走了两个来小时。等他们来到大队部时,那里已经聚集了400多人,本大队100多人,外大队300人左右。一个大队打马鬃,居然来了这么多人,也可谓盛会了。

在草原,"打马鬃"是一项传统活动,其规模和名气仅次于那达慕大会。打马鬃主要是生产活动,春夏之际,将马在秋冬长起的鬃毛剪下来,不仅是修饰马,鬃毛卖到收购站,也是一笔收入。而那达慕则主要是比赛骑马、摔跤、下棋,因而是游戏娱乐活动。

说起打马鬃的来历,大约可以追溯到成吉思汗那个年代。

当时随军出征的勇士都会用几绺最好的种马鬃,扎在一柄长矛刀刃之下的轴上,制成一面旗,蒙古语称之为"苏勒德"。每逢安营扎寨,勇士们都会把这面旗安置在帐篷入口处,以显示其身份。据说成吉思汗也有一面用黑马鬃制成的旗,用来在战争中指引大军前行。绺绺马鬃在微风的吹拂下摇曳,它就吸纳风、上苍和太阳的力量,人们相信,这种马鬃旗可以把大自然的力量转移到勇士身上,召唤他不断前行。

在成吉思汗去世后的几个世纪里,蒙古人仍旧尊崇那留有成吉思汗灵魂的黑色旗。打马鬃也就逐渐带有某种宗教意味,成为一种习俗,一直流传到今天。

牧人都很重视打马鬃,一听哪里有打马鬃,不请自到,从四面八方聚集过去,目的就是缅怀成吉思汗的战功和精神。

"马来了!"突然有人大喊一声,人们跟着欢呼起来。

只见地平线上马群正向这边奔来。其实也就1000多匹马,但是马群整体行动，如万马奔腾，阵势也够吓人。

　　提着套马杆的年轻人都兴奋起来，纷纷跨上自己的马，朝马群奔去。马群越来越近，套马健儿在马群中展开了套马游戏。或一人追一匹马，或两三人共追一匹马。如果马不跑，他们就用套马杆打马屁股，催马跑起来，越快越好。等马疯跑起来，如离弦之箭，眼看要跑离马群，他们一甩套马杆，套住马头，然后立身坐到鞍子后面，使劲拽马停住，再松开套马杆，让马跑掉，又去追另一匹马。马跑得越快，他们越高兴，彼此之间好有个比较，比骑术、比套马，看看谁的身手更矫健。

　　这就是草原牧人最喜爱的套马游戏。

　　玩套马游戏的多是外大队的人，本大队的马倌和年轻人还有正事儿要办。他们也玩套马游戏，但是套住马以后，就把马领到指定地点。那里有人手里拿着剪子，见马来了，立即上前为马修理鬃毛。干这项工作的人很多，男女老少都有，今天来这儿的人，只要象征性地干点什么，就可以拿全天的工分，谁不愿赶这巧宗儿呢？所以为一匹马修理鬃毛，四周往往围了五六个人，一个人剪，其他人旁观或打打下手。叼着烟卷，海阔天空聊一通，优哉游哉。最多的时候约有三十匹马一起剪鬃毛，四周就围着一百多人，场面颇为壮观，这就是大锅饭的"好处"了。

　　巴雅尔在现场指挥，他也看出"窝工"来了，但又有什么办法呢？

　　这时恰巧有一个马倌来找他，说马群有若干马需打马印，还有若干马需骟。巴雅尔说正好，今天来的人多，就把这两件事一并办了吧。见白银仓就在不远处，把他招呼过来，问他打马印、骟马的工具可凑手？白银仓说：都在库里堆着呢。巴雅尔找人随白银仓去库里将工具搬了出来，又搬了几筐牛粪和羊粪砖，在空旷处燃起一堆火，找了十几个经验丰富的老手，让他们负责打马印、骟马的工作。

　　所谓"打马印"，就是给马的屁股上烙一个印记，表明这是本大队的马。

　　草原有一个风俗，别的大队的马跑到本大队，你要好生看管，不得

打马鬃 | 139

变卖，也不得虐待。等主人找上门来，凭标志就可以把马领走。

红旗大队的标志是一个横写的"8"字，人们就把带有这样字形的烙铁放进火里烧。然后把马牵过来，如果马不老实，就给马戴上绊，把它掀倒，几个人俯身按住它，让它不能动弹，一个人从火里拿起烧红的烙铁，在马左屁股上烙下去，只听毛皮嗞嗞作响，空气中弥漫着一股毛皮烧焦的味道，打马印就算完成了。然后把马绊摘掉，放马起身，那马一得自由，即仓皇逃走了。如果马老实，就不用费这么大劲了，只需一人牵着马，另一人照它屁股就是一烙铁，那马疼得腿直哆嗦，但一动不动，等你放开它，它就慢吞吞一步一步走回马群。

所谓"骟马"就更恐怖了，抓一匹两岁"儿马"，上绊，掀倒，找人按住，由一位常干这事的熟手，用锋利的小刀在马的阴囊上割一个口，用手将它的两颗睾丸生生挤出去，这马就成为"太监"了。

也许有人会说：这太不人道了吧！好端端一匹两岁儿马，活蹦乱跳，你非把它变成一个"太监"，于心何忍哪？其实这是一个必要的步骤，于马群、于马、于人都有好处。

在马群，一匹"儿马子"最多圈十至二十四母马，这些母马是它个人的妻妾，别的儿马不容染指，若想染指，就是一场战斗。儿马之间为争夺交配权，经常发生一些你死我活的大战，踢、咬、撞、甩，无所不用其极。直到一方落荒而逃，或两败俱伤，反而便宜了第三者。这种争斗往往扰得马群不得安宁，有时也会伤及马驹，因此马群只能留最少数量的儿马，以够用为标准，多余的就只能让它成为"太监"了。

"太监"的好处可谓无穷，首先它对母马从无非分之想，安分守己，绝不参与争斗。其次它一心一意吃草，因此性格温顺，长得身强体壮，个大膘圆。这样的"模范公民"谁不爱呢？骟马又称健马，在马群中的地位要比儿马和母马高，它是坐骑的主要来源。蒙古人不分男女老少，人人都骑一匹骟马。儿马和母马也能骑，但儿马脾气暴躁，母马耐力较差，因此很难充当坐骑。唯有骟马才能当此重任，千百年如此，和狗一样，是人类的忠实朋友。

罗明和阿斯茹也在观看打马印、骟马，因为这里已经成为热闹中心。他们带着牛魔王来到会场时，也曾引起不小的轰动，人们围看牛魔王，惊奇不已。

牛魔王昂首挺胸，不可一世。但马群来了以后，人们的注意力就转移到马身上去了。马群奔腾过来，将牛魔王围在中间，见是这么一个大家伙，也不敢冲撞它，只从它两边跑过去，又跑回来，围着它转圈子。

牛魔王可不屑与这些跑来跑去的家伙为伍，迈开脚步朝外走去，走出二里多地，才停下脚步，转过身来，看着马群，看它们到底要干什么？

罗明一边观看打马印、骟马，一边拿眼瞟着牛魔王的动向，这时他对阿斯茹说："牛魔王可走了。"

阿斯茹说："走吧，它能走到哪儿去？"

"要不，你还是去看着它吧。"

"我不去。"

"你不去我去。"

说着罗明就要动身去追牛魔王，阿斯茹拉住了他，说："你也太婆婆妈妈了，今天有这么多骑手在，它还能跑了不成？"

罗明一想也对，也就不再坚持。两个人看见一些人正在抢马蛋，就跑到火堆旁看个究竟。

骟马的人将马的睾丸挤出来，扔在地上，立刻有人上前抢。男女老少都有，用一根铁扦子插住睾丸，放在火上烤，也不等烤熟，就带着血三口两口吃下肚去，吃得还倍儿香，颇有点茹毛饮血的味道。问他们这有什么好吃的？有老辈的人告诉罗明：这玩意儿治关节炎有奇效。

阿斯茹说："罗明哥，咱们也弄一个吃吃。"

罗明说："你要吃你吃，我可不吃！"

"你没听说有奇效吗？"

"脏了吧唧，多恶心呀。"

阿斯茹见罗明不吃，她也不吃了。

时至中午，白银仓叫人通知大伙开饭，几百人一起涌向厨房。门口摆着两大盆包子，白银仓招呼大伙排队，可那些人谁听他的呢？一拥而上，下手就抢。一边抢一边往嘴里塞，一手拿五个包子，两手就是十个，有些小伙子手里拿着筷子，一筷子穿十个包子，两筷子就是二十个，转眼之间，两大盆包子被抢个精光。点点人数，也就三十多人抢到了包子，后面的人见没了包子，不由得怨声四起。

巴雅尔也看出情况不对，问白银仓："你看怎么办？"

白银仓说："只好限量供应，一人五个包子。"

"够吃吗？别让人说咱们吝啬，落一个不好客的名声。"

"您放心，我今天就是豁出老命，也不能损害咱们大队的名声。"

"你还是赶紧采取措施，时间一长怕要乱了！"

白银仓想：蒸一锅包子起码要30分钟，蒸够400人吃的包子，得多长时间？今天明摆着是要乱一回，挨骂，不好客也在所难免。但这话不能对巴雅尔说，于是到厨房，把大师傅和帮工召集到一起，说："哥几个受受累，咱们今天好歹不能落下褒贬。"

有人说："我们就是把两只脚都用上，也供应不上呀。"

白银仓一听就火了，说："你这话我就不爱听，怎么就供应不上了？想当年我在锡林浩特老马家打长工的时候……"

他的话还没说完，有一位却不想听他"想当年"，打断他的话说："你说能供应上你就干，反正我是不干了！"

白银仓一听他这话就不言语了，知道这些人若是今天撂挑子，他可真要吃不了兜着走了。

另一人说："白大爷，今天若不想个好主意，怕是过不去了。"

白银仓说："你有好主意没有？"

"我看不如给他们喝粥。"

那几个人一听就泄气，骂道："还以为你有什么好主意，原来就这个馊主意。"

白银仓一拍大腿说："好主意，你是怎么想出来的？"

那几个人仍不解:"喝粥能糊弄过去,这不找着挨骂吗?"

白银仓也不跟他们解释,叫人拿十斤黄米,熬一大锅粥,又说:"包子还得继续包,咱们还剩2000个包子,再包2000个,一人合十个包子,一碗粥,够了。"

众人将信将疑,但也迅速动手干了起来,不大一会儿工夫,十八屉包子上锅开蒸。黄米粥也开了,白银仓叫人倒进十斤黄油、两盆红糖、十斤红枣。

外面等吃饭的人越来越不耐烦了,大有揭竿而起之势,纷纷问巴雅尔:"说吃饭怎么刚开个头又停了,这得等到什么时候?"

巴雅尔满头大汗,又打躬又作揖,连连解释说:"少安毋躁,马上就好,马上就好!"

他又去厨房找白银仓,问:"还得多长时间?"

白银仓见包子正揭锅,说:"开饭吧。"

找来几个知识青年维持秩序,叫吃饭的人排起队,一人一碗粥,十个包子。一开始那粥还挺受欢迎,又稠又甜,油汪汪,还有枣。但那粥分外腻人,吃多半碗就饱了,连包子都吃不多了。

一场"灾难"原来无可避免,却被一锅粥消弭于无形。

15 驯马

吃完饭，打马鬃活动继续进行。

罗明和阿斯茹走进马群，想要一匹坐骑。谁知寻了半天，却没寻见罗明熟悉的那个马倌，一打听，原来那个马倌外出找马去了。那个马倌答应打马鬃的时候给罗明挑一匹好马，罗明还给他送了礼，一瓶草原牌二锅头，两盒红双喜香烟，这一下全泡汤了。

"罗明哥，"阿斯茹说，"二豆在那边呢。"

罗明一瞧，二豆正在那边挺着套马杆玩套马呢。二豆自配种站解散后，就去马群当起了马倌，但罗明对他没有信心，说："找他也是白搭，他才不会给我挑好马呢。"

阿斯茹说："有我呢，我叫他挑，他敢不挑吗？"

罗明扬起嗓子喊了一声："二豆！"

二豆回头一瞧，咧开大嘴一笑，踢马跑了过来，跳下马说："你们来了。"

"我们早就来了。"

"我怎么没瞧见？"

"你当官了，眼光高了，瞧不见人了。"

"我当什么官？"

"马倌呀。"

"头儿，你又讽刺兄弟不是？"

"你还认我这个头儿吗？"

"怎么不认，我到现在还怀念咱们配种站的日子呢。"

阿斯茹说："二豆，你可别说一套，做一套。"

"我是那样的人吗？"

"那你给罗明哥挑匹马，要一匹又老实又快的。"

"行，没问题，包在我身上！"

二豆拿起套马杆，跨上马，朝马群跑去，转了一大圈，又跑了回来，说："没有。"

阿斯茹说："1000多匹马呢，怎么会没有？"

二豆说："马是不少，都有主儿，人家放到马群来养，我总不能给你吧。"

罗明说："你把那没主的马挑一匹就是了。"

"没主的没好马，好马都让人挑走了。"

"差不多就行了。"

"行，我给你挑一匹。"

二豆又折回马群，套住一匹马，牵了回来。罗明瞧它那两步走，笨笨的，没精打采，心里就不愿意。他想说话还没说，阿斯茹就代他说了："这马不行吧？"

二豆瞪起圆眼珠子："怎么不行，绝对是好马！"

罗明给马戴上"嚼子"，牵了回去。阿斯茹说："这个小嘎巴豆子，没好心。"

罗明说："也别这么说。"

他把马牵到马桩前，给马配上鞍子，一跃而上。那马一动也不动，踢它两脚，还是不动，抽它一鞭子，那马跑了两步，停下了。再抽它一鞭子，那马又跑了两步，又停下了。罗明一发狠，连抽了它十几鞭子，那马也就跑了三四步，又停下了。直把罗明气得七窍生烟，遇见这样大肉蛋似的马，可真一点招儿也没有了。

罗明下了马，给马卸了鞍子，牵回马群，找到二豆，问他："你给我挑的是什么马？"

二豆说："咋啦，这马还赖吗？"

"打都不走！"

"老实，你不是要一匹老实的吗？"

阿斯茹说："小嘎巴豆子，你是不是找不痛快？"

二豆一笑，下了马，说："头儿，我是为了你好。"

"什么为我好？"

"给你挑一匹快的不要紧，你要是摔了，谁担这个责任？"

"不用你担！"

"你既然这么说，我就给你挑一匹快的。不过调教好的马没有，只有'生个子'。"

"'生个子'就'生个子'！"

"生个子"即没调教好的马，知识青年论骑马都是生手，调教好的马还骑不好呢，更别提"生个子"了。

二豆一听罗明要"生个子"，乐得嘴都合不上了，心说：报仇雪恨的机会终于来了，不给你点儿厉害瞧瞧，你怎知我马王爷三只眼！

其实他和罗明有什么仇呢？还不是为了阿斯茹。

二豆又回马群，四处转悠挑马，套一匹，放弃了；又套一匹，又放弃了，接连套了四五匹，好不容易套了一匹他满意的，就牵了回来。

那是一匹两岁黑马，身材俊朗，四肢纤细，鬃毛很长，几乎拖到地面，昂着头，喷着响鼻，不停地抖动着脚步，有一股凌空欲飞之势。

好马！罗明一眼就看上了这匹马，可阿斯茹说："二豆，你怎么挑一匹'儿马子'？"

二豆说："可马群就这匹马最快，你只要调教好了，参加那达慕大会，不拿第一，也得拿第二。"

罗明说:"这马能骑吗?"

"你要不要?"

"要!"

"你行吗?"

"试试吧。"

罗明又给马戴上"嚼子",牵到马桩前,叫阿斯茹紧紧拉住马,从地上拿起鞍子,要给马配上。那马不安地来回转动,威胁似的喷着响鼻,不让鞍子上身。罗明费了九牛二虎之力,才把鞍子配好。

骑不骑呢?罗明还真有点儿胆怯,他瞧瞧阿斯茹,阿斯茹说:"罗明哥,还是别骑的好,会摔死你的!"

罗明心想:既然想调教马,总得挨两下摔,正要上马,阿斯茹说:"还是我先给你骑吧!"

罗明不干,让一个小姑娘替你挨摔,还算男子汉大丈夫吗?一咬牙,蹬上马镫,一跃而上。那马动也没动,罗明心说:原来并不像人家说得那么恐怖,正要踢马前行,那马突然尥起一个飞天蹶子,罗明坐不住,一头栽了下来。谁知祸不单行,他的马靴别在马镫里,拔不出来,那马拖着他朝马群跑去。

阿斯茹尖叫了一声,人群也惊呆了,有人想拦住马,但你越拦那马跑得越快,四只蹄子如飞一样,拖得罗明死去活来。

阿斯茹拼命在后面追,心都凉了,她瞧见二豆正在前面,就喊:"二豆,快套住那匹马!"

二豆也瞧见了这个险况,吓了一跳,忙纵马追了过去,一甩套马杆,却没套住,不由得狠狠骂了一句,继续紧追了上去。

那马跑到马群,渐渐放慢了脚步,马群里有不少套马的人,立刻七八根套马杆招呼到小黑马的头上,其中也有二豆的一根。那马犹如被五花大绑,想动也动不了了。

阿斯茹扑向罗明,抱起他的头,泪流满面:"罗明哥,你没事儿吧?"

驯马

罗明有气无力地说:"没事儿。"

阿斯茹扶罗明起来,罗明那个狼狈劲儿就别提了:一只马靴也不知丢到哪儿去了,胳膊、腿上伤痕累累,脸上红一块,紫一块……

二豆走过来说:"头儿,你今天算是捡了一条命。"

罗明说:"没那么严重吧。"

"有一年那达慕大会,有一个小孩掉下马,被马拖着跑,等找到那匹马,那孩子只剩一条腿了。"

"是吗?"

"今天多亏了我,要不是我套住了那匹马,真是不堪设想。"

"谢谢你!"

阿斯茹说:"要不是你挑的那匹破马,还不会发生这种事儿呢!"

"这么说要怪我了?"

"不怪你怪谁!"

"头儿,我给你换一匹吧?"

"不换!"

"我是为了你好。"

"我非把它调教出来不可!"

"我要给你换你不换,你要再摔下来可就不能怨我了。"

罗明又把小黑马牵了回去,拴在马桩上。看着这匹马浑身上下透出的机灵劲儿,他爱也不是,恨也不是。对它的飞天蹶子,他可不敢再领教了,对如何调教它更没了信心。想想刚才被马拖着跑那一幕,还真有点儿后怕。如果今天没有马群,没有那么多人出手营救,那马就会一直拖着他跑,非把他拖零碎不可。

他想:还不如把它放回马群算了,真要把命都搭上就不值了。可刚跟二豆吹了大话,就这样灰溜溜地把马放回去,不是让这个小嘎巴豆子瞧不起吗?为今之计只好先让这匹马在自己手里留两天,然后再找个借口放回马群就是了。

想到这里,他对阿斯茹说要去洗把脸,就去了厨房,要一盆水,先把脸洗干净，又把胳膊、腿上的伤口草草擦拭了一遍。

等他回来时，阿斯茹已经找来几位骑马好手，准备拿小黑马试试，看看它究竟有多大道行。

阿斯茹说："让他们帮你骑骑，就等于调教好一半了。"

草原牧人喜欢骑马，马越烈他们越喜爱，因为这是展现他们身手的大好机会。

旁观的群众自觉围成一个圈，兴致勃勃。阿斯茹问："谁先来？"

一位中年骑手走了出来，说："我先来吧。"

只见他身穿一袭崭新的蒙古袍，一副满不在乎的劲头。走到马桩前，解下小黑马，牵到场子中间，整理一下马鞍，把手伸到马下身摸了一下，据说这是一种古老的习惯，试探马是否暴戾。小黑马一动也没动，骑手放了心，踩住马镫，一跃而上。左手勒紧缰绳，右手抓紧马鞍上的皮条，然后踢马催它行动，小黑马得到口令，"啪"的就是一蹶子，接着又尥了七八个蹶子，那人也坐不住，摔下马来。不过能挺住七八个蹶子，也算好的了。

阿斯茹又问："谁还来？"

一个小伙子走了出来，松开腰带，脱去蒙古袍，又脱去外衣，只剩背心，露出一身古铜色的腱子肉，惹得观看的大姑娘、小媳妇一片"啧、啧"赞叹之声。

小伙子说："我要卸掉马鞍子！"

阿斯茹说："随你。"

小伙子卸掉马鞍，拉着马转了两圈，靠近马头右侧，突然一跃而上，双腿紧紧夹住马。小黑马吃了一惊，尥起飞天大蹶子，一连尥了七八个。那小伙子虽然随马的蹶子上下起伏，但屁股犹如粘在马身上，丝毫未动，小黑马又连尥七八个蹶子，小伙子依然稳如泰山。

观看的人不由得竖起大拇哥，齐声夸道："好！"

小黑马怒了，突然抖动身体，然后尥两蹶子，又抖动身体，又尥两蹶子……它这一招很厉害，因为它每抖动一次，小伙子的屁股就向前移动一点儿，抖动几次，小伙子的屁股就移到了马脖子附近，那地方较细，小伙子的两腿就夹不牢了。小黑马抓住机会，又一连七八个蹶子，小伙子终于坐不住，栽下马去。但他栽得很艺术，双腿始终紧夹着马，手里也不松缰绳，身子就慢慢溜下马，屁股先着地，头还是抬着的，如一枚沉沉的铁坠，拽住马的头，小黑马也站住了。

小伙子起身，将马缰绳递给阿斯茹，说："这匹马得吊它十天八天。饿得它头昏眼花，要不没法骑！"

阿斯茹又喊："谁还骑？"

剩下那些骑手原来还跃跃欲试，但见小伙子那样的身手都不行，谁还愿意出头丢人现眼呢。

阿斯茹将马拴到马桩上，罗明说："丫头，你说吊吊它行吗？"

阿斯茹说："我看放回马群算了。"

"看来也只好如此了。"

"吊马"是草原牧人赛马时的一个习惯做法，每逢召开那达慕大会的时候，参加赛马的人，都会把他们养得膘肥体圆的马捉回来，拴在马桩上。不让马吃草，每天只喂它喝一点儿水。临那达慕开幕只两三天的时候，才把马放出去吃草，但也不让它没完没了地吃，吃两三个钟头，就捉回来，仍旧拴在马桩上，喂它喝水。这个过程一般持续十五天左右，马会瘦下一两圈，但身体也调理到最佳状态。

等那达慕大会赛马比赛一开始，当这匹马站到起跑线上，英姿飒爽，神采奕奕。枪一响，它就会像离弦之箭一样冲出去，越跑越快……它不一定能拿头奖，但肯定会跑出它的最佳状态。

"吊马"告诉我们：你若想让马跑，就不能把它喂得太胖，太胖就跑不动了，甚至会因心力衰竭倒地而死。

罗明和阿斯茹正商讨"吊马"的利弊，一个中年人走到他们身边，说："罗明，人家都说知识青年是'武把式'，我怎么看你一点儿都不像？"

罗明一笑，手里做了几下"勾、搬、冲"的动作，说："哪点不像?"

"一个蹶子就撂下马,还被马拖得那么老远,要不是你命大,今天就要开追悼会了。"

罗明脸一红,恨不能找个地缝钻进去,讪笑说:"我什么武把式,一天武也没练过。"

这个中年人姓杨,年龄比知青们大五六岁,罗明平时管他叫杨哥,牧人则称他"小杨"。

小杨膀宽腰圆,力大无穷,在牧民当中,尤其受妇女青睐。这里有一个比较,罗明是来自北京名校的高才生,可他在牧民中的威信,比起小杨来却相差甚远。对于这一点,罗明颇不服气,但事实如此,他也没有办法。

小杨说:"你不是想调这匹马吗?"

罗明说:"不错!"

"我帮你调。"

"你行吗?"

"这话说得,我不行谁行,本地人也不如我呀。"

"是吗?还真没瞧出来。"

"不过你得全听我的。"

"那当然,全听你的,只要你能把它调出来!"

"你先去白银仓那儿弄20根皮条。"

"弄那么些皮条做什么?"

"那你甭管,咱们先说好了,马调出来皮条全归我,我也不能白给你调不是。"

"行,全归你。"

罗明去找白银仓要皮条,白银仓说:"皮条我倒是有一些,你要多少?"

"我要20根。"

"我那皮条也不是白来的,1块钱1根,你要吗?"

罗明一想，20 根皮条就是 20 块钱，这在当时可不是个小数目。罗明兜里倒是有 20 块钱，那是为应付不时之需，一向舍不得花，这要让他一下都拿出去，还真不如要他的命呢。但为了调马，只好其他的就不管不顾了，一咬牙说："要！"

白银仓去仓库拿出一捆皮条，说："你数数，看有多少根？"罗明一数，共 21 根。白银仓说："你是知青，就饶你一根，收你 20 块钱吧？"

罗明心说：要饶你就多饶几根，饶一根算怎么回事儿，好像欠多大人情似的，因说："知青有什么特殊的？"

白银仓说："知青总得照顾照顾啰。"

罗明没好气地付了钱，将皮条拿回去扔给小杨，看他到底要闹什么花活。小杨将皮条一根一根接起来，接的全是死扣，一根皮条大约一丈长，结成一根二十一丈长的皮条绳。

要这根皮条绳何用？罗明正自疑惑，小杨叫他把马牵过来，将皮条绳的一头与马缰绳接在一起，说："这里人多，咱们找个没人的地方。"

小杨拿起皮条绳，带罗明和马朝前走去，阿斯茹也跟了过来。三人走到一片大空场上，小杨叫罗明把马撒开。罗明扔掉马缰绳，小黑马没了拘束，迟迟疑疑走了两步，突然加快速度跑了起来，没跑几步又一下站住，因为皮条绳拽住了它。

小杨对罗明说："抽它，叫它跑起来，越快越好！"

罗明走过去，照马屁股就是一鞭子，马一疼，"噌"的一下蹿了出去，越跑越快，但它只能以小杨为中心绕着圈跑，画一个大圆。正当它四蹄如飞之际，小杨猛地一拽皮条绳，那马站不稳，一头栽倒在地。但那马威风尚在，虽然倒地，一骨碌又爬了起来。小杨又叫："抽它，让它继续跑！"罗明照马屁股又是狠狠一鞭子，马又跑了起来，等它跑到一定火候，小杨一拽皮条绳，那马又一头栽倒……

这时围观的人越来越多，都来看小杨怎么调马。这么多人捧场，小杨越发来了精神，脸上露出不可一世的样子，心说：要不把你整出屎来，我的"杨"字就倒着写！这小子不仅有把子力气，而且心狠手辣，从不懂"怜香惜玉",小黑马落入他手里,就算倒八辈子霉了。

小杨继续如法炮制,一连将小黑马撂了十来个跟头。这一下小黑马可被整惨了,它的独特个性被逐渐磨平,精神和气力也一点一点被消磨殆尽。当它第十次栽倒在地,先是四蹄朝天,又侧身卧倒,嘴里大口大口喘着粗气,胸部急剧扩大缩小,面露哀怨。

它再也不想站起来了!

你想知道一匹桀骜不驯的马怎么被驯服的吗?用的就是小杨这种方法,尽管笨一点,但十分有效。

小杨走过去,见马还赖在地上不起,就照它屁股抽了两皮条。那马勉强站起,一副垂头丧气、老实巴交的可怜相。

小杨把皮条从马嚼子上解下,把缰绳递给罗明,说:"行啦,你就骑吧,这马想尥也尥不起来了。"他把皮条卷成一团,说:"这个归我是不是?"

罗明一边说"归你",一边把马牵到马桩前,配上鞍子,想要骑上去试一试。阿斯茹说:"还是我先骑一下吧。"她接过缰绳,一跃上马,仍十分小心谨慎,但那马一动也不动,再不想尥蹶子了。阿斯茹踢它,它走了两步,抽它一鞭子,它又走了两步,莫非连跑都不会了?

罗明说:"是不是刚才摔坏了?"

阿斯茹说:"没事儿,一会儿就缓过来了。"

这时"打马鬃"活动已接近尾声,马群被赶走了,来的人也逐渐散去……

阿斯茹找到巴雅尔,说:"阿爸,你给罗明哥的小黑马修修鬃毛。"

巴雅尔说:"好啊。"说着拿一把快剪,走到小黑马跟前,把它那长长的鬃毛全部剪下。

阿斯茹说:"前面留几绺。"

巴雅尔问:"干吗呀?"

"我给它编几个小辫。"

巴雅尔见女儿兴致这么高,就在刀功上下了些功夫,精心修剪小黑马的鬃毛,从头顶到脖子,均按传统剪成一寸长短,那里的毛硬,所以都立着,头顶和脖子左侧也留了几绺长毛,七八寸左右,留给女儿去发挥她的想象。阿斯茹去白银仓那儿要了些细细的彩条,先在马头上扎了一簇花,又将彩条夹着鬃毛编了几条辫子。这么一打扮,小黑马立刻从一个长发披肩的"披头士",变成了一个干净利索的"英俊少年"。

巴雅尔赞道:"俗话说'人靠衣服马靠鞍',这匹马要是再配上个银鞍子,骑上它就别提多精神了。"

罗明说:"就怕它调皮捣蛋。"

巴雅尔说:"不碍事,过两天骟了它就好了。"

16 "猫冬"：杀牛宰羊

天色渐晚，罗明和阿斯茹辛苦一天，也准备回家了。两人心里有事儿，不约而同说："坏啦……"刚才只顾了调马，早把牛魔王忘在脑后，此时方想起来。

罗明说："你没把牛魔王抓回来吗？"

阿斯茹说："我正想问你呢。"

两人跑到大队部前面空旷处，向四面望去，四面都是一马平川。如果牛魔王在，以它那硕大的身形，本该一目了然，可两人眼珠子都快瞪出去了，也不见牛魔王的身影。

阿斯茹说："赶紧找吧，天都快黑了。"

罗明心说：怎么找？这一眼望去就是一二十里地，等你走出一二十里地，天已经黑了。他说："还是先问问有人瞧见没有？"

他们先去库房找白银仓，他是队部的"大拿"，许多人找他买东西要东西，他的消息最灵通，问他："大爷，您瞧见我们牛魔王没有？"

白银仓坐在那里，吧嗒吧嗒抽着烟袋锅子，像是没听见，半晌才说："那匹马调出来啦？"

罗明耐着性子说："调出来了。"

"照他那么摔,马都摔糊涂了。"

"您瞧见我们调马啦?"

"我可没那闲工夫,听人说的。"

阿斯茹带着哭腔说:"大爷,我们问你牛魔王,你怎么提起马来了?"

白银仓又不说话了,阿斯茹急得一头汗,说:"你到底瞧见没瞧见?"

白银仓说:"没瞧见。"阿斯茹一跺脚,转身就走,白银仓又说:"你何不问问你阿爸。"

罗明和阿斯茹出了仓库,天色又暗了一层,现在更没法去找牛魔王了,两人真是心急如焚。慌忙跑到办公室,见到巴雅尔,阿斯茹问:"阿爸,你瞧见牛魔王没有?"眼泪已夺眶欲出。

巴雅尔说:"我早派人抓回来,拴在后头了。"

阿斯茹又破涕为笑:"阿爸你真好!"

那一年的冬天来得特别早,九月底草原就已经大雪纷飞了。

罗明算了一下草原的季节,五月末野草刚返青,预示春天即将来临。可没过几天,春天还没站稳脚跟,六七月夏天就匆匆挤上前来。草原的夏天和北京一样热,只是雨比北京少,早晚温差大,晚上睡觉你得盖棉被。夏天是草原一年之中最好的季节,草绿了,花开了,沐浴在温暖的阳光下。这样的日子你还没过够,八月初秋天就早早来临。你也许会说秋天也不错,秋天是丰收的季节,愿秋天长驻人间。对不起,秋天可没那个雅兴,九月末冬天便呼啸着大步闯入,秋天灰溜溜收拾行李,走得一干二净。

从五月底到九月末,满打满算也就四五个月,这么看来草原的春、夏、秋不过四五个月,冬天却有七八个月之久。

好一个漫长的冬天!

唐朝著名诗人岑参有一首塞外诗《白雪歌送武判官归京》描写得

最好：

> 北风卷地白草折，胡天八月即飞雪。
> 忽如一夜春风来，千树万树梨花开。
> 散入珠帘湿罗幕，狐裘不暖锦衾薄。
> 将军角弓不得控，都护铁衣冷难着。
> 瀚海阑干百丈冰，愁云惨淡万里凝。
> 中军置酒饮归客，胡琴琵琶与羌笛。
> 纷纷暮雪下辕门，风掣红旗冻不翻。
> 轮台东门送君去，去时雪满天山路。
> 山回路转不见君，雪上空留马行处。

十月，白云淖尔草原连降几次大雪，出外看着偌大个旷野银装素裹，白茫茫一片，罗明不由得想到岑参的这首塞外诗。这首诗读书时他曾背过，但几年不接触，已经忘得差不多了，只有前两句因印象深刻还能背得下来。

"北风卷地白草折，胡天八月即飞雪"，讲的正是白云淖尔这个地方的实际情况。"忽如一夜春风来，千树万树梨花开"，可惜白云淖尔这个地方不长树，一棵都没有，像"千树万树梨花开"这样有关雪的奇景是看不到了。

没过几天，忽然宣布白云淖尔这个地方遭遇了百年不遇的特大雪灾，报上讲了，广播里广播了，上面也发了文件。可像罗明这样身处第一线的人却浑然不觉，生活如常，只是外面下了点儿雪，这就算闹灾了吗？

其实大雪封路，阻断交通，粮食和煤油等基本生活用品都运不进来了。在外界的人看就是大灾了，但草原牧人有肉吃、有奶喝就行了，有没有粮食无所谓，至于煤油——反正天一黑就睡觉，有没有都可以。

上面可不这么看，发来指示，某年日月，派飞机投放救灾物资。大队组织几十个人,手摇彩旗,站在旷野中为飞机指路。等了老久,一架安-2飞机终于飞来了。飞得很低,大约只有500米,舱门一开,上面的人看得一清二楚。飞机投下几个箱子、五个麻袋,然后就飞走了。

也没有降落伞,箱子摔碎了,麻袋也摔裂了。罗明等人统计一下投下的物资,计肥皂三箱、洗衣粉两箱、玉米粒五袋。大队准备了十几挂牛车,实际只用一挂就全拉回去了,堆放在仓库里。

后来大队将肥皂郑重其事平均发给各个浩特,一个浩特一块。洗衣粉破损较大,无法平均分配,就留在大队部公用。只有玉米粒不好办,给人没人吃,马、牛、羊、驼又太多,给谁不给谁呢?大队开会决定,把玉米粒全分给配种站,结果便宜了牛魔王。

十一月是大队宰牲口的日子,家家喜气洋洋,如过节一样。大队给每个牧民分配一冬的肉食,具体来讲,每人两只羊,四口以下人家一头牛,四口以上人家两头牛。知识青年优待,又都是单身,每人一头牛、三只羊。

十月末,大队干部分批下到各个浩特,清点待宰牛羊。牛是过了生殖期的母牛,一般十岁以上。羊是过了生殖期的母羊,一般五岁以上。也有一些二至四岁、骟过的羊,个大膘肥,肉质鲜美,数量不多,所以只能分给有头有脸的人物,知识青年都分的是这种羊。

此外,大队干部下浩特,还有一个任务,就是清点体质孱弱,不能过冬的牛羊。这样的牛,一般是尽量分给各家宰了吃肉。这样的羊由各浩特送到大队,统一宰杀。那一年由于闹雪灾,这样的羊特别多,一共宰杀了2000多只,大队部的院子里光羊头就堆积如山。

罗明和阿斯茹骑着马去浩特,把他的一头牛、三只羊赶了回来。由于在雪地里赶牲口格外费劲儿。对三只羊罗明还比较满意,但对那头母牛却没相中,腿短、个小,太不起眼。正好大队长也在浩特,罗明就要求给他换一头。

大队长说:"这头牛怎么啦?"

罗明说:"我看有点儿小。"

"你眼光是不是有问题?"

"大小我还分得出来。"

"这头牛如果再不好,红旗大队就没有好的了。"

大队长不给换,罗明也没再坚持,把牛羊赶回饲草基地,牛拴在马桩上,羊圈进临时搭建的羊圈里,饲草基地的人赶回的羊都暂时圈在这里,为怕不好辨认,各家都做了不同的记号。

阿斯茹说要帮着罗明宰牛宰羊,还要给他表演一下灌血肠的绝技。正说着乌兰来找阿斯茹,要她回家帮忙宰牲口。阿斯茹噘着嘴跟阿妈回去了,但只一天就又回来了,还赶回两只羊。罗明问她干什么?她说:"咱们俩一起吃饭,总不能光吃你的肉吧?"

"我的肉还吃不完呢。"

"光吃你的肉不是长久之计。"

"怎么不是长久之计?"

"哪天你说不让我吃就不让我吃了,我也没办法。"

罗明也不明白她那小脑袋瓜里想的是什么,就说:"咱们宰羊吧。"

两人把羊赶到院子里,那里已有许多人在宰牛、宰羊,忙得热火朝天。罗明看见小杨坐在一块石头上抽烟,旁边放倒三只羊,就把羊赶了过去,说:"杨哥,宰羊哪?"

小杨说:"你不是瞧见了吗?"

阿斯茹一笑说:"是不是给琼英姐宰的?"

"小丫头片子,瞧把你兴的,还知道不知道东南西北了?"

琼英就是小杨想追求的本地女知青,其实小杨不是饲草基地的人,他来这里是为琼英卖苦力来了。琼英这两天回娘家,临行之时把宰牲口的事儿全托付给小杨了,小杨一口应承下来,比他自己的事儿还上心呢。这不,他自己家的牲口还没宰呢,就先把琼英的一头牛、三只羊从浩特赶到饲草基地,准备宰杀好,收拾利索,储存起来,单等琼英回来说一声"谢谢"了。

罗明说:"杨哥,咱们比一比呀。"

"猫冬":杀牛宰羊

小杨说:"比什么?"

"比比宰羊!"

小杨歪着头,斜着眼瞧了他半天,说:"你可真敢说。"

"你一准比我快吗?"

"要说读书写字咱比不上你,要说宰羊什么的,让你两个你也不是个!"

"吹牛反正不上税。"

"比呀,你先把羊放倒,我等着你。"

草原牧人宰羊讲究的是血越少越好,一般都采取"黑虎掏心"的方式,即拉断羊的大动脉,让血全流到羊的腹腔内。这样一来可以灌血肠,一点儿不浪费羊血;二来羊血不会积在肉里,肉是白的,吃起来更鲜美可口。屠宰场宰羊,采取一棍打死或电击的方式,那血就全积在肉里,肉就不好吃了。

罗明来草原几年,早已学会"黑虎掏心"式的宰法。他把一只羊翻倒在地,把羊的四蹄捆在一起,然后拿一把锋利的小刀,在羊的前腹正中割一两寸的小口,把手伸进去,直达脊椎处,拉断动脉血管,血一流出,羊就翻白眼捯气,血流完了,羊也就死了。

罗明如法炮制杀死两只羊,现在他和小杨站在同一起跑线上,可以比赛了。比赛内容主要是剥羊皮,清内脏,把肉拆卸成八块。哪八块?计前腿两块、后腿两块、肋排两块、胸叉一块、脊椎一块。脊椎是连头带脖带尾,自然要分割清楚。八块肉中胸叉最尊贵,蒙古族人常用来待客。

阿斯茹说要当裁判,她从罗明手腕上捋下手表,说:"准备——开始!"

罗明和小杨持刀扑向死羊,先把羊的四条腿割开,再就着羊中腹割开的口,向上挑到头,向下挑到尾,用刀将皮剥开一些,伸进拳头向里揣。小杨劲儿大,两三拳就能将羊的皮肉分离,罗明怎么也得用四五拳,这就显出差距来了。

就在罗明暗暗着急,满头冒汗之际,比赛很快就进行不下去了。原来羊的内脏摘出去以后,立刻见到腹腔里的羊血,依罗明的脾气,把羊血扔掉算了,但阿斯茹不干,因为她还要露一手灌血肠的绝技。小杨也不干,他过日子比较仔细,把羊血白白扔了岂不可惜?罗明只好顺从民意灌血肠,比赛暂时停顿下来。

阿斯茹找来一个脸盆,把血舀到里面,往里加些面和盐,再加些肥肉条。小杨见阿斯茹帮罗明灌血肠,有点儿眼馋,说:"我也找个帮手去。"他走到一家正宰牲口的人家,把人家主妇说死说活拉来了。那女人罗明管她叫二嫂,是个聪明能干、和蔼可亲的少妇。二嫂走过来,看见阿斯茹正忙,就主动上前帮忙。小杨不乐意了,说:"我找你来是帮我,你怎么反倒帮她?"

二嫂说:"我先帮她灌,回头她再帮我灌,你和罗明的羊血不就都灌了。"

小杨说:"我不会帮你灌?"

"你笨手笨脚会灌吗?你还是先把你那三只羊收拾利索才是正经。"

小杨一想也对,就又去收拾他的羊,罗明问:"还比不比了?"

小杨说:"你们三个我一个,我怎么比得过你。"

阿斯茹说:"罗明哥,过来呀,你不是要学灌血肠吗?"

罗明走了过去,只见二嫂在一个盆里把羊小肠理顺,把小肠与大肠连接处揪断,阿斯茹用刀割两块一寸半见方的羊肺,塞进小肠口,往下一捋,里面的屎就被挤下去了。然后二嫂揪住小肠开口处,阿斯茹左手拿一个漏斗,右手拿一个铁舀子,舀半下子羊血就往小肠里灌。

这种灌血肠的方法可够新鲜的,罗明说:"小肠难道也不洗吗?"

阿斯茹说:"你没看见我往里面塞了两块肺吗,那就等于洗了。"

罗明在北京的时候,家里有时也买肥肠做菜,"九转肥肠"虽然好吃,但洗肥肠却是一件麻烦事,用碱水洗完又用盐水洗,洗了七八遍还怕洗不干净。这里倒好,两块肺就解决问题了。

阿斯茹往小肠里灌血,不时发生堵塞问题,需要有人不时往下挤那两块肺。二嫂就叫罗明帮忙，罗明蹲在二嫂身边帮忙，二嫂问他："在北京没吃过羊血吧？"

罗明说："小时候喝过羊血汤。"

"味道怎么样？"

"挺鲜的。"

"晚上上我那儿吃饭去。"

"好哇，你也灌羊血肠了吗？"

"没有，怪麻烦的，还不如卖钱呢。"

阿斯茹说："二嫂，不如把我们的羊血肠拿到你那儿去煮。"

"行，也让罗明尝个鲜儿。"

小杨一听馋得不行，说："二嫂，晚上我也上你那儿吃饭去。"

"你我可招待不起，吃的比牛还多，我哪儿有那么些东西供你糟蹋呀。"

"我吃点儿血肠就行了。"

"好啊，把你的血肠也拿到我那儿一起煮吧。"

小杨挠了半天头，说："我给琼英宰羊，就得这么点儿血肠，我答应我老舅爷全拿回去呢。"

二嫂一撇嘴，小声说："抠门！"

阿斯茹听了，嘻嘻一笑，罗明说："我们两只羊的血肠还不够吃呀，我吃不了多少。"

四个人共灌了五只羊的血肠，又把肉一一拆卸清楚，码放在"崩克"里，冷藏起来，等一切都收拾停当，天已经黑了。

罗明和阿斯茹累得筋疲力尽，回到屋里，也没生火，冷得跟冰窖似的。二人裹着羊皮大氅，坐在炕上，大眼瞪小眼，不愿说话，也不愿做晚饭。

过了好一会儿，二嫂遣她的大丫头叫罗明和阿斯茹去吃饭，二人立刻活了过来，肚子早饿得咕咕直叫，忙去了二嫂家。一进屋只觉冰火两重天，二嫂烧了炕，又煮了半天肉，屋里暖乎乎的，罗明毛病大，顿时打了两个喷嚏。

只见炕的正中摆一张二尺见方的小红炕桌,桌上有一盏煤油灯,小杨坐在主位,二哥在旁边作陪,二人正在聊天。二哥说:"快上来吧,就等你们了。"罗明和阿斯茹脱了毡靴,爬上炕。

罗明说:"我是汗脚,诸位多包涵。"

小杨说:"这屋肉味儿也有,烟味儿也有,还有烧炕的羊粪砖味儿,再加上你的脚臭味儿,可就齐全了。"

正说着,二嫂端上一大盆肉,热气腾腾。罗明一看,主要是羊血肠和剔了肉的羊骨头,以及羊心、羊肺、羊肝、羊肚之类。二嫂又拿来一瓶草原牌二锅头,给每人倒了一小盅。

二哥说:"今天太忙,也没准备,凑合吃吧。"

小杨拿刀切了一段血肠,放到嘴里,嚼得有滋有味,又端起酒盅喝了一口酒,说:"美!"

罗明说:"这就美啦?"

"有血肠吃,有酒喝,这就是神仙过的日子。"

"吃过点儿东西没有?"

"我要是当了皇帝,什么山珍海味,天天给我血肠吃就行了。"

阿斯茹切了一段血肠给罗明,说:"罗明哥,你尝尝,味道怎么样?"

小杨说:"呵,罗明哥,叫的还怪亲热的。"

二哥说:"你打趣人家小姑娘做什么,瞧瞧,又闹一个大红脸吧。"

罗明尝了一下,感觉没什么怪味儿,但也不香。看来那两块肺还真起作用了,比他在北京用水洗七八遍还强呢。这时阿斯茹瞧见盆里有一块胸叉肉,不由得伸筷子去夹。二哥说:"瞧人家阿斯茹,就是有眼光,这一盆里就这块肉最好,我还想瞧瞧谁先动筷子呢,结果让阿斯茹抢了先。"

阿斯茹说:"二哥,我是要夹给您吃的。"说着把胸叉肉夹到他碗里。

"我可当不起,还是给罗明吃吧。"

罗明说:"二嫂,有主食没有?"

二嫂说:"这还不够你吃的?"

"我光吃肉吃不饱。"

二哥说:"要不焖点小米饭吧。"

罗明说:"二嫂最拿手的不是莜面窝子吗,何不露一手?"

小杨说:"二嫂拿手的岂止莜面窝子。"

二嫂说:"想吃莜面窝子啦,我给你做。大丫,去拿点牛粪。"

大丫去了,罗明说:"我还忘了,怎么不叫大丫、二丫上来吃饭?"

二嫂说:"桌子太小,挤不下。"

二哥说:"有客人在,哪有他们小孩子的座位。"

罗明说:"小孩子更应该占主位。"

正说着,大丫拎一筐干牛粪进来,二嫂点火烧水。

罗明说:"大丫、二丫上来吃饭。"

大丫、二丫都拿眼睛瞧着二哥,二哥说:"既然你罗明叔说了,就上来吧。"

大丫说:"我要吃莜面窝子。"

罗明说:"莜面窝子得一会儿呢,先来吃点儿肉。"

大丫、二丫爬上炕,桌子旁边果然挤不下,二哥说:"一人拿一块,后边吃去。"

大丫切一块羊心,二丫切一块羊肝,退到后边去了。

水开了,二嫂舀半盆莜面,用开水和面,揉成一团。面太烫,只好放在一边饧一会儿。过了五六分钟,二嫂把面拿到案板上,使劲儿揉了半天。然后揪下一块面,搓成一寸左右的圆条,再从圆条上揪一小块面,在菜刀背上一搓一甩,即做成一个中空的小卷,码在蒸屉里。二嫂就这样不断重复一搓一甩,蒸屉里的莜面卷逐渐增多。嘴里还不忘聊天,说:"昨天,老侯家给他儿子过生日,我去看了一下,儿子坐在正中央,就是小杨坐的位置,面前摆着一桌的菜,老侯跪在旁边,给儿子敬酒，又给儿子点烟，好家伙，真嚯的不行。"

二哥说："儿子嘛，那是要传宗接代的。"

小杨说："儿子怎么啦，天底下哪有儿子坐着，老子在一旁跪着的？"

"那是有点儿过分，但也情有可原。"

二嫂说："你是不是想儿子想疯了？"

二哥说："罗明见多识广，让他说说我说的对不对？"

罗明说："我觉得女儿比儿子强。"

二哥瞪大了眼睛："这是怎么说？"

这里正说着，那边二嫂已经搓完了两屉莜面窝子，放在灶上，加火蒸了起来。

罗明说："你瞧你的两个女儿，长得又机灵，又听话，不比侯哥那个狗熊儿子强多了？"

阿斯茹说："侯哥那儿子让侯哥宠坏了，前两天他去配种站捣乱，招惹牛魔王，我说了他一句，他就瞪眼睛骂我，还要动手打我，四五岁的小孩，那么没教养！"

二哥说："不管你们说什么，我还是认为儿子好，女儿是给别人养的，嫁出去的女儿，泼出去的水。"

不过八九分钟，莜面窝子就蒸熟了，二嫂把屉端到炕上。又把煮肉的汤倒进锅，切了一颗冻洋白菜，也扔进锅里，烧开了，盛一碗给罗明。罗明尝了一口，说："太淡。"二嫂端起那碗汤倒进锅，抓一把大粒盐扔进去，拿勺一搅，又盛一碗给罗明，说："谁吃窝子？"二哥和小杨说不吃，阿斯茹、大丫、二丫说吃。

二嫂对二哥说："你要是吃好了就往后坐，让大丫、二丫进前吃。"二哥心想："我是一家之主，我退后谁陪客呀？"可又不敢违背老婆的命令，乖乖退到后面去了。

小杨也退到后面，说罗明没吃过东西，莜面窝子就当山珍海味啦？罗明说："王八、绿豆各有所爱。"

大丫、二丫坐到饭桌前,别提多高兴了。二嫂给每人盛一碗汤,又给每人夹一筷子莜面窝子。那窝子都粘连在一起,但又能轻易分开,一筷子约十五六个窝子,四筷子就消灭了多半屉。

罗明计算一下时间,从二嫂和面算起,到窝子端上来,中间还有饧面的时间,一共也不过二十来分钟,心里不由得想:自己将来娶个老婆,能有二嫂一半利索也就心满意足了。说:"二嫂,你也吃吧。"二嫂盛一碗汤,就着炕沿挨罗明坐下,又夹一筷子窝子放到罗明碗里,问:"窝子好吃不好吃?"

罗明说:"好吃。"

"好吃你就多吃点儿。"

17 庖丁解牛

罗明刚来草原的时候,听人说草原有一种吃食叫作莜面,跟铁条一般硬,吃下去连屎都拉不出来。可到草原这几年,他最爱吃的就是莜面,尤其莜面窝子,拿肉汤一泡,又筋道又有嚼头,越吃越想吃,总有吃不够的感觉。

那一天罗明敞开肚皮吃,一个人就吃了多半屉莜面窝子,阿斯茹笑他跟猪一样能吃。

第二天宰牛。

头天晚上在二嫂家吃饭的时候,几个人就商量一起宰牛,彼此有个照应。小杨说:"三家四头牛,宰牛这项我包了。"

二哥说:"好,我正不想宰呢。"

阿斯茹说:"为什么?"

"人家好歹也是个活物,能不杀生就不杀生。"

罗明说:"那你吃不吃呢?"

"别人宰了,我吃还行。"

小杨说:"宰一头牛,你们给我一个牛头、一个牛尾就行了。"

二嫂说:"你也太黑了吧?"

"这是口（张家口）里的老规矩，你就是请人杀猪，不是也得给人家一头一尾吗？"

"一个牛头我们一家人可以吃好几顿呢。"

"那给我两条里脊肉也行。"

二哥说："那倒行，反正里脊肉我们也没用。"

罗明一想：两条里脊起码十斤肉，而且里脊是牛身上最嫩的部位，岂容随便送人？因说："我的牛我自己杀吧，我想练练手。"

第二天一大早，阿斯茹来找罗明，阿斯茹张罗着要做饭，罗明说："昨天晚上吃的窝子还没消化呢，不如先宰牛，宰完牛咱们也煮骨头吃。"两人先磨刀，磨得差不多了，就拿起刀走了出去。

屋外一眼望去全是雪，白茫茫一片，然而阳光灿烂，一点儿风也没有，正是宰牲口的好日子。

两人走到马桩前小黑母牛身边，用马绊绊住牛腿，又把牛头与马桩拴在一起。罗明摸摸牛头与牛脖脊椎接缝处，正要下刀，阿斯茹说："罗明哥，你看，牛哭了！"罗明定睛一瞧，只见那牛的眼眶里，大滴大滴的眼泪滚出，罗明下不去手了。心想：莫非这畜生也通人性，知道有人要宰它，为自己的悲惨命运哭泣呢？

罗明真不知该不该宰这头牛了。

这时小杨和二哥也出来，走到马桩前，要宰他们的牛。小杨看见罗明拿着刀，站在那里发呆，说："干吗呢，相面吗？"

罗明脸一红，心说：早也是一刀，晚也是一刀，早死早托生。心一横，照牛要害处就是一刀。

那牛还真老实，哼都没哼，"扑通"一下就倒下了，看来是逆来顺受惯了。只是牛头还拴在马桩上，死相十分难看，罗明连忙把绳子解开，把牛头顺在地下，血也就从刀口处汩汩流出。

阿斯茹说："要牛血不要？"

罗明没好气地说："不要！"

宰牛与宰羊相仿，虽然彼此体积不同，但程序是一样的。

罗明和阿斯茹先把牛的四蹄去掉，挑开四肢的皮，再从头至尾居中挑开一条长长的口子，然后就可以剥皮了。剥牛皮与剥羊皮不一样，牛皮厚且组织严密，不能用拳头揣，只能用刀剥。好在有阿斯茹，一人剥一面，很快就将整张牛皮剥开了。

　　牛皮摊在地上，恰似一张解剖台，可以在上面清理内脏、大卸八块了。

　　接下去罗明把牛的腹部挑开，此时下刀务须小心谨慎，因为你一不留神挑破牛胃，里面的脏水涌出来，就会污染牛肉。等牛腹部挑开后，一个硕大无比的牛胃就呈现在你的面前。罗明和阿斯茹仅凭两人之力，还不足以对付这个"庞然大物"，只好叫二哥帮忙。二哥拿来一根粗木杠，将牛胃与食道连接处割断，那里恰似一道箍，十分坚韧。罗明揪住开口处，不让污水流出，二哥在那箍下一边割一个口，将木杠穿进去，两人上肩抬起，向远处走去，就像抬一个大皮口袋。走到无人处，两人站下，阿斯茹上前，用刀在牛胃上划一个口，"哗啦"一声，里面还未消化完的草渣、污水一泄而出，浊气熏天，阿斯茹避之不迭。

　　等脏物清理完毕，罗明和二哥又把牛胃扛了回来，这回可是轻松愉快，来时六七十斤，回时还不到10斤，你说这牛有多能吃？！

　　下一步要把其他内脏一一清理出去。先是牛肠，满满一大脸盆，罗明嫌麻烦，都送给了二哥。接着是心、肝、肺，最后是两个腰子，都清出之后，就剩一个红白相间鲜亮的胴体了。

　　罗明正想显显他大卸八块的本事，可他和阿斯茹的刀都不行了，割不动肉了。这主要是磨刀时偷懒没下力气，你对它敷衍了事，它对你也敷衍了事。没办法，罗明和阿斯茹只好重新磨刀，有道是"工欲善其事，必先利其器"，又道是"磨刀不误砍柴工"。

　　罗明想起了"庖丁解牛"，实际上他们今天干的也是解牛，但与庖丁的境界还有相当一段距离。庖丁的刀解千牛而不钝，不因他的刀磨得有多快，而是因为他"游刃有余"。你想，他的刀熟练地运转于骨节空隙之间，没有十年二十年的功力，恐怕很难做到。

罗明磨好刀，也想学学庖丁，虽然会碰到礁石，碰得头破血流，但学学先贤的样儿也是好的。

首先要解决的是牛的两条后腿，牛的坐骨上有两道缝，平时严丝合缝瞧不出来，但你要拆解牛的两条后腿，这两道缝却是关键。只要找对这两道缝，用刀顺缝轻轻一划，再用力往两边压两条后腿，后腿与坐骨连接处便会断裂开来。

卸掉两条后腿，再卸两条前腿就简单多了，只要将腿与肩接榫处的筋挑断，前腿就卸下来了。

接下来是牛肋骨，两边各 13 根，一根一根切开，再将每一根肋骨与脊椎接榫处的筋挑断，26 根肋骨便拆卸清楚。

现在只剩下牛头、牛脖、牛脊、牛尾，用刀将之切为四部分，一头牛就拆解完毕了。

你都拆解了什么？不妨一一数来，计牛头、牛脖、牛脊、牛尾、四蹄、两条前腿、两条后腿、26 根肋骨，心、肝、肚、肺、肠、腰子。原来一头活蹦乱跳的牛，突然变成一堆骨头和肉，而且还要煎、炒、烹、炸一番，然后吃下肚。

这时二哥、二嫂、小杨已经收拾完他们的三头牛，一起走来，二哥说："还有需要帮忙的没有？"

阿斯茹说："不好意思，这就够麻烦你们的了。"

二哥说："外道了不是，戏词上是怎么唱的：穷不帮穷谁照应，两颗苦瓜一根藤。"

"二叔，我们还有三只羊没宰呢。"

"昨天不是宰羊了吗？"

"昨天宰的是我的两只羊，罗明哥还有三只呢。"

小杨埋怨二哥说："就你多嘴，回去抽袋烟歇会儿好不好？"

二嫂说："不就三只羊吗，一人一只，一会儿不就完了。"

罗明说："羊就不麻烦你们了，等明天我自己宰吧。"

二嫂说："不用废话，你赶紧去把羊赶来。"

"我这牛肉还没收进'崩克'呢。"

"我们帮你收,你只管去赶羊就是了。"

罗明去"临时羊圈"赶羊,回来时二嫂和阿斯茹已经把牛肉全部搬进了"崩克",只剩一张牛皮还摊在地上。阿斯茹要把牛皮叠起来,但它已冻得硬邦邦的,根本叠不动了。二哥说拿到屋里化化,二嫂说费那个瞎劲儿呢,先扔到粪垛上,等哪天去公社,和咱们的两张牛皮一块儿卖了就是了。二哥遵命照办。

小杨说:"昨天原说要比一比,只为灌血肠没比成,今天要不要比一比?"

罗明说:"今天就不灌血肠了吗?"

阿斯茹说:"灌!"

二嫂说:"不灌了,我看罗明对血肠也稀松平常,不如卖了吧,一副5毛钱呢。"

罗明说:"二嫂,三副小肠都给你吧。"

"干吗呀,一块五毛钱就想送人情啦。"

"那你说,多少钱才能送人情?"

小杨说:"没个十块、八块恐怕不行。"

二哥说:"蚂蚱虽小也是肉,一块五就一块五吧。"

几个人一边说笑一边宰羊,三下五除二就把三只羊解决了。小杨宰一只羊用了23分钟,二哥用了24分钟,罗明用了25分钟。

这里面罗明还有"作弊"情节,别人没瞧见,阿斯茹却瞧得一清二楚,但她没声张,显然是包庇罗明了。

原来罗明在拆解羊肋骨的时候,眼见小杨和二哥已经走在了前面,心里一急,汗就下来了。羊有28根肋骨,而且羊肋骨和脊椎接榫处比牛小,挖断筋比较困难。罗明也不耐烦一根一根去挖,干脆把肋骨全部折断。

这样快是快了一点儿,但在草原牧人看来就是不合格。因为断口处有骨渣儿,吃起来会扎嘴。为了赶时间不管不顾,这也是年轻人争强好胜之处。

牧人对宰牲口的要求，大约与庖丁是一样的，即骨骼接缝处要拆卸清楚，不能用刀、斧之类的工具生砍。虽然还达不到庖丁那样的地步，但也相去不远。

那一天宰了牛，又宰了羊，有二哥、二嫂、小杨帮忙，罗明和阿斯茹总算把"宰牲口"这件事顺顺当当应付下来。晚上，小杨因要回家宰自己的牲口，拿着他的"战利品"羊血肠和牛里脊，骑马走了。

罗明和阿斯茹又到二嫂家吃饭，那晚二嫂做的是小米饭、土豆烧牛肉。新宰的牛肉，加些花椒、大料，煮起来香气四溢。

罗明想起苏联领导人赫鲁晓夫曾说过一句名言："土豆加牛肉就是共产主义。"心说：原来共产主义这么容易就达到了。

正吃着，侯哥来请，说请罗明、阿斯茹到他家吃饭。阿斯茹问："你们家做的什么？"

侯哥说："也是牛肉。"

"那不去，我们正吃牛肉呢。"

话没说完，钟三哥也来请罗明、阿斯茹到他家坐坐。

二嫂说："你们俩倒成香饽饽了。"

阿斯茹又问："你们家做什么好吃的？"

钟三哥说："芹菜羊肉馅饺子，管保你一咬一兜油。"

结果罗明、阿斯茹没被请去，侯哥、钟三哥却留下了。二哥说要跟他们喝一杯，那两人一瞧这儿人多热闹，就脱鞋上了炕。

二哥叫二嫂拿酒来，二嫂说："哪儿还有酒，昨天都叫你和小杨喝光了。"一句话把二哥闹一个大红脸。

侯哥说："要不到我那儿去吧，我那儿有酒。"

钟三哥说："我那儿也有酒。"

二哥拿眼去瞟二嫂，二嫂头一扭，不理他，二哥说："要不罗明和阿斯茹去吧，我就不去了。"

罗明说："要喝酒我可不去，我对酒没兴趣。"

正说着，老姜头也来请，说："这屋子里的人一个也不能少，都到我那儿去！"

老姜头岁数最大，众人不好驳他的面子，都不说话，老姜头说："老二，你屁股就那么沉，你先动一动。"

二哥见点了他的名，头一缩，肩膀一耸，装作一副可怜相，二嫂骂他"熊色"，他笑着起身下炕。众人见他要走，也纷纷起身转移到老姜家去了。

老姜头家煮的牛头，煮烂了，剔下肉，做成牛头冻，老姜头切了一大盘，又拿出两瓶酒，众人划拳"打通锅"。阿斯茹太小，就把她剔除在外。剩下五个人，每人打一圈。轮到罗明时，连输四拳，加上前面输的两拳，一共喝了六盅酒，脸不变色，心不跳，不由得自嘲说："我这几年别的没长，酒量倒是见长。"

侯哥说："大哥，你这酒是从哪儿弄来的？"

老姜头说："咋啦？"

"前两天我去公社，眼看着供销社的售货员打两桶井水倒进酒缸，我问他倒井水做什么？他说路上有损耗，不倒就赔了。"

"我这酒可是从白银仓那儿弄来的。"

"白银仓那儿更糟。"

"怎么呢？"

"白银仓的酒哪来的？还不是从公社买来的，再卖给大家。他还不得往酒里再倒一桶水，他也怕赔呀！"

众人哈哈一笑，阿斯茹对罗明说："你以为喝酒呢，其实喝凉水呢。"

那一天，家家煮了肉，备了酒，人人喜上眉梢，盼望有人来热闹热闹，要是人不来，那就没面子了。

实际上"宰牲口"就是一次小分红，比年底的大分红更受牧人重视。年底的分红要根据劳动力的工作和开支情况进行计算，有人分得多，有人分得少，有人甚至一分钱也分不到，反而欠大队的钱。

"宰牲口"就不一样了，人人有份，不是劳动力也没关系，如老人、妇女、孩子也能分到一份牛羊。

比如二哥一家四口人，二哥是主要劳力，二嫂是次要劳力，一年也就是夏季干三四个月的零活，再就是两个孩子，一家人分得两头牛、八只羊，一冬一春七八个月的肉食是高枕无忧了。

此外宰牲口还可以卖钱，羊皮、羊肠、羊头、羊肝，牛皮、牛骨、牛肝都可以卖到公社供销社，也是一笔不小的收入。

手里有了钱就要消费，这里的人大多没有存钱的概念，何况那点儿钱也不值得一存。

蒙古族人比较豪爽，买酒要拿奶桶装、牛车拉，一买就是一百多斤，至于里面有多少水就不知道了。买块糖要十斤二十斤地买，买月饼要拿面口袋装，那月饼硬得能砸死人，得上锅蒸了才能吃。

汉族人花钱要仔细得多，比如二哥一家，二哥是一家之主，但财权却被二嫂剥夺得一干二净，一分钱也不敢乱动。

18 猫鼠和平共处

这一天,罗明和二嫂正在屋里聊着,忽听外面传来一阵狗叫,声音带有变调,似怨似怒,似乞似哭,一声比一声凄厉。罗明听似是小黑的叫声,是谁欺辱小黑呢?急忙扒在窗户上往外瞧,只见远处小黑和一只白狗缠在一起,走又走不了,不走又痛苦不堪,故发出求救的叫声。

那只白狗个头大一点儿,一身雪亮的毛,只是脑后有一绺毛没褪净,一直耷拉到胸前,罗明管它叫"披头士"。"披头士"平时横行乡里,拈花惹草,专门欺负比它弱小的狗,尤其是母狗。小黑今天也倒霉,竟无端遭遇到这个"瘟神"。

二嫂说:"两条狗'炼'在一起了。"

"什么叫'炼'在一起了?"罗明问。

"'炼'在一起你都不懂?"

罗明跳下炕,向外冲去,要解救他的小宝贝。"披头士"正得意扬扬,顾盼自雄,忽见罗明凶神恶煞般朝它扑来,只好放下小黑,转身逃跑。罗明追不上它,拾一块石头朝它砸去,那块石头带着愤怒正中"披头士"的屁股,那狗惨叫一声,一瘸一拐逃走了。

罗明蹲下身,轻轻抚摸小黑:"你惹它做什么?哪天抓住它,我非弄死它不可!"

这时二嫂走来,问罗明:"你这只小狗几岁了?"

"两岁。"

"也到岁数了。"

"什么到岁数了?"

"这你也不懂?"

天气渐渐凉了,九月底飘下第一场雪花,人们意识到一年之中最难挨的冬季就要来了。

这一年罗明宰了一头牛、三只羊。肉多了,他和老鼠的矛盾就突出了。有时他拿几条牛肉放到屋内灶台上,半夜醒来,听见灶台那边有动静,点起煤油灯一看,只见几只老鼠正趴在牛肉上,大啃特啃。灯一亮老鼠顷刻间便已逃得无影无踪。

起初他也想堵鼠洞,但屋里鼠洞有十几个,闹不清哪个才是眼下老鼠出没的洞口。他也不耐烦一一辨认,和了点水泥,将十几个鼠洞全部堵上。不过防鼠的效果也就两三天,老鼠很快就挖了新的洞,依旧自由自在出入,大摇大摆吃肉。

但自小花来家以后,老鼠也不见了踪迹,罗明认为是小花的功劳。老鼠怕猫,天经地义,自然界生生相克,乃亘古不变的真理。罗明以为终于在实践中体会到人生的要义,切了一大块肉给小花,算是奖励。

猫是一种十分可爱的小动物,为人类所圈养恐怕已有几千年的历史。但很奇怪,十二生肖里却没有猫?据说当年排十二生肖的时候,也邀请了猫,但老鼠没有告诉猫,结果猫来晚了,没能排上十二生肖。从此猫和老鼠结了仇,见老鼠就抓。另有一说,猫最早是苏丹人的宠物。有一个时期,苏丹人和埃及人打仗,打败了成为俘虏,就将猫带进了埃及。当时埃及正闹鼠疫,死人无数,猫捉老鼠,消灭了鼠疫,拯救了埃及,于是猫被尊为英雄,成了百姓的图腾。埃及有狮身人面像,但也有猫身人面像,埃及艳后克利奥帕特拉在埃及绘画中,就是以猫的面目出现的，可见猫在人的心目中的地位。

有了小花以后罗明就有点大意了，既然已经体会出人生的要义，触类旁通，从自由到必然，生活中的事自会无往而不胜。比如老鼠偷肉这件事，原本弄得他焦头烂额，束手无策，但有了小花，简简单单就解决了。可见不是事情太难，而是你的方法不对，只要方法对头，什么问题解决不了？于是拿了几大条冻牛肉，放在灶台上，准备第二天来一锅土豆烧牛肉。

这一天他怀着美好憧憬进入了梦乡。半夜他突然惊醒，听见灶台那边发出很大响动。点着灯一看，几只大老鼠正你争我夺地啃牛肉，其中混有一只形体略大于老鼠，毛色发白的东西，罗明以为是异形老鼠，吓了一跳。再仔细一瞧，原来竟是小花！

猫鼠和平共处，为了共同的理想，走到一起。猫鼠不再是不共戴天的仇敌，而是同一战壕里的战友，好一幅自然和谐的图景！

罗明不能容忍这样的和谐，怒气冲冲地跳下炕，老鼠四散而逃，唯有小花不怕，依旧悠然自得地吃肉，罗明一把拎起小花，把它扔到屋外。数九寒天，屋外零下二三十摄氏度，罗明想要冻它一下，让它清醒清醒。小花一向享受惯了，不知怎样避寒，只在门口"喵喵"地叫，求罗明开门。罗明本不想理它，可小花叫个不停，吵得他无法睡觉，没办法，只好又开门把小花放进屋来。故意不理它，钻进被窝睡觉。正欲睡去，忽觉耳边多一毛茸茸的东西，刺得他耳根发痒。转脸一瞧，原来是小花跳上炕，悄悄钻进他的被窝，蜷成一团睡下，不大工夫，便轻轻发出呜咽的声音，仿佛说"暖和极了，舒服极了……"

这个小家伙，真拿它没办法。

这一天，罗明骑马去大队办事，回来的路上，看见一条黄狗从后面颠颠跑了过去。仔细一看，正是"披头士"，嘴里叼着一块大骨头，也不知要到哪里去？罗明刚才去大队的时候，正碰上大队宰牛，因此怀疑"披头士"准是偷了一块牛骨头跑了。他心里正恨"披头士"，于是大喝一声:"哪里跑!"纵马追了上去。

"披头士"见罗明追来,撒腿就跑,越跑越快,突然一转身向草深的地方跑去,那里很容易伤到马腿,罗明只好勒住了马。

回到饲草基地,罗明看见"披头士"卧在他为小黑搭的窝旁,他走到窝边往里一看,只见小黑正津津有味地啃着牛骨头,身边有四只还未睁眼的小狗崽儿争先恐后地吸吮它的奶。罗明吃了一惊,原来小黑当"妈妈"了。罗明不由得感到有些内疚,这些日子他一直忙于考学,去旗里一个多礼拜,全然不知小黑生育的事儿。幸亏"披头士"一往情深,守在小黑身边,为小黑张罗食物,否则小黑就要受罪了。看着这一家子尽享天伦之乐,罗明也很高兴。

看到小黑,罗明又想起小花,最近以来小花已不回家睡觉,罗明有好长一段时间没看见它了,心说这个小家伙跑哪儿去了,不要被狗吃了吧?猫和狗是世仇,狗见猫就追,饲草基地没主的狗很多,小花身处这样一个环境,可谓强敌环伺,危机四伏,这也是罗明最为小花担心的地方。

刚想到这里,只见小花从老姜头的仓库门缝隙处钻了出来,接着又钻出五六只母猫,将小花围在中间。罗明急忙叫:"小花,小花!"小花理也不理,王子一般,在众母猫的簇拥下扬长而去。

对小花这种傲慢的态度,罗明多少有点失落,但孩子大了,当老家的又能怎么样呢?惆怅之余,罗明对小黑、小花的生活际遇感慨不已,觉得老天实在有点儿不公。小花原是一只流浪猫,罗明弃之再三,不得已才收留它。平日好吃懒做,偷奸耍滑,谁知男人不坏,女人不爱,这么一个坏家伙,居然受到母猫的青睐,平日三妻四妾环绕身边,俨然一位有身份的大人物。小黑比小花就差远了,小黑虽然血统高贵,谁知它少不更事,竟遭"披头士"霸王硬上弓,只好做了这个"痞子"的老婆,与罗明对它的期许相差甚远。

对"披头士"过去所犯下的"罪行",罗明原也想伸张正义,像一个法官,宣判"披头士"死刑,但一直没找到机会。上一次雷达站刘站长来饲草基地打狗,罗明就想借刘站长的手弄死"披头士",谁知它福大命大,刘站长连打两枪,居然没打中,被它逃之夭夭。

如今情况发生了变化,小黑当母亲了,"披头士"也当了父亲,你能怎么办?难道非要"披头士"死,让小黑当了寡妇,四只小狗崽失去父亲才甘心吗?

罗明决心原谅"披头士"先前的所作所为。他回到屋里,拿一把剪子和两块煮过的肉骨头,一块给小黑,另一块给"披头士"。"披头士"仍不信任他,见他靠近,连忙起身躲避,但又抵御不住骨头的诱惑,犹豫再三,终于走上前吃骨头。罗明趁机将它耷拉在脑后至胸前的一绺杂毛一刀剪去,这样一来"披头士"也利索多了。罗明轻轻抚摸它的头,告诫它说:"以后要爱惜小黑,跟它好好过日子,照顾小狗崽儿,再也不能勾三搭四跑秧子了!""披头士"一边啃着骨头,一边连连点头称是。

19 营救奎木狼

这一天,罗明和阿斯茹在巴雅尔家修马绊,忽然巴雅尔的小女儿斯琴其其格慌慌张张跑来,上气不接下气说:"狼……狼……"

阿斯茹说:"怎么回事?"

其其格已吓得脸色苍白,结结巴巴,半天才说清楚。原来其其格正在放羊,忽然不知从哪儿来了一群狼,有十几只,包围了羊群,他们家的牧羊犬汪汪地叫着,冲上去保护羊群,但一只狗再怎么英勇,又怎能抵挡住十几只狼?

其其格哪里见过这样的场面,早吓得魂飞魄散,骑上马跑回来寻求救兵……

罗明一听,抄起半自动步枪向外冲去,阿斯茹连忙跟上。两人纵马奔到其其格放牧的草场,那里已是一片狼藉。羊群已被狼群赶散,一只也见不到了,牧羊犬倒在地上,捯着粗气,只有进,没有出,眼见是活不成了,十几只死羊倒在地上,遍身血迹,惨不忍睹。

狼着实可气,它扑杀羊不是扑杀一两只,够吃就行,而是先咬死十几只,扔在那里,又去扑杀别的羊。所以被狼光顾的羊群,损失就大了,牧民对狼扑杀羊一向是深恶痛绝,但又没有办法。

罗明和阿斯茹四处寻找羊群，幸亏羊跑得不算远，只是被狼赶得四处跑散，哪儿都有。罗明和阿斯茹好不容易把羊赶到一起，一数只有700多只羊，两人心里都说"坏啦"，他们这群羊实有一千零几只，现在一下少了300多只，损失得有多大？

　　"狼再厉害，"罗明说，"也不至于一下吃300多只羊吧？"

　　"狼也没那么大的胃口呀！"

　　"还有走失的羊，咱们再找找！"

　　两人分手，各人兜了一个大圈子，又找回200多只羊。两人又仔细数了一遍羊，一共损失了17只羊。有10只死羊，狼大约吃掉7只。

　　这个结果勉强还可以接受。

　　两人商量了一下，罗明留在这里放羊兼看着死羊，阿斯茹回去套牛车。又过了老半天，阿斯茹赶着一架牛车，慢悠悠地来了。两人将死羊装上牛车，赶着羊群回了家。

　　到家时夕阳西下，晚霞已经变暗，眼看就要天黑了。

　　巴雅尔回来了，罗明和阿斯茹七嘴八舌向他汇报有狼群袭击羊群，损失了大约17只羊。

　　巴雅尔心疼地说："损失那么多，这可亏大了！"

　　"不过有10只被狼咬死的羊，"罗明说，"我们拉回来了。"

　　"那还不错。"

　　"怎么处理？"

　　"明天一早送大队，分下去，一个营子一只。"

　　巴雅尔叫乌兰做饭，乌兰问："做什么？"

　　巴雅尔说："做点面条算了。"

　　"又没肉，又没菜，怎么做？"

　　罗明说："不是有10只死羊吗，剥一只不就有肉啦？"

　　阿斯茹和其其格已经几个月没吃肉了，都有点馋肉，撺掇阿爸剥一只羊，巴雅尔说："不行，说是要给大队，怎么能私自剥了呢！"

　　罗明说："反正你是书记，明天要分也是你给各营子分，你就先给

营救奎木狼 | 181

咱们分一只也不为过！"

"不行，不行！"巴雅尔头摇得像拨浪鼓，"这不成你说的……什么水……什么台……又是先得什么，后得什么……"

"近水楼台先得月……"

那天晚上，乌兰烧了一锅奶茶，罗明显显手艺，烙了几张油饼，一家人凑合吃了一顿饭。

第二天，罗明和阿斯茹骑马去了公社，找到公社革委会副主任、武装部部长米吉德，告了狼群一状，诉说自己的损失。

米吉德说："你要我怎么办？"

"狼咬死了羊，牧民遭受了很大损失，"罗明说，"公社应该有规定，你找找文件，看上面是怎么写的？"

米吉德翻了半天，翻出一本手册，说："你翻翻吧，看看有没有关于狼咬死羊的规定？"

罗明一页一页地找，翻了半天，终于找到一项关于"狼"的规定："若狼伤及马、牛、羊等家畜，使集体财产受到损失，可视具体情况，予以一定补偿。"

"文件上都说了，"罗明说，"对我们这次损失，公社是不是给予一定补偿？"

"我倒想给予你一点补偿呢。"米吉德说，"可现在正搞'文化大革命'，各级政权组织都瘫痪了，我找谁要钱去？"

"公社没钱吗？"

"公社哪儿有这笔钱，过去我们都是先往旗里报批，等旗里批了，拨下款来，我们再给牧民补偿。"

"那现在没办法了？"

"没办法，只好自力更生，自己想办法。"

"我们能想什么办法。"阿斯茹说，"要让我们想办法，那就是把这群狼都打死，一只也不留！"

"你这个小丫头说话倒有意思，你们想什么办法，我不管。但我奉劝你们一句，不要做违法的事。"

双方不欢而散。

罗明和阿斯茹回到家，向巴雅尔述说了他们在公社的遭遇，巴雅尔说："你有什么办法，只当吃亏吧。"

"阿爸，"阿斯茹说，"你打过狼吗？"

"怎么没打过，1955年我一年打过15只狼，还得过一张'打狼冠军'的奖状呢。"

"那你说说打狼时的情景。"

"我们那时几乎天天打狼，要说起来可就多了，怎么说呢？"

"你就说一次。"

"有一回我开车去拉货，半道上碰见两只狼，狼一见车撒腿就跑，我加大油门就追，追得近了一点，停住车，端起我的半自动步枪，瞄准一只狼，'啪'的一声，撂倒一只狼，接着开车又追，等追得近了，停住车，端起枪又撂倒了另一只。"

"原来您还会开车。"

"怎么不会……"

这一天，罗明和阿斯茹骑着马在沙窝子里转悠了半天，寻找狼的踪迹。

他们大队这个沙窝子面积有一百多平方公里，草都不长，一棵树也没有，全是漫漫黄沙，人迹罕至。有几家牧民将营盘扎在沙窝子的边缘，不敢往沙窝子里去，因为那里没水，养不活人。

人不敢去，那里便成了狼的天下。一九五几年时打狼，人人都争做打狼的猎手，狼被人打得四处逃窜，最后只好龟缩在沙窝子里。

罗明和阿斯茹骑马走进沙窝子，那里的沙子很软，马踩进去四只蹄子要陷进几寸深，你非拿鞭子抽它，它才挣扎着往前走，走不几步就又停下了。

罗明和阿斯茹只好下马，坐在沙子上，掏出军用水壶，喝了几口水。

阿斯茹说:"这个鬼地方有狼吗?"

罗明起身,从马背的书包里拿出一架望远镜,四处看了半天,说:"没有。"

"那咱们回吧。"

"回去不就白来了吗,要不咱们再往前走走?"

"再走马非趴蛋不可!"

罗明朝马看去,要在有草的地方,两匹马早就争先恐后吃起草来,现在一棵草也没有,两匹马待在原地一动不动,傻了一般。

罗明又拿望远镜四处张望,忽然看见一个小黑点在远处移动,他调了调焦距,定睛细看,是一只狗一样的动物,嘴里好像还叼着什么东西……

"狼,快趴下!"

阿斯茹吓得赶忙趴倒在地。罗明跑过去,从马背上拿过小口径步枪,跑回来趴在阿斯茹的身边,又举起望远镜,仔细观察。

果然是一只狼,距离罗明这里有五六里的样子,但由于它在光秃秃的沙梁上,显得很突出,罗明这里可以看得一清二楚。

"狼在哪里?"阿斯茹却看不见,跟罗明要望远镜,"让我看看。"

阿斯茹拿过望远镜,瞧了半天,才瞧清楚。那只狼嘴里叼着一件东西,像是只兔子,走下沙梁,不见了。

罗明和阿斯茹以为狼向他们这边走来,不由得胆战心惊,罗明想是不是现在就骑上马逃之夭夭,再不等狼走近了,和它决一死战,"啪"一枪把它撂倒,但罗明又怀疑自己的枪法……

正吓得胡思乱想呢,那只狼又出现在沙梁上,罗明这才放了心,只见那只狼朝相反方向跑去,终于不见了。

罗明和阿斯茹又等了一会儿,等一切都风平浪静,只有骄阳在空中肆虐。两人骑上马,跑了一段路,来到刚才狼消失的地方,东找找,西找找,找了半天,终于在低洼处找到一个一尺半见方的洞,洞口处趴着一只小狼，头耷拉在地上，一副萎靡不振的模样。但一瞧见罗明和阿斯茹走近，小狼的眼睛里立刻露出凶狠的目光，嘴里发出"呜呜"的声音。

罗明仔细观看，小狼的左腿受了伤，伤得很重，有血水渗出，血水处有东西蠕动，仔细分辨，竟是肉蛆。

罗明想：那只大狼准是瞧小狼不行了，要死了，将小狼抛弃在这里。

"多可怜哪，"阿斯茹说，"咱们把它抱走吧！"

"都快死了，抱走有什么用？"

"给它洗洗伤口，上点药，没准还能救活呢。"

"养一只狼可不是好玩的，你听说过狼和农夫的故事吗？"

"没有。"

"从前有一个农夫，看见一只狼将死在路边……"

"咱们要是给它治好伤，天天喂养它，我才不信它无情无义，反而要吃咱们！"

"狼的本性是很难改变的……"

两人争执了半天，阿斯茹坚持小狼在人的感召下是会变善的，罗明也说服不了她，只好把小狼装进书包里。

回到家，罗明从书包里把小狼放到炕桌上，一家人围在一起看，其其格人小胆大，伸手要抱小狼，小狼嘴里又发出"呜呜"声，吓得其其格赶紧把手缩了回去。

罗明和阿斯茹给小狼清理伤口，先把它左腿伤口里的蛆挑出来，然后用水给它洗伤口，小狼疼了，一口将罗明的手指咬住，幸亏它还没长牙，罗明也不觉得疼，任它咬一会儿。接着就给小狼上药，又拿绷带给小狼包扎好。

巴雅尔瞧他们忙活了半天，说："你们这是纯粹给自己找麻烦。"

阿斯茹说："找什么麻烦？"

"老狼肯定要找你们要小狼！"

"是它把小狼丢弃了,不要了,我们才捡回来的。"

"小狼快死了,它把小狼丢弃了,等你们把小狼养好了,它就该来要了。"

"快死了就丢,好了又要,那不是太不要脸了吗?"

"狼要什么脸,它就知道这是它的孩子,死活不能让你弄走。"

两个年轻人不相信,他们想,就算老狼如此,小狼难道也如此薄情寡义吗?只要对它好,培养出感情,它也断不会忘恩负义的。

怎么对它好呢?无疑就是吃奶,俗话说"有奶就是娘",对这个小家伙来说,还有比喂它吃奶更叫它高兴的事吗?

罗明和阿斯茹找来一个旧奶瓶,是其其格小时候用过的,灶上的铁锅里正在熬奶豆腐,舀一勺灌在奶瓶里。阿斯茹抱着小狼,把奶嘴递给小狼,小狼贪婪地大口吃起来。

罗明瞧着阿斯茹就笑,阿斯茹说:"笑什么?"

罗明说:"瞧你像喂孩子一样……"

阿斯茹脸一红,把小狼递给罗明:"你也喂喂……"

"我一个大老爷们儿哪会干这种事?"

"大老爷们儿怎么着,大老爷们儿难道不该学学怎么喂孩子!"

"大老爷们儿有大老爷们儿该干的事……"

"阿妈,你说罗明该不该学学怎么喂孩子?"

"该学。"乌兰说,"现在都什么时候了,男女平等,女同志会做的事,男同志也应该会!"

罗明一瞧,这是公然把他当作女婿了,又不好反对,只好笨手笨脚接过小狼,给它喂奶。

一家人其乐融融。

老这样给小狼喂奶也不是办法,恰好此时小黑产下一窝狗崽,正在哺乳期间,罗明就想把小狼也给小黑,让它一块儿哺乳,岂不省事?

他把这个想法跟阿斯茹说了,阿斯茹也同意,于是两人把小狼抱到饲草基地,放到小黑的窝里。小黑正给狗崽喂奶,小狼也不傻,拼命往狗崽堆里挤，寻找奶头。

小黑发现窝里来了陌生人，本能地加以排斥，嘴里发出低沉的威胁声，用鼻头将小狼推挤出去。小狼吃不着奶，"呜呜"地哭着，仍往狗崽堆里挤，小黑恶狠狠地盯着它，突然立起身，叼住小狼的后脖子，仰头一甩，将小狼扔了出去。罗明急忙伸手进去，将小狼抢了出来。

狗窝里是不能待了，罗明和阿斯茹把小狼抱到屋里，又到邻居家要些牛奶喂它，两人大眼瞪小眼，看着小狼吃奶，束手无策。

吃晚饭的时候，两人心烦，都不愿意做饭，就到二嫂家蹭饭，闲聊中说起小狼，罗明就问二嫂："有没有办法？"

"好办。"二嫂说，"你把狗窝里的尿和屎涂在小狼身上，小黑就分辨不出来了。"

"那多脏啊！"

"嫌脏，你还养什么狼崽子？"

第二天一早，罗明和阿斯茹遵照二嫂的指示，把狗窝里的脏东西，主要是铺在狗窝里的稻草、破毡子之类，上面沾满了狗崽的屎和尿，涂抹在小狼身上，然后把小狼放进狗窝。小狼又朝奶头挤去，引起一片骚乱，小黑原本躺着，此时微微抬起头，瞧见又是小狼，用鼻子闻闻，然后将小狼顶了出去。态度与上次大不一样，罗明一见说："有门！"又把小狼放进去，小狼继续往前挤，终于找到了奶头，兴奋地大口吸起来，小黑只是看看，用鼻子闻闻，但没赶小狼走，算是接受了小狼的身份，承认它是自己的孩子。

小狼吃着小黑的奶水，一天一天长大。它脚腕受的伤，在罗明和阿斯茹的精心护理下，也逐渐好了起来，但它狼的本性也很快显露出来。小狼比别的狗崽发育得快，开始排挤其他狗崽，抢奶头是它的拿手好戏，吃一个奶头，吃两口，将旁边的狗崽挤走，吃它的奶头，而且不只挤一只，而是一只一只挤，直闹得狗窝里秩序大乱。罗明就亲眼见过，几只小狗崽可怜巴巴地看着小狼自己吃奶，有小狗崽想往前挤，小狼露出牙，嘴里发出低沉的威胁声，那只小狗崽便吓得停住了脚步，不敢往前挤了。

　　小黑已经感觉到狗窝里的气氛有异，站了起来，立刻明白发生了什么，伸出前爪，一巴掌把小狼打到一边。

　　狗窝里恢复了秩序。

20 狩猎野兔、狐狸

小狼一天一天长大，不到一年已经长成黑黄皮毛，身材纤细的"小美人"。罗明给它起了个名字"斯琴毕力格"。

阿斯茹不同意，说："毕力格是男孩子的名字，这是只小母狼，你叫它'毕力格'合适吗？"

"要不叫它'伊丽莎白'吧……"

"'伊丽莎白'也不是蒙古人的名字呀。"

"那你说叫它什么吧？"

阿斯茹想了半天，也没想出一个合适的名字，最后两人决定先暂时叫小狼"奎木狼"，等以后想到好的名字再给它改。

这个名字也是受《西游记》的启发，《西游记》上就有一个奎木狼，是天上二十八星宿之一。后来他思凡下界，与宝象国的公主做了十三年的夫妻，一口单刀使得虎虎生风，与孙悟空打个平手。

小狼很快就适应了这个名字，你一叫"奎木狼"，它就跑过来，围着你转，用头蹭你的小腿，显得十分亲热。

小狼和几只小狗崽也打成了一片，如兄弟姐妹一样，整天打打闹闹，都是它欺负别人，咬住一只狗崽的耳朵，把它摁倒在地，然后松开嘴，又去咬另一只狗崽。

几只小狗崽都比小狼发育得慢，只能扮演受气的角色，而且都耷拉着耳朵，肥头肥脑，显得不大起眼。

罗明见几只小狗崽这么受欺负心里难受，想把它们的耳朵变尖，显得机灵，问二嫂："小黑的耳朵那么尖，怎么它生的几个小狗崽都耷拉着耳朵，像个笨狗子？"

二嫂说："你想想小黑的耳朵是怎么变尖的？"

罗明这才想起在雷达站，刘站长在小黑的耳朵上切了一刀，他把当时的情况说了一遍。

二嫂说："这不结啦，你要想让狗的耳朵变尖，从小得把它的耳朵切一刀！"

"怎么切？"

"沿它的耳朵根切一小半下去。"

"切一小半，"阿斯茹问，"那小狗不疼吗？"

"你要怕它疼，那它的耳朵就变不尖，只能像笨狗子了。"

罗明和阿斯茹回去，遵照二嫂的方法试了半天，始终不敢下剪子，怕小狗崽疼。无奈何只好去求二哥。

二哥说："我哪有那个闲工夫。"

"一条烟怎么样？"

"行，你先给我买回来！"

罗明去公社供销社买了一条烟，二哥接了烟，笑得嘴都合不上，找了一把剪羊毛的剪子，磨得飞快，背着手，和罗明来到小黑的窝。吩咐罗明把小黑带走，锁起来。

阿斯茹找来一块牛骨头，把小黑引到大仓库里，小狼和小黑最亲，追到大仓库，阿斯茹就把它们俩一块儿锁进仓库。

罗明问二哥："小狼的耳朵剪不剪？"

二哥说："小狼的耳朵就不用剪了。"

"那它将来会不会耳朵也耷拉着？"

"不会，你看那些大狼耳朵有耷拉着的吗？"

罗明将小狗崽都关在狗窝里，用木板挡上，只从里面拿出一只小狗崽。二哥叫罗明按住小狗崽，罗明就按住它的屁股，但小狗崽拼命挣扎，罗明心慈手软有点按不住。

二哥说："你中午吃饭没吃饭？"

罗明说："吃了。"

"你按不住小狗崽，我怎么下剪子？"

"我怎么按？"

"你拉住它两只后腿，把它拉趴下！"

罗明遵照执行，二哥拉平小狗崽的耳朵，"咔嚓"就是一剪子，剪下小狗崽少半只耳朵，血立刻就沁了出来，二哥松开小狗崽，说："下一个。"

罗明又从狗窝里拽出一只小狗崽，就这样二哥不大工夫给四只小狗崽做了"手术"。小狗崽的惨叫声惊动了小黑，它扑到门前，狂吼着拍打门。罗明见二哥已经完事，就叫阿斯茹把门打开，门一开，小黑急速扑到狗窝，见几只小狗崽一只只萎靡不振，耳朵血淋淋的，心疼得嗷嗷直叫，替它们舔去血迹，百般安慰。罗明不懂狗语，但看小黑的举动，一个做母亲的，爱子之心溢于言表。

真正了解动物的人都知道，动物是在与父母及其兄弟姐妹的嬉闹玩耍当中学习捕猎的。一个老牧民告诉我们，千万不要将狗崽子送人，至少也要养到三五个月之后，那时才能分辨出真正的好狗、赖狗。他说听老辈儿的猎人讲，为了选出能够斗狠抓狼的狗，有的猎户将三个多月大的狗崽子们关在地洞里，不给吃喝，十几天后，看谁能活下来那就是好狗了，不言而喻，饥饿会导致厮杀，活下来的是以兄弟姐妹的生命为代价的。

罗明不相信，他以为就算没有吃喝，难道狗会吃自己的兄弟姐妹？

一天，罗明和阿斯茹打死一只黄羊，它的羊羔崽子跟在它的身边不肯走,但母亲已死,它的命运也可想而知。罗明把这只黄羊崽子给了小狼和几只狗崽子,想看看它们怎样对待它,肯不肯狠心下嘴咬它一口。小狼看见黄羊崽子,上去一巴掌将它打翻在地,但它也不下嘴,只是瞧着。黄羊崽子跳起来拔腿就跑,小狼和几只小狗崽一起追赶,追上以后,小狼又一巴掌将黄羊崽子打翻,仍旧瞧着它,等它跳起来跑后,又一起追赶,玩得不亦乐乎。罗明瞧小狼的意思,是把黄羊崽子当作玩具,戏弄玩耍,根本没有要吃它的意思。罗明想这是因为小狼太小,还不懂肉的好处,等它尝一口血和肉的滋味,它就该下嘴咬了。狗崽子们会嬉戏了,互相扑来咬去,小狼经常把胆敢扑到他身上来的狗崽们摁倒在地,一口咬住咽喉,咆哮着甩头,直到下面的小家伙惨叫起来。罗明才知道它不是在玩儿,是在动真格的。

有一天,一家牧民的小狗跑过来串门,小狼很有领地意识,冲了上去,与那条小公狗打作一团,直到把那条小狗咬得发出凄厉的尖叫……又一天,饲草基地来了一群羊。小狼好奇,独自跑到羊群边上去探秘。一只大个山羊看见这个小东西,过来闻闻小狼,又拿角去顶它。换作别的小狗早就尖叫着逃之夭夭了,可小狼感到被冒犯,它一口就咬住了山羊的脖子,山羊吓得直跳起身来,小狼竟然不松嘴,像荡秋千一样挂在空中。放羊的老乡见状大呼起来,罗明赶紧过去将它揪下来。一位邻居大嫂惊恐地看着小狼问:"这是狗崽子还是狼崽子?"

罗明说:"当然是狼崽子!"

让罗明感到困惑不解的是小狼的体型:它太不像一条母狗了!仅仅四个多月,它已经差不多和小黑一样高,然而绝不像小黑那样清秀可人,反倒像它父亲一样孔武粗壮,只有它的头脑敏捷像小黑。

这一天罗明钻进蒙古包里点火,突然听见阿斯茹在外面喊:"罗明哥,快出来!"

罗明以为发生了什么大事,连忙跑到外面。

只见四条狗呈扇形围住一只野兔,正向蒙古包冲过来,左右是两条大狗小黑和"披头士",后面是小狼和一只狗崽子。

原来，小黑和小狼在野地里游逛，迎面就碰上一只硕大的野兔。野兔跑起来，那叫一个快！每跑三四步，野兔就会像三级跳远一样突然腾空，在空中划出一条优美的弧线，一下蹿出老远，往往在落地的瞬间又来个90度的大变线，即使是猎狗，也很难单独抓住野兔，野兔的突然变线，通常将后面的猎狗甩得老远，甚至翻跟头，等狗爬起来，野兔已经在几丈开外了。几个回合下来，猎狗就光剩下伸出舌头站那儿喘气的份儿了。

一般而言，狼和猎狗的绝对速度快于野兔，如果直线奔逃，通常在100米以内，胜负已见分晓。然而野兔的看家本领是突然变线，会使猎狗直线冲出两三米，转过身来野兔又跑远了。

猛一看见野兔狂奔的优美及速度，罗明不禁怀疑小黑是否能追上。这真是一场斗智斗勇的竞赛——每当小黑接近野兔尾巴的时候，野兔就腾空而起，可令人惊异的是，野兔落地时，与小黑的距离不仅没有拉开，反倒更近了！

眼看小黑就要叼住它的尾巴了，不幸的是，追逐迅速接近了一片芨芨草滩，芨芨草通常高一米左右，野兔逃进草滩，再好的猎狗也不可能找到它了。一眨眼，野兔和小黑都冲进去了。

猛然间，罗明看见小黑高高跃出草丛，在空中低头观察，落下时突然向左侧冲去……几秒钟后，小黑又高高跃起，再次在空中观察，落下后又向一个方向冲去！如此几起几落，草滩深处终于响起一声尖叫……

一会儿，小黑钻出来，看着罗明。

罗明问它："抓住了吗，小黑？"

小黑扭头又往草滩里跑。罗明跟在后面，走了30多米，看见地上一只野兔正在地上抽搐。小黑过去，趴在野兔边上，开始喘气。它好像怕野兔又跑了，歪着脑袋又咬了一口。野兔不动了。

这时，"披头士"、小狼和狗崽子也围了上来，一起撕扯野兔，开始吃起来……

真是一次完美的狩猎。

还有一次，罗明带小狼去狩猎，走出十几里地后，要经过一片地形复杂的丘陵地带，沟壑纵横，到处是小片小片的芨芨草滩。这时雪有15厘米厚，白天在阳光下，表面一层稍有融化，然后夜里就冻成硬硬的冰壳，马蹄踏上，冰壳塌陷，发出巨响。罗明压根就没指望这动静还能碰上什么狐狸。

就当罗明驱马大步冲下一个高坡时，"唰"的一声，一只火红的大狐狸就从罗明眼前跳出来了。还没等罗明发出指令，小狼已经撩起一团雪雾冲过去了……这狐狸可真是临危不乱，因遭遇的距离太近，它已来不及转身加速，在小狼冲到它面前的时候，它竟来了个原地起跳，跳起一米多高，小狼从它腹下冲过去，旋即急停回转过身来，一场追逐就在眼前展开。

这是一个盆地。小狼始终保持在狐狸的外侧，就是不让狐狸从这盆地里出去，它想在盆地里解决战斗。这狐狸几次往坡顶上冲，都被小狼圈了回来，小狼迅速接近，张嘴就咬，好个狐狸，竟然来了个前滚翻，小狼没咬住，腾起一团雪沫，狐狸跳起来，冲向一个直立着的峭壁，突然消失了！

罗明纵马过去，一看，峭壁上有个半米左右的洞口，狐狸情急之下，钻进了洞里。小狼毫不犹豫，也紧跟着钻进去……

在草原上，狐狸在被追逐时，绝不会轻易进洞，因为这等于进了棺材。通常的情况下，狐狸一旦被追进洞里，猎狗就守在洞口等主人过来。猎人会在洞口点起柴草和牛粪，然后往洞里扇烟，一会儿，狐狸就受不了往外冲，被守在洞口的猎狗一口咬住。死活不敢出来的狐狸，通常被熏得窒息而死。一般而言，猎狗也不会进洞，这洞呈细长的圆锥状，狐狸体形小，进洞后会转过身来面对洞口，如果有狗敢进来，越往里空间越小，最后会只有一个脑袋接近狐狸，优势全无，狐狸反倒占了上风。所以，有这个经验的猎狗，只守在洞口，等待主人来处理。显然，小狼还没有这种经验，它紧跟着狐狸钻了进去，罗明在洞口，只能看见小狼的一个尾巴尖儿。忽然，洞里响起了一阵咆哮和撕咬声，小狼迅速退了出来。罗明一看，糟了，小狼脸上被狐狸咬伤了一处，正在滴血……

小狼退出洞来，盯着洞口眉头紧锁，看得出它在紧张地思考对策。它第一次受到攻击，负伤，不仅没有胆怯，反倒激起它的狂怒。眼瞅着小狼脖子上的毛竖了起来，随着一声低沉的咆哮，小狼再次进洞。这次它接受了教训，进去半个身子后开始用爪子拼命地抓挠，扩大洞的直径。它简直是天生的工程师，竟然上下左右转着刨洞。

这可是草原上的冬天啊，地冻三尺，硬得像石头一样。罗明认为这洞绝对不可能被挖开，大声叫着小狼让它出来，可小狼根本不理。罗明急了，往外拽小狼的尾巴，想把它拽出来。小狼愤怒地回过头来，对着罗明龇牙咧嘴，吓得罗明赶紧松手……

罗明束手无策，他想把狐狸弄出来，但他在半路上，况且又天寒地冻，他既无法挖洞，又找不到东西爬烟，只能干瞪眼。

小狼挖了半天，徒劳无功，只好放弃。

一只漂亮的大狐狸就这样失之交臂了……

21 牛魔王出走

年底白云淖尔又下了两场大雪,地上的积雪已有一尺多厚。人倒不觉怎样,刚宰完牛羊,有的是肉吃,再把屋子烧得暖和一点儿,足以抵御风雪。

牲口可就惨了,尤其是牛羊,没草可吃,都被大雪盖得严严实实。

羊嘴生得小巧,羊蹄也细,它还可以用蹄子刨雪,等地上露出了枯草,再用嘴去啃。它啃得很细,连草根都啃光,这样明年连草都长不出来了。可有什么办法呢?羊只顾眼前能填饱肚子,哪管他明年长不长草呢。就这样一天十几个小时不停地刨啊,啃啊,费尽九牛二虎之力,也只混得个半饥半饱。

牛还不如羊,牛蹄子又粗又笨,牛嘴又大又厚,刨不到草不说,即便刨到一点草,它那厚厚的大嘴又吃不到,只能把露在雪上的枯草吃一些,至于草根连想都不敢想。要选"环保模范",牛可谓当之无愧,因为它吃过的地方,第二年准能长出新草来。

那一年冬天,在大雪的淫威下,可怜的牲畜只能勉强度日,体格壮一点的仅能维持生命,体格弱一点的就一天比一天弱,终于有一天倒下去,再也站不起来了。

眼见牛羊一片一片倒下，牧人心里火急火燎，但束手无策。秋天牧人也打了一些草，各家各户都有，可谁也不敢用。这些草要用来保重点，等母牛母羊下小牛小羊的时候，喂母牛母羊吃一些，以保母子平安。现在谁敢动那些草呢？那些草要喂大宗牛羊，一两天便吃个精光，没了草，母牛母羊下崽的时候，你拿什么喂它们呢？所以现在只能眼睁睁看着牛羊一片一片倒下，那些救命的干草却一根也不敢动。

那一年冬天，红旗大队损失惨重：1000多匹马跑得只剩100多匹，马是无比机灵的动物，一看势头不对，立刻就撒腿"撂杆子"了，一夜能跑出好几百里地，遇到有草的地方才会停住。牛羊就不行了，牛羊似乎只懂老老实实，不懂乱说乱动，眼皮子也浅，守着自己那一亩三分地，就不思进取了。因此那一冬牛羊死得最多，当时红旗大队有2万只羊，死了6000多只；有8000多头牛，死了3000多头。只有骆驼安然无恙，大队有100多头骆驼，一头也没少，这是因为骆驼具有特殊本领，能在恶劣条件下顽强生存。

这只是一个大队的损失情况。一个大队尚且如此，一个公社呢，一个旗呢，一个盟呢？整个草原遭受的损失可想而知。

一天晚上，老天爷又发怒了，北风呼啸，寒流滚滚，想要把草原翻个底朝天。

牧人都连头带脚缩在被子里，动也不敢动。牧人好歹有个蒙古包可以抵御风寒，有套被褥可以保温。草原没有煤，烧饭、取暖主要依靠牛粪、羊粪砖和少量枯柳条子。烧饭是天天必须的，取暖却要斟酌一二，即便数九寒天，哪一家也不敢轻易烧火取暖。原因很简单，牛粪、羊粪砖和枯柳条子都不禁烧，"呼啦"一声着了，还挺旺，可不到三分钟就都变成了灰。你要烧一夜，那得烧下多少去？你辛辛苦苦积攒一年的牛粪、羊粪砖和枯柳条子不够烧五六天的，剩下那七个多月的冬天又怎么过呢？

你也许会说：草原的夜往往零下二三十摄氏度，不烧火取暖受得了吗？受不了也得受，没有办法。

冬天，对人来说也是一道坎，年年要经受一次严峻考验。牧人也有一些取暖方法，北方汉族人一般采取祖宗的老法子，用干柳条子烧炕。但也不敢多烧，取其有点儿暖意就行了。牧人往往睡前烧一炉牛粪或羊粪砖，趁那热乎劲儿赶紧脱衣服钻被窝。三分钟后炉火熄灭，包内的温度渐渐下降，但你已缩进被窝里，捂得严严实实，就什么也不怕了。

像罗明这些北京知识青年，书生气十足，本不是居家过日子的人，不耐烦成天背着粪筐，一点儿一点儿捡牛粪。可烧的本来就少，有时大队给一点儿，有时大叔大婶看他们可怜，也给一点儿。这两年他和阿斯茹照看牛魔王，一块儿起火做饭，巴雅尔每年都给他送两车羊粪砖，但也仅够起火做饭，要想取暖那还差得很远。

那么罗明冬天怎么过呢？一句话：生扛。零下二三十摄氏度，也不生火，全仗着年轻，每天也能吃饱饭，忍忍就过去了。白天还好说，晚上那屋子就跟冰窖一样，一觉醒来，被头上一层白霜，那是自己呼出的气冻的。有一句老话是怎么说的："傻小子睡凉炕——全凭火力旺！"

刚来草原的时候，看见牧人身穿羊皮大氅，足蹬毡靴，臃肿笨拙，像一头北极熊，心里觉得好笑。这些年轻人还没体会到冬天的可怕，身上穿得少而又少，脚上也只穿一双翻毛皮鞋，臭美得不行。后来老一辈人告诉罗明：你现在年轻，怎么都行，一旦落下病根，现在不显，等老了就显出来了。这里上了岁数的人都有腰腿疼的毛病，坐下就起不来，要想站起来，呀呀呀，费老鼻子劲儿了，这都是年轻时落下的病……

人在冬天度日如年，那么牲畜呢？比如牛羊，牛羊把"燃料"供给人类，自己却无权享受，只能在凛冽的寒风中挨冷受冻。羊比牛略强一点儿，羊有牧人为它们搭的圈，在这样恶劣的天气里，羊都紧紧挤在一起，用彼此的体温相互取暖。牛就惨了，它们还享受不到"圈"的待遇，只能站在大野地里，用身体抵御风寒。如果肚里有食还好说，俗话说："肚里吃得饱，等于穿上大皮袄。"但如现在这样，牛吃不到草，御寒的能力不由得大大降低。

寒风一团一团袭来，发出刺耳的尖叫，如刀子一般，想要把你撕成碎片。这一夜不知又有多少牛要倒在地上，再也站不起来了。

白云淖尔边的大草滩上，正有五六千头牛聚集在那里，红旗大队的牛几乎都来了。夏天的时候，这里是水草丰美的乐园，牛也记住了这一点，所以此时它们也习惯性地寻到这里。但乐园已今非昔比，短短几个月时间，这里已由繁花似锦变为冰冷荒芜。草滩上的水已冻成了冰，上面又覆盖了厚厚一层雪，牛彻底失望了。

"哞——哞——"一头老牛又饿又冷，再也忍受不了风寒的阵阵袭击，仰起头发出阵阵怒吼，似乎在发泄心中的怨恨。

一头牛怒吼，另一头牛跟着怒吼，其他的牛接二连三，群起响应，几千头牛的怒吼响彻草原的夜空。谁不又冷又饿，谁不怨气冲天，面对前途茫茫，唯有拼命一吼，哪怕一头倒下。

老天爷越发震怒了，它不允许世间万物对它的权威提出挑战，即使是一丝怨恨也不行。它令风、雪二神严厉惩罚这群牛，风、雪二神不敢怠慢，急速在牛群中穿梭游走，发出刺耳的尖叫，扬起地上的雪，刀子一般袭向牛群。牛群像炸了窝，怒吼变成了哀嚎，大牛哭，小牛嚎，乱作一团。

这个时候牛也许应该求助于人，因为人毕竟是牛的牧者，也是它们的主人。但是牛的哀叫声被西北风的呼啸掩埋了，没有传到人的耳朵里，即便有个别人听到，他们也不愿离开温暖的被窝。人的耳朵不大灵光，私心也重，无非死几头牛而已，阎王叫你三更死，谁敢留你到五更？

听天由命！听天由命！

然而有一个生物，却敏感地捕捉到了牛群的怒吼与哀嚎，它坐不住了，决心有所行动。它就是那群牛的国王——牛魔王。

即便在这个大灾之年，牛魔王仍旧过着养尊处优的生活，因为它是国王。它有一间宽敞的饲养室，可以躲避风雪；有两个忠实的"仆人"——罗明和阿斯茹，每天照顾它的起居；有足够的草料、胡萝卜、高粱米、豆饼供它享用。它和外面那些牛相比,可谓一个天上,一个地下了。实际上它并不知道外面的情况,它还以为外面的牛过得和它一样,幸福得不得了呢。

不过牛魔王有一颗仁慈的心,所以当它听到荒野里那群牛的呐喊时,不由得深深震惊了。

那声音夹杂在西北风的呼啸之中,由远而近,先是怒吼,又变为哀嚎,撕心裂肺。突然又大牛哭、小牛叫。

牛魔王头一扬,将拴在它的角与木桩上的皮条扯断,迈步朝门走去。那门是由一个铁镣链从里面扣住的,牛魔王整天冷眼旁观阿斯茹开门关门,早已烂熟于胸。用角尖轻轻挑开镣链,原以为开门要费点劲儿,因为它那粗大的蹄子不大灵便,谁知门"哐当"一声就被撞开了,狂风扑了进来。它吓了一跳,迈开大步走了出去。

外面,昏天黑地,伸手不见五指,牛魔王沿着饲草基地的沟壑朝那群牛哀嚎的方向走去。风、雪猛一见这个庞然大物,也暗暗吃惊,铆足了劲儿朝它袭来。它无所畏惧,昂起头,挺起宽大的胸膛,鼻子里喷出火焰,迎接风、雪的刀剑一往无前。风、雪且战且退,嚣张的气焰渐渐减弱。当牛魔王走近大草滩时,风好像得到命令,突然一下停住了,漫天乌云散去,现出一轮明月。

牛群也被这天气变化搞得手足无措,原来还要死要活,忽然又风平浪静。没有了风,寒冷也消退不少,不由得使它们心中重新燃起希望。

这时,凭借月亮的清辉,牛群突然发现牛魔王高大的身影,不觉又惊又喜,立即朝它身边聚拢过来。

"哞——哞——"牛魔王吼叫了几声,声震旷野,仿佛在说:"我的子民们,你们想怎么样,我能做些什么?"

"哞——哞——"整个牛群齐声吼叫,仿佛在说:"走,走,这里已没有草,还在这里做什么呢,走,走……"

牛魔王朝饲草基地的方向最后看了一眼,心说:"罗明、阿斯茹,我的小朋友,再见了,谢谢你们长期以来这么精心地照顾我。从此以后能不能再见,只有老天知道了。"

它转过身,迈开脚步,头也不回朝白云淖尔走去。几千头牛跟在它的后面,渐渐消失在黑暗之中……

22 骆驼儿

第二天一早，阿斯茹醒来，立刻发现牛魔王不见了，吓得一哆嗦。急忙去找罗明，两人怀疑，是不是又来了盗马贼，把牛魔王偷走了。两人来到饲养室，侦查了半天，只发现木桩上有一截扯断的皮条缰绳。幸亏牛魔王的大脚印清清楚楚印在雪地上，就顺着脚印找到大草滩。大草滩上的脚印就全乱了，似乎有无数的牛走过，雪地上已经蹚成一条宽宽的路。他们顺着这条路一直找到白云淖尔。

白云淖尔方圆几十公里，已经全冻成了冰，上面覆盖着一层厚厚的积雪，他们从积雪上又找到了牛魔王的大脚印，知道它径直渡过白云淖尔，向南去了。这一下总算稍稍安了心，因为若向北去了，有可能出国，那样找起来会很麻烦；向南去了，好歹还在国内转悠，它能跑到哪儿去呢？

回去以后，罗明和阿斯茹赶紧找巴雅尔汇报情况，说牛魔王又不见了，这一回恐怕与盗马贼无关，是它自己走的，穿过白云淖尔，向南去了。

巴雅尔说牛魔王是不是有点儿傻？放着遮风避雨的屋子不住，干草、高粱米、胡萝卜不吃，跑出去做什么？外面到处都是雪，雪压着草，饿死了多少牛羊，是那么好玩的吗？往南走好，跑不远，过了白云淖尔就是沙窝子，上回牛魔王被偷走时，在沙窝子朝鲁那儿住过一阵子，和牛群里的母牛混得很熟，这一次兴许又去那里了。

罗明说："牛魔王还是个情种呢。"

阿斯茹说："牛魔王好歹是一国之君，还不至于那么没出息吧？"

巴雅尔说："一国之君怎么啦，一国之君就能免俗吗？"

正说着，有几个浩特的牧民来找巴雅尔，说他们浩特的牛群不见了，也不知跑到哪儿去了，只剩下三十几头母牛还没走。

巴雅尔说："母牛没走就好，要是母牛也走了，咱们连奶茶都喝不上了。"

有牧民说："没犊子的母牛也都走了，有犊子的想走也走不了，它还得奶犊子呢。"

罗明说："这就是母爱了，天底下唯独母爱最伟大。"

不大工夫，又有几个浩特的牧民来找，说他们的牛群也不见了。巴雅尔一看，已经有近十个浩特的牧民来找，估计其他浩特的情况也是如此，大队的牛全走了。走得好啊，这里已没有草，不走等着饿死吗？他说："看来牛魔王是跟着牛群走了。"

罗明说："别的牛是饿走的，牛魔王又不缺吃的，它为什么要走？"

巴雅尔说："牲畜都没有脑子，就爱随大溜，一个走了，其他也都跟着走。就算前面是悬崖，想也不想，看也不看，稀里糊涂就跟下去了。"

阿斯茹说："就算走也是牛群跟着牛魔王走的。"

巴雅尔说："那牛魔王的罪过可就大了……"

罗明和阿斯茹忙问："为什么？"

巴雅尔说："要真是牛魔王把牛群带走的，牛群若没有闪失，问题还不大，若死伤太多，损失惨重，牛魔王能不担责任吗？"

说到这里，巴雅尔坐不住了，备马去了大队部，连夜派了几个人去找牛。巴雅尔觉得还是把牛找回来，掌握在自己的手中才安心。无非是多死几头牛,遇到这么大的雪灾也在所难免。

又过了几天,外出找牛的人陆续回来了。说没找到牛,也没打听到牛魔王的消息。这一次他们外出骑的是马,原以为马的脚力快,但马也吃不上草,饿得瘦骨嶙峋,加上在雪地里跋涉,格外吃力,根本走不远,所以他们只在沙窝子里转了一圈就回来了。

巴雅尔说:"马是不行了,看来得骑骆驼!"

他决定召开队委会,因为不仅要找牛,还要找马,要讨论一下马、牛跑的方向,都派谁去,做必要的准备工作。当时没有电话,全凭人骑马去通知,等委员都到齐了,又耽误了好几天。

罗明和阿斯茹心急如焚,从牛魔王失踪到如今,已有七八天过去了,按保守估计,就算它每天吃吃走走,恐怕也走出几百里地了,再耽误几天,就不知它能走到哪里去了?更为重要的是,万一出点儿什么差错,伤了、病了,或倒在了路上,那可就是一辈子的遗憾了。

牛魔王就像他们的孩子,感情太深了。

罗明向巴雅尔主动请缨去找牛魔王,阿斯茹也要去,说陪他一块儿去,罗明嫌她岁数小,说还是待在家里等他的消息。

阿斯茹说:"还小啊,都17岁了,我阿妈17岁都嫁给我阿爸了。"

乌兰在一旁说:"18岁。"

阿斯茹说:"18岁不是虚岁吗?实岁还是17岁。"

巴雅尔对罗明说:"你嫌阿斯茹太小,那你今年有多大?"

罗明说:"实足23岁。"

"这个天你出过远门吗?"

"没有。"

"这个天最要命,是会死人的!我的意见:你们俩都不要去,老老实实猫在家比什么都强。"

两个年轻人哪儿懂得死的滋味儿,都以为巴雅尔吓唬人,仍坚持要去,罗明说:"别人去了,就算找到牛魔王,也不见得能把它弄回来。我去了,它兴许还能跟我回来。"

巴雅尔沉思半晌，说："去一趟就去一趟，不过不能走远，只在沙窝子转一圈就回来吧。"

罗明说："阿斯茹还是不要去了。"

阿斯茹说："为什么？"

"你没听你阿爸说：会死人的！"

"真要遇到意外，谁死谁活还不好说呢。我从小长在草原，抗寒冷的能力不比你强？"

乌兰说："别死啊活啊说这些不吉利的话。"

巴雅尔说："要去就一起去，要不谁也别去。万一遇到点情况，两个人也好有个照应。"

罗明就叫巴雅尔开个便条，好去抓骆驼。巴雅尔从小笔记本上撕下一页，竖写两行字，意思是命骆驼倌挑两匹好骆驼，给罗明和阿斯茹。然后找出他的印章，对着嘴哈了半天气，盖在便条上。在这个大队的范围内，他这个党支部书记的印章就跟皇帝老儿的玉玺一样好使，谁敢不遵旨照办呢？

第二天一早，罗明和阿斯茹骑上马去抓骆驼。阿斯茹仍旧骑她那匹小红马，罗明骑他那匹小黑马。

这匹小黑马打马鬃时曾叫罗明吃尽了苦头，但罗明相中了它，死活不肯撒手。后来罗明找人骟了它，小黑马就变得温顺了。

在罗明精心调理下，小黑马茁壮成长，迅速变为一匹人见人爱的好马。俊秀挺拔、腰软、速度快，而且极有耐力。有时罗明也怀疑，他是不是"瞎猫碰上死耗子"，无意中撞到一匹千里马？

阿斯茹嘲笑他说："什么千里马，有本事你去那达慕上赛一回，看它能跑第几，就知道了。"

罗明说："那达慕还早着呢，咱们俩先比一比。"

"比什么？"

"看看咱俩谁的马快？"

"不比，我的马是走马，跑不过你。要不咱俩比走，看看谁的马走得快？"

若比走，小黑马确实比不过小红马，罗明曾请驯马高手调教小黑马，想把它训成白云淖尔独一无二的走马。这样，小黑马既是跑马，又是走马，如果再能日行千里，岂不是一匹宝马？

罗明私下忖度，小黑马若在他的培养下成为一匹宝马，不啻是他来草原的最大成就。可惜那匹马心气太高，不耐烦走，没走两步就跑了起来，拽都拽不住，使罗明的成就感一落千丈。

此时此刻小黑马走在雪地上，精神状态极佳，不安分地腾动着四肢，想要跑起来。罗明使劲儿拽住它，不敢让它在雪地跑，一来雪地太滑，二来雪地看上去平坦，但不知下面有没有坑洞之类的陷阱，万一小黑马在跑动中一脚踏空，崴了脚踝，有可能是一辈子的事。

在这个大灾之年，小黑马和小红马与别的马不同，依旧膘肥体壮，精气神十足。原来罗明和阿斯茹暗中"克扣"牛魔王的草料，偷偷给那两匹马开"小灶"，你想，那两匹马能不壮实吗？

两人说说笑笑走了三个多小时，走出四十多里地。这里人烟稀少，已不见一个蒙古包，也不见马、牛、羊等牲畜。唯见一望无际的白雪，大自然向他们展开了怀抱，天地间仿佛只有一男一女两个年轻人和一黑一红两匹马。空气格外新鲜，天格外蓝，阳光格外耀眼，但也没有丝毫热量。

面对如此大好河山，岂可无诗，罗明看看小黑马，不由得想起杜甫的一首诗《房兵曹胡马》，吟道："胡马大宛名，锋棱瘦骨成。竹批双耳峻，风入四蹄轻。所向无空阔，真堪托死生。骁腾有如此，万里可横行。"

阿斯茹说："罗明哥，你说什么呢？"

"我背唐诗呢。"

"那你教我背呀。"

"好啊，以后你一天背一首，一年就会300多首了。现在虽然不开学，可要会几百首唐诗，档次也能提高不少。"

"那你会背几首？"

"1000多首吧。"

"吹牛。"

"吹什么牛，要不我现在就开始背，你给我数着。"

阿斯茹忽然说："快看，骆驼！"

罗明顺着她手指的方向望去，远处果然有几头骆驼，不由得疑惑说："不是骆驼群吧？"

"骆驼群肯定就在附近，咱们进前瞅瞅。"

两人策马朝骆驼走去，越走越近，已经能看清一共有10头骆驼，站在那里雕像似的一动不动。忽然一头雄壮的骆驼转身朝他们走来，探头探脑，像要欢迎他们一般。

阿斯茹一下勒住了马，紧张地说："好像是儿骆驼！"

罗明还没意识过来，说："哪呢？"

"你看它脖子上一圈黑毛，肯定是儿骆驼！"

罗明这才醒悟，吓出一身冷汗。

儿骆驼即雄骆驼，平时与一般骆驼无异，但到发情的时候就变成了魔鬼。

为争夺与母骆驼的交配权，儿骆驼之间往往大打出手，撕、咬、踢、撞，无所不用其极，非要拼个你死我活不可。直到一方被打败，落荒而逃，战斗方告一个段落。

胜者就成为母骆驼的主人，平时它把这些母骆驼视作私有财产，圈在一起，严加看管，防止它们红杏出墙。这就保证了这些母骆驼怀孕生子，百分之百都是它的子女。

这期间若有哪个儿骆驼不服气，上门挑战它的地位，又一场你死我活的大战在所难免。在此期间，儿骆驼往往伤痕累累、鲜血淋漓，有的甚至因伤势过重而倒地不起，为此献出了生命。从生物学的角度考虑，雄性之间残酷的争斗是十分必要的，能够保证最强的基因流传下去。幸亏儿骆驼的发情期也就二十天到一个来月，过了这段时间，儿骆驼们又由"情敌"变为"兄弟",恢复了手足之情,相安无事了。

在动物界,雄性为争夺交配权的争斗司空见惯。食草动物如马、牛、羊、驼,食肉动物如狮、虎、狼莫不如是。伴随这种性欲的争斗,动物们往往派生出一些奇怪的习性,令人百思不得其解。

比如狮子,当一头雄狮打败另一头雄狮,成为狮群首领以后,它要咬死幼狮——败者的子女。据说这是因为母狮只有失去幼狮后才会发情,雄狮为满足自己的性欲不得不采取的措施。且不说这是否符合生物学的原理,单说雄狮咬杀全部幼狮一事,其行为令人发指,残忍、卑鄙、丑陋,令这个"百兽之王"在人的心目中一落千丈。

儿骆驼在发情期间也有一个奇怪的习性,那就是见什么追什么,比如草原最常见的马、牛、羊,它见着就紧追不舍,人也不能幸免。追上以后,就把它压在身子底下,使劲儿揉搓。

所以在冬天儿骆驼发情的时候,牧人就把骆驼群带到偏僻的地方放牧,怕儿骆驼伤人。像今天罗明和阿斯茹送上门来,又真遇到儿骆驼,只是一个例外。

罗明和阿斯茹正要拨马走开,忽然看见一头较小的骆驼,朝那只雄壮的大儿骆驼扑去,两头骆驼转眼间就斗作一团。原来这也是一头儿骆驼,只不过个头小一些,更为年轻而已。起初它走在大儿骆驼后边,若无其事,趁其不备,突然朝它屁股咬了一口。大儿骆驼被激怒了,回身朝小儿骆驼扑去,两头骆驼撕打起来。那头小儿骆驼显然是要挑战大儿骆驼,取代它的地位。

两头儿骆驼都使出浑身解数,撞、咬、踢、踹,为交配权以死相搏。那头小儿骆驼太嫩,不是大儿骆驼的对手,打着打着就败下阵来,仓皇逃走,大儿骆驼腿部也受了伤,见它逃走,就停下不追了。但小儿骆驼贼心不死,突然朝大儿骆驼反扑过去,两头儿骆驼又撕咬在一起,直斗得天昏地暗。小儿骆驼还是不行,又败下阵来……

罗明和阿斯茹瞧得过瘾,不由得催马向前,想再走近一些瞧个仔细,谁知惊动了那头小儿骆驼,它已杀红了眼,正不知找谁出气,一眼瞧见罗明和阿斯茹，怪叫一声，朝他们追来。大儿骆驼不想放过它，也随后追来。罗明和阿斯茹见两头儿骆驼都朝他们这边追来，打马便跑。此时已顾不上马踩空不踩空、伤不伤脚踝了，只恨马没长八条腿，不能飞上天。

跑了一段路以后，回头一瞧，坏了，两头儿骆驼仍紧追不舍。这也是动物的习性，你不跑它不追，你一跑它就追得欢了。其实大儿骆驼是追小儿骆驼，但罗明和阿斯茹哪里知道，还以为两头儿骆驼都是冲他们来的呢。

罗明和阿斯茹只得打马快跑，又跑了一阵，马已经不行了，大口喘气，浑身大汗淋漓。再看那两头儿骆驼，仍旧不慌不忙，不紧不慢，似乎心里很淡定。罗明和阿斯茹心里明白，在草原上马是无论如何也跑不过骆驼的。马虽然快，但跑几里地就慢下来了，后劲不足；而骆驼极有耐力，跑几十里地全不当回事儿。所以不管一开始彼此的距离有多远，骆驼迟早是能追上马的。

眼下要是能找到一处人家，就算得救了，可举目四下一望，不见一个蒙古包，也不见一缕炊烟，唯有茫茫白雪，坦荡无垠……

罗明和阿斯茹心都凉了。

"阿斯茹，别怕。"罗明说，"我带有骆驼棒，等它们追上来，就和它们干一仗，以咱们两人之力，不信干不过它们！"

阿斯茹说："等它们追上来还了得，还是跑吧！"

跑，只有跑，明知跑不过儿骆驼，可还得跑，除此之外还能干什么呢？

两人回头再瞧儿骆驼，发现它们已越来越近。

两人死命打马，小黑马、小红马受到刺激，狂奔了一段距离以后，又跑不动了。两匹马似乎感觉到主人绝望的心情，拼死效力，已达极限。虽然也在奔跑，但速度越来越慢。

马已经指望不上，希望越来越小，罗明和阿斯茹深感无能为力，不由得被一种巨大的恐惧所笼罩。眼睁睁看着灾难一步一步临近，而你却无能为力，真叫人欲哭无泪，万念俱灰。

罗明对自己说：沉住气，千万沉住气。难道两个人真要丧身又蠢又笨的儿骆驼脚下？

儿骆驼被激怒了，发出狂野的怪叫。吓得罗明和阿斯茹一颤，仿佛儿骆驼就在脑后。

赶忙回头瞧时，发现儿骆驼离他们更近了，它们那狰狞的模样已经瞧得一清二楚：红着眼，张着嘴，口吐白沫，贪婪地朝他们奔来，越奔越近……两个年轻人吓得肝胆俱裂，现在他们跑也不是。不跑也不是。依罗明的意思，明知跑不脱，不如干脆停下来，以逸待劳，等待儿骆驼到来，跟它们干一仗。但他底气不足，不知道狂怒的儿骆驼是什么样子，他能否抵挡得住。如果儿骆驼三下五除二就把他们解决掉，压在身子底下，使劲蹂躏一番，那一切就全完了……

跑吧，还是跑吧，罗明和阿斯茹又打马向前跑去。罗明极为后悔出门没有带枪，如果有枪，他还怕儿骆驼吗？枪，也许是他在这个紧急关头唯一的念头。

前面有一道沙梁，他们跑到沙梁一侧。沙梁有三丈多高，暂时挡住了他们和儿骆驼彼此的视线。也许儿骆驼看不见他们就不追了，也许儿骆驼看不见他们反而会加快脚步……罗明心乱如麻，一时竟不知如何是好了。

这时在他们面前出现了两条路，一条贴着沙梁往前的主路，另一条从左边插下去的岔路，虽然路已被雪盖住，但依稀可辨。

现在必须当机立断，走哪一条路？

阿斯茹说："咱俩分着跑吧……"

"两头儿骆驼呢。"

"兴许它们只追一个……"

"要追上你怎么办？"

"追上我没关系，那你不就得救了！"

"不行，要死也得死在一起！"

说着罗明拨转马头，朝左边岔道跑去，阿斯茹紧随其后。

选择岔道是一步险棋，完全凭直觉，因为如果儿骆驼也沿岔道追下来，那就只有最后一招：拼死一战！

两人跑出二里多地，小儿骆驼也追到沙梁边。转过沙梁，这头又傻又笨的儿骆驼犹豫也没犹豫，沿着左边的岔路一直追了下来。昂着头，一边跑，一边叫，步伐矫健，颇有点不达目的誓不罢休的劲头儿。

罗明之所以选择岔道，虽然当时来不及细想，但仓促中他也意识到一点，那就是主道向上，而岔道向下。初似不显，所以儿骆驼转过弯，看见罗明和阿斯茹在前面，就沿着主路一头追了下去。谁知越追彼此间的距离越大，跑过一段路以后，彼此间就像隔着一道鸿沟。儿骆驼即便想掉头追罗明和阿斯茹，也已经来不及了。

谁知小儿骆驼有如神助，一下就选对了路径，将两个年轻人置于绝境。

罗明长叹一口气，知道已面临生死关头。见前面有一个小枯树林，就和阿斯茹下马，将马赶到树林里，找了一处枯树较多，根杈较密的地方，对阿斯茹说："一会儿紧紧跟在我后面，千万别离开我！"阿斯茹点点头，两眼充满了泪水。罗明握紧骆驼棒，做好战斗准备。

说话间，小儿骆驼已经追到他们面前，嘴里吐着白沫儿，愤怒地乱叫，两眼因情欲得不到满足而充满邪恶，它朝罗明一口咬去，罗明一边躲避，一边用棒子敲它的嘴，但罗明穿着大氅，转动很不灵便。小儿骆驼突然一嘴咬住了罗明的大氅，阿斯茹看见，奋不顾身向前抢夺，小儿骆驼又一口咬住阿斯茹的大氅，死命往外拽，试图将阿斯茹掀翻在地。罗明举起骆驼棒照它嘴上狠狠一下，小儿骆驼怪叫一声松了口，恼怒地往前冲了几步，压倒一片枯树枝，罗明抓住阿斯茹忙向后退去，心说多亏这些枯树的树杈，要不小儿骆驼早冲上来，把他们压倒在地，为所欲为了。

忽然远处传来几声怪叫，罗明转过头去，看见那头大儿骆驼也顺着岔路追了下来，两头骆驼都选对了路径，不由得让人对它们的智商刮目相看，但是对罗明和阿斯茹来说，无形中又增大了压力。一头儿骆驼尚且对付不了，何况是两头！

　　罗明暗道：莫非今天真要死在儿骆驼手里，不是被它撕成碎片，就是被它碾成肉酱。

　　谁知情况突然有变，那头小儿骆驼看见大儿骆驼凶神恶煞追来，急忙放弃罗明和阿斯茹，转身慌忙逃走，大儿骆驼也急急追去，竟没顾上罗明和阿斯茹。

　　两头骆驼一前一后，越跑越远，逐渐不见了踪影。

　　罗明两腿发软，一屁股坐在地上，半天也站不起来……

23 朝鲁、乌日娜话当年

罗明和阿斯茹骑着骆驼上路。

这两头骆驼是巴雅尔叫骆驼倌送来的,又温顺,又壮实,两个驼峰高高耸立,坐在中间既安全又暖和。据骆驼倌说,这是骆驼群最好的两头骆驼,走远道万无一失。

罗明和阿斯茹自骆驼群回去以后,把他们遭遇儿骆驼一事告诉了巴雅尔,巴雅尔一听大怒,说这头儿骆驼怎么这样坏,这跟土匪拦路劫财害命有什么区别?等发情期一过,就找人把它骟了,看它还神气什么!

阿斯茹说:"把它宰了吃肉都不多,还等什么发情期过不过!"

"怎么也得等发情期过了,"巴雅尔说,"骆驼群还指着它传宗接代呢。"

"那我们不白让它追得狼狈不堪,差点连命都丢了?"

"儿骆驼惹不起,以后你们躲着它就是了。"

巴雅尔叫乌兰给两个孩子收拾行装,一人一条毡子、一床皮被、一床皮褥,还有一个口袋,里面装一些炒米和奶食,以备他们一时吃不上饭,拿来充饥的。

巴雅尔又找出一个大皮筒子,叫他们带上。

"我不带,"阿斯茹说,"这个皮筒子就是虱子、跳蚤的窝,还不得把人咬死!"

"带上,带上。"巴雅尔说,"到时候你们就知道它的好处了。"

巴雅尔给了罗明十几斤全国粮票、6块钱,以备他们路上遇到公家食堂,可以吃饭。

就这样简单的装备,冰天雪地长途跋涉,不是太寒酸一点儿吗?

但在当时已是尽其所有,倾囊而出了。罗明还特意带了一支小口径半自动步枪,这也是他遭遇儿骆驼后,所得出的血的教训!

骑骆驼不比骑马,马脚力快,骆驼就慢多了。骆驼一般很少跑,只是大步向前走,有耐力是它的长处。但眼下正闹雪灾,骆驼也吃不饱,所以那两头骆驼只要见到草,就低头吃一口。它们吃的草都是些干的,枝枝杈杈,上面长满了刺。这种草牛羊碰都不敢碰,骆驼却甘之如饴。但它老这样低头去吃草,原来一丈多高的头,突然伸到地面去够草,然后又扬起头,人坐在上面,也随之俯仰,分外难受,想勒缰绳又勒不住,行进速度自然就慢了许多。

走了一段路以后,罗明有点儿坐不住了,对阿斯茹说:"咱们还是下来走走吧。"

阿斯茹说:"好啊。"

两人一边往下拽缰绳,一边吆喝:"搔格、搔格……"这是驯骆驼的特殊用语,意思是让它卧倒。罗明那头骆驼很不情愿,"啊、啊"叫着,突然回过头,将一嘴又酸又臭的草沫子朝罗明喷来,罗明躲闪不及,被喷了一脸一身。

骆驼有时也不服人的管教,能反抗也要反抗一下。但缰绳的一头拴着骆驼的鼻子,它再拧也拧不过鼻子一下一下地疼痛,最终它不得不屈服,弯下四肢,跪倒在地上,让人上下。

罗明抱着驼峰下了骆驼,脚一挨地立刻感到针刺般的疼痛,踮着脚轻轻走了几步才好。

阿斯茹牵着骆驼走了过来,刚一走近罗明身边,不由得掩起鼻子:

"你身上什么味儿,又酸又臭?"

"还不是让骆驼喷的!"罗明十分懊恼,低头看看羊皮大氅上骆驼喷的草沫子,都已冻成了冰,用手一抠就掉了,又抓起地上的雪,胡乱洗了几把脸,总算把身上的臭味儿去掉大半。

两个人牵着骆驼走了一段路,把身子走热了,就又骑上骆驼,等两腿发麻,身子感觉有点儿冷时,就下了骆驼靠腿走,大冷天这是一个御寒的好方法。

中午时分,两人走出了红旗大队地界,走进了沙窝子,估计已经走了二三十里的路程。两人也饿了,想找个人家歇歇脚,喝口茶,吃点儿什么。

两人骑着骆驼从高处向四下眺望,想找个蒙古包,但沙窝子里沙梁、沙堆重叠,高高低低,看不远,找了半天竟没找到一处人家。罗明忽然想起王维的诗句:"大漠孤烟直,长河落日圆。"这里"长河落日"虽然没有,但"大漠孤烟"应该不少。就睁大眼睛朝半空望去,但见蓝天白云,水洗过一样,一尘不染。望了半天,也不见一缕炊烟。

两人正找得心焦,忽然隐约听见远处有孩子的哭叫声,就循声找去。找了半天,只听见孩子的哭声,却不见蒙古包。后来他们爬上一道沙梁,才发现下面有一顶黑乎乎、又旧又破的小蒙古包。这个蒙古包选地有意思,四周都是高高的沙梁,像一个大沙坑,蒙古包就建在沙坑的底部。暖和避风是没有问题,但也存有隐患,万一沙梁松动,一阵大风过后,就把蒙古包埋进去了。

两人下了骆驼,牵着骆驼下了沙梁,顺着一条牛车小道走过去,拴好骆驼,走到蒙古包门前。孩子的哭声越发大了,两人敲敲门,没人理会,就推门闯了进去。

包内没有大人,只有两个三四岁大的孩子坐在地上一层薄薄的破毡子上,裸身穿着小羊皮袄、小羊皮裤,敞胸光着脚,包内太冷,孩子是被冻得哇哇直哭。包的四周净是窟窿,透着亮,任凭西北风死命往里灌,又没生火,包里就跟冰窖似的。不要说孩子冻得直哭,再冻一会儿就要冻出病来了。

这家的大人干什么去了?

阿斯茹最见不得孩子哭,忙上前抱起一个孩子,一摸脚腿硬邦邦的,又红又肿,就解开羊皮大氅,把孩子抱在怀里,又把另一个孩子也抱了进来,孩子逐渐不哭了。阿斯茹对罗明说:"你去外面看看有没有牛粪、羊粪砖什么的,烧点火吧。"

罗明走出去,寻了半天才寻到一点儿牛粪,已经被雪盖住,用手刨开雪,从下面拣了一筐干粪,拎回蒙古包。在灶上点起火,牛粪烘烘着得挺旺,蒙古包小,顷刻就热了起来。但牛粪没劲儿,不到两分钟就烧成了灰,蒙古包顿时又凉了下来。罗明也不敢烧了,知道若照这样烧法,就算你节省再节省,外面那点儿牛粪也不够烧一个小时的。

阿斯茹说:"烧点儿茶吧。"

罗明点头称是,看看灶旁的桶里还有半桶水,就提起桶把水倒进锅里。又从靠墙的小柜子里找出一块黑茶砖,这种茶砖一块五斤重,当时只卖四元五角钱。茶砖很硬,罗明找出菜刀对着锅又砍又抠,弄一些碎屑到水里。又往灶底加了几块牛粪,不大一会儿茶就烧开了。罗明先灌了一暖壶,然后找出四个碗,把锅里剩余的茶舀在碗里。

阿斯茹把孩子放了出来,看见小柜旁有一个又脏又腻的小布口袋,伸手抄过来,从里面抓些炒米、酸奶片子放到四个碗里。又找出两个小瓷勺,叫两个孩子喝茶。孩子喝茶吃炒米,小脸转红,笑了起来。罗明和阿斯茹喝了几口茶,身子暖和起来,可肚子更饿了。

忽然一个蒙古族少妇推门走了进来,两个孩子高兴地叫道:"阿妈,阿妈……"少妇也穿着羊皮大氅,用头巾遮住脸,只露两只眼睛。见包内有两个陌生人,不觉一愣,随即问候说:"赛嗒(好吗)!"

阿斯茹也回答说:"赛嗒!"

"从哪儿来?"

"红旗大队。"

"要去哪儿?"

"找牛，没个准地方。"

"你的牛也跑了吗？"

"跑了。"

"我的牛也跑了，这不，找了一上午也没找着。"

"来，喝碗热茶吧。"阿斯茹拿暖壶往自己碗里倒一些茶，推给少妇，大大方方，好像她是主人，少妇反成了客人。

那少妇脱去羊皮大氅，揭开围在脸上的头巾，蹲在小桌旁喝茶。罗明瞟了她一眼，吃了一惊，眼光再也离不开了。看她的身形还是个年轻人，可头发枯干，满脸皱纹，面有菜色，岁月劳苦的痕迹过早地写在了她的脸上。

少妇也感觉到罗明在打量她，问阿斯茹："他怎么不说话？"

"他蒙古语还不行。"

"是你的对象吗？"

"不是，是北京知识青年，"阿斯茹脸一红，"我们一起找牛。"

少妇一听是北京知识青年，忙说："还没吃饭吧，我这就做！"

阿斯茹说："你煮点儿肉骨头就行了。"

谁知问题马上就来了，桶里一点儿水也没有了，少妇出去找牛，也是为了拉水，营盘距他们吃水的井二里多地，没有牛就一点儿招也没有了。

没有水连肉骨头也吃不成，罗明有一种遗憾的感觉，突然灵机一动："没有水没关系，外面不是有雪嘛。"

"雪能吃吗？"长这么大阿斯茹可从来没吃过雪。

其实罗明也没吃过，但他知道雪是水变的，学的一点知识终于派上了用场。遂拿一个脸盆，出到外面，拣一个干净雪厚的地方，装了冒尖一盆雪，端回蒙古包，倒在锅里。

少妇在灶底加几块牛粪烧起火，几双眼睛都盯着锅里的雪，要看它怎么化成水。不大工夫那雪一点儿一点儿融化，最后全变成了水。只是满满一锅雪只融化成少半锅水，罗明又出去端回一大盆雪，才勉强凑够多半锅水。

少妇拿勺舀水尝了一口,笑道:"一点儿也不咸。我没找到牛,一直为拉水发愁呢,这下可好了,有雪也能对付一阵子了。"

罗明说:"雪其实比水还干净呢。"

阿斯茹说:"为什么呢?"

"上回咱们饲草基地掏井,掏出多少脏东西,什么牛粪、羊骨头、死猫,还有女人的例假纸……那样的水你不也一样喝?雪就不同了,雪是由地上的水蒸发到天上,又落回地上,没什么污染。"

罗明又对少妇说:"我看你的牛粪不多了,要想把雪化成水可费烧的了。"

"没事儿,我还有一圈羊粪砖,一半天我把它起出来就是了。"

少妇出去拿回几块羊骨头,放到锅里,加火煮起来。不到十分钟,锅就开了,少妇随即把骨头捞到一个盆里,罗明看见上面还带着血丝,就说:"你倒是多煮一会儿呀!"

少妇说:"再煮可不行,吃了不容易消化。"

"搁盐没搁盐?"

"搁盐就更不容易消化了。"

少妇把盆端到小炕桌上,招呼大家吃肉。这其实就是蒙古草原最常见的食品——手扒肉。阿斯茹和两个孩子踊跃向前,用刀把肉片下来,放到茶碗里,一边喝茶,一边把肉放到嘴里,吃得还倍儿香。到了这个时候,罗明也只好入乡随俗,脱下羊皮大氅,加入进去,吃起带着血丝、没放盐的手扒肉。

少妇拣一块胸叉肉递给罗明,阿斯茹手快,一把抢了过去。少妇说:"我那是给他的。"

"给他就白瞎了,还不如给我呢。"

"这孩子!"

罗明问那少妇:"怎么不见你那当家的?"

"找马去了。"

"日子过得怎么样？"

"唉，凑合过呗。"

"你这包也太破了，该买几块毡子修一修了。"

"你当是你们知识青年，国家全包了，我们可买不起。"

"不是刚分完红吗？"

"夏天的时候，我们那口子得了一场大病，去盟医院看病，跟大队借了不少钱。年底分红一算账，不但一分钱没分着，还欠大队好几百块钱呢。"

正说着话，那灶台里的火早已熄灭，包里的温度迅速下降，罗明突然打了一个寒噤，接着又连连打喷嚏。忙将脱下的羊皮大氅重新穿起，说："这个包能过冬吗？"

"不能过也得过，"少妇神情黯然，"年年都这样，习惯了。"

罗明心想：大人习惯了，孩子受得了吗？对阿斯茹说："要不把咱们那两块条毡送给她吧？"

"那可不行，"阿斯茹说，"咱们路上还得用呢。"

"反正咱们也得找人家睡觉，条毡可能也用不着。"

"也是，那就送给她吧。"

两人出了蒙古包，从骆驼身上解下条毡，拿回去送给少妇。

"这我可不敢收，"少妇说，"你们还是自己留着用吧，在路上不比在家，万一你们没找到人家，要在野外宿营，没有条毡可怎么办？"

"这种情况不能说没有，"罗明说，"但也很难碰上一回。"

少妇见两人坚持要给，也就不再推辞了。罗明和阿斯茹帮她把条毡补在窟窿多的地方，但窟窿实在太多，补不胜补，罗明又去拿了一床皮被，也补上。

阿斯茹笑骂他是"败家子"，罗明说："救命要紧。"

经过这样一番收拾以后，包里立刻显得暖和多了，至少罗明感觉如此。

"今天可真遇见好人了，"少妇笑容满面，刻满皱纹的脸也光滑了许多,"你们今天就在我这儿住吧,我给你们做点好吃的。"

罗明倒无所谓,阿斯茹却不愿意,说还要赶路,问少妇:"朝鲁的营盘离这儿有多远?"

"不远,也就十来里地吧。"

"天也不早了,咱们动身吧,天黑之前也许还能赶到朝鲁那儿。"

罗明和阿斯茹系好羊皮大氅的扣子,扎好腰带,戴上帽子,走出蒙古包。少妇送了出去,为他们指明朝鲁营盘的方向,说:"回来时一定到我这儿坐坐,别忘了。"

"忘不了。"

两人骑上骆驼,朝着少妇指明的方向慢慢走了下去。这一路罗明心事重重,沉默不语,阿斯茹几次和他搭话,他都爱搭不理。

"怎么啦?是不是你要住我要走,你有点儿不高兴了?"

"没有。"

"那个女的热情倒是蛮热情,就是那张脸像个老太婆似的,况且包里又破又冷,住个什么劲儿呢。"

罗明没说话,依旧想他的心事,他想:这么多年了,牧民的日子怎么还是过得这么苦呢?他又想起唐代诗人杜甫的一首诗《茅屋为秋风所破歌》,诗很长,已经记不全了,但最后几句他还记得:"……安得广厦千万间,大庇天下寒士俱欢颜,风雨不动安如山。呜呼!何时眼前突兀见此屋,吾庐独破受冻死亦足!"

两人走了十来里地。天也渐渐暗了下去,只是前面仍不见蒙古包的踪影。两人开始焦虑不安,一个劲儿催打骆驼,想让它们快走,好趁天黑之前,能寻一处归宿。可骆驼哪能理解他们的心情,依旧不紧不慢,一步一步往前走,真急死人了。突然,仿佛有人拉下了一块幕布,天全黑了,伸手不见五指,两人的心也一下沉了下去。

"阿斯茹,"罗明喊,"我看不见你了!"

"在这儿呢。"

阿斯茹引骆驼靠了过来,两人并排走在一起,腿挨着腿,罗明才感觉到她的存在，心里踏实许多。

两头骆驼挨得太近却不行，立刻产生纠纷，你拿头撞我一下，我拿头撞你一下，两个头抵在一起，相互较劲儿。罗明和阿斯茹急忙扯缰绳，将两头骆驼分开，随即又并在一起，不敢分得太远。

"我说住一晚，你非要走，"罗明埋怨道，"这下可好了，找不到蒙古包就得住大野地了。"

"我说不能给你非给，没有条毡怎么住大野地呢？"这话阿斯茹没敢说出口，怕罗明发火。

正当两人彷徨无计之时，罗明突然发现前面有灯光一闪，旋即又灭了。他以为是自己眼花，问阿斯茹："前面好像有灯光一闪？"

"做梦吧，"阿斯茹说，"我怎么没看见。"

说话之间前面的灯光又一闪，接着闪了两三回，好像有人打手电筒，这一下阿斯茹也瞧见了，不由得兴奋地叫道："有人家！"

两人踢骆驼朝闪光的方向走去，走着走着骆驼突然站住了，周围响起一片喷嚏声，似有警告意味。两人明白是来到了营盘，有一群牛卧在地上。

两人下了骆驼，牵着骆驼小心翼翼往里走，有的牛站起身往后退去。两人摸到拴马桩拴好骆驼，也瞧见了蒙古包小窗口露出的一豆灯光。对大草原冰天冻地走夜路的人来说，这一豆灯光犹如救命菩萨一样，让人从心里感到暖和。

罗明和阿斯茹走到蒙古包前，敲敲门，也不等里面回答，就推门进去。里面的人先是一愣，等看清是谁，不由得惊讶地说："阿斯茹，你怎么来了？"

正是朝鲁和乌日娜。

朝鲁的包很热，罗明和阿斯茹顿时感到受不了，脱去羊皮大氅，又脱去棉袄和绒衣，只穿一件单裤。

"还没吃饭吧？"乌日娜给两人倒茶，"我们刚好煮了肉骨头。"

"中午就吃的肉骨头，"阿斯茹说，"你给我们煮点儿面条吧。"

乌日娜答应了，找盆和面。阿斯茹问朝鲁："叔，牛魔王又跑你这儿来了吧？"

"没有，难道牛魔王又丢了？这可不怨别人了。"

"那怨谁呢？"

"上一回怨盗马贼，这一回天这么冷，盗马贼肯定不会来。牛魔王住牛舍，整天锁着门，还派两个大活人看着，你说怨谁？只能怨你们自己！"

朝鲁说得有理，两个年轻人也无从辩解。"牛魔王是跟大队的牛一块儿走的，"阿斯茹又说，"您估计它会走到哪里去呢？"

"无非东盟、西盟，那边的草比这边好。"

"老天爷保佑我们能找到牛魔王！"

"恐怕凶多吉少。上一回是凑巧了，盗马贼嫌牛魔王太慢，不愿带它走，恰巧让我碰上了，给盗马贼几个钱把牛魔王留下了。这一回它还会那么走运，遇见像我这样的人？"

"天底下还是好人多呀。"

正说着，乌日娜把面条煮好了，罗明和阿斯茹每人痛快喝了两碗，直喝得满头大汗。阿斯茹擦汗，把鬓角往两边抿抿，脸红扑扑的，越发显得俊秀。

"瞧阿斯茹，模样都出来了。"朝鲁叹息说，"要是当年巴雅尔和托娅成了，那阿斯茹还不定多漂亮呢！"

"我现在还不够漂亮吗？"

朝鲁没说话，乌日娜骂他："为老不尊，当着孩子的面，说那些陈谷子、烂芝麻的事儿干吗？"

"托娅不就是三宝的老婆吗？"罗明说，"人我倒是见过，要说漂亮恐怕也未必。"

"你们知识青年都什么眼光。"朝鲁不乐意了，"现在是老了一点儿，当年可是白云淖尔第一大美人呢。"

"莫非巴雅尔和她还有一腿，当年两人怎么没成呢？"

"唉，说来话长……"

朝鲁正要搬话匣子，忽见乌日娜杀鸡抹脖子似的给他使眼色，不由得气道："你什么意思，不让我说话是怎么地？"

"不说也罢，别让阿斯茹听了不高兴。"

"我无所谓，你们愿意说呢我就听着，你们不愿意说呢我也没意见。"

"你倒蛮大方的。"

关于巴雅尔和托娅那一段往事，在白云淖尔一带是尽人皆知。虽然也有人说三道四，但大多数人都为这一对情侣最终未成眷属而扼腕叹息。俗话说婚姻是爱情的坟墓，如果两人成了，无非就是一段婚姻，生儿育女，整天围着锅台转，倒没什么意思了；正因为没成，反而成了一个永久的话题。

阿斯茹倒听人说起过阿爸年轻时的这一段经历，但影影绰绰，不甚详细。唯一确知的是三宝家有她一位同父异母的哥哥。

她很好奇，有一种孩子式的冲动，想要见这位哥哥一面。据说这位哥哥长得清秀俊逸，尽得托娅身上的优点，她就想要是当年阿爸和托娅阿姨成了就好了，那样生下她来就更漂亮了。

可生下来的那个人会是我吗？显然不是，而是另一个人，那我在哪儿呢？后来她想我就是我，我是巴雅尔和乌兰的孩子，是他们给了我生命，让我来到这个世界上。我要感谢也只能感谢巴雅尔和乌兰，世上我的两个最亲的亲人！

至于托娅，她再漂亮又怎样，跟我有什么关系？

两个年轻人并不忌讳聊聊往事，朝鲁和乌日娜也谈兴正浓，就把当年巴雅尔和托娅的恋爱故事说给年轻人听，一唱一和，说得有滋有味。但他们这个故事只到托娅告别巴雅尔回家就戛然而止，没了下文。

"完了？"罗明问。

"完了。"乌日娜回答。

"怎么完了？"

"下面的事你们也都知道，托娅嫁了三宝，巴雅尔娶了乌兰，再往下阿斯茹也来到了这个世上……"

"巴雅尔和托娅的爱情既然那么缠绵悱恻，带有传奇色彩，"罗明说，"为什么他们最后没成呢？"

"不知道。"

24 白毛风

关于巴雅尔和托娅爱情故事的结局，白云淖尔草原流传着两种说法：

一是巴雅尔身为党员，在公与私的问题上要有所选择，所以在乌力吉的劝说下，为维持互助组的发展，忍痛断绝了与托娅的关系。

二是托娅羡慕三宝比巴雅尔有钱，在父母的催逼下，抛弃巴雅尔嫁给了三宝。

这两种说法朝鲁和乌日娜都不相信，他们说：巴雅尔和托娅绝不是那种无情无义的人，尤其是托娅，也绝不是见钱眼开的人。

"我和托娅从小一块儿长大，是最知心的朋友。"乌日娜说，"她是那种爱一个人即便跟着他吃糠咽菜也心甘情愿的人。"

罗明说："可她最后还是嫁给了三宝。"

乌日娜语塞，半晌她说："两个人的事儿难说，就算爱得死去活来，最后也不一定能成夫妻。说句迷信的话，冥冥中老天爷自有安排。"

"老天爷还管这些闲事？"

"老天爷手下有个月老，专管人间婚姻的事，他手里拿着红线，把这两人拴在一起，这两人就成夫妻；他不把那两人拴在一起，那两人再好也成不了夫妻……"

罗明受的教育是"无神论",所以他根本不信老天爷、月老这一套。

"比如说你吧,你在北京待得好好的,干吗大老远好几千里地跑到草原来呢?北京什么样的姑娘没有,你不找,偏偏来找阿斯茹,这不就是月老千里姻缘一线牵吗?"乌日娜说。

"婶儿,你怎么说着说着又说到我身上来了?"阿斯茹娇嗔道,"我和罗明哥只是工作上的关系。"

"我只是打个比喻。"

"再说我才多大呀。"

"你今年多大?"

"我今年才17岁。"

"17岁就不小了,要搁过去早就结婚生孩子了。你知道公社的大达木登吗?"

"不就是公社的那个秘书嘛。"

"他的阿妈就是我们大队的老布斯玛。老布斯玛13岁怀的大达木登,一天去河边挑水闪了腰,就把大达木登生在了草滩上。这孩子还不足月,人家都说活不长,结果不但什么事儿也没有,反倒长得肥头大耳,一脸福相,要不怎么能在公社当秘书呢。"

四个人天南地北地聊了一通,聊累了就吹灯睡觉。朝鲁和乌日娜靠右边睡,罗明和阿斯茹靠左边睡,中间隔出一段距离。

两个年轻人也没脱衣服,把棉袄卷成一团权当枕头,羊皮大氅往身上一盖就睡了。

第二天一早,罗明和阿斯茹辞别朝鲁和乌日娜,骑上骆驼又踏上征程。

他们依旧往南,一直深入东盟、西盟。像两只没头的大苍蝇四处乱撞,逢人便打听,稍稍闻点风,扑点影儿,就急急赶去,结果无非是一场空。

半个月时间转眼就过去了,他们吃不好,睡不好,饱尝天寒地冻之苦，脸上斑驳脱落，黑一块，白一块，紫一块，手和脚都冻了疮。受苦受累不说，问题是牛魔王仍不见踪影，两人不由得有点儿垂头丧气。

这一天两人骑骆驼走在旷野上，罗明只觉胸中一口闷气吐不出来，憋得难受。突然他举起双手，对着苍天大喊一声："牛魔王，你在哪里？"喊完以后他对阿斯茹说："咱们回吧！"

"不找了吗？"

"找什么呀，随它去吧。"

两人掉转骆驼向北走，其实也不一定是北，也许是东，也许是西，总之不是南，南边成了他们的伤心地，再也不想往南走了。

走了半天，不见一个蒙古包。这半个月耗尽了他们的精力，全凭一个信念"一定要找到牛魔王"才坚持下来，现在不找了，立刻感到筋疲力尽，恨不能一头倒下，再也不爬起来了。

这时他们多想找一个蒙古包，好好吃一顿，再美美睡一觉。可蒙古包呢？

两人仿佛走在渺无人迹的旷野中，走了很长一段路，仍旧找不见蒙古包。

天渐渐暗了下去，越走越暗，两人心里开始发慌，但仍存在一个希冀，就像上次在朝鲁和乌日娜营盘前那样，远处有人晃动手电，那样他们就得救了。

天上飘下雪花，越下越大，越下越急。忽然远处传来一股尖锐的哨声，大地起风了。原来还风平浪静，只是有点冷，转眼老天就变了脸色，形成暴风雪，让你猝不及防。狂风卷起大雪狠狠袭来，如刀子一般刺得脸生疼。两人都举起了胳膊，借羊皮大氅的袖子挡住面部，但仍不敢睁眼。

阿斯茹说："白毛风！"

罗明心里一惊，想起老一辈人说的话：千万别遇白毛风，白毛风是会死人的！

两头骆驼也不敢面对白毛风，先是扭头躲避，接着又转身往回走。

罗明和阿斯茹死命扯动缰绳,又踢又打,逼它们掉转方向。骆驼也怒了,晃动着脑袋又踢又跳,差点儿把罗明闪了下去。两人也不敢惹骆驼了,只好让它爱怎么走就怎么走,顺其自然。

有白毛风在后面催促,骆驼走得很快,两人下了骆驼,牵着走。

西北风使劲吹,大雪漫天飞舞,两人被雪裹挟,能见度不足一米,再想寻找远处手电光亮已不可能。

最后的一点儿希望也已破灭。

天完全黑了下来,现在罗明和阿斯茹即使面对面也已看不清对方。两人又冷又饿,也不知该如何应付眼前的危险局面。

走还是不走?走没有问题,但不知走到哪里才是头。不走可不行,待在原地一会儿就冻僵了。

罗明想:只有走,一直走下去,走到天亮,或许还能保住这条小命。但以他们目前的状况看,能否坚持到天亮有很大疑问。

"饿不饿?"

"饿!"

两人从挂在驼峰上的袋子里摸出一个手电筒,又找出乌兰为他们准备的小口袋,从里面拿出一些干肉和酸奶渣,分着吃了。那东西又冷又硬,先得用口水浸湿了,浸软了,然后嚼巴嚼巴囫囵咽下肚去。吃了一些东西以后,饿是缓解了一点儿,冷却没有缓解,反而感觉身上更冷了。

阿斯茹忽然哭了,哭出了声,罗明拿手电照她的脸,只见眼泪一滴一滴滚了下来。

"哭什么?"

"罗明哥,咱们今天会不会冻死在这儿?"

"不会!"

罗明嘴上虽然这么说,心里也为"会不会冻死"烦恼不已。这个季节草原夜里的温度一般在零下三十摄氏度,今天刮白毛风,温度会更低,在这样的温度下他们能坚持多久呢?罗明感觉今天恐怕是在劫难逃，要冻死在大野地里了。

"我冷，浑身都冷。"阿斯茹仍旧眼泪汪汪，"脚也冻僵了，好像没知觉了！"

"别哭，别哭，小心脸也冻了。"罗明说，"过来，让我瞧瞧。"

阿斯茹牵骆驼走了过来，手电光照在她的羊皮大氅上，只见她掉下的眼泪已经冻成了一串一串的冰珠。罗明蹲下身查看她的毡靴，毡靴已经冻硬。罗明知道问题严重，不能掉以轻心。阿斯茹的脚要是冻坏了，不能走路，那他们今天真要冻死在这野地里了。

"把毡靴脱了，我给你焐焐！"

阿斯茹一屁股坐到地上，动手脱毡靴，那毡靴好像粘在了脚上，脱不动。罗明帮忙脱，费了九牛二虎之力，扯下了几小块毡子，才把毡靴脱了下来。一瞧阿斯茹的脚，已经冻得冰冷僵直，一点活奋劲儿也没有了。

罗明忙坐到地上，解开大氅的扣襻儿，把她的两只脚抱进怀里。

"你的裹脚布哪去了？"

"这几天老走路，裹脚布又脏又臭，我把它扔了。"

"又脏又臭怎么啦，你这不是把自己害了吗！"

阿斯茹不说话了，沉默了一会儿，罗明提议："咱们唱支歌吧。"

"我还饿着呢，哪有心情唱歌。"

"饱吹饿唱嘛。"

罗明唱道："茫茫大草原，路途多遥远。有个马车夫，将死在路边……"

罗明唱着唱着就唱不下去了，只觉上眼皮与下眼皮打架，睡意渐渐袭上心头。他想稍稍放纵一下自己，闭上眼睛眯瞪一会儿，就一会儿……

忽然骆驼打了几下响鼻，不安地挪动脚步，扯动罗明手里的缰绳，一下子把他惊醒。仿佛有一个声音对他说：不能睡，千万不能睡！

他使劲儿睁开眼睛，叫了一声："阿斯茹！"

阿斯茹没有答应，罗明打开手电一瞧，阿斯茹躺在雪地上，用胳膊遮住脸，似已睡去。

罗明打她几下，又叫："阿斯茹，不能睡，醒醒！"

"没睡，只眯瞪一会儿。"声音小得几乎听不清。

罗明打她、摇晃她，把她彻底弄醒。"你的脚缓得怎么样？咱们该动身了。"

"上哪儿去呢？"

"我也不知道，咱们就一直往前走，走到哪儿算哪儿吧。总之不能睡，一睡就起不来了。"

阿斯茹翻身坐起，罗明帮她穿好毡靴，两人牵着骆驼又动身了。只是阿斯茹走起路来一瘸一拐。两人手牵着手，走不到五十步，忽然后面一阵狂风袭来，把阿斯茹拍倒在地。

罗明急忙将她扶起，"怎么啦？"

"脚疼。"

"还能走吗？"

"恐怕走不了，要不咱们再歇一会儿吧。"

罗明只觉浑身一阵一阵发冷，他知道这是刚才坐在雪地上的结果，走一段路就好了。可要是一歇下来，不出二十分钟就会冻僵了。

走也不行，歇也不行，怎么办？

难道今天真要冻死在大野地里？

"不走了，干脆在这儿睡吧。"

"睡？不冻死才怪呢。"

"那你说怎么办？"

阿斯茹不说话了。

罗明感觉现在不是发扬民主的时候，只可独断专行。他是男子汉，岁数也比阿斯茹大，理应由他负起责任。

只是他负得起这个责吗？现在可是生死攸关的时刻，万一走错，后果不堪设想。

罗明打开手电筒朝四周照去，但见雪花飞舞，白毛风丝毫不减。在这样的环境下睡觉，他还是第一次，也许是最后一次了。

"你站在这儿别动，我去那边瞧瞧。"

"瞧什么？"

"看看有没有背风一点儿的地方。"

"不能去，"阿斯茹抓住他的手，死死抓住，"咱们俩要是再走失了，就全完了！"

罗明感觉阿斯茹说的也对，现在还找什么背风的地方，两个人能在一起，不走失，相依为命比什么都重要。

两人也想不出什么好主意，一狠心就在原地宿营算了。

两人先牵过骆驼，令它们卧倒，骆驼虽然很不情愿，但最后还是前后卧倒。这样他们在骆驼一侧睡，骆驼可以为他们挡风。

然后从骆驼身上拿下他们的铺盖，只有两床皮褥、一床皮被、一个大皮筒子，此外还有他们穿的两件羊皮大氅。此时他们才想起那两块条毡和一床皮褥，要是不送人就能派上大用场，后悔也来不及了。

老实说，这几件铺盖完全不够他们两人抵御寒冷，一时间罗明心都凉了，预感今天晚上两人很难逃脱冻死的厄运。

还有多少宏愿没有实现，多少事业没有完成，难道就这样冻死在这荒郊野地？

然而，像羊和牛一样冻死这样的概念，与罗明所信奉的"主义"是格格不入的。他们这一代人所受的教育就是尽人力，不听天命。不低头、不服输是他们为人处世的信条。无论做什么事，都要尽自己最大努力，即便最后不成功，也绝不认命。岂能一开始还没付出努力，就丧失信心，俯首认输呢？

两人商量了一下怎么睡，虽然也发生了一些小小的争执，但很快取得了一致。

依罗明的设想，他们在骆驼背风一侧的雪地上先铺下两床皮褥，再铺下那床皮被。皮被是狗皮缝制而成的，可以防湿防潮，所以铺在下面。然后阿斯茹脱下羊皮大氅铺在皮被上，再把大皮筒子放进羊皮大氅里。阿斯茹迅速脱下衣服，只剩秋衣秋裤，钻进皮筒子里。接着罗明也脱下羊皮大氅，盖在皮筒子上，四下掖边，让两件羊皮大氅尽量合为一体。

"感觉怎么样？"

"你快进来吧，还磨蹭什么？"

罗明也脱去衣服，也只剩秋衣秋裤，只觉冷意袭人，彻骨生寒。此时也顾不上男女授受不亲了，忙钻进皮筒子里，上面用羊皮大氅盖得严严实实。

那皮筒子一个人用还好，两个人挤就显得太小了，两人都侧着身，一动也不敢动，生怕把皮筒子撑开了线。

阿斯茹的牙齿一个劲儿打冷战，浑身哆嗦，罗明也能感觉得到，问她："冷吗？"

"冷！"

罗明的手没地儿搁，就一只手从阿斯茹的脖子下面穿过去，另一只手从上面伸过去，等于把阿斯茹搂在了怀里。

过了一会儿，阿斯茹平静下来，说："罗明哥，你说今天咱俩会不会冻死在这儿？"

"不会！"

"能和你死在一起，我也没有遗憾了。"

"胡说。"

罗明仔细倾听外面的动静，他能听到白毛风仍在咆哮，想来大雪也在下个不停，不大一会儿就会把他们这个窝铺盖住，像个坟堆。

其实他们这个窝铺脆弱得很，意外随时都可能发生。比如他们下面铺的狗皮被，狗皮可以防湿防潮，是不是也防寒呢？如果不防寒，下面的寒气会一点一点侵袭上来，他们越睡越冷，直到冻成冰棍。再如羊皮大氅只是盖在上面，如果被白毛风掀开，冷气灌了进来，他们也无法持久。

要命的是两人中午晚上都没有吃饭，身体本身无法提供热量，只会越睡越冷，光靠皮筒子、羊皮大氅保温是无济于事的。两头骆驼也让人揪心，如果它们扛不住白毛风，起身乱跑，跑得无影无踪，就会给罗明和阿斯茹回家造成很大麻烦。这且不说，即便它们只是四处走动，踩到睡在旁边的罗明和阿斯茹身上，也会带来意外伤害……

一时间罗明想到种种不利，但他感到无能为力，只能寄希望于老天爷的慈悲。他虽然不信老天爷，但事到临头，他也只能屈从于老天爷的安排。

他想这一夜他不能合眼了，以便应付可能发生的意外事件。比如白毛风掀起羊毛大氅，他可以起身抓住大氅，重新盖好。骆驼若有异动，他也可以起身抓住骆驼，再把它们安顿好……

阿斯茹可以睡，自己不能睡，总得有一人保持清醒，或许还能渡过这场灾难。

虽然这样想着，困意却渐渐袭来，他不知不觉合上了双眼……

忽然，罗明感觉身上多处地方奇痒难熬，一下子清醒过来。他也不敢用手去挠，怕惊动阿斯茹，只得极力忍耐。

他明白这是虱子、跳蚤在作祟。临行之时，阿斯茹跟她阿爸说过：这个大皮筒子就是虱子、跳蚤的窝。这些小生物如果没有宿主，在零下三十多摄氏度的严寒下，会被冻成一层皮，一动不动，就像冬眠一样。

一旦有人钻进来，在体温的驱动下，虱子、跳蚤会迅速苏醒过来，然后迫不及待爬上人体，贪婪地吸食人血。吃饱喝足之后，就堂而皇之谈恋爱，娶妻生子，传宗接代。其生命力之顽强，令人惊叹。

这个大皮筒子里的虱子、跳蚤一起出动，两个年轻人怎堪其扰，再也无法睡安稳觉了。

此时阿斯茹也感到浑身乱痒，她可没有罗明那种忍耐力，伸手乱抓乱挠，身子也不停地扭来蹭去。她这一折腾不要紧，罗明的身体也起了变化。体温升高，口干舌燥，心里漾起了冲动，可又控制不了。

罗明在心里苦苦挣扎，对自己说："你绝不能这样想，她还是个小姑娘！"

想是这样想，手却不由自主地将阿斯茹紧紧搂在怀里。他立刻感觉到阿斯茹的体温也在升高，高得有点儿烫人。两人的体温交织在一起，都不由得微微冒汗了。

罗明把羊毛大氅拉开一个小口，任冷风灌进来，方感觉清爽不少。

阿斯茹说："哥，你要干吗？"

罗明说："太热，喘不过气来。"

他又把羊皮大氅掖好，暗暗骂自己说："罗明，你这个浑蛋，现在都什么情况了，还敢做这种梦。你还是老老实实，把今天挺过去再说吧！"

他极力学老僧入定，心情渐渐平静下来。

两人紧紧搂在一起，相互用体温取暖，不知不觉睡了过去……

闭上眼没多久，罗明心中有事，睡不安稳，忽然睁开了双眼。他的第一个反应是：还好，一切如常，还没冻死。

他把羊皮大氅掀开一条缝，向外望去，原来天已大亮。他又把缝掀大一些，发觉风停了，雪也停了，大地一片银白，阳光耀眼。

罗明心中一喜，知道他们已经平安渡过了这场风雪之灾。

他看了看阿斯茹，阿斯茹闭着眼，似乎仍在梦乡，红润的嘴唇微微噘着，就在他的嘴边。

罗明情不自禁，在她的嘴角亲了一口，看她没有反应，大着胆又在她嘴唇上亲了一口。

阿斯茹睁开双眼，似笑非笑，似嗔非嗔，罗明有点儿尴尬，忙把羊皮大氅掖好，皮筒子又陷入黑暗，谁也瞧不见谁了。

"罗明哥，白毛风停了吧？"

"停了。"

"真好！"

"什么真好？"

"活着呀。"

活着真好!

"骆驼跑没跑?"

罗明又朝相反方向掀开一条缝,看见两头骆驼仍卧在原地,浑身挂满了雪,一动不动。只有两只眼睛转来转去,嘴里不停地"倒嚼"。

罗明心中赞叹说:真是两个好伙伴!

别瞧它们不是人,只是两头畜牲,关键时刻却比人管用。

老实忠厚,恪尽职守,如今你再想找这样的伙伴,能与你同生死、共命运,恐怕不容易了。

后来罗明也曾想,在那个寒冷的冬夜,除了骆驼,难道虱子、跳蚤就不该感谢吗?正是那些小家伙争先恐后爬到他们身上,咬他们,吸他们的血,他和阿斯茹才能更好地激发自身的潜能,相互用体温取暖,平安度过了那一夜。

25 牛魔王归来

又一年的春天来到了。

冬去春来,周而复始。

大自然一改它冷酷、肃杀的面孔,忽然变得温柔、平和,像是换了一个人。

那些天罗明待在屋里,不时会听到屋后河床一带传来"咔、咔"沉闷的声音。不是连续不断地传来,而是"咔、咔"几下就没了,过很长时间,才又有"咔、咔"声传来。

据老一辈人说,那是河床里的冰断裂的声音,春天就要来了,那是报春的第一声。

罗明好奇,跑到河边查看一番。表面看去一切如常,没有丝毫的异象,河里冻着厚厚的冰,冰上盖着雪,河床上立着几根枯草,一切都显得死气沉沉,"咔、咔"的声音是从哪儿传来的呢?

其实,冰底下有一股细小的水流一天一天变大,一边侵蚀着上面的冰,一边朝白云淖尔欢畅地流去。

终于有一天,河里的水流到白云淖尔,溢出地表,漫向湖面,融化了上面的积雪,但也很快冻成了冰。

风向变了，你可以感到迎面吹来的风依然寒冷，但寒冷中带有一丝暖意。

正乍暖还寒时候，大地在复苏。

小草拱出了头，渐渐染绿了草原。

一切都在变，一点儿一点儿地变，一天一天地变。

那些日子，罗明和阿斯茹几乎天天去白云淖尔转一遭，亲眼看见了，亲身感受了冬去春来。

终于有一天河里的冰已全部融化，只有河床上还残留一些空空的冰壳。河水奔腾咆哮，流向白云淖尔。湖里的冰也在加速融化，冰层一天比一天薄，终于有一天，冰层断裂了，化作星星点点的冰块儿，在湖面上漂浮。原来的"冰天雪地"变为一池碧水。

"嘎——嘎——"几只大雁从南飞来，在湖面上空徘徊，发出欢快的叫声。

湖边的大草滩也充满了水，罗明和阿斯茹骑马走过，马蹄溅起了水花。

这里的草也比别处长得丰盛，别处的草刚刚一寸出头，这里的草已有半尺多高。

大草滩原是动物的乐园，这个时候这里应该熙熙攘攘，充斥着各种各样的动物，上演一幕幕安居乐业、恋爱生子的喜剧。谁知今年这里却冷冷清清，不复往日的盛况。原因也很简单，冬天走失的马、牛还没找回来，虽然也有一些零星的牛和马在这里流连忘返，反显得大草滩空空荡荡。羊一般不用饮水，对大草滩不像其他动物那么迷恋，即便有几拨羊来到大草滩，它们也边吃边走，很快就离开了大草滩。只有骆驼成了这里的常客。

罗明和阿斯茹每天到这里转一遭，为的就是看看牛魔王和它带走的牛群回来没有？天气一天比一天转暖，湖边聚集的水鸟一天比一天增多，却始终不见牛魔王和牛群的踪影。

就这样一个月的时间不知不觉过去了。

一天，罗明和阿斯茹又来到大草滩，转了一圈，仍不见牛魔王，就信步朝白云淖尔走去，走到水鸟之中。只见天上飞的、湖里游的、地上走的，到处是各式各样的水鸟，千姿百态。

几天不见，水鸟王国已经发生了很大变化，成千上万的小水鸟孵化出来，呱呱坠地，在岸边跑来跑去，吱吱叫个不停，为水鸟王国带来无限生机。

岸边的草丛里有不少鸟儿筑的巢，不少窝里还有雏鸟，张着大嘴，嗷嗷待哺。

罗明和阿斯茹走进那些鸟巢，俯下身仔细观察，想要领略一下水鸟的家庭生活。忽然有一个鸟巢引起他们的注意，巢里有两只小鸟正用嘴将另一只小鸟往外拱，直到它跌出巢去。

罗明和阿斯茹吃了一惊，心说这两只小鸟怎会那么狠！

仔细观察，可以发现，巢里的两只鸟身形略大，显然早孵化出几天，跌下巢的那只鸟身形弱小，肯定最后出生。"哥哥"对"弟弟"毫不留情，必欲置之死地而后快。不过，这大约也符合动物的生存法则，父母带回食物，两只鸟分享总比三只鸟分享要好一些。

罗明原以为兄弟相残是人类才有的痼疾，不想在鸟类这里也能见到这种现象。

这时两只大鸟飞回来了，带来些食物喂养小鸟，两只小鸟大嘴张成一百八十度，贪婪的样子令人发噱。

一只大鸟发现了巢外的小鸟，跳下去将小鸟叼回巢内。

不过两只大鸟也不太经意这只弱小的幼鸟，只喂食那两只较大的幼鸟，这只弱小的幼鸟只能捡拾一些哥哥们的残渣剩饭，似乎大鸟也知道它活不长，故有意放弃。

大鸟喂完幼鸟，又飞走了，大约又去湖里捕鱼，幼鸟贪得无厌，做父母的几乎供不应求。大鸟走后，两"兄长"又开始欺负"弟弟"，一下一下啄它的头，把它往外拱，终于又把它拱出巢，摔到地上。

阿斯茹蹲下身，想拾起幼鸟放回巢里，罗明阻止她，说："这只鸟早晚难逃一死，何必多此一举。"

"不会吧，我看大鸟对它还可以，只要多喂它点儿吃的，就死不了。"

"咱俩打个赌。"

"打什么赌？"

"我说它明天就得死！"

"我说它明天一准死不了！"

"五斤水果糖。"

"没那么些钱。"

"一斤。"

"行。"

罗明掏出钢笔，拧下笔管，在那只幼鸟的头上滴了两滴墨水，用手将墨迹摊开，说："不用管它，就让它待在巢外，明天再来验证结果。"

"那不行，"阿斯茹轻轻拾起幼鸟，小心放回巢里，"要是那两只幼鸟再把它拱出去，咱们就不管了。"

第二天，罗明和阿斯茹又来到白云淖尔，找到昨天那个鸟巢，一看巢内只有两只幼鸟，四处寻摸一番，也没找见头上带有记号的那只幼鸟。

罗明微微一笑说："一斤水果糖。"

"还没找见那只鸟呢，"阿斯茹说，"你怎么知道我输了？"

"那你找吧，反正我在它头上做了记号，好认！"

罗明转身朝湖边走去，向湖中眺望。那里有十几只白天鹅在游水。两只大白天鹅据两头，中间是它们的孩子——小白天鹅，姿态优雅，气质高贵，有出尘之感。忽然不知什么惊动了水中嬉戏的海猫子，成千上万只海猫子同时飞起，在空中形成一个长方形网阵。忽而向上，忽而向下，忽而向左，忽而向右，仿佛听到统一的号令，瞬间同时转向，彼此之间丝毫不乱。那鸟阵也变幻莫测，忽大忽小忽长忽短，忽然一只头鸟转身，其他鸟也随之转身，整个鸟阵由细变粗，呈流线型，向罗明这边飞来……令人叹为观止。

"罗明哥，你快过来呀，"阿斯茹喊，"我找到那只小鸟了！"

怎么可能？罗明转身跑了过去，只见阿斯茹站在一个鸟巢旁，巢里也有三只幼鸟，两只大鸟正在给它们喂食。中间那只幼鸟张着大嘴抢食儿，拼命"吱吱"叫着，一副贪婪无比的样子。大鸟对它也很钟爱，喂它的时间要比其他幼鸟长一些。正是这只幼鸟头顶上有一块墨蓝色印记，罗明仔细端详，心说真见了鬼了，难道这只幼鸟真是昨天那只幼鸟吗？

阿斯茹笑着说："一斤水果糖。"

"是不是你趁我没注意，给这只小鸟头上滴了一滴墨水？"

"你想耍赖是吧？"阿斯茹噘起小嘴，"我就是想滴也没有笔呀。"

罗明一想也是，这个地方除了他没事在衣服上插支钢笔，猪鼻子插葱——装象外，还真没人有这毛病。

看来这只幼鸟就是昨天那只幼鸟无疑了。奇怪，这只幼鸟是怎么跑到这个巢来的呢？

原来昨天这只幼鸟被两个哥哥拱出巢外，知道这个地方是没法待了。它本能地想找个新家，就迈开两条小腿四处跑动。周围有无数的幼鸟走来走去，它融入这些幼鸟之中，并不显孤单无助。忽然它瞧见那边有两只大鸟带两只幼鸟正在玩耍，就跑了过去，试探着加入它们之中，和它们一起玩耍。大鸟对它也并不排斥，很快三只幼鸟就打成一片。后来大鸟要外出捕食，就把三只幼鸟一并叼进它们的巢，实际上等于承认了它是家庭中的一员。

这本是很自然的事，但罗明却无从想象，在一个鸟巢遭到抛弃的幼鸟怎么会到另一个鸟巢受到宠爱？好像冥冥中有一只手，轻轻抓住这只小鸟，把它放到这个鸟巢来的，可是这个仁慈的人又是谁呢？

"一斤水果糖，等下次去公社就给你买。"罗明说。

阿斯茹得意地笑了。

罗明正在他那小屋的土炕上躺着，忽然感觉有人隔着窗户向里窥视，抬头一看说："二嫂，你要进来就进来，看什么？"

二嫂一笑，朝他招招手，罗明起身，打开上面的窗户："有事儿吗？"

"你二哥刚才去大草滩抓马，说瞧见牛魔王了！"

"真的吗？"

"骗你做什么。"

"二哥呢？"

"去巴书记家了，说要告诉巴书记一声，跑失的牛也全回来了。"

罗明一听，这显然是真的了，跳下炕，跑出屋，朝配种站跑去。

二嫂在后面喊："慢点儿跑，小心摔着磕了牙。"

罗明也不理，跑到配种站，见了阿斯茹说："牛魔王可能回来了。"

阿斯茹不信，罗明说二嫂告诉他的，阿斯茹说："二嫂肯定逗你呢。"

罗明说："逗我没逗我，咱们去瞧瞧不就知道了。"

两人找了一副笼头，骑上马，朝白云淖尔疾驰而去。

刚爬上一个小山坡，一湖美景已尽收眼底。湖水碧蓝碧蓝的，就像一块镶在天边的美玉。湖上无数雪白的海猫子飞来飞去，遮天蔽日。

大草滩一改前些日子的冷清，突然挤满各式各样的动物，马、牛、羊、驼都有，热闹非常。

两人离得太远，看不清楚。于是踢马向下冲去，冲进大草滩，溅起水花一片又一片，附近的马、牛、羊、驼纷纷向两边退去，让出了一条道。

他们忽然看见了牛魔王高大的身形，那个庞然大物正被无数的牛众星拱月般围在中央。罗明和阿斯茹正要上前相见，牛群中忽然闪出四头牛，拦住了他们的去路。

罗明和阿斯茹只好下马，他们也不想惹这四头牛，只想绕过它们。不料这四个家伙敌意甚浓，立刻发出威胁的鼻息，低下头，把尖尖的角对准罗明和阿斯茹。只要他们再敢前进一步，定要他们付出代价！

罗明大怒，从马鞍上拿下笼头，对准它们一通乱抽乱打。它们哪里敌得住，顿时夹起尾巴四处逃窜。

这时牛魔王也瞧见了两位老朋友，迈开大步迎上前来。

阿斯茹紧走两步，笑着说："牛魔王，你回来了。"

"哞——"，牛魔王长吟一声，低下头轻轻去舔阿斯茹的手，又把大脑袋贴在阿斯茹大腿上，蹭来蹭去，亲热一番。

阿斯茹也轻轻抚摸它的大脑袋，心里充满了温情。罗明见它十分温顺，也进前抚摸它的大脑袋，牛魔王也与他亲热了一番。阿斯茹使了个眼色，两人趁机给它戴上了笼头。

罗明仔细打量牛魔王，只见它瘦骨嶙峋，屁股尖了，肚子瘪了，肋骨一根一根显露无遗。身上的毛斑驳脱落，竟露出十几处伤口，有的伤口结了疤，有的伤口还在流血。

罗明十分诧异，牛魔王这么大的块头，有谁能伤得了它呢？

罗明想把牛魔王带回去，给它处理一下伤口。忽然发现他们已被牛群围在了中央，里三层外三层，直围得水泄不通。

牛群躁动起来，跃跃欲试。尤其是小牛，在两人面前窜来跑去，令人眼花缭乱，颇有点儿大闹天宫的势头。有的小牛一头冲到两人面前，又掉头折了回去，跑到母牛肚下吃奶，令人哭笑不得。

牛魔王也感觉到周围的气氛不对，扬起头，"哞——哞——"吼了几声，制止住牛群的躁动。

忽然有三匹马从南面飞驰而来，冲进牛群，把牛群冲得七零八落。

罗明和阿斯茹一瞧，原来是巴雅尔带着两个人赶来了，一个是二豆，另一个是云登其木格。隔着大老远云登其木格就招呼说："罗明、阿斯茹！"

阿斯茹笑说："你们怎么也来了？"

"我来找巴书记，打听一下牛魔王回来没有。"

"你看，这不是回来了嘛。"

三个人看见牛魔王也十分高兴，跳下马，围着它转了一圈又一圈，看不够。

"这一冬牛魔王可受苦了，"巴雅尔说，"你们要给它加餐，让它在最短的时间里恢复过来。"

罗明和阿斯茹连忙答应。

"罗明，你过来一下，"云登其木格说，"我有话对你说。"

"你有话就说吧。"

"我这是悄悄话，不能让他们听见。"

罗明朝她走去，阿斯茹给他使眼色，不让他去，他假装没瞧见。

"牛魔王回来了，配种站也该成立了。"云登其木格说，"你把我调过去，我给你打下手好不好？"

"看情况吧。"

"你要是把我调过去，要我怎样我就怎样！"

在一旁偷听的二豆说："这话可不能随便乱说。"

"怎么？"

"毕力格听见会不高兴的！"

"去你的，小嘎巴豆子，"云登其木格追着打二豆，"就你一肚子脏心烂肺！"

"头儿，"二豆说，"你要调其木格，干脆把我也调去。"

"你不是当马倌吗？"

"早就不干了。"

这里正说不干了，那边正在观察牛群的巴雅尔喊："你们都过来一下！"

他把在场的四个人召集到一起，说："不如趁这个机会数一数，看看牛魔王到底带回多少牛。罗明，你数好不好？"

罗明还未答话，二豆抢着说："我数行不行？"

他把巴雅尔拉到旁边，小声用蒙古语说："这么大的事儿，他没经验，恐怕数不清楚！"

巴雅尔说："他高中毕业数不清楚，你高中还没毕业就能数清楚了？"

"要不上面怎么说叫他们接受贫下中农再教育呢。"

"好啊，你要能数你就数吧。"

二豆又对罗明说："头儿，我数牛你能不能配合一下。"

"怎么配合？"

"回头咱们把牛集中到一起，然后叫它们一头一头往外走，"二豆拿出一盒火柴递给罗明，"每走出十头你就拿一根火柴，最后看看有多少根火柴，这牛数不就出来了？"

真是笨人自有笨法子，他笨不说，还得让你跟他一块儿笨，没办法。五个人把牛往一块儿轰，可牛跟羊不一样，岂是那么老实听话的主儿，轰了半天，也没轰到一块儿去。二豆说："轰不到一块儿也没关系，只要让它们往一头走，我就能数出来。"

可让牛往一头走就更难了，难于上青天，费尽九牛二虎之力轰过十头牛去，罗明抽出一根火柴棍。再想轰牛过去，一下过去一大群牛，还没数清呢，有一些牛又跑了回去……

二豆东奔西走，比谁都忙活，鞋湿了，裤子湿了，衣服也湿了，满头大汗，嗓子也喊哑了。最后他停下不干了，说："头儿，你还是调我去配种站吧，这牛我是数不了了。"

云登其木格骂他："没那金刚钻儿，别揽瓷器活儿。丢人现眼！"

巴雅尔说："罗明，还是你来数吧。"

"我试试吧。"罗明沿着牛群慢慢绕了一大圈，一边走，一边数，回来说："一共2679头。"

"准吗？"二豆狐疑不已。

"八九不离十吧。"

巴雅尔说："小牛共有多少？"

"600来头吧。"

"牛魔王去年冬天带走了 3500 来头牛,如今带回来 2600 来头牛,里里外外咱们损失了 1500 多头牛。"

阿斯茹说:"你们怎么算的,我听不懂呀!"

二豆说:"头儿,我不服气!"

"咋不服气?"

"照你这样我也会数!"

"我咋样了?"

"不就转一圈,闭着眼睛瞎报一个数……"

"你怎么不瞎报一个数呢?"

"咱不是老实嘛。"

罗明笑笑,也不多做辩解。

"牛魔王这回是立了大功,"巴雅尔说,"能带回 600 来头小牛可真不容易呀。"

罗明说:"牛魔王去年带走了多少母牛?"

"800 来头吧。"

"这么说路上也死了 200 来头小牛。"

"这就不错了,想想当时的处境吧,冰天雪地,不断迁徙,又没有多少草,每天得为吃的奔命。在这样的条件下产崽,还得把幼崽带活,是多么艰难的事情。"

"要说这也是母牛的功劳,不关牛魔王什么事儿。"

"是它把这些牛带走的,又是它把这些牛和小牛带回来的,你能说不关它的事儿吗?"

罗明无话可说了。

世上的事儿往往如此,事情原是大家做的,但功劳都记在一个人身上。

巴雅尔说:"我决定好好奖励一下牛魔王。"

阿斯茹问:"奖励什么?"

"这可把我难住了,"巴雅尔呵呵笑着,挠了半天脑袋,"奖励它什么好呢?"

"这样吧,"巴雅尔又说,"你们回去以后弄几十斤胡萝卜,再弄百十个鸡蛋,给它好好补补。"

阿斯茹撇撇嘴:"就奖励这个呀?"

26 荒野的呼唤

八月末九月初,天渐渐冷了,牧民开始打草、编笆,准备牲畜过冬。大队部要编几块笆,围牛、围羊,准备调几个人编笆。罗明正好没事干,就报名参加,说:"将来配种,也需要几块笆圈牛。"

阿斯茹见罗明去,也说要去。

乌兰说:"一帮大老爷们儿,你一个姑娘家的去干吗?"

"大老爷们儿怎么了,他能干的,我也一样能干!"

"不方便,你懂吗?"

"有什么不方便的,我带一个蒙古包,我一个人住。"

"那问问罗明,他要负责,你就去吧。"

"负责什么?"罗明不解。

"负责阿斯茹的安全啊!"

"行,那没问题。"

"到时候还不定谁负责谁的安全呢。"阿斯茹心想,但她没把这话说出来,只是笑笑而已。

巴雅尔说:"不能两人都去,总得有一个人留下照看牛魔王吧?"

阿斯茹说:"现在只需要照看牛魔王,活不多,有云登其木格就足够了。阿爸，您再帮着照看一下。"

巴雅尔笑着答应了。

过了两天，该带的东西都已准备齐全，大队派一辆马车给他们拉东西，主要是两顶蒙古包的材料、做饭的家伙什及睡觉用的铺盖等。

马车在前面跑，罗明和阿斯茹骑马跟在后面。突然阿斯茹说："奎木狼跑来了！"

罗明回头一瞧，只见奎木狼跟在后面，罗明停住马，"去、去"，赶奎木狼走，奎木狼不但不走，反而兴致勃勃地凑上来，围着马脚转。罗明的马很刚烈，立刻跳了起来，差点没把罗明闪到地上，罗明急忙使劲勒住马。跳下马，追着赶奎木狼，奎木狼调皮得很，你赶它就往回跑，你停它也停，等你上了马往前走，它又跑了回来，跟在后面不舍。

罗明赶奎木狼赶了好几回，累得满头大汗，仍旧赶不走奎木狼。

阿斯茹说："要不，咱们带上它吧！"

罗明一想：也对，带上奎木狼，让它去沙窝子捉几只野兔、狐狸，练练野外生存的本领。

狼毕竟是狼，别看它现在对人挺亲，谁知它将来变不变心？

罗明心想，奎木狼早晚是要回归大自然的！

于是罗明和阿斯茹带上奎木狼。

奎木狼还小，跟不上马车，罗明索性将它装在一个毡袋中，把毡袋挂在马鞍上，带着它走。

他们一行人先到小米吉德营盘，见到小米吉德，喝了几碗奶茶。然后小米吉德骑上马，将他们带到沙窝子里一处长着柳条子的地方。这个地方有一口井。这也是先来编笆的人打的井，后来的人就方便多了。这都是大队的安排。

几个人七手八脚卸下蒙古包的顶子、哈纳墙、毡子等，开始搭包，不大工夫，两个蒙古包就矗立起来。几个人在蒙古包里坐了一会儿，海阔天空胡侃了一阵。车老板说他要走了，还得趁天黑之前赶回大队交差。

送走车老板，过了一会儿，小米吉德说家里有事，他也要走。罗明知道小米吉德刚结婚不久，离不开老婆，就说："你走也行，先帮我们搭个灶，要不我们怎么做饭？"

小米吉德说："搭灶你都不会？"

罗明脸一红："我还真不会。"

"你们这些学生，"小米吉德唉声叹气，"处处都得让人照顾，这搭灶也来不及呀！"

"那怎么办？"

小米吉德想了一下，起身走出蒙古包，抱来四块砖，那砖是土坯做的，倒也四四方方。他把三块砖立起，拼成一个矩形，露一个口，上面再盖一块砖，一个简单的灶就算垒成了。

"先凑合着使吧，"小米吉德说，"明天我再给你砌个好一点的。"

"这个怎么使？"罗明问。

"这你也不会？"

"我会，"阿斯茹说，"人家要急着回去找老婆，你就别啰啰唆唆，没完没了啦。"

"阿斯茹，我可没得罪过你……"

"我也没说什么……"

"我走了，你们小两口也可以好好亲热亲热……"小米吉德打趣道。

阿斯茹脸一红，骂道："滚，赶紧给我滚！"

小米吉德哈哈笑着走了。

罗明说："咱们烧水、做饭吧？"

两人去井台打了一桶水，又捡了些枯树枝，放在简易灶台里点起火，灌一壶水坐在上面，不大工夫水就烧开了。

罗明灌了一暖壶，阿斯茹砍了些黑茶砖放进暖壶里，做成一壶黑茶。

"咱们吃什么，"罗明问，"烙饼还是面条？"

"还是简单点吧，"阿斯茹说，"我带了一袋奶食，咱们就茶泡奶食，凑合一顿算了。"

罗明点头表示同意，见奎木狼在一旁跑来跑去，就拿出一块肉干丢给它，奎木狼叼起肉干跑到一边吃了起来。

天渐渐黑了，罗明和阿斯茹吃些炒米、奶食，喝几碗黑茶，胡乱对付了一顿。也没什么娱乐活动，收音机都没有，也没法看书，自制的煤油灯一豆灯光，想看也看不了，有点亮就行了。

没事干怎么办？只有睡觉。

八点多钟，阿斯茹说要去睡觉，罗明说："你一个人不害怕吗？"

"我带上奎木狼，"阿斯茹说，"有它给我做伴，我怕什么？"

"它这么小，有什么用，一会儿老狼来了，你怕不怕？"

"你别吓唬我，那你说怎么办？"

"要不你就在这个包睡，有我保护你，你就高枕无忧了。"

"行了，你没听小米吉德说的不三不四的话，他们要是知道咱们俩在一个包睡，不又落下话把了？"

"你小时候倒挺勇敢，现在怎么胆小了？"

"我小时候怎么勇敢了？"

"你忘了咱俩去接牛魔王的时候，在旅馆你还敢跟我一个屋睡，半道在老乡家，你不是跟我住一个蒙古包？"

"我那时小，不懂事，现在我可得注意了！"

罗明把阿斯茹和奎木狼送到另一个蒙古包，嘱咐阿斯茹闩好门。

"荒郊野地，除了你还有谁。"阿斯茹说，"难道我还要防着你？"

罗明走后，阿斯茹铺开被褥，又安顿奎木狼卧在门前，这才脱衣钻进被窝。到底是年轻人，一沾枕头就睡着了。

睡梦中她忽然感觉罗明来到她的身边，轻轻亲吻她的嘴唇、鼻子……她叹息着问他："你怎么来了？"

罗明说："我想你了……"

"那你也不能趁我不闩门……"

罗明说着就要往她的被窝里钻，阿斯茹一下就醒了，只见奎木狼站在她胸前的被子上，正舔她的脸。原来不是罗明，阿斯茹气不打一处来，一巴掌将奎木狼打下被子。

这时她听见远处传来一声长长的狼叫，侧耳细听，又没有了，但是奎木狼不知怎么跑到门前，用头撞门，用爪子挠门，好像要找外面的什么人。

外面又响起狼的叫声，似乎比刚才更近了一些，阿斯茹不再犹豫，拿起手电筒，推门跑了出去。

她快速跑到罗明的蒙古包，推门打手电筒一照，见罗明正在酣睡，跑到罗明头前，推他说："醒醒，醒醒！"

罗明醒来，见阿斯茹只穿一件背心，一件裤衩，问："你怎么来了？"

阿斯茹说："有狼！"

罗明"噌"地爬了起来："在哪？"

"你听！"

罗明侧耳细听，听见有东西"啊、啊"地长叫，但隔得较远，听不太清楚。

"这是狼叫吗？"

"是狼叫！"

"我以为狼'嗷、嗷'地叫呢。"

"狼就这么叫。"

"奎木狼呢？"

"刚才一急，把它给忘了！"

阿斯茹打开门，奎木狼正站在门前，就把它放进包来，然后闩好门，问罗明："你说怎么办？"

罗明拿出小口径步枪，上好子弹："等着吧，也许不是冲咱们来的。"

阿斯茹只穿裤衩、背心，感觉有点冷，说："我去拿件衣服，有点冷。你陪我去吧。"

"你看看外面狼来没有？"

阿斯茹从蒙古包门上的小窗户向外张望，说："狼真来了！"

罗明跑到窗户前向外一看，看不见狼，只见几只亮闪闪的眼睛，吓了一跳："狼还真来了！"

阿斯茹也不敢出去拿衣服了，披上罗明的被子，坐在毡子上。后一想，这样行动不便，就穿上罗明的衣服、裤子，罗明的衣服大、裤子长。

"你穿我的，"罗明说，"我穿什么？"

"你再找一件不就行了。"

"我也没带别的呀……"

两人正争个不了，忽然外面狼又吼了起来，两人屏息细听，一只狼吼完，又有狼跟着吼了起来。

这一下麻烦了，罗明心想，不是一只狼，是好几只狼一块儿来的。

忽然奎木狼也"啊、啊"吼了起来，像是配合外面的几只狼。事太突然，本来就提心吊胆的罗明、阿斯茹不由得胆战心惊，急忙喝止奎木狼，奎木狼哪里肯听，仍旧狂叫不止。

阿斯茹跳起来，要去制止奎木狼，谁知裤腿太长，踩住了裤脚，一跤摔倒在毡子上，罗明急忙去扶，脚步不稳，压倒在阿斯茹身上。两人心里害怕，动作变形，显得狼狈不堪。

外面的几只狼又吼叫了起来，包里奎木狼也叫，血统起了作用，过去母狼抛弃了奎木狼，现在又续上了关系。

罗明恨得牙直痒痒，觉得奎木狼忘恩负义，那时母狼不要它，是我们收留了它，给它治伤，养它长大，谁知这只小白眼狼竟勾结母狼，来残害它的恩人！罗明又想起农夫和狼的故事，心说：狼这个东西真不能养它，也不能对它好，否则早晚是个祸害！

其实这关奎木狼什么事？母狼来找奎木狼，奎木狼也不知道，只不过血缘起了作用，奎木狼也蒙在鼓里呢。

母狼和她的同伙，一听包里奎木狼的叫唤，越发来了劲，用头撞门，用爪子挠门，有的狼开始撕扯蒙古包的毡子，毡子能有多大的韧性，转瞬间就出现了一个洞。洞不大，可以看到外面有东西在动，但看不清楚。突然一只狼爪从破洞处伸了进来，阿斯茹吓得大叫一声，往罗明的怀里钻。罗明一把推开了她，端起半自动步枪，对准破洞，"啪"的就是一枪，只听有狼凄惨一叫，仓皇逃去。

罗明知道他这一枪打中了，但没打准，狼是受伤了，也不知打中了什么部位。估计打中的是头狼，因为它一逃，其他狼也跟着离去，外面逐渐安静下来。

罗明和阿斯茹惊魂未定，也不敢到外面去瞧瞧，罗明端着枪对着毡子上的破洞，阿斯茹坐在他的旁边。又过了半天，外面仍没有动静，估计狼已经走了。

阿斯茹说："我去那个包拿套衣服，行不行？"

"狼要是'噌'地蹿出来怎么办？"罗明说。

"你光着膀子，不冷吗？"

罗明原来还不冷，经阿斯茹一提醒，不由得打了几个冷战。阿斯茹脱衣服，要给罗明穿。

"咱们还是去那个包拿一套衣服吧。"罗明说，"咱们先把奎木狼放出去，看看狼群走没走？"

两人把门打开一道缝，赶奎木狼出去，奎木狼死活不出去，阿斯茹拿一条肉干从门缝扔出去，奎木狼这才跳出去吃肉。

两人又等了半天，没发现什么异动，狼群真的走了。两人这才出了门，阿斯茹在前，罗明端着半自动步枪跟在后面。快到另一个包的门前，忽然有东西"扑棱、扑棱"飞起，罗明吓个半死，差点没瘫坐在地上，端起枪"啪"的一枪，也不知打着没打着，两人急忙拉开门，跳进包里。

两人换好衣服，紧紧系好门，也不敢睡觉。一有点风吹草动，就以为狼来了，自惊自吓，一夜无眠。

这以后，在罗明和阿斯茹编笆的这些日子里，经常受狼的干扰，尤其在夜晚，几只狼往往跑到他们附近嚎叫。它们一叫，奎木狼也激动，跟着叫几声，扑到门前，挠门要出去，阿斯茹按也按不住。

罗明瞧老这样下去也不是办法，就对阿斯茹说："要不就让奎木狼出去会会它们？"

"那可不行，"阿斯茹说，"他们要是把奎木狼拐跑了，咱们不是白养了？"

"奎木狼一天一天长大，咱们总不能养它一辈子吧？"

"我就养它一辈子。"

"它一天得吃十几斤肉，你拿什么喂它，难道像别的狗一样让它吃屎吗？"

阿斯茹语塞了。

那天夜里，当几只狼又在外面嚎叫时，罗明和阿斯茹把门打开一道缝，把奎木狼放了出去。

看着奎木狼跑去，消失在黑暗中，两人心里都很伤感。

"你说，那些狼会不会吃了奎木狼？"阿斯茹说。

"不会。"罗明摇摇头。

"你说，一会儿奎木狼会不会回来？"

"估计也不会。"

"它就那么无情无义？"

"它是狼，狼讲什么情义！"

阿斯茹伤心不已，眼泪不停地流下。

奎木狼走后，再也没有回来，随着时间的流逝，罗明、阿斯茹渐渐把它忘了。

27 初恋

牛魔王和牛群回来了，奎木狼也走了，生活又恢复到正轨。每天都索然无味，吃饭、干活、睡觉，如此而已。看不到前途，也看不到希望。

罗明每天都盼望有奇迹出现，但奇迹始终没有出现。

难道就这样平平淡淡过一辈子吗？

这一天晚上，罗明正在油灯下看书，阿斯茹推门走了进来，坐到炕桌对面，说："罗明哥，我有话要对你说！"

罗明抬起头，静待下文，谁知阿斯茹犹豫了半天，脸一红，不说了。

"怎么不说了？"

"不想说了。"

"是不是牛魔王又调皮捣蛋了？"

"没有。"

"那准是你阿爸来了，对配种工作有什么指示？"

"没有。"

"我知道了，配种站调二豆、云登其木格来，你不同意……"

"不是,跟他们没关系。"

"那跟谁有关系?"

"只跟你我有关系。"

"你我谁跟谁呀,有什么不能说的?"

"那我说了。"

"说吧。"

"真说了?"

"说!"

"咱们俩的关系是不是定了?"

"什么关系?"

"恋爱关系!"

罗明吓了一跳,诧异道:"咱们俩什么时候恋爱了?"

"你都亲人家了,还不算恋爱呀?"

"亲一下就算恋爱呀?"

"是亲一下吗?"

"亲两下,亲两下也不能算恋爱呀……"

"那亲几下才算恋爱呢?"

罗明也不知道亲几下才算恋爱,看着阿斯茹眼眶里沁着泪珠,眼看就要流下来了,知道这个小丫头是玩真的了,不是三言两语就能摆脱掉的。

想想也只能怪自己,那个白毛风之夜,他和阿斯茹睡在大野外,原以为难逃冻死的厄运,谁知第二天醒来居然安然无恙,不觉喜出望外,一时忘情亲了阿斯茹两下,谁知这小丫头就认真了。

怎么跟她解释,才能打消她心里的念头呢?

"阿斯茹,你岁数还小,现在还没到谈恋爱的时候。"

"你是不是后悔了?"

"男子汉大丈夫,亲了就是亲了,后悔什么?"

"要不就是瞧不上我,你是北京来的高中生,我只是个初中没毕业的草原姑娘，配不上你！"

"北京来的又怎样，其实你在我心中的地位，比这大草原任何人都高。"

"我要是个知青就好了。"

"知青又怎样，你没看来咱们这儿的那几个女知青，还都赶不上你呢。"

"真心话？"阿斯茹忍不住笑了起来，"那你发个誓。"

"发什么誓？"

"绝不娶女知青。"

"要是咱们大队的女知青，我就发。"

"发！"

罗明举起右手，以示郑重其事："我，罗明，绝不娶红旗大队任何一个女知青，若违誓言，乱箭穿心，不得好死！"

"我也发个誓吧。"

"你发什么誓？"

阿斯茹也举起了右手："我，阿斯茹，非罗明哥不嫁，若嫁了别人，我也乱箭穿心，不得好死！"

罗明哈哈大笑，以为他和阿斯茹之间真如小孩过家家一样："怪不得人说：两个放羊娃之间田园牧歌式的爱情，可能比两个大学教授之间的爱情故事更浪漫，更富有激情，也更有质量。"

"咱们俩不就是放羊娃吗？"

"我可不想当放羊娃！"

"放羊娃有什么不好……"

阿斯茹走后，罗明仔细思考了一下他和阿斯茹之间的关系。

自打牛魔王来到红旗大队以后，他和阿斯茹始终相伴在一起。一块儿照看它，一块儿配种，一块儿吃饭……平日里耳鬓厮磨，亲密无间，别人都说他们像小两口，就差没一块儿睡觉了。

其实说"没一块儿睡觉"也不准确，但也能相敬如宾，不敢逾越界限。即便那个白毛风之夜，两人挤在一个皮筒子里，相互以体温取暖，罗明最大的失礼也不过是忍不住亲了阿斯茹两下。

没想到这两下引火烧身，让阿斯茹以为罗明爱上了她。

罗明还以为自己堪比坐怀不乱的柳下惠呢。

其实把阿斯茹当作恋爱对象，应是一个不错的选择。

这辈子你还想选择一个什么样的对象呢？

阿斯茹聪明、豪爽、能干，里里外外一把好手。娶这样一个老婆，你会毫无后顾之忧，一辈子享福不尽。但这不是主要的，阿斯茹年轻漂亮，浑身上下透露一种野性美，但这也不是主要的，找对象瞧脸蛋不是俗不可耐吗？

找对象既不瞧脸蛋，又不瞧她能干不能干，那你瞧什么呢？

罗明感觉主要是缘分，比如他和阿斯茹就极有缘分，从北京来草原这几年，阿斯茹也不知怎么瞧上了他，"非君不嫁"，小鸟依人般陪伴在他左右，忠贞不贰。就这份情义，罗明也不忍辜负了她。

草原的生活艰苦、单调，孤独和寂寞不时像虫子一样啃噬他的心，如果没有阿斯茹，他不知道怎么挨过这几年。

红颜知己，人生得一知己足矣！

那你还犹豫什么呢？

接受她，拥抱她，亲吻她，执子之手，与子偕老。恋爱、结婚、生子，完成生命的一个轮回，然后平静地死去。一阵风过去，烟消云散，不留一丝痕迹。

这样活也是一辈子，但是这样活人与动物又有多大区别呢？动物不也一样恋爱、结婚、生子，完成生命的一个轮回吗？

人活在这个世上，总要留下些痕迹。这个世界原本是平的，正是有人不断留下些痕迹，不管这些痕迹是凹还是凸，世界才变成今天这个样子。

人活在世上如果一点儿痕迹没留下，不是白来世上走一遭吗？

那一年对罗明和阿斯茹来说可谓"多灾多难"。

就在两人正商讨恋爱与否,还未得出结论之际,大队部忽然给他们送来一个"刑事犯",指明由他们配种站负责看管。

这个"刑事犯"也不是别人,正是二豆。今年成立配种站的时候,罗明原想把二豆调进来,但阿斯茹和云登其木格坚决不同意,罗明只好没调二豆。谁知这小子和配种站有缘,想甩也甩不掉,你不调人家没关系,人家从另一个渠道又来到配种站。

一个贫下牧民,怎么忽然又沦为"阶下囚"的呢?

原来二豆的阿爸海明包了一群牛,在一个靠近沙窝子的僻远地方扎一顶蒙古包,孤零零一个人守着这群牛过日子。这老头平日也不与人来往,只有二豆隔三岔五去看看他。爷儿俩都没有老婆,相依为命。

一天,几头外大队的牛跑进海明的牛群,过了好几天也不见有人来领。这老头正好嘴馋想吃肉,打起歪主意,把人家一头两岁母牛捉来拴在马桩上。又等了两天,也不见有人上门,就趁夜深人静把母牛宰了,煮一锅骨头,美美地吃了一顿。

谁知这老头命不济,不宰牛没人来,一宰牛立刻有人上门破坏他的好事,躲都躲不开。那天中午正当他吃得满嘴流油之时,突然有个牛倌,也就是云登其木格的老公毕力格路过这里,下马走进他的蒙古包,讨杯茶喝。

他老兄吓了一跳,连忙请毕力格吃肉,又拿出一瓶酒。毕力格也不推辞,大碗喝酒,大块吃肉,直喝得酩酊大醉。

毕力格心里虽然有所疑惑,但也没去大队告发他。正是"拿人手短,吃人嘴软",他想若是由自己出面告发他,不是有点儿不仗义了吗?可他这人肚里藏不住话,逢人便悄悄说:"海明吃鲜肉了,是不是宰了牛我没瞧见,但我去他家的时候,看见他正煮骨头吃呢!"

当时已至初夏,家家的存肉都快吃完了,剩的一点儿肉也都晾成了干。你说他吃鲜肉,谁不明白是怎么回事呢。于是海明吃鲜肉的消息不胫而走,一传十,十传百,终于传到二豆的耳朵里。

二豆大吃一惊,气急败坏跑回家,问他阿爸:"你宰牛了吗?"

"宰了。"

"你知道不知道私宰大队牲畜是犯法的事儿?"

"知道。"

"知道你还宰?"

"本来神不知,鬼不觉,谁想毕力格那老小子突然来了,我还请他吃肉喝酒,他妈的,白瞎我一瓶酒。"

"你就等着人家来抓你吧。"

"抓就抓吧,我怕谁!"

"闹不好还得判三年五年大狱。"

爷儿俩正唠叨个没完,忽然来了两个民兵,背着步枪,叫海明去大队部见巴雅尔。

老海明这一下可慌了,抱住二豆老泪纵横,说死说活也不去。

两个民兵说,老哥,你也为我们想想,你不去没关系,我们回去怎么交差?

二豆一想,他老爸也够可怜的,自从他四岁死了娘,他阿爸又当爹又当娘,屎一把、尿一把将他拉扯这么大,怕他受委屈,连后妈都没给他娶。这要被抓起来进了大狱,他这做儿子的可就没脸活了。

想到这里,二豆孝心大起,说:"牛是我宰的,跟我爹没关系,你们要抓就抓我吧!"

两个民兵倒无所谓,就把二豆带回大队部。

"怎么是你,"巴雅尔问,"你爹呢?"

"巴书记,牛是我宰的。"二豆说,"您找我爹做什么?"

"是你宰的吗?"

"是我。"

"你可想好了,这可不是硬充英雄好汉的事儿。"

"是我宰的就是我宰的,这还有假,该怎么责罚冲我一个人来就是了。"

"你说这事儿该怎么办?"

"您就原谅我这一回,我赔还不行吗?"

"怎么赔?"

"年底分红,从我工分里扣!"

按道理,这也不失为一种解决办法。人家宰你一头牛,又赔你一头牛,你还想怎么样呢?

但是当时的法比现在要严苛得多。现在施行"包产到户",牲畜都属于个人,你就是全宰了,也是你自己的事儿,没人说个"不"字。当时就不行了,牲畜属于集体财产,你私宰"集体财产",属刑事犯罪,根据情节轻重,要判三至四年徒刑。当年也多亏了这个法,杀一儆百,在维护稳定方面起了一定作用。要是没有这个法,大家随便乱宰牲畜,草原早就乱成一锅粥了。

"我说了也不算,这种事按规定得向上汇报!"巴雅尔说,"你先回去吧,看看上面怎么回复再说。"

二豆要求去配种站,巴雅尔想想也答应了。

他一心恋着阿斯茹,没事就往阿斯茹身边凑,但阿斯茹只想跟罗明好,没工夫搭理他。

二豆来到配种站,一边干活,一边等着公安局对他的处理。

这一天阿斯茹来找罗明,说:"罗明哥,你帮我补补功课好不好?"

"补什么功课?"

"就我以前学的呗。"

"你有课本吗?"

阿斯茹从裤子兜里掏出一本小薄册子,罗明接过一看,前面撕了三十多页,后面撕了十多页,不由得问她:"怎么都快扯光了,谁扯的?"

"不知道,反正不是我。"

罗明看那破书的开头,恰好是一元一次方程,说那就从一元一次方程补起吧。从书里挑了几道题,叫阿斯茹做一做,结果她一道也不会。

看来从一元一次方程补起还不行，得从小学的知识补起才行。

罗明有点儿泄气，说："好不没影的，你怎么又想起补课来了？"

"我要跟你一样，省得你小瞧我！"

"像你这么笨，要想跟我一样可不容易。"

"你不就高中毕业吗？"

"不错。"

"那你怎么没上大学呢？"

"现在大学不招生，我想上也上不了啊。"

"不上才好呢！"

"这是什么话？"

"你要是上了大学还能来草原吗？来不了草原还能遇见我吗？"

罗明哭笑不得，一肚子郁闷转眼扔到爪哇国去了，心说：你可真是我命中的魔星。

罗明叹了一口气，开始给阿斯茹补习代数，从"什么是代数"补起。阿斯茹还算聪明，补习几次就知道 $1a+2a=3a$，$1a+2b=2b+1a$。一开始她总把 $1a+2b$ 写成 $3ab$，罗明给她扳了好几回才扳过来。可是换换形式，她就又迷糊了，比如 $1x+2y$，她又写成 $3xy$ 了。

"代数，代数，就是用抽象的字母代替具体的数。这 $1a+2b$ 跟 $1x+2y$ 有什么区别？"

"ab 是 ab，xy 是 xy，怎么没区别？"

罗明恨得牙直痒痒，凶相毕露，伸手薅住阿斯茹的小辫，把她的头按在炕桌上，要打她的屁股。

阿斯茹说："还没结婚，你就想搞家庭暴力？"

罗明想光给她补习代数可不行，还得给她补习语文，苦于手头没有教材，也不知怎么补才好。后来他想起遭遇"儿骆驼"那一次，阿斯茹曾说要学唐诗，倒不失为一种提高语文水平的捷径。罗明凭记忆默写下二十几首唐诗，教阿斯茹，一边给她讲解诗意，一边叫她死记硬背。过了一个多月，阿斯茹居然也能背五六首唐诗了。

罗明一开始教阿斯茹的主要是王维的绝句,浅显易懂,字数也少。如《相思》:"红豆生南国,春来发几枝?愿君多采撷,此物最相思。"再如《山中送别》:"山中相送罢,日暮掩柴扉。春草明年绿,王孙归不归?"又如《杂诗三首·其二》:"君自故乡来,应知故乡事。来日绮窗前,寒梅著花未?"

　　教完王维的诗,罗明又教她李白、杜甫、李商隐,以及高适、岑参、王昌龄等人的诗。后三人的"边塞诗",由于写的就是草原的情景,颇能引起阿斯茹的共鸣。但是相对"边塞诗",她更喜欢李白、杜甫的诗,尤其那些描写江南绮丽风光的诗,能够引起小姑娘无尽的联想,颇有点儿当年金主完颜亮的气概,发誓要"立马吴山第一峰"。

　　有人教诗,有人读诗,其乐融融。

28 飞蝇"隔空甩子"的绝技

这天一早,罗明有点儿无精打采,干活提不起劲儿。恰好二豆牵牛进来,他就叫二豆去老江巴浩特驮羊,二豆说:"我还没吃饭呢。"

"你不会先吃饭,再去驮羊。"

二豆回到后面,先去抓马,等马抓回来后,坐在炕上发呆,吃点什么好呢?一天三顿饭叫他心烦意乱,不吃不行,吃又懒得做,这就是当光棍的苦处了。

后来一想还是做小米饭省事,抓几把小米扔到锅里,加一瓢水,也不洗米,灶下点一把火,锅开了撤火焖一会儿,这小米饭就算熟了。

有饭还得有菜,做什么菜好呢?哎呀,麻烦死了,就吃几口小米饭,一会儿去老江巴家喝茶算了。

他这里正斗争呢,一个姑娘挎着篮子走了进来,笑吟吟地说:"二豆哥,做什么吃呢?"

二豆一瞧,是老姜头的闺女小梅,"我能做什么,小米饭。"

"做什么菜吃?"

"没菜,干吃。"

"小米饭没菜怎么吃?"

"我又没个爹包菜园,想有菜就有菜?"

小梅两个大眼珠子滴溜溜乱转,四处寻摸了一番,笑说:"我这里有新摘的豆角,你要不要?"

"不要。"

"给你两把,不要钱。"小梅从篮子里抓两把豆角放到炕桌上,转身要走。

"你篮子里不还有黄瓜吗?"

"这是给罗明哥他们的。"

二豆一听就来气:"罗明有什么了不起,回不了北京,还不是跟我一样,做牧民!"伸手从小梅篮子里抓了一根黄瓜,"咔嚓"就是一口,"都想嫁北京知青,有什么好,嫁我二豆就不行?"

"你脸皮可真厚。"小梅脸一红,转身又要走,二豆跳下炕抓住篮子,"再留两根黄瓜,要不别想走!"

小梅无奈,只好又给他两根黄瓜,这才脱身而去。

二豆就着黄瓜吃了半碗小米饭,喝几口昨晚烧的剩茶,才把饭吃了下去。又抽了两根烟,这才慢悠悠出门,准备动身去抓羊。正给马配鞍子,一抬头,瞧见老姜头从菜园方向走来,他心里有鬼,假装没瞧见,老姜头主动打招呼说:"二豆,你这是要上哪儿去?"

"去江巴那儿抓羊。"

"巴书记又给你们开羊了?"

"开了。"

"嘿,跟知识青年在一起还真不赖。"

"有什么不赖的?"

"我要抓羊他怎么不给开呀,我一家七八口人,早没肉吃了。"

"你有菜呀,肉有什么好吃的,我还想吃菜呢。"

"那好啊,拿你的肉换我的菜,干不干?"

"你说话算不算?"

"谁不算谁是那个!"他用三个手指比画了一下,意思是谁说话不算谁是王八!

二豆骑马走了,老姜头也回了家。过了一会儿小梅回来了,老姜头问她:"查得怎么样?"

"我看不是他们偷的。"

"那是谁偷的?"

"也许是外人呢。"

"不可能,肯定是饲草基地的人,不是罗明、刘元他们,就是二豆,一准是这小子偷的!"

"这您可冤枉他了,刚才我去他正做饭呢,就干吃小米饭,一点菜都没有。"

"就你好骗,给个针就认作棒槌,我还说将来我有什么事儿了,把菜园给你们继承呢,一个个就这个熊样,还不两天就让人骗个底掉精光。"

"您还是别给我们,自己留着吧。"

"你还敢顶嘴!"

老姜头顿时火冒三丈,跳起来要打小梅,那丫头身材灵巧,一闪身夺门跑了。老姜头气得直哼哼,手捂住胸口,不经意抬眼朝窗外望去,见有几个孩子疯跑,忽然其中一个摔了个大马趴,起身哇哇直哭,其他孩子围着哄他,嚷成一锅粥。老姜头心里一动,从炕柜里拿几块水果糖,揣在兜里,走到外面,招手说:"狗剩、狗剩……"

狗剩是侯哥的宝贝儿子,大名侯文革,小名"狗剩"。取什么名不好,为什么叫狗剩?原来这是过去的一个老风俗,给孩子取个贱名,好养活。可惜这孩子虽然取了个贱名,养活得却不好,鼻涕邋遢,木木呆呆。听见老姜头叫他狗剩,他也知道这名不好,小声骂道:"去你妈的。"老姜头耳尖偏偏听到了,也不知这孩子是骂他还是骂谁,只好假装没听见。掏出糖块晃晃,说:"狗剩,过来,想吃糖不?"狗剩见有糖就走了过来,其他孩子也跟了过来。老姜头指着二豆住的屋子说:"你从窗户爬进去,给你两块糖。"

狗剩反应慢,不知这老头要什么花活,迟疑没有回答,旁边有一个孩子名叫少华,自告奋勇说:"大爷,您给三块糖我就爬。"

"好,三块就三块。"

那孩子正是七岁八岁讨狗嫌的时候,登高爬梯,溜门串户是他的拿手好戏。当下爬上窗台,推开窗户,跳进屋里。老姜头指挥他说:"地上有一个小木盖儿,瞧见没有?"

"瞧见了。"

"掀开盖儿,看看里面有什么?"

盖儿底下是一个小地窖,呈葫芦状,上面一尺见方,下面就二尺宽深了。这个窖是罗明他们请人修的,主要用作夏天储存蔬菜。

少华掀开木盖儿,瞅了半天,"有一个角瓜、三根黄瓜。"

"行了,把盖儿盖好,出来吧。"

少华出来后,老姜头给了他三块糖,狗剩伸出手:"糖。"

"让你爬你不爬,你还真好意思?"

狗剩呆头呆脑:"糖。"

老姜头也怕这孩子,怕他骂人,遂给他一块糖。其他孩子也纷纷伸手:"糖……"

"没了、没了,下回吧,下回吧。"

老姜头回了家,不免自鸣得意:"老将出马,一个顶俩,姜还是老的辣。"

小梅吹捧说:"您就是福尔摩斯了。"

"什么福尔摩斯?"

"罗明哥给我们讲故事,里面有个大侦探就叫福尔摩斯。"

"去,把你哥、你姐叫回来。"

"干吗呀?"

"这回我得跟这个兔崽子好好掰扯、掰扯。"

"算了吧,一句话不对付又得干架。"

"干架就干架,谁怕谁!"

"您打得过二豆吗?"

"去,把你二叔、王显廷、王显章、王显贵都给我叫来。"

"您这是何苦,不是没事找事吗?"

"这回他要是敢动手,看我不把他砸巴死!"

王家三兄弟是老姜头赤峰的老乡,老大王显廷在大队赶大车,四十多岁还没结婚。后来还是老姜头在老家给他张罗了一个对象,胖胖乎乎,岁数比王显廷小了近二十岁。他爱得不行,继而又怕得不行,原来一个被困苦生活磨炼出的铮铮铁汉,变成一团软面条,老婆怎么说怎么是,屁也不敢放一个。怕老婆之余,却对老姜头佩服得五体投地,上刀山下火海在所不辞。

小梅骑马来找他,说:"叔,我爹叫你去一趟。"

他问:"什么事儿?"

"我爹说二豆偷菜园的菜……"

"这小子活得不耐烦了,竟敢偷我大哥的菜?你等着,我这就去抓马,看我不把他砸巴死!"

他老婆说:"你又犯病啦,是不是又哪儿痒痒了?那么大岁数,怎么跟个孩子似的。"

王显廷嘿嘿笑着,不敢说话了,半晌才对小梅说:"你先回吧,等我跟你婶儿商量商量再说。"

"我还要去找我二叔,我爹还说了,叫你找上王显章、王显贵一块儿去。"

"行,他们俩交给我,你只找你二叔就行了。"

小梅走后,他老婆又教训他说:"老姜头菜让人偷了,活该,跟你有什么关系?"

"不是老乡嘛。"

"得啦,快别提什么老乡了,他包那个菜园有多少好处,可有一点儿好处到你身上?有菜不想着你,打架倒想着你了。"

"刚才我答应小梅去了,这要不去怕不合适?"

"你去你的,带上口袋,跟他弄点儿菜,角瓜、豆角、黄瓜什么的。但不许生事儿,你要生事儿,就别回来了。"

"别回来你让我上哪儿去?"

"爱上哪儿上哪儿。"

"那叫不叫显章、显贵?"

"你是去弄菜,又不是去打架,叫他们俩干什么?"

"是,是,都听你的!"

"敢不听吗!"

王显廷像只泄了气的老公鸡,耷拉着脑袋走了出去。

骄阳似火。

二豆在配种站门前宰羊,王显廷骑马走来,老远就招呼说:"二豆,宰羊啊,老没见了,你倒好啊?"

"王哥来了,"二豆抬眼一望,"你这是要去哪儿?"

"找我大哥,弄点菜。"

刚才还说要把二豆砸巴死,此时一见面却又十分亲热。

"这羊还真肥,"王显廷下马,走了过来,"瞧这蝇子!"

那羊正被大卸八块儿,鲜红的肉上叮满了肥硕的绿头苍蝇。

"他妈的,这个熊玩意儿,竟敢跟人争第一口。老子还没吃呢,它倒先吃上了!"王显廷手一挥,绿头苍蝇同时飞起,嗡嗡嘤嘤一片;手一落,绿头苍蝇又同时回到肉上。王显廷又挥手去赶,忽然"哎哟"一声,捂着眼睛蹲到地下。

"怎么啦?"二豆吓了一跳。

"蝇子把蛆下我眼睛里了!"

原来苍蝇有一个坏习惯,喜欢把它的卵下到眼睛里,不独人眼,马、牛、羊、驼的眼也是它下卵的理想所在。它下卵也很神速,不用在你脸上停留,只要从你眼前掠过,轻轻一甩,就已经把卵下在你的眼睛里了。你若不在意,没几天那卵就长成了蛆,在你眼里又吃又拉,翻跟头，打秋千，折腾个一溜够，它又变成蝇子飞走了，你的眼睛就算毁了。

二豆放下手中的刀，将王显廷扶进配种站办公室。他老兄用手又抠又擦，把眼睛弄得通红。罗明和阿斯茹见了，不让他用手，说他的手指跟柴火棍似的，又糙又脏，眼睛哪受得了。罗明和阿斯茹拿一袋生理盐水给他洗眼，又上了好些红霉素软膏，这一下基本上消毒了，可王显廷的眼睛又酸又疼，睁不开了。

他就像战场上打了败仗的伤兵，睁一只眼，闭一只眼，狼狈不堪，辞别了罗明等人，又捂着眼睛走进老姜头的家。

"你眼睛怎么啦？"

"遭蝇子下蛆了。"

"我还指着你冲锋陷阵，你倒先受了伤。这蝇子也不开眼，怎么偏偏就找上你了呢？"

"我今天什么也干不了了。"

"显章、显贵没来吗？"

"没来，都有事，显章去公社卫生院拿药，显贵去了沙窝子。"

其实他谨遵老婆的命令，根本就没去找，不过是一篇瞎话而已。两人正聊着，小梅也回来了，说她二叔不来。

"为什么不来？"

"我二叔带七八条猎狗去追狐狸，说没空。"

"是我的菜园重要，还是他的狐狸重要？"

小梅没吱声，心说：有本事跟我二叔说去呀。

"我鼓捣这个菜园，辛辛苦苦为了谁？还不是为了老姜家、老王家，还有咱们赤峰的老乡。这倒好，有事儿一个也不来，就你一个人来了，还算有点儿良心。"

"这个大队我最佩服的就是我大哥，我大哥叫我来我敢不来吗。"

"你眼瞎了，还能喝酒不？"

"我眼瞎了，嘴又没瞎，怎么不能喝。"

"小梅,拿一瓶酒来,再弄两个菜,我和你叔好好喝两盅。"

"大哥,今天我可不能喝,你弟妹叫我来跟你弄点儿菜,在家等着呢。"

"完蛋,看来这人真不能娶老婆,原来还是条汉子,一娶老婆就成了软面条。"

"大哥,你这是骂我呢?"

"我不是骂你,是夸你呢。可有一条,你天天搂着个胖乎乎的娘们儿睡觉,可忘了是谁给你做的媒?"

"那我怎么能忘,一辈子都感激大哥。"

老姜头原想灌王显廷几盅酒,借机闹点事儿,可王显廷有老婆的旨意在身,岂敢喝酒误事。老姜头无奈,只好叫小梅带他去菜园摘点儿菜。心里骂王显廷是个窝囊废,表面上还得笑脸装大哥。小梅问他收钱不收?他说:"别人收钱,你王叔还收钱!这孩子,这么点儿眼力见儿都没有。"

打发走王显廷以后,老姜头越想越气,这一回要是饶了二豆,他的脸面就丢大了,以后都不把他当回事儿,都来菜园偷菜,他还怎么吃香喝辣耍威风?不行,非整整这小子不可!

第二天一早,老姜头趁大家还在睡觉,去菜园摘了几个角瓜、十来斤黄瓜、十来斤豆角,还有几个茄子、辣椒之类。装在筐里,捂个密不透风,赶一挂牛车,去了公社。

到了公社所在地,他把牛车赶到大后边张凤选张大夫的家,敲门说:"张大夫在家吗?"

敲了半天门张大夫才出来开门,皱着眉头瞪着他,像是问:"你是谁,咱们认识吗?"

老姜头说:"我给你带了点儿菜,快搬进去吧。"

张大夫一听菜,脸上现出点儿笑容,等看到老姜头带来那么多新鲜蔬菜,顿时春风拂面,笑得合不拢嘴,忙把客人往屋里让。

老姜头把牛车赶到院子里,卸了车,将牛拴在石轱辘上,随张大夫进了屋。

张大夫给老姜头倒了一杯茶，又敬一根烟，说："咱们这个地方菜比肉金贵，你自己留着吃得了，还想着我。"

老姜头说："我也没有别的可送，就是包一个菜园，有点儿菜，想吃菜就说句话，我给你送。"

"那敢情好，那就谢谢你了。今天来是不是有什么事儿？"

"没事儿，我来公社买粮，顺便看看你。"

张大夫是个老油条，估摸老姜头一准有事求他，也不说破，有一搭无一搭聊些闲话："听说你这个菜园搞得不错，在公社范围内都很有名。"

"要说种菜我也不敢吹牛，这么大个公社，除了我再找不出第二个人了。"

两人越扯越远，后来还是老姜头忍不住了，说："张大夫，您认识不认识我们大队的二豆？"

"见过几面。"

"这小子可不是玩意儿。"

"怎么呢？"

"这小子吃了熊心豹子胆，偷宰大队的牛，公安局要处理他，叫大队先把他安置在饲草基地管制起来。你就老实一点儿吧，他还带头偷我菜园的菜。我这么大一个留种的角瓜，二十多斤，他生生给摘走了。你说气人不气人？明年没了种子，这角瓜也别种了。"

"二豆怎么这样，年轻人不学好。"

"你是公社革委会委员，这事儿你们管不管？"

"你要我怎么管？"

"我也不求别的，只求您给公安局打个电话，催催他们，二豆宰牛的事儿也该处理了。"

张大夫原想一口拒绝，这事不在他负责的范围之内，他完全可以一推六二五。但转念一想，老姜头这个人不好得罪，原因很简单，他手里有菜，他要是一生气不给你送菜了，这日子就过不舒坦了。

"行，我给公安局打个电话，不过管用不管用我可不敢打保票。"

老姜头用几十斤时令蔬菜换了一个电话，还不知管用不管用，心里别提多高兴了。回到家对小梅说："这回二豆没跑了，过几天公安局就来抓他！"

"您说抓就抓呀。"

"哼，你爹有多大能耐你还不知道呢。去，给我拿一瓶酒，再拍个黄瓜，我要庆祝庆祝。"又嘱咐小梅说："你搁在心里等着看热闹就行了，出去可不许对人说，要是二豆听到风声跑了，我可饶不了你！"

过了几天，公安局来了一辆吉普车，把二豆带走了。这在红旗大队几十年还是第一次，引起相当大的轰动。

老姜头知道这是张大夫的电话起了作用，心中不免暗自得意，但他也不露声色，害怕有人上门报复，这也是他老奸巨猾的地方。

29 上学

八月末的一天，公社来了一纸通知：盟师范学校招生，给红旗大队一个名额。

巴雅尔找来罗明，说："这可是个绝好机会，你要想去，大队准备推荐你。"

罗明想：从脱离底层来说，这确实是一个机会，但自己本是一个高中毕业生，再念两年中专，岂非架屋叠床，浪费时间吗？要想学习，直接上大学才是。

罗明虽然不想去师范学校，却一心希望阿斯茹去，阿斯茹的回答也很干脆："不去！"

"为什么不去？"罗明问。

"去了不就见不到你了。"

"你傻呀，这关系到你的前途，一个牧民要想改变自己的命运，现在只有一条路可走——上学！"

"你要去我就去。"

"可惜人家只给一个名额，咱们俩无法一块儿去。"

阿斯茹不想去上学，罗明觉得她太孩子气，就把自己的想法跟巴雅尔说了，巴雅尔说："阿斯茹是我的女儿，恐怕不合适吧？"

"这有什么不合适，举贤不避亲嘛。"

"还是开队委会商量一下，省得别人有意见。"

队委会上，巴雅尔提出上学的问题，说他想推荐罗明去，罗明这傻小子却不愿意去："大家看看还有谁合适，推荐一个吧。"

有人说："罗明既然不想去，不如让阿斯茹去吧。"

又有人说："我赞成，阿斯茹是配种员，正好深造一下，将来对大队的畜种改良也大有帮助。"

"同意。"

"同意。"

"阿斯茹是我女儿，不合适吧，还是推荐别的人。"

白银仓也是队委会成员之一，这时他叼着烟袋锅子，不紧不慢地说："这是我们全体队委会成员民主议定，您还想专制独裁不成？"

巴雅尔可不敢搞专制独裁，遂顺从众议，将阿斯茹作为推荐人填表报了上去。

不料时事多变，没过几天，公社突然派人来大队，召开全体社员大会，当众宣布：撤销巴雅尔大队党支部书记职务，罪名是"右倾翻案，否定'文化大革命'"。

对于这个罪名，巴雅尔有点儿莫名其妙，不知所云。但他心里明白，这多少是受乌力吉的影响。因为他一向被认为是乌力吉的人，一根绳上拴俩蚂蚱，跑不了这只，也跑不了那只。不久便有消息传来，乌力吉已被撤销职务，在家写检查呢。好在巴雅尔也不留恋官位，自以为你让我当，我要尽本分当好；你不让我当，我也不强求，落得个清闲自在。

撤了巴雅尔的职务，公社革委会同时宣布：调白云大队三宝同志任红旗大队党支部书记。

为什么调三宝？这是因为红旗大队虽然有三个党员，但一个个都有具体困难：一个刚被撤职，一个年岁太大，一个说死说活躺倒不干，都难委以重任。既要维护党在基层的绝对领导，又不能任命非党员为书记，所以不得不请外援。

三宝本人对这次调任倒没什么意见，一般来说官员都不愿调任异地，离开自己多年经营的地方，人生地不熟，事情多所掣肘，各种利益也无法维护……但三宝没有这种地域观念，到哪儿不是当书记，到哪儿不是发号施令，这里那里又有什么分别？

三宝为人孤介、正直，但他也有点儿私心，这就是为了托娅，他和巴雅尔结下了一段不能为外人道的恩怨情仇。他虽然得了托娅的人，却得不到她的心。按说你占了美人的人，已经很不错了，你得没得到她的心又有何用？三宝虽没有多少文化，心思却不亚于知识分子，一个有二心的女人在你身边，一面与你虚与委蛇，一面心里又想着别的男人，让你食不甘味，寝不遑安，害怕一觉醒来人已不见，这日子能过舒坦吗？

二十年来三宝始终对巴雅尔怀有怨恨，认为是他妨碍了自己的家庭幸福，但他也隐忍在心，不敢表露出来，怕托娅不高兴。

他太爱托娅了。

这一次撤了巴雅尔的职，让他顶替，他心里不由自主产生一点幸灾乐祸的感觉。老天有眼，终于让他出了一口恶气。

一口憋在心头二十年的恶气，其快意可知。

三宝兴冲冲举家迁往红旗大队。

新官上任，千头万绪，三宝首先召开队委会，和大家见见面。

会上，有人提出了阿斯茹的上学问题，说群众很有意见，阿斯茹小学还没毕业，怎么一下子就升入中专呢？还不是因为他父亲是巴雅尔吗？真是世态炎凉，人情冷暖，巴雅尔在位时没人放个屁，刚一倒台立刻就有人拿他的女儿开刀了。

"是谁推荐阿斯茹的，"三宝问，"是巴雅尔吗？"

"那倒不是。"白银仓说，"这可得说句公道话，是我们队委会成员全体通过，当时巴雅尔还不同意呢。"

"到底是老书记了。"

"不过换一个也未尝不可,省得群众有意见。"

"换谁呀,你们心里有没有合适的人选?"

队委会成员们都大眼瞪小眼不说话,老半天白银仓才慢悠悠地说:"您的儿子巴图不是岁数也挺合适的吗?"

"我的儿子没兴趣,要是参军还可以,上学就算了吧。上不上就那么回事儿,没多大用。"

"那倒也是,"大家都称赞三宝英明,"像罗明那些北京知青都是高中毕业,还不是下来当牧民。"

"罗明是谁?"

大家又把罗明介绍了一番,还散布小道消息说他有可能成为巴雅尔的女婿。

"阿斯茹才多大呀,就谈对象啦?"

"不小了,都十七八岁了。"

言者无心,听者有意,从此罗明就在三宝心里挂了号。

众人讨论了半天,也没提出个合适的人选,最后三宝说:"那就还是阿斯茹吧。"

其实上学的名额是个"肥缺",也不知有多少人暗中惦记呢。乡下孩子要想脱离乡下这个圈子,改变身份,一变而为城里人,只有上学。

过了两天,公社张凤选来饲草基地找老姜头,贵客临门,老姜头高兴得连自己姓什么都忘了,忙备酒备饭招待。

两人盘腿坐在炕上,你一杯,我一杯喝了起来。张凤选忽然想起了什么,问老姜头:"阿斯茹上学的事儿,群众有什么反应?"

"阿斯茹上什么学?"

"盟师范学校,你们大队不是推荐的阿斯茹吗?"

"不知道,我一点儿都不知道。"

"难道巴雅尔推荐自己的女儿,也没征求征求群众的意见?"

"征求个屁,有什么好事儿都是书记、队长的,私下里鼓捣鼓捣就定了,且轮不到我们小老百姓头上呢。"

"这就不对了嘛……"

"喝酒,喝酒。说起这事儿我就有气。"

老姜头喝酒有一个特点,一喝就脸红,两眼迷迷糊糊,话也说不利索了。而且他红脸也与常人不一样,不仅脸红,耳朵脖子也红,肩膀胸脯也起红斑,用手一挠就红成一片。

这时他有点脸红脖子粗了,气不打一处来:"这一次公社撤了巴雅尔,太英明了,我举双手赞成。还搞封建主义那一套,有好事就想着自己的闺女,这大队能搞好吗?"

张凤选笑嘻嘻:"你是不是有点儿醉了?"

"没醉,你别看我脸红,可我没醉,心里清楚。有话就说,有屁就放,绝不借酒装疯。我一个老百姓,我怕谁?"

"老哥,牢骚太盛防肠断……"

"太气人了,气得我心口疼。你说我经营这个菜园为了谁?还不是为了大队的社员。现在社员有菜吃了,我没有功劳也有苦劳吧,可有谁想着我呢,又有什么好事能轮到我的头上呢?"

"慢慢熬吧,总有熬到头的那一天。"

"熬到死就到头了。"

张凤选哈哈一笑,这才说到正题:"老哥,你跟三宝熟不熟?"

"不熟,他来红旗大队才几天,我连面儿都没见过。"

"不熟也好,我有件事儿求你。"

"什么事儿?"

"你去跟三宝说,要是他能把阿斯茹上学的名额让出来,有人愿意给他1000块钱!"

"1000块钱,谁这么下本儿?"

"公社的一个熟人,为了孩子的前途,倾其所有吧。"

"阿斯茹上学黄了吗?"

"黄倒没黄,但只是大队推荐,公社还没同意。如今巴雅尔倒台了,事情就有商量的余地。要是三宝不同意阿斯茹上学,公社也乐得顺水推舟。"

"我听说三宝这个人挺倔的,他会同意吗?"

"这你就不知道了,三宝和巴雅尔有仇……"

"不会吧?"

"我告诉你,你可不要对别人说,三宝的老婆托娅原是巴雅尔的老情人,二十年了,两人至今余情未了。听说有一年巴雅尔去沙窝子找托娅,被老三宝堵在被窝里了。"

"有这等事儿?"

"我再告诉你个秘密,据说三宝的儿子巴图也是巴雅尔的种,你想两个人的仇能不深吗?"

"既然如此,你何不自己去跟他说,你是革委会委员,不比我有面子?"

"我正因为是革委会委员,这种事儿就不好抛头露面。你就不同了,你一个老牧民,怕什么,有事儿也找不到你头上去。"

"行,这事儿我帮你办。以后我要有事儿找你,你可别一推六二五。"

"放心,以后你的事儿就是我的事儿,我能不尽心吗?"

张凤选从裤子兜里摸出一个牛皮信封递了过去,老姜头从中抽出一沓人民币,往手上啐一口唾沫儿,认真点了两遍,张凤选皱起眉头要他再点一遍,他又点了两遍,方点明白无误。他原想跟张凤选要点儿跑腿钱,但始终没张开口。

第二天,老姜头赶一挂牛车,驮上些蔬菜,角瓜、豆角、芹菜、胡萝卜之类,去大队找三宝。

一路上他想:这一回可亏了,替他人卖力,还白搭上这么些蔬菜,一分钱也捞不着。

又一想,兜里这1000块钱倒是好东西,可以试探三宝,一下就能看出他是个什么人?他只要收下这1000块钱,那就好办了,等于拿住了他的把柄。以后有事儿，遂我的意，给他点甜头也没什么。要是敢不听，就把这受贿的事儿拿到公社去，让你小子吃不了兜着走！

他觉得这个主意不错，不由伸大拇哥赞道："高，实在是高！"

到了大队部，他先去伙房找白银仓，问三宝在不在？

"在，"白银仓说，"三宝这两天一直在这儿住，没回家。"

"为啥没回家？"

白银仓不答，只是问他："你这褂子是怎么了，灰不灰绿不绿的，竟像画了一个大花脸？"

"刚才抱芹菜，不小心蹭上的。"

老姜头又去找三宝，走进办公室，见原来巴雅尔的座位上坐着一个陌生人，瘦瘦的脸，满是皱纹，黢黑黢黑像一张干橘子皮，已经老得不成样子。

老姜头忙做出一副笑脸："这是三宝书记吧？"

三宝抬眼打量了他一下："你是谁？"

"我是饲草基地大队菜园的负责人，我叫姜文龙。"

"姜文龙？我正要找你。"

"找我？"老姜头脸上不由得露出了惊喜，"您有什么指示？"

"有社员反映，你卖菜不卖给本大队的人，却卖给公社的人，有这回事儿吗？"

"谁这么糟践我，这不是天大的冤枉吗？大队买我菜的人也不止一户两户，您不妨下去调查一下。"

"我是要下去调查一下，没有调查就没有发言权，不冤枉一个好人，也不放过一个坏人。"

"怎么我又成坏人了？"

"我没说你是坏人，你也可能是好人。"

"这菜园我不干了，您给我换一个工作吧。"

"真不干了吗？"

"怎么干啊，天天辛辛苦苦不说，还有人往你头上扣屎盆子，没法干了。"

"你想干就干，想不干就不干，哪有这样的好事？"三宝顿了一下，"你先回去吧，我们商量商量再说。"

老姜头被气个半死，脸歪嘴斜，转身走了出去。哪有这样不通人情的人？活该当王八，连儿子都是人家的，能抵上巴雅尔一个脚指头还不错呢。

老姜头昏头昏脑走到自己的牛车旁，那牛正卧倒在地慢条斯理地"倒嚼"，老姜头解下缰绳拉牛起来，那牛不服管拿脑袋使劲一挣，差点把他拽一跟头。老姜头大怒，抡起缰绳狠狠抽了那牛五六下，骂道："这个尻玩意儿，连你也欺负人！"猛然想起：今天来的正事儿还没办呢。难道再回去见那个活王八？实在难咽胸中这口气，不见吧，又无法跟公社那位交代。没奈何，只好又折回办公室。

一进门，老姜头扮出一副笑脸，没事人似的说："三宝书记，我给您带了点儿菜。"

三宝头也不抬："什么菜？"

"有角瓜，有豆角，有芹菜，还有胡萝卜……"

"你给我送这么些菜是什么意思呀？"

"我能有什么意思……"

"我很少吃菜，你还是送给厨房吧。"

一句话就把老姜头噎了回去，半天没缓过劲儿来。只好硬着头皮说："三宝书记，我求您点事儿……"

"什么事儿？"

"也不是我个人的事儿，是公社有人托我求您的……"

"公社谁呀？"

"也是一个负责的干部……"

"谁呀，你干吗吞吞吐吐的，不好说吗？"

说还是不说，老姜头踌躇再三，后来决定还是竹筒倒豆子一下端出去，或许对事情有所助益，"张凤选，您认识吧？"

"认识,不就是卫生院的大夫,革委会的委员嘛。"

"认识就好。"老姜头趁热打铁,掏出装有人民币的信封,放到三宝面前。

"这是什么?"

"1000块钱,张凤选说了,只要您答应这件事儿,就送您1000块钱!"

三宝拿起信封掂掂:"还不少呢。"

"这么说您答应了?"

"什么事儿我还不知道呢,答应什么?"

老姜头遂把张凤选交代他的事儿细说了一遍,三宝听后说:"不行,不行!他又不是咱们大队的人,凭什么占咱们大队的名额?"

"人家给1000块钱呢!"

"你是不是小瞧我了,我一个共产党员,能为1000块钱昧着良心办事儿吗?"

三宝执意不要,老姜头也没办法,只好去公社把钱又退给了张凤选。

"他不要吗?"

"不要。"

"怎么说的?"

"他说他是个共产党员,不能要这个钱!"

"好啊,不愧是个老共产党员!"

张凤选一笑,接过钱,锁进办公桌的抽屉里:"他不要也没办法,事情办不成,只好把钱退给人家。"

说是这么说,但真要把钱退给人家,他又有点儿舍不得了。这一次人家为了给孩子弄一个上学名额,一共给他3000块钱,给三宝1000块钱,他还剩2000块钱。若3000块钱都退给人家,他就一分钱也没有了。

当时他一个月才挣三四十块钱,3000块钱可不是个小数目。

张凤选想，他这个公社革委会委员看似风光，其实如泥菩萨过河，自身难保。不定哪天形势一变，又被人捋去乌纱帽，变为平头百姓了。若不趁大权在握变些现金，弄些物质利益，一旦大权丢失，后悔也来不及了。

最后他决定把3000块钱偷偷笑纳，而且这类买卖可以再做几件，以便增加一些外快。当时他在公社革委会分管文、教、体这一方面的事儿，招生也是他分内的事，即便换几个人，也不会闹出什么岔子来。像阿斯茹，她的父亲巴雅尔已被撤职，而且牵扯到"右倾翻案"里面，正是当前打击的重点。这样的人你就是把他女儿抹了，他也说不出什么，别人也不会有意见。

既然如此，为什么还不抹呢？抹！

于是张凤选堂而皇之把阿斯茹从入学名单上抹掉，换成了给他贿赂的人。

阿斯茹落选的消息传到大队，她本人倒无所谓，正不想去呢，这下倒遂了愿。但罗明却不干了，而且他影影绰绰听说，有人曾拿钱贿赂三宝，要买阿斯茹的入学名额。

罗明当即骑马去了公社，一打听上学的事儿归张凤选管，就去找张凤选。

"张大夫，原本大队推荐阿斯茹去盟师范学校，怎么没有了？"

"什么没有了？"张凤选一见罗明头就大了，但又不得不笑脸相迎。

"名单，入学名单上？"

抹掉了，张凤选承认，一开始确实有阿斯茹，但经公社有关人员讨论研究，认为阿斯茹某些方面不合格，故把她从名单上抹掉了。

"哪些方面不合格？"

"比如他爹巴雅尔刚被撤职，而且与'右倾翻案'有关。"

罗明若反驳他，显然有为"右倾翻案"张目之嫌，但罗明不上他的当，改从另一个角度进攻。"我听说有人拿钱贿赂三宝，想要买阿斯茹的名额？"

"有这样的事儿?"张大夫不动声色,但心里暗暗吃惊。

"你们最好秉公办理,否则我会向上级反映。"

"你想向谁反映?"

"我也不向旗里反映,我也不向盟里反映,要反映我就向区里反映!"

"向区里反映?"张大夫微微冷笑,"你为一点小事儿麻烦区里不是太不应该了吗?"

"那没办法,你们既然做事不公,我也只好向区里反映反映了。"

"好啊,反映吧,不做亏心事,不怕鬼叫门!"

其实罗明也只是说说,虚张声势,吓唬吓唬张大夫而已。

那一天罗明和张大夫不欢而散,罗明感到没希望了,心里很是气愤。他真想给上面写一封信,但又苦于没有证据,而且看张凤选理直气壮的样子,似乎也不像有什么猫腻。这就是他缺乏生活经验的地方,不知道那些干坏事儿的人,总要装作大公无私的样子,比正人君子还正人君子呢。

不久,盟畜牧学校给阿斯茹发来入学通知书,怎么学校变了,不是盟师范学校吗?这就是张凤选上下其手,张冠李戴的结果了。原来张大夫虽然嘴里说"不做亏心事儿,不怕鬼叫门",心里却害怕罗明真给上面反映。心说遇到这帮北京知青还真是倒霉,弄俩钱也不容易,罢罢,还是小心为妙。盟师范学校的名额已经给了别人,就给阿斯茹对付了一个盟畜牧学校的名额。

30 问世间情为何物

离别的时刻一天一天临近,罗明和阿斯茹都有些伤感,表面上虽然没表现出来,内心深处却有点儿生离死别的味道。

罗明有时也学孔老夫子,"吾日三省吾身",他想:不就分开两年吗,你至于这么脆弱吗?你还想将来干点儿什么大事,我看你还不如"三十亩地一头牛,老婆、孩子热炕头"呢。

这一天三宝派人来通知阿斯茹,明天公社有专车送上学的孩子,叫阿斯茹准备好,一早去公社,十一点半准时开车,先去旗里再去盟里,别迟到了。

中午的时候,罗明和阿斯茹骑上马,带牛魔王去大草滩溜达。几年来天天如此,两人已习以为常,但今天却是两人的最后一次了,因为明天阿斯茹就要走了。

走到大草滩边缘,地上已见浸出的水,两人下马,解开牛魔王角上的缰绳,放它向草滩中央走去。两人又绊住马,放它们去吃草。然后两人走上山坡,坐在草地上,向远处望去。

绿草如茵。天空碧蓝,像水洗过一样,没有一丝云彩。阳光明媚,照在身上,感觉不出什么热量。不由得使你想到夏天已近尾声,再过几天、秋天、冬天将接踵而至。一年之中最美好的季节就这样匆匆而去，真想伸手抓住它，不让它走。

大草滩上满是马、牛、羊、驼，也许是离得较远，听不到喧哗之声。只见牛魔王走到草滩中央，牛群都向它围拢过来。牛魔王也十分高兴，向天"哞——哞——"吼了几声，浑厚的声音响彻大草滩，所有动物顿时抬起脑袋，竖起耳朵，警觉地四处张望，以为发生了什么事情？

从大草滩再往南就是白云淖尔了，灰黑色的湖水泛着白光。偌大的湖面上没有多少水鸟，只有十几只白天鹅自由自在地游来游去。

"《安徒生童话》有一则'丑小鸭'的故事，知道吗？"罗明触景生情，不由得想起了那则故事。

"不知道。"阿斯茹摇摇头。

"想听吗？"

"想听。"

"从前有一只母鸭，孵了十几只小鸭。其中有一只长得又大又丑，被称为'丑小鸭'。它到处挨啄，被排挤，被嘲笑，连它的兄弟姐妹也骂它：你这个丑八怪，但愿猫把你抓去才好。小鸭们啄它，小鸡们扑它，连喂鸡鸭的女佣人也用脚踢它。'丑小鸭'就在这样的环境中一天一天长大，有时它也自怨自艾，埋怨这个世界的不公，但它也从没忘记心中的远大志向，它想去水中游泳，想去更广大的世界里展现自己。一天，几只白天鹅从灌木丛中飞出，'丑小鸭'从未见过这样美丽的大鸟，不禁感到说不出的兴奋，它在水面像车轮似的不停旋转，头颈高高地伸向它们，发出奇异响亮的叫声。它对自己说：'我要飞向它们，飞向这些高贵的鸟儿！可是它们会把我弄死的，因为我是这样丑，还居然想去接近它们。不过这没有什么关系，被它们弄死，总比被鸭咬，被鸡啄，被看管养禽场的那个女佣踢和在冬天受苦要好得多！'这时那几只美丽的大鸟也落到水面上，'丑小鸭'奋力向它们游去。那些大鸟看见它，也竖起羽毛向它游来，像是欢迎它。'丑小鸭'谦卑地低下头，看见了自己在水中的倒影，它看见了什么呢？看见了一只白天鹅，原来它已从一只'丑小鸭'变成了一只白天鹅……"

"我是那只丑小鸭吗？"

"你以为呢。"

"但愿我是那只丑小鸭。"

"再过两年你也许会变成一只白天鹅！"

"你不就是想让我上学吗，我上就是了。"

两人正聊着，忽听"砰"的一声，似乎有人在打枪。两人吓了一跳，抬眼向大草滩望去，那里的动物并无骚动异常，又往湖面望去，只见那十几只白天鹅惊慌飞起，越飞越高，越飞越远，终于不见了踪影。

两人知道这是有人在打白天鹅。

"谁这么老土，"罗明十分气愤，"吃饱了撑的没事干了？"

"除了你们知青还有谁呀。"

"怎么见得就是我们知青？"

"本地人根本不吃天鹅肉，只有你们什么都吃。"

"知青里没有这样的人吧……"

这时他们看见有一只小木船，离了岸边，缓缓向湖中央划去，但离得太远，看不清划船的是什么人……

罗明说："瞧瞧去。"

两人抓回马，配好鞍子，一跃而上，催马冲下山坡，斜插过大草滩，直抵白云淖尔边。

这时小船也划回来了，划船人老远就招呼说："罗明、阿斯茹。"

罗明一看，不是别人，正是刘元。想想刚才和阿斯茹的争论，不觉有点儿脸红。

"一枪毙命，"刘元放下手中的桨，拎起死去的白天鹅，炫耀说，"怎么样，我的枪法如何？"

罗明说："你打死白天鹅做什么？"

"阿斯茹明天不是要走嘛，今晚炖一锅天鹅肉给她送行。"

"我不吃天鹅肉！"

"你不吃我和罗明吃。"

"我也不吃！"

"你们俩今天怎么了，天鹅肉不好吃吗？"

"天鹅不是吃的，只可供人欣赏。你把这么美丽的天鹅打死吃肉，不跟焚琴煮鹤一样，有点儿大煞风景吗？"

"你雅我土行了吧，不就一只天鹅嘛……"

罗明原以为这件事说说也就过去了，不想事态反而扩大。吃晚饭的时候，他和阿斯茹把饭做好，到处找刘元找不着。吃完饭罗明回到他住的小屋，待了一会儿，刘元推门进来，说："罗明，我要走了，以后可能也不会回来了。"

"你怎么想一出是一出，突然又想走了？"

"现在配种站已经结束，我已闲了半个多月，想去大队找个活儿。"

说着刘元上炕，用条毡把被、褥、枕头卷成一卷，拿绳捆个结实。

"是不是因为我刚才说你，你才走的？"

"不是。"

"我若态度不好我检讨！"

"真不是，我也想了，你批评得对，天鹅是不能打，那只死天鹅我也埋了，以后再也不打了。"

"北京知青就剩咱们两人了，你再一走，我可真成孤家寡人了。"

"那也没办法，天下没有不散的筵席，各人顾各人吧。"

刘元说着跳下炕，拎起铺盖卷向外走去，罗明急忙跟了出去，一直跟到马桩前。帮刘元把铺盖卷系到马鞍后，由于铺盖卷碍事，又扶刘元上马，说："你就把这儿当个家，没事常回来看看。"

刘元说："行。"

"天要黑了，你小心点儿。"

"没问题。"

送走刘元，罗明回来后，看着空空荡荡、破旧昏暗的小屋，心说：刘元走了，明天阿斯茹也走了，就剩我一个人了。

他倒在炕上，一种莫名的孤独感痛彻心扉。

刘元比罗明小四岁，罗明一向把他当弟弟看待，几年草原生活让两人结下了深厚友谊。不想这种友谊很脆弱，经不起考验，一只天鹅就足以让它产生裂痕。

当年分到红旗大队的共有十个知青，五男五女，五男来自北京，五女来自本旗。这五女也有特点，一个比一个头大，根据她们头的大小，被五男分为大头、二头、三头、四头、五头。上面的用意原是好的，为什么一开始分来五男五女？就是让他们逐一配对儿，结婚生子。但意图太过明显，让人难以下咽。北京这五男一个个眼高于顶，对爱情都有美好的憧憬，根本不把"五大头"放在眼里。他们以为若稀里糊涂勉强配对成婚，那人与牛羊又有多大区别呢？

"五大头"也不耐寂寞，看看北京五男没了希望，一个一个也都走了。先是五头龙梅，父亲是"文化大革命"前旗委某部门负责干部，走后门将龙梅送某大学读书。大头、二头、三头没有龙梅那么硬的父亲，只得托人介绍对象，先后嫁了人。大头、二头嫁到旗里，三头嫁给本大队的小杨。只剩下四头琼英不愿早婚，志存高远，还在大队坚持。北京五男的情况也好不到哪儿去，没有爱情，也看不到前途，人心散了，原本团结如一人的知青集体逐渐土崩瓦解。一人办病退回了北京，一人靠送礼谋了一个旗中学教员，还有一人也就是韩力去公社当了拖拉机手。大队只剩下罗明和刘元，如今刘元也说要走，不回来了，那饲草基地就只剩下罗明一个"光杆司令"了。

正当罗明愁肠百转，难以自已之际，忽然阿斯茹推门走了进来。罗明坐起身，问她："准备得怎么样了？"

"也没什么可准备的，"阿斯茹走过来，坐在他身边，"都是阿妈帮助张罗的，一床铺盖，还有洗漱用品，30斤全国粮票，20块钱……"

罗明没说话，原因是他接不下去，有点卡壳。心爱的人明天就要走了，肚子里似乎有千言万语要说，可又不知说什么好。

他是个不善于表达感情的人。

两人静静地坐着,你瞧着我,我瞧着你,后来阿斯茹说:"我明天就要走了,你难道没话对我说吗?"

"怎么没有!"

"那你怎么不说?"

"说什么呢?"

"心里话!"

"祝你一帆风顺,鹏程万里。"

"又是这一套,就是不说心里话是吧?"

"那你说……"

"我这一走,不定什么时候才能再见一面……"

"也就三四个月,放寒假时你不就回来了。"

"三四个月,天哪,太漫长了,想想就害怕……"

"太夸张了吧?"

"真的,一天都不想离开你!"

罗明心说:"那你就别走,我也不想离开你。"但这话他没说出口,怕他一说,阿斯茹真的不走了。他伸出手搂住阿斯茹的肩膀,在她脸上亲了一口。阿斯茹递过嘴唇,罗明轻轻噙住,两人忘情地狂吻了半天。

"我今晚不走了。"

"那就别走了。"

"咱们俩也别睡觉,好好聊聊。"

"好啊。"

罗明跳下炕走去把门锁住,一回身,阿斯茹也把油灯吹灭了。

罗明随口问:"你吹灯干啥?"

阿斯茹说:"那你锁门干啥?"

"我怕有人一不留神闯进来。"

"我也怕有人一不经意看见我。"

两人就像两个要做坏事儿的孩子,一心想做某种"坏事儿",心里又忐忑不安,以为黑暗就能掩盖一切。

罗明上炕,把他的被褥铺开,阿斯茹躺了上去。

"把衣服也脱了吧。"

"你帮我脱。"

罗明帮阿斯茹脱衣服,七手八脚,上衣、秋衣、乳罩,又脱裤子、秋裤、裤衩,罗明速度很快,似乎像扒羊皮一样,有点儿迫不及待。但他脱下阿斯茹的裤衩以后,手又停住了……

阿斯茹见他不动手,问:"你怎么了?"

罗明没回答,他倒不是胆怯了,而是心里很矛盾,不知道他这样做对不对?

后来他把裤衩又递给阿斯茹:"把衣服穿上吧。"

阿斯茹接过裤衩儿,穿好。罗明又递别的衣服:"对不起,别生气。"

"不生气。"

"你还是回去睡吧,明天还得早起赶路。"

"好。"

两人客客气气分手,像两个陌生人,罗明心里很遗憾,原是一件天大的好事儿,也不知怎么突然变成了这个样子。

阿斯茹走后,罗明呆呆地想了半天,闹不准自己是"对"还是"错"?

也许今天他错过了一次人生的大好机会,会因此而悔恨终生。又一想,若是只求满足自己的私欲,不管不顾,对阿斯茹不知爱怜,随便破坏她的贞操,那与牛、羊、马、驼又有什么分别呢?

人总要高尚一点儿,不能太低俗了。

话虽如此,罗明只觉浑身燥热难耐,无所适从,一股浊气直冲大脑,似要爆炸一般。他跳下炕,向外冲去,一直冲到小河边,来不及脱光衣服,就跳下水,坐到水里,又把头脸也浸到水里,让水裹住全身,这才感到好过一点儿。只觉周围的水"咕嘟、咕嘟"冒泡,似要开锅一般,心想自己难道真有这么大的热度,能把这条河也蒸干不成?

阿斯茹，这害人的小妖精，恨死你了！

就这样，罗明在河里泡了半个多钟头，才觉身心恢复到正常，这才起身上岸，湿淋淋地回到小屋，擦干身子，换一条裤衩，钻进被窝，什么也不想，一觉睡去。

第二天一大早，阿斯茹来叫他起床，罗明睁开眼，只觉头重脚轻，浑身酸疼，话也说不清。

"你怎么了？"

"可能感冒了。"

"大热天怎么感冒了？"

"谁知道。"

"要不你别送我了。"

"不过是有点感冒，哪就打垮我啦。"

说着罗明跳下炕，找出两片"感冒通"，从水桶里舀一瓢凉水，把药咽了下去。他光着膀子，显出一身发达的肌肉，黑白分明，凹凸不平，阿斯茹忍不住伸手去抚摸，罗明连忙穿上衣服。匆匆刷牙洗脸，即和阿斯茹出门去她家。

路过配种站的时候，罗明问："不去和牛魔王告个别吗？"

阿斯茹说："刚才已经告过了。"

"牛魔王什么反应？"

"一点儿反应都没有，眼皮都没眨一眨。"

"不会吧。"

"牛魔王过去跟我好像还有点儿默契，近来却越来越木木呆呆，你说它是不是开始变老了？"

"牛一般能活20来年，牛魔王今年15岁，可不是已过了中年期。"

"那人的中年期是多少？"

"你没听过一句话吗，人过三十天过午。"

"我离三十还早着呢。"

"不用忙，说快也快，眨眼的工夫就到了。"

两人说着话就来到巴雅尔的营盘，巴雅尔已经替他们把马抓了回来，配上鞍子，这也是昨天说好了的。乌兰招呼两人吃饭，端上一壶奶茶，一盆肉骨头，还有奶食、炒米。

阿斯茹问："宰羊了吗？"

乌兰说："为了给你送行，你爸把咱们的自留羊宰了一只，你多吃点儿。"

两人心绪不佳，拿点奶皮子、炒米泡在奶茶里，喝两碗也就算吃好了。乌兰又嘱咐了许多话，拿出一个包裹，主要是绒衣、绒裤，棉衣、棉裤。阿斯茹嫌累赘，乌兰说："再过一个来月天就冷了，到时候你怎么办？"阿斯茹不说话了。

看看时候不早了，罗明说该动身了，两人起身向外走去，一家人送出了屋。忽然斯琴其其格上前抱住阿斯茹的腿，说："姐姐你别走，我不让你走！"

阿斯茹蹲下身安慰她说："姐姐过几天就回来看你。"

其其格哭得像个泪人："姐姐别走，不让姐姐走……"

这孩子一哭不要紧，惹得一家人都心酸不止，阿斯茹不由得眼圈也红了，巴雅尔急忙把其其格抱进屋。

两个年轻人上马，挥手和乌兰告别，打马上路。到底是孩子心性，刚刚还为其其格伤心，一骑上马，纵马奔驰，抑郁的心情一扫而空。两人又开始比较马的脚力，先比竞走，小红马赢了小黑马，阿斯茹咯咯直笑；接着两人又撒"一绷子"，小黑马赢了小红马，阿斯茹又噘起了嘴。

罗明逗她说："回头车要开的时候，千万别哭鼻子。"

"哭什么？"

"为我呀。"

"为你？不可能。"

"为我也不哭吗？"

"恨也恨死你了，还哭！"

两人到了公社，先去办公室开介绍信，工作人员告诉他们：送学生的车十二点才到,一点半准时开车,今天到旗里,明天到盟里。罗明看看表,距开车还有三个来钟头,就和阿斯茹商量,不如先去吃点饭,阿斯茹同意,就把大包裹寄存在办公室,两人去公社食堂。

路过公社小邮局时,阿斯茹眼尖,瞧见二豆站在邮局门口,大喝一声:"二豆,你怎么跑出来了?"

"谁跑出来了?"二豆一脸不高兴。

"没办法,你要是跑出来的,我们只好把你抓起来送公安局。"

二豆也不理她,对罗明说:"头儿,我得谢谢你……"

"谢我什么?"

"听说你和巴书记为我说了不少好话,要不还不会这么快就放我回来呢。"

"放你回来就好,以后别再干那不着调的事儿了。"

"你们这是要去哪儿呀?"

"我和阿斯茹去吃饭。"

"我请客吧。"二豆说。

"有钱了?"阿斯茹问。

"这回在拘留所干了几个月苦力,挣了十几块钱,请你们吃顿饭总够了吧。"

三个人来到公社食堂,一进门就见食堂的大师傅老梁头正坐在椅子上抽烟呢,罗明问:"梁师傅,今天吃什么?"

老梁头爱搭不理,半天才说:"小米饭。"

"什么菜?"

"炖骨头。"

"我怎么闻着有鱼香味儿呢?"

"就你鼻子尖,我熏了一锅小鲫瓜子,熏了一整夜,又酥又烂,你要吗?"

"要,那还不要,一样给我们来三份。"

老梁头还做了一小盆肉末儿辣椒,罗明也要了三小碟,这辣椒末儿就是这顿饭唯一的蔬菜了。饭菜共用去了六元三角六分,二豆掏出一张又脏又皱的十元票子递了过去,老梁头翻来覆去瞧了半天,说:"你是不是换一张?"

"咋啦,这是公安局给的,难道还有假?"二豆瞪大眼睛,又一笑,"我就这一张,再也没有了。"

老梁头只好收下。

饭菜端上桌,阿斯茹闻了闻肉骨头,皱起鼻子说:"真香啊!"

"香你就多吃点儿,"罗明说,"到了学校还不定吃得上吃不上这么香的肉骨头呢。"

"什么学校?"二豆问。

"阿斯茹已经是盟畜牧学校的学生了,我今天就是特意送她去上学的。"

"嗬,小学还没毕业,就成了中专生了?"二豆一脸嫉妒,也不掩饰,"到底是有个当书记的爹!"

"我还不想去呢,你要去,不如让给你。"

"算了吧,咱又没有一个当书记的爹,哪儿有那福气。"

二豆就像个饿死鬼,三口两口把小米饭扒拉下肚,跟梁师傅又要了一碗,说:"头儿,你给解释解释……"

"解释什么?"

"为什么新中国成立这么多年,封建主义这一套就绝不了根呢?"

"靠爹妈算什么本事,还得靠自己努力。"

"得了吧,咱再怎么努力不还是个老牧民吗?"

罗明不说话了,知道自己的回答缺乏说服力,难以服人。

说话之间二豆扒拉完第二碗饭,又要了一碗,阿斯茹说:"你怎么跟猪似的……"

二豆一愣:"你没进过拘留所,你哪知道拘留所过的是什么日子。"又一笑:"完了,完了,这一下全完了……"

"什么全完了?"

"我原来对咱们俩的事还抱一线希望,现在你成了中专生,将来还可能上大学,咱们俩的事不是彻底没希望了吗?"

"癞蛤蟆想吃天鹅肉!"

"我是癞蛤蟆,不过我看头儿也没什么希望了。"

"你说你自己得了,怎么又扯上他了。"

"头儿还不跟我一样,也是个老牧民,跟你这个大学生能般配吗?"

"二豆,"罗明说,"你怎么变得这么厚颜无耻了?"

"进过拘留所的人什么不敢说,什么不敢干,什么豁不出去……"

一屋子人都以异样的眼光瞅着他,二豆以为大家怕了他,越发扬扬得意。

二豆正说得热闹,公社办公室的一个工作人员来食堂吃饭,一见阿斯茹就说:"你怎么还在这儿吃呢,车都来了!"

阿斯茹说:"车停在哪了?"

"就停在邮局前面。"

阿斯茹和罗明也不吃了,撂下饭碗起身就走,二豆也忙跟了出去。三个人先到办公室取了行李,然后急急忙忙赶到小邮局,果然一辆解放牌卡车停在那里。车上满是人,都是被选中上学的幸运儿;车下也满是人,都是来送行的家长。

罗明帮阿斯茹爬上车,二豆递过行李。阿斯茹安置好以后,拿眼去瞟罗明,见罗明正微笑着朝她招手,阿斯茹立刻眼睛湿润了,泪水在眼眶里打转,她怕罗明看见她哭,就把头偏过一边,大滴的泪珠儿忍不住"吧嗒、吧嗒"流了下来……

问世间,情为何物,直教生死相许?天南地北双飞客,老翅几回寒暑。欢乐趣,离别苦,就中更有痴儿女。君应有语:渺万里层云,千山暮雪,只影向谁去?

横汾路,寂寞当年箫鼓,荒烟依旧平楚。招魂楚些何嗟及,山鬼暗啼风雨。天也妒,未信与,莺儿燕子俱黄土。千秋万古,为留待骚人，狂歌痛饮，来访雁丘处。

这是金元好问的《摸鱼儿·雁丘词》，虽然写的是大雁，其中"问世间，情为何物，直教生死相许"却成千古名句。试问世间的痴儿女，如罗明、阿斯茹辈，当年你们恋爱的时候，对这句话的含义又有多少了解？

31 奎木狼终成正果

这一天，罗明骑着马由大队回饲草基地，一路唱着歌，心生豪迈。忽然他感到一种怯意，好像后面有什么东西跟着他，回头一瞧，原来是一只狼！

罗明吃了一惊，一时不知如何是好？

听老牧民说，狼经常这样在后面不声不响地跟着人，等机会来了，它会把前爪搭在人的肩膀上，你一回头，它就一口咬住你的喉咙……

"走夜道千万不能回头！"这是老牧民的告诫。

罗明不敢回头，幸亏他骑着一匹高头大马，狼想从后面袭击他也不容易。

饲草基地并不远，等到了饲草基地，罗明跳下马，回头一瞧，那只狼不但没跑，竟然也跟他回到了饲草基地。

"找死啊……"

罗明忽然心里一动，试着叫了一声："奎木狼！"

那只狼扑了上来，一下子将罗明扑倒在地，用头蹭他的脸，用舌头舔他的嘴、鼻子，亲热得无以复加……

果然是奎木狼！

罗明跳起身，搂住奎木狼的头，梳理它的毛，挠它的腹部，又拿出一大块牛肉喂它吃，仔细打量它："奎木狼，你过得好吗？"

奎木狼已经长成一只大狼，浑身黄黑色的毛，油亮油亮，看来过得还不错。

奎木狼三口两口将牛肉吞下肚，又扑向罗明，这时饲草基地的许多邻居也都跑出来看热闹，见罗明和一只狼搅在一起，纷纷纳闷。

二嫂胆子大，走上前问："是那只小狼吗？"

说着伸手要摸奎木狼的头，奎木狼冲她龇牙，吓得二嫂赶紧把手缩了回去。

这时有一个姑娘从远处走来，穿一身蒙古袍，奎木狼伸长脖子朝她望去，又朝她迎去，吓得那个姑娘停住脚步，不敢往前走了。

二嫂说："它是找阿斯茹呢。"

罗明说："阿斯茹上学去了，你要找她可找不着了！"

奎木狼似懂非懂，又冲罗明撒娇，似乎非要找阿斯茹不可，忽然远处传来几声微弱的狼叫，奎木狼也仰头嘶吼了一声，随即转头跑去，罗明叫也叫不住。

第二天中午，罗明正在屋里做饭，听见外面二嫂叫他，罗明跑出去，问："什么事？"

二嫂指指井边，罗明一看，原来是奎木狼领着两只狼崽子朝他走来。

罗明一笑说："奎木狼有孩子了……"

奎木狼回到狼群，遭遇并不平坦。它的母亲是狼群的首领，俗称"头狼"，它的身份就是"公主"了。按理说"公主"的身份不一般，其他的狼都知道敬畏，但有一只狼很不服气。

这只狼就是头狼的另一个女儿，也就是奎木狼的妹妹，我们暂且叫它"巴巴罕"吧。

巴巴罕原来在狼群养尊处优，说一不二，突然冒出一只小母狼，长得比它漂亮,年龄比它还大,被封为"大公主",头狼因它是新来的,对它宠爱有加,巴巴罕是妹妹,自然矮了一截,你说这怎么让它服气呢?

巴巴罕气不打一处来,处处排挤奎木狼。首先它学头狼的做法,四处撒尿,用头上的毛蹭树干,留下自己的气味,意思是说:"这个地方是我的,任何人不得占据!"实际上是划分势力范围,向奎木狼示威。

奎木狼也不理它,有时也撒一泡尿,盖住巴巴罕的尿,表示领地换了主人,巴巴罕也无可奈何。

狼群猎了一只狍子,按等级分食,先由头狼吃完后,再由公主带领幼崽们吃,然后才由其他狼分享。狼群的等级制度森严。

奎木狼兴致勃勃去吃狍子肉时,巴巴罕龇牙,发出低沉的怒吼,意思是不让奎木狼吃,奎木狼不理,继续吃,巴巴罕大怒,一掌打去,奎木狼猝不及防,被打得蒙了头,立即向巴巴罕扑去,两只狼打成一团。后来还是头狼出面制止,两只狼这才息事宁人,低下头继续吃肉。

姐妹俩从此结下了梁子。

一天,头狼命巴巴罕去猎一只大点的东西,好让大家饱餐一顿。巴巴罕答应了,带四只雄狼去打猎,走不多远,它们遇到一只野兔,几只雄狼要追,巴巴罕制止了,它觉得野兔太小,不够大家吃的。又走了一段路,它们遇到了一群羊,几只雄狼都认为机会来了,一只野兔太少,但猎杀几只羊就够吃了。只是这群羊由两只猎狗看管,见到有狼来了,凶巴巴狂吼不已。巴巴罕知道猎狗的厉害,害怕自己一方遭受损失,也没敢动羊群。又转悠了很长一段时间,什么也没遇到,几只狼万分失望。

就在几只狼想要放弃,返回狼群的时候,忽然发现前面有一群牛,不由得大喜,立即扑了过去。

原来是一群改良牛,都是牛魔王第一代、第二代子孙,个头够大,猎杀一头,足够狼群吃四五天。狼群狩猎往往一哄而上,缠绕攻击,但它们也有一些策略,就是选择一头弱小的牛,把它与牛群分开,扑杀食之。巴巴罕选中了目标，派三只雄狼去驱赶牛群，它和另一只雄狼对付目标。

牛群看见狼，撒腿就跑，卷起阵阵尘土，这是食草动物的本性，生性懦弱，与食肉动物的凶残截然不同。

巴巴罕和一只雄狼截住了一头牛，这头牛慌乱之中犯了一个致命的错误，向相反方向跑去，结果离牛群越来越远。现在五只狼各按方位，将牛团团围住。这头牛发出阵阵哀嚎，但牛群已远去，没有牛听见，也没有牛前来助它一臂之力。这头牛眼看就要成为狼的口中餐。幸亏它是改良牛，还有点机灵劲儿，在五只狼的围攻下，掉头就跑，眼看狼就要追上了，它身子一拐，跑进小河里。

这一下狼没辙了，牛站在河中央不动，狼水性不行，既跑不动，又无法下手猎牛。五只狼只好站在岸上，围着牛不让它跑。它们想牛总不能老待在河里吧，只要它离开河，机会就来了，到那时捕捉它也不迟。

狼和牛就这样耗上了，天渐渐晚了，牛很着急，几次跑上岸，但被五只狼围堵，只好又退回到河中。

幸好天无绝人之路，这时有一大群牛从远处走来，走到河边，一边喝水，一边过河，那头被围困的牛趁机混杂在牛群之中，上岸跑了。

巴巴罕和其他四只狼见牛群数量太多，眼睁睁看着煮熟的鸭子飞走了。

天黑了，五只狼饿着肚子，垂头丧气回到狼群。头狼大怒，冲着巴巴罕大吼了一阵。第二天，头狼原准备御驾亲征，但狼崽子们已两三天没进食，有的已透着身体虚弱，难以支持的现象，它决定留下来照顾子女。奎木狼、巴巴罕各带一支人马去捕猎，奎木狼挑选两只强壮的雄狼先走了，它和妹妹约好，如有捕获，就以嚎叫为暗号，招呼大家一起来聚餐。巴巴罕答应了，带着大部队朝相反的方向走去，它想走得越远越好，甩开奎木狼，捕捉一只大点的猎物，一显身手。

奎木狼没有那么大的野心，只想捕捉一只小一点的猎物，这样容易一些，好让大家吃一顿饱饭。

走出十里多地，也没发现什么猎物，奎木狼心说糟糕，这要空手而归，准挨头狼一顿臭骂。

正焦急之际，忽然发现前面不远处有一小群蒙古牛，这种牛比改良牛个头小，但是也够狼群吃一顿的了。

三只狼借草丛掩护匍匐前进，但形势不利，它们处于下风头，身上的气味很容易传到牛的鼻子里，使它们警觉，起身逃走。

奎木狼忽然想起了什么，那是小时候在狗窝里的遭遇，小黑不让它吃奶，罗明用狗窝里的屎和尿涂在它身上，小黑闻气味误以为它是自己的孩子，结果就让它吃奶了。

想到这里，奎木狼见旁边有一大摊牛屎，就趴在上面，打一个滚儿，滚了一身牛屎，示意那两只雄狼趴在原地别动，自己轻轻靠上前去。牛果然没发现它的踪迹，等到距离牛还有50米的样子，奎木狼猛地蹿了出去，直扑一头瘸腿的小母牛。牛群惊动了，起身逃跑，奎木狼扑向前，一口咬住那头小母牛的喉咙，死死咬住不放。两只雄狼也冲了上来，帮奎木狼撂倒小母牛，一只狼咬住牛的嘴和鼻子，不让它喘气，那头牛原来还"哞、哞"哀嚎，蹬踏四只蹄子，拼命挣扎，渐渐不动了。

奎木狼仰起头，长嚎了几声，不大一会儿，头狼带几只小崽子先来了，巴巴罕和它的部下由于走得比较远，根本没听到奎木狼的叫声。狼群遵循森严的等级制度，头狼根本不等巴巴罕和它的部下，带着小崽子们先吃了起来。等它吃完以后，奎木狼和两只雄狼才敢下嘴吃肉。过了一会儿，巴巴罕和它的部下也找来了，它们虽然没有听见奎木狼招呼它们的长嚎，但嗅觉极灵敏，它们闻到血腥的肉味，所以很快就找到了头狼和奎木狼，加入了盛宴的阵容，很快就将那头可怜的母牛一扫而空。

群狼饱餐了一顿，奎木狼的功劳最大，它的威望在狼群也一天一天高了起来。

在牛魔王建立它的王国的时候，奎木狼也在狼群兴建自己的王国。牛魔王靠人的支持，奎木狼只能靠自己，因此万分艰辛，走错一步就前功尽弃。

奎木狼最大的敌人就是巴巴罕，它的妹妹，在狼群地位跟它一样，头狼退位以后，将王位传给谁还不一定，因此首先要除去的就是巴巴罕！奎木狼老想寻找机会除去巴巴罕，但始终没找到这样的机会，机会是可遇而不可求的。

这一天，巴巴罕吃饱喝足，自己溜到灌木丛中休闲，奎木狼悄悄跟在它的后面，看见巴巴罕忽然困倦来袭，倒地大睡。奎木狼知道机会来了，瞅瞅四下无人，突然扑向巴巴罕，咬住它的喉咙。巴巴罕惊醒过来，已经无力挣扎，只好求饶。

有道是"人有人言，兽有兽语"。我们虽然听不懂它们说什么，但它们之间互相交流并无问题。

巴巴罕低声下气说："你要怎样？"

"我要你离开狼群，"奎木狼说，"到别处去讨生活！"

"好，遵命！"

奎木狼念它是一母同胞，松开嘴，放它起来。谁知奎木狼刚转身，巴巴罕就向它扑来，两只狼顿时打成一团。

论实力奎木狼略占上风，这是因为它从小受罗明等人的培养、训练，身手矫健、灵活，巴巴罕岂是它的对手，不大工夫，巴巴罕就被咬得遍体鳞伤，败下阵，仓皇逃去。

这以后巴巴罕在狼群站不住脚了，它不想被奎木狼压一头，受它的气，决心出走。有两只雄狼愿意跟它一块儿走，三只狼离开狼群，走得很远，找了一块地方，撒尿划分势力范围，生儿育女，开创了一个新的王国。

巴巴罕走后，奎木狼在狼群逐渐说一不二。母头狼老了，难以担任生育子嗣大任。它为奎木狼挑选了一只雄伟、健美的雄狼，让它们俩生儿育女，为狼群的发展尽力。

奎木狼与英俊的雄狼十分恩爱，造小狼的计划顺利进行，奎木狼第一胎产下七只小狼，第二胎又产下五只小狼，狼群一下子增加十几只小狼，活蹦乱跳，热闹非凡。奎木狼名正言顺地升任狼群的头狼。

32 大黄狗之死

这一天,看菜园的老田头来找罗明,气哼哼地说:"你的狗把我放在粪垛上的羊小肠偷吃了,还把粪垛也弄塌了。"

"不会吧,我的狗天天喂它肉吃,怎么会偷吃你的羊小肠呢?"

"这么欺负人可不行,现在是人民当家做主,谁也不许欺负人!"

"你这话可说得有点儿重了,就算我的狗偷吃了你的羊小肠,又不是我指使的,怎么能说我欺负你呢?"

"我们这里历来有个规矩,你知道不知道?"

"什么规矩?"

"好比你的狗把人家羊吃了,人家就有权把你的狗打死,你也不能找人家,也不能说什么。"

"你什么意思,难道还要打死我的狗?"

"那也没办法,谁叫它祸害我呢。"

罗明一看,事态严重,知道这个老家伙脾气怪僻得很,不好惹,忙换作一副笑脸说:"老田大哥,你先消消气。你说我的狗偷吃了你的羊小肠,只要证据确凿,我赔你行不行?"

"怎么赔?"

"你说吧，钱也行，羊小肠也行。"

"那你赔钱吧，一副五毛钱，一共三副一块五毛钱。"

"不就一块五毛钱嘛，好说。不过你说我的狗偷吃你的羊小肠，你有什么证据？"

"你要什么证据？"

"你亲眼瞧见了吗？"

"那倒没有，我也是听人说的。"

"谁说的？"

"谁说的可不能告诉你，"老田头踌躇了半天，"我也不能把人家卖了不是？"

"听人说算数吗，你总得给我一个确凿的证据吧？"

"成，狗那玩意儿没记性，祸害我一次还会祸害我第二次，再让我逮住你就没得说了吧？"

"再让你逮住之前你可不能碰我的狗。"

"放心，咱们办事讲究个公正，不会对不说话的玩意儿下黑手。"

老田头走后，罗明加强了对小黑的管束，害怕老田头对小黑下黑手。他在窗户对面给小黑搭了一个窝，里面铺些稻草、破毡片儿之类的东西，供小黑睡觉。每日临睡前，他总要出去把小黑招呼回来，哄它进狗窝，堵一块石头，方去睡觉。但那也是摆设，罗明一走，小黑便从缝隙中钻了出去，跑个无影无踪。

过了几天，罗明见小黑活蹦乱跳，安然无恙，戒备之心也就淡了下去。

这一天老田头又来找罗明，说："这回我可调查清楚了，不是你的狗，是周皮匠的狗！"

"你怎么调查的？"

"我亲眼看见的，周皮匠那只大黄狗两次三番从我的粪垛跳下去，把我刚搭好的粪垛又蹬塌了。"

"那我还赔不赔你羊小肠的钱？"

"不是你的狗你赔什么,我找周皮匠去,叫他赔!"

"算了吧,不就一块五毛钱嘛,乡里乡亲,抬头不见低头见,何必呢。"

"我可没你这么大方,就得找他赔,欺负我就不行。"

说完老田头气哼哼地走了。

周皮匠也是大队一位不好惹的人,为什么呢?大队就这么一个皮匠,谁也离不了。冬天你要想缝羊皮大氅,得找他熟皮子,要不非冻死你不可;你要想扎蒙古包、骑马、套牛车,你得找他熟皮子割皮条,否则你寸步难行。这么一个人你惹得起吗?

周皮匠养了三条狗,用来看家护院。有人从他门口走过,三条狗会一起扑过来,汪汪吼叫,龇牙咧嘴,凶神恶煞一般。你只好落荒而逃,你越跑它们越追,穷追不舍。罗明有一次被三只狗追出二里多地,狼狈不堪,这以后他再从周皮匠门口走过,老远就喊:"周师傅,把你的狗拴住!"

老田头是否去找周皮匠要他赔钱,罗明并不知道,但是没过几天忽然传来一个消息,周皮匠的大黄狗死了!饲草基地的人无不纳罕,都有些疑惑。

原来大黄狗突然几天没回家,周皮匠放心不下,骑着马四处寻找,终于发现那只狗死在了离饲草基地不远的一处草丛里。看样子已死了好几天,浑身叮满苍蝇。这只狗前几天还活蹦乱跳,没病没灾,怎么突然暴尸荒野?周皮匠不由得疑窦丛生,他把狗驮回家,进行了解剖,结果发现狗的胃里有一块未消化完的羊肝,上面别着一百多根大头针,显然狗是被人有意害死的。

周皮匠心里哭泣道:"我的宝贝,也不知我造了什么孽,竟连累你也遭此劫难。这人怎么这么坏,你跟我有什么仇,直接找我,冲着我来呀,怎么加害一只不会说话的畜生?"

周皮匠决心为大黄狗报仇,狗既然死在饲草基地附近,那里的人嫌疑最大。周皮匠暗中去饲草基地查访,得知老田头曾为罗明的狗小黑找过他，指责小黑偷吃了他的羊小肠。

"既然找小黑，为什么又害大黄呢？"

周皮匠找罗明，询问"小黑事件"详情。罗明一听在大黄的胃里发现一块未消化的羊肝，上面别着一百多根大头针，吓了一跳。知道是老田头干的，心说："这个老家伙，还真心狠手辣。"但是表面上他还得装出不明就里的样子，因为他不想让两人打架，这两人如果动起手来，非猪脑子打出狗脑子不可。

"你说会不会是老田头害死了我们家大黄？"

"不会吧。"

"为什么不会？"

"他为什么要害死大黄呢？"

"偷吃了他的羊小肠。"

"一共吃了三副羊小肠，到供销社卖不过一块五毛钱，为一块五毛钱就害死大黄，那这人不是也太不值钱了吗？"

"钱是少点儿，不过人这玩意儿也很难说。"

周皮匠认定是老田头害死了他家大黄，可是没有证据，只好先隐忍不发，想找到有力证据后再和老田头算账。

这一天，罗明去找周皮匠，刚到住地附近，两只狗又"汪汪"吼叫不止。罗明只好站下脚步，叫道："周师傅，在家不在？"

周皮匠老婆闻声迎了出来，说："来吧，狗拴着呢，别怕。"

"怎么给拴上了？"

"不拴行吗，就你们饲草基地那个'老绝户'也惹不起呀。"

罗明说着进屋，见到周皮匠问："周师傅，我那皮条熟好没有？"

"哪有那么快呀，还在木桶里泡着呢。"

"罗明，你给评评理，"周皮匠老婆走来，"我们那只大黄狗招谁惹谁了，好歹也是条生命，就这么让人害死了。"

"是挺可惜的……"

"一百多根大头针，缺德不缺德？"

"都过去的事儿了,还提它做什么。你去弄两个菜,罗明来一趟也不容易,我们爷俩喝一杯。"

周皮匠老婆答应去了,不一会儿端来一盘炒鸡蛋,又端来一盘牛头冻,她怕菜不够,又端来一盆牛骨头。周皮匠拿出一瓶草原老白干,咬开瓶盖倒了两盅,爷俩边吃边聊。

"大黄狗的事儿有没有进展?"罗明无话找话。

"有什么进展,"周皮匠说,"人人都知道是老田头干的,可没人作证,我也没法找他。"

"孤寡一生,一辈子也没结婚,够可怜的,你就多担待些他吧。"

"他可怜,我们大黄可怜不可怜?"周皮匠老婆说。

"一辈子没结婚的都有点儿变态,你可别惹这种人,关键时刻他真下死手。"

三个人正说老田头,谁知"说曹操,曹操到"。老田头忽然走了进来,三个人一愣,不说话了。

老田头眯起眼睛嘿嘿笑着:"喝上了?"

"大哥来了?"周皮匠不得不搭话,"来,上炕。"

老田头也不推辞,大剌剌穿鞋上炕,一屁股坐到罗明和周皮匠中间。

周皮匠吩咐老婆再拿一副碗筷,周皮匠老婆撇撇嘴,走去拿来两根一长一短的筷子和一个缺了口的酒盅。周皮匠倒了满满一盅酒,老田头端起喝了一口,夹起一块牛头冻放到嘴里,笑道:"不是有句老话,赶得早,不如赶得巧。"

罗明不由得大为佩服老田头的淡定自如,人家恨他恨得牙痒痒,他却往虎口里探头,自己送上门来了。罗明预感今天要出点大事,想拦也拦不住,只好见机行事了。

"老田大哥今天来,是不是有事儿?"周皮匠问。

"有事儿,要不我来干什么!"

"什么事儿?"

"等我喝完这盅酒。"老田头端起破酒盅一饮而尽,"再给我来一盅。"

周皮匠又给他倒了一盅,他又仰脖一饮而尽。两盅酒下肚非同小可,老田头的脸立刻涨得通红,舌头也变大了,"我、我、今、今天来,不为我、我的事儿,为我、我孙子的事儿。"

"田勇吗?"

"田、田勇。"

"田勇为啥不来?"

"那孩子面嫩,怕说了你不高兴,我老皮老脸的,不怕得罪人。"

"到底什么事儿?"

"那孩子说他在你这儿熟了两张羊皮,送来时好好的,拿回去却中间破了洞,有的地方毛都掉光了。他原想做件大氅,现在也没法做了。"

"他送来时就是两张'拨赖羊'皮,'拨赖羊'皮你还想怎么样,破洞掉毛那是常有的事儿。"

"别不是你把羊皮掉了包,再不就是弄错了吧?"

"你说的是人话吗?"

周皮匠脸气得煞白,罗明一看大事不妙,忙说:"二位先消消气,别为一点小事儿伤了和气。"

"你甭管,罗明,这是小事儿吗?"老田头不依不饶,"今天我得跟他好好说道说道。"

"你说!"

"不要因为咱们俩有点过节,你就拿我孙子出气,谁欺负人也不行。"

"别跟我说这个。"

"跟你说这个怎么了?"

"我们家三代贫农。"

"三代贫农就这样,我们家还八代贫农呢。"

"不会吧?"

"怎么不会，你查查我们家家谱，八代贫农还少说了，代代都是贫农，连一个下中农都没有。"

"田勇是不是你的孙子？"

"是啊。"

"我记得田勇报成分报的是富农，你怎么说你们家八代贫农呢？"

"田勇不是认的吗，原跟我们老田家八竿子也打不着。"

"这么说田勇不是你的亲孙子了？"

"这不是废话吗，我连老婆都没娶，哪来的亲孙子？"

"那你还上赶着替他出头做什么？"

周皮匠的几句话如刀子剜心一般，俗话说，"打人别打脸，骂人别揭短"。周皮匠明知老田头没结过婚，田勇只是他认的干孙子，他这样说就是为了气老田头，激他发怒。

果然老田头也跟炮仗似的，一点就着："周皮匠，我日你八辈儿祖宗！"说着抄起小酒盅朝周皮匠砸了过去。周皮匠也顺手抄起大水壶，跳起身，高举过头，朝老田头的脑袋砸去，谁知准头太差，没砸着，一壶茶全都泼在了炕上，像发了大水一样，连摞在墙边的被褥也都浸湿了。这越发激怒了周皮匠，一把薅住老田头的衣领子，把他拽倒在炕上，照左眼狠狠一拳，不解恨，又照右眼狠狠一拳，老田头顿时变成了一只"熊猫"，什么也看不见了。

罗明急忙跳上炕，把两人分开，周皮匠顺手也赏他一杵子，气哼哼地说："罗明你拉偏架是不是？"

"这个死老头子，气糊涂啦，"周皮匠老婆是个明白人，"罗明拉架还不对？"

周皮匠这才不说话了。

老田头不哼不哈，一动不动，躺在炕上装死。罗明怕两人再起冲突，抓住老田头的双手，把他背起来，背出屋。一直背到周皮匠家门前的小道，背不动了，只好把老田头撂在地上。

正当他发愁怎么才能把老田头弄回家，只见远远有一挂牛车过来，等牛车走近，才看清赶车人原来是二嫂，不由得喜出望外。

二嫂一见老田头那副狼狈相，吓了一跳，忙帮罗明抬起老田头放到车上。老田头见是熟人，又是妇女，只好紧闭两眼，继续装死。

二嫂问：“老田大哥怎么了？”

罗明说："让人打的。"

"让谁打的？"

"周皮匠。"

"为什么？"

罗明刚想说，老田头在后面偷偷踹他一脚，罗明知道他怕难为情，顿住不说了，不管二嫂怎么问他，他就是不说，气得二嫂打了他两拳。

不久，整个饲草基地的人都知道老田头被周皮匠打了，为的是皮匠家那条大黄狗。

"活该，那个老绝户，"老娘们儿背地里都说，"活该他一辈子也娶不上老婆！"可见了老田头，她们依旧"大哥长，大哥短"叫得亲热。

饲草基地这些人，从不想一鸣惊人。日子穷点、累点、苦点也没什么，只要不招灾，不惹祸，平平安安过去就行了。这里面大约只有罗明还有点儿野心，但也逐渐消磨殆尽。老田头在这些人中不能算一个很突出的人，长相猥猥琐琐，生活窝窝囊囊，一辈子也没娶上老婆，叫人哪只眼睛能瞧得上？谁知就这么一个人，命里注定要一鸣惊人，想躲都躲不开。

这一年的冬天渐渐过去，春天即将来临，正乍暖还寒时候，最难将息。这一天罗明去菜园转转，在菜园门口，他遇见了老田头，忙招呼说："老田大哥。"

老田头理也不理，好像没看见他。罗明只好又叫："老田大哥！"

老田头站住脚，回身直愣愣盯着罗明，似乎不认识他，忽然说："不活了……"

罗明一愣，问他："又怎么了？"

"丢人，没脸活了……"

说完这些没头没脑的话,老田头丢下罗明,又往前走,回他的小屋去了。罗明以为这老头又犯什么神经病呢,也没在意。

傍晚罗明刚吃完饭,突然二哥东倒西歪闯了进来,惊慌失措说:"不好了,出大事了……"

"怎么了?"

"老田头抹脖子自杀了……"

"开什么玩笑?"

"我刚亲眼看见的……"

原来刚才二哥去老田头家借东西,隔着门叫了两声,没人答应,见油灯亮着,就走了进去。见老田头直挺挺躺在炕上,他先以为老田头睡着了,还走过去推了他一下,老田头不动。仔细一瞧,只见老田头脖子上全是血,已经凝固,脖子正中有一道深深的刀口。

二哥吓得魂飞魄散,想往外走,可两条腿不听使唤,差点儿没跪倒在地上,好不容易才走出屋……

罗明听了二哥的叙述,也大吃一惊,说:"老田头是为了什么?"

"你这可问着了,"二哥说,"我怎么知道他为什么?"

"是不是他一辈子也没娶老婆,心里想不开……"

"你管他想得开想不开呢,先说说怎么办吧?"

"你说有没有可能是谋杀?"

"谁杀他呀,一个孤寡老头,又穷得叮当乱响,不值当脏一回手。"

"也许有仇呢……"

"他能跟谁有仇?"

"比如说他弄死了人家的大黄狗……"

"你说周皮匠?"

"我也不是说周皮匠,我只是打个比方。"

"肯定是自杀!"

"你就那么有把握?"

"你一看就知道了。"

"那咱们先去瞧瞧吧。"

罗明拿上手电,跟二哥去了老田头的小屋。一进门立刻感到一种阴森可怖的气氛,似乎鬼影幢幢。其实是心理作用,一豆灯光太暗,什么也瞧不清楚。

罗明定定神,打开手电,瞧个仔细,像福尔摩斯一样,不放过一点细节,想找出"他杀"的蛛丝马迹。

只见老田头直挺挺躺在炕上,枕一个带枕巾的枕头,穿一件黑色制服,盖一床大红花被,身下垫两三层厚厚的褥子。枕巾、制服、花被和褥子都是新的,看来老田头是经过一番精心准备,想要干干净净光鲜上路。这也是中国人的习惯,平日再穷、再苦、再累也没关系,死时总要尽其所有排场一回。枕头旁边有一块磨石和一把折刀,上面满是血迹,连炕沿都是。顺着血迹往下瞧,地上有一小堆灶灰,有血滴在上面的痕迹。

不难想见,老田头用刀割脖子时,嫌刀不快,曾蘸着血在磨石上磨刀,否则磨石上不会沾那么多血。等血流出来时,他又怕血弄脏了被褥,又伸着脖子让血流在地上。至于那一小堆灶灰也表明了他的细心之处,怕血胡乱流在地上,把地也弄脏了。

"这个老家伙还真够狠的,"罗明暗暗说,"他不但对狗狠,对自己也够狠的,一点儿不留情面!"

为了弄死周皮匠的大黄狗,他往羊肝上别了一百多根大头针;为了弄死自己,他就蘸着自己的血在磨石上磨刀,天底下还有这么狠心的人吗?

看来老田头已经抱有赴死的决心,所以对赴死的步骤计划得十分周详。人生最宝贵的就是生命,不到万不得已,一个人很难放弃,老田头究竟为了什么,非要自杀不可呢?

忽然老田头动了一下,嗓子眼发出"嘶嘶"的声音,罗明和二哥以为老田头诈尸了,吓得差点儿没跳起来,随即想到老田头可能还没死,这才放下心来。

罗明用手电筒照老田头的脖子，脖子正中已经割开一个大口子，血已经凝固，可以看到切开处的创口。实际上他已经不能说话，一说话就从创口处"丝丝"往外冒气。

面对如此一个局面，罗明和二哥均感束手无策。

"还是先去公社报案吧。"二哥说。

"怕时间来不及，一去一回起码得三四个钟头，"罗明说，"这当口老田头要是有个好歹怎么办？"

你虽然想死，可有人不让你死，因为生命是宝贵的，任何人都不能轻言放弃。

罗明和二哥赶一挂牛车，连夜把老田头送公社卫生院去了。

拉车的牛是一头第一代改良牛，果然身大力不亏，拉三个人毫不费力，健步如飞。从饲草基地到公社，若是一头普通牛，怎么也得三个钟头，这头改良牛一个来钟头就拉到了。

真是一头好牛！

公社所在地漆黑一团，不见一点儿灯亮。罗明和二哥完全凭记忆，牵牛摸到张凤选家。敲了半天门，张凤选才出来开门，见是罗明，吓了一跳，以为罗明是来跟他算阿斯茹上学的账，心里颇为忐忑。后来听说是老田头自杀的事，这才放下心。带罗明等去了卫生院，点着一个煤气灯，把老田头抬到病床上，打开手电筒查看老田头的伤口。

"不要紧吧？"罗明问。

"死是死不了，"张凤选说，"不过这么深的口子，一感染也不得了。"

"那怎么办？"

"我可以把伤口先处理一下，但要想进一步治疗，还得送旗医院。你也知道，咱们这里条件有限。"

"好啊，那你先处理一下，等明天我们再把他送旗医院。"

张凤选想了一下，踌躇说："我一时还处理不了……"

"怎么？"

"老田是自杀还是他杀，性质还不好说。如果是刑事案件，不经过公安部门，我就更不能处理了……"

"那你说怎么办？"

"只好先找找公安助理。"

"这么晚了怎么找？"

"那我也没办法，没有公安助理点头同意，我怎么敢动手处理呢。"

罗明原想等天亮了再说，又一想老田头正度日如年，这一段时间若伤口恶化可怎么办？遂答应现在就去找公安助理。

公安助理姓高，是个复员军人，跟罗明也很熟。白云淖尔草原方圆一百多公里就这么一个公安助理，可见其职务的重要性。好在那些年草原的刑事案件不多，他也没什么事儿，整天坐办公室，娶了个胖媳妇儿，生了个胖小子，小日子过得舒舒服服，人也渐渐发福。

罗明摸到小高的住处，敲了半天门，小高才来开门。

罗明说明来意，小高说："这早晚，也没匹马，你叫我怎么去呢，天亮再说吧。"

"人我已经拉来了，就在卫生院呢。"

"是吗？那咱们去看看吧。"

小高随罗明来到卫生院，拿张凤选的手电筒，照着老田头的伤口检查了一番，又问了罗明和二哥几句话，初步判定老田头是自杀。

"好不言语的，怎么突然想起自杀来了？"

"不知道。"

"事前没有一点儿征兆吗？"

"上午我在菜园门口遇见他的时候，听他自言自语说：不活了，没脸活了……"

"什么事儿就没脸活了？"

"那我就不知道了。"

"可能跟他孙子田勇有点关系……"二哥说。

"他孙子怎么了？"

大黄狗之死

"我也是听人说这么一耳朵,具体怎么着就不太详细了。"

"田勇的事,我倒了解一些……"张凤选说。

正说到这里,都以为死过去的老田头,突然活过来了,使劲扭动了几下身子。罗明以为他要说话,把耳朵凑到他的嘴边,老田头努了半天劲儿,只听得伤口处"嘶嘶"作响,什么也没说出来。

"张大夫,你看老田怎么办?"

"看看高助理还有事儿没有?"

"什么事儿?"

"要没事儿我就把老田的伤口处理一下。"

"我没事儿了,你随便吧。"

张凤选先给老田头打了一针破伤风,接着又用生理盐水给他洗伤口。小高见没他什么事儿,也帮不上忙,就告辞回去了,临走嘱咐罗明,明天一早别忘了去他那儿一趟,他要做个记录,罗明答应了。

小高走后,张大夫往纱布上抹了一些青霉素软膏,糊在老田头的伤口上,又拿绷带缠了十几层,草草处理完毕,也告辞回家去了。罗明和二哥没地方去,只好守着半死不活的老田头。两人忙了一个晚上,饭也没吃,可深更半夜上哪儿找饭吃去呢,无奈何只好忍饥受冻在病室窝了一夜。

第二天,两人又找车将老田头送旗医院去了。

33 二豆的婚事

那一年年底分红时,二豆分了 800 多块钱,他的老爹海明也分了 700 多块钱,爷儿两个共分了 1500 多块钱,在乡亲们眼里,二豆就像个小财主似的。

立刻就有人给二豆提亲,不是一个两个,前后来过好几拨人。究竟来过几拨人,也记不清了,总之,二豆一时竟成了人见人爱的香饽饽。

二豆挑来挑去,最终挑中一位叫乌云的蒙古族姑娘。二豆择日去相亲,心下甚是中意。他觉得这位乌云姑娘虽然比不上阿斯茹,但胖乎乎的,一脸旺夫相。一打听原来乌云还是他中学的校友,两人都是公社中学的学生,只不过二豆比她大几届。在学校的时候,乌云还小,两人也没见过面,谁知短短几年,小姑娘已到嫁人的年龄。

老了,老了,二豆心说,还没怎么着,就已经老了,连儿子都耽误了!

当下二豆二话没说就下了聘礼,给了乌云家 500 块钱,算是定下了这门亲。

当时他踌躇满志,发誓要向石灰窑的二娃子学习。二娃子生了八个孩子,其中还有一对双胞胎。他二豆要生十个孩子,其中要有两对双胞胎!

正当二豆躺在炕上,叼着烟卷,做白日梦的时候,不想乐极生悲,乌云那方面又提出要退婚。这也是有人从中挑拨使坏,一说二豆个儿矮,武大郎似的;又说二豆蹲过大狱,这能放心吗?

人家要退婚,二豆也没辙,只好说:"退婚可以,彩礼也退给我!"

谁知乌云那边迟迟不愿退还,似乎有点舍不得。

难道不仅退婚,连彩礼也想一并吞没?

二豆心说:"有门儿,只要你贪财就好办!"

他找到罗明:"头儿,求你点事儿。"

"什么事儿?"

"有人给我介绍个对象,彩礼也下了,可他们现在又想退婚……"

"那我有什么办法?"

"我想请那个女的到咱们饲草基地来一趟,看看牛魔王,看看配种站,你和刘元、琼英再给我吹嘘吹嘘,让我大大露一回脸……"

"也不见得有用……"

"死马当活马医呗。"

这是一个恋爱的季节。

罗明走进配种站办公室,看见琼英在擦马靴,光可鉴人,看来是用去不少鞋油,逗她说:"打扮这么漂亮做什么?"

"冲你的面子,"琼英手一伸,"咱们能不漂亮点儿吗?"

"琼英,"刘元说,"连这话都说出来了?"

琼英脸一红,瞧了罗明一眼,转身离去。

"琼英相中了一个人……"

"谁呀?"

"我知道,但我不说。"

"这丫头还不错,不如你把她收了。"

"人家相中的又不是我,我干吗讨那个厌!"

"真不要?"

"不要!"

琼英在"五大头"里可算出类拔萃的一个,这跟她的出身和教养有一些关系。她的母亲毕业于北京大学,1957年被打成右派,下放到查干诺尔旗,后因业务突出,被任命为旗中学的校长,嫁给了一个蒙古族干部,生了一对儿女。据琼英讲,她的父亲其实是一个蒙古王爷的后裔,"这也就是现在,要在过去你们见了我,起码要下跪叫格格呢。"

罗明不信,笑她专拣大个的吹。

"你若不信,想想我的名字……"

"你不就叫琼英吗,有什么稀罕之处?"

"你知道琼英是什么人吗?"

"不知道。"

"孤陋寡闻……"

成吉思汗长子术赤为人凶残好色。据说,琼英的父亲古勒台刺杀他,被术赤抓住斩首。消息传来,琼英的母亲阿托森将子女招到跟前,商量为古勒台报仇。琼英说:"术赤乃好色之徒,不如将我献给他,趁他不备,伺机斩他首级。"阿托森遂将琼英献给术赤。琼英年方二八,生得玲珑袅娜,术赤一见大喜,立马纳琼英为妃。是夜,术赤命琼英侍寝,琼英曲意逢迎,累得术赤气喘吁吁,大汗淋漓,瘫倒在床上。三更天,突然前营人声鼎沸,下人报有刺客闯营,术赤急令身边的侍卫前去捉拿刺客。大帐中只剩琼英和术赤两个人,琼英一看机会来了,拔出利剑朝术赤砍去,术赤猝不及防,被琼英顺利斩下首级。琼英见大功告成,提了术赤的首级,连夜逃回家去了……

琼英是个为父报仇的英雄,值得后人怀念。以她来为自己的女儿命名,也可见期许之深。

罗明心说:"可惜你不是琼英,你要真是琼英,我倒可以考虑考虑……"

这一年，三宝来饲草基地宣布：撤销老姜头菜园负责人的职务，由罗明暂代菜园小组长，管理菜园。原因是老姜头不让群众去菜园干活，群众很有意见。老姜头表面同意，心里却想，饲草基地这些人谁会种菜，到时候还得请我回来！

罗明因配种站缺人，和三宝要求，把刘元又调了回来。

老姜头想给小梅找个对象。

女儿大了，俗话说："女大不中留，留来留去结冤仇。"

他把小梅找来，说："我想给你说个婆家，你意下如何？"

小梅说："不要。"

"你心中有没有相中的人？"

"没有。"

"渔场的小五子怎么样？"

"赖了吧唧，就会偷东西。"

"好歹也是渔场的工人呢。"

"不要。"

"石灰窑二娃子的四小子如何？"

"也就半拉脑袋，连个整模样都没有。"

"二豆怎么样？"

"您说什么呢，个子那么矮，武大郎似的，瞧不上！"

"二豆如今混得不错，种牛饲养员，今年分红，他们爷俩也分了不少钱。"

"那也瞧不上。"

"那咱们这一块没结婚的，就剩两个北京知青罗明和刘元了。"

小梅心说：北京知青好呀，罗明也行，刘元也行，可这话她怎么说得出口？

"只是人家未必瞧得上咱们。"

"那我就不嫁，跟着您，伺候您一辈子。"

"说什么傻话呢，嫁汉，嫁汉，穿衣吃饭。不找个人养活你，我死了你怎么办？"

爷儿俩正聊着，忽然罗明敲门走了进来，爷儿俩就顿住不说了。

罗明说："老姜大哥……"

老姜头说："你怎么还叫我大哥呀？上回我不是说了叫你改口吗？"

"那我叫你什么？"

"叫我大叔，差着辈分呢。"

"那我不跟小梅一辈儿了吗，小梅可一直管我叫叔呢。"

"跟小梅一辈儿就对了，你要不要，你若要，我把小梅给你！"

"小梅同意吗？"

"你问问她。"

"小梅，你同意吗？"

小梅脸一红，扭头出去了。

罗明哈哈一笑："老姜大哥……"

"你怎么还叫我大哥？"

"大叔……"

"什么事儿？"

"明天菜园要下种了，你是不是来菜园指导一下？"

"行啊，反正我待着也是待着，不如去菜园干干活儿，还能挣点工分。"

罗明走后，小梅又回到这屋，爷儿俩继续讨论刚才的话题。

老姜头说："罗明这孩子我看还行。"

小梅说："罗明是不错，可他有对象了。"

"谁呀？"

"阿斯茹！"

"阿斯茹不是上学了吗，将来回不回大队还不好说。你要机灵点儿，完全可以乘虚而入。"

"我可没那两下子，人家两人感情深着呢。"

二豆的婚事 | 321

"除了罗明,不是还有刘元吗?我看刘元的家境恐怕比罗明还好。"

"您怎么知道?"

"刘元的家里经常十块八块地给他寄钱。"

"公社邮局那个小赵不是说北京知青太娇气,这么大了还让家里寄钱,说的就是刘元,人家都当笑话讲呢。"

"那就不管他了,我给你两个月的时间,罗明和刘元,你必须得给我拿下一个!"

"怎么拿?"

"我也不管你怎么拿,反正两个月后,你让其中一个成为我的女婿就成了。"

"我真没那本事儿……"

"关键的时候爹自会帮你一把。"

"国明还没结婚,您不如先忙一忙他的婚事儿,把我的往后搁一搁……"

"我早盘算好了,先嫁了你,再给国明说房媳妇儿。"

"我比国明小,理应国明先娶媳妇儿。"

"嫁你可以得一笔彩礼,就拿这笔彩礼给国明娶媳妇儿。"

"您这不是卖闺女吗?"

"什么话,把你养这么大,花了我多少钱,你出门我要点彩礼还不应该吗?"

第二天,老姜头去菜园干活,指导众人种菜,把他从老家邮来的种子分不同地块儿种了下去。过若干天各种不同的种子发了芽,众人都说:"不服不行,果然是行家里手!"

刘元进了屋,看见小梅在灶上忙,问:"你爹呢?"

小梅说:"不在。"

刘元转身要走,小梅在背后捅了他一下,刘元说:"什么事儿?"

小梅不答,刘元又要走,小梅又捅了他一下。

"你什么毛病?"刘元笑嘻嘻瞧着小梅,"想汉子了吧?"

小梅不爱听,踢了他一脚。

"你要再跟我动手动脚,我可要……"刘元张开双手,做出一副老鹰搏兔的模样。

小梅又踢了他一脚,想看看他怎么搏兔。

刘元犹豫再三,终究不敢搏,人家好歹是个没过门的大闺女呢,只好认怂,溜了出去。

据说处在恋爱中的青年男女,头脑中某些物质会茁壮成长,肾上腺素也会加速分泌,只是不知他们更聪明些,还是更愚蠢?

这一天下午上工时,一干人聚在菜园门口,排队进菜园。

为了防止牲口进菜园,罗明用柳条笆将门口堵死,而在门口的防畜沟上搭一块八寸宽的长木板,人要进菜园也得从木板上过。

小梅最后一个来到,见刘元要上木板,忙紧跑两步,招呼说:"刘元!"

刘元停住了脚步,小梅跑到跟前,一脸坏笑。她的如意算盘是想等刘元走上木板,一把将刘元推到防畜沟里。谁知刘元鬼精灵,正要上木板,忽然转身,做了个"请"的手势,小梅只好先上木板,刚走到中间,刘元伸手一推,小梅"哎哟"一声,掉进了防畜沟。刘元哈哈一笑,上木板跑进了菜园。

防畜沟一米半深,小梅费半天劲儿才爬上来,连新换的衬衫都弄脏了,她恨死了刘元。

老姜头在远处把这一切都看在眼里,笑眯眯没说话。

这一天吃完晚饭,琼英跟罗明提议去河边走走,说什么:"饭后一百步,胜似上药铺。"

罗明说:"不如去湖边转转。"

"太远了吧,也许走不到湖边天就黑了。"

"黑了怕什么,你还担心迷路吗?"

琼英一想，确实没什么可怕的，而且天黑了才好，许多事情都是天黑才发生的。

两人说说笑笑朝外走去，刘元冷眼盯着二人的背影，越走越远，直到消失不见。

刘元心里恨得发狂。

什么朋友，又是什么好朋友！一点谦虚礼让的精神都没有。已经挂搭上一个蒙古族姑娘，现在又和别人勾勾搭搭，什么人品！

罗明和琼英向白云淖尔进发，琼英很大方，轻轻去挽罗明的手，罗明避开了。

两人还没走到一半，天色已经暗了下去。两人找了一处高岗坐下，向远处望去，白云淖尔和大草滩尽收眼底，令人心旷神怡。

"我前天说的事儿，"琼英说，"你考虑好没有？"

"什么事儿？"罗明说。

"交朋友……"

"咱们不就是朋友吗？"

"装傻是不是？"

罗明没说话。

落日的余晖渐渐退去，白云淖尔越来越暗。

过了一会儿，琼英问："阿斯茹近来有信吗？"

"有是有，不过和以前比少了许多。"

"她那个中专也该毕业了吧？"

"毕业了，刚刚毕业。"

"那她是怎么打算的，就业呢，还是回乡？"

"继续上学，阿斯茹已经被保送到包头畜牧学院。"

"上大学了？阿斯茹还真行，算是熬出头了。"

过了一会儿，琼英又说："我看你们俩的关系不太保险……"

"何以见得？"

"你想呀，阿斯茹毕业肯定分配工作，不会再回草原了，你要不走，你们俩的关系还能维持吗?"

"我倒无所谓,尊重她的选择。"

"那我是不是可以先排个队?"

"排什么队?"

"阿斯茹若是不要你,我要你!"

"我成什么了,你们推来让去的……"

"而且我绝不会变心,不管你走不走!"

这时天黑了下去,罗明已经瞧不清琼英的脸,但能感受到她话语里的那份真情,罗明不由得感动了。

但是他不能背叛阿斯茹,因为他和阿斯茹的感情太深了。

琼英抓住罗明的手,身子也偎依到他的怀里,罗明没有动,不愿意伤了姑娘的心。但他心静如水,丝毫没泛起半点儿涟漪。

阿斯茹,你在哪里?

罗明感觉他有点儿对不住琼英,对不住她的一往情深,可他怎么才能叫她死了这份心呢?

"琼英,你何必在一棵树上吊死呢?"

"我就要在你这棵树上吊死。"

"我还有阿斯茹呢。"

"我要和阿斯茹斗一斗,看看鹿死谁手。"

"其实这个世上比我好的人有的是!"

"红旗大队有吗?"

"红旗大队也有。"

"谁呀?"

"比如说——刘元!"

"刘元?"琼英坐直了身板,"刘元哪儿好?"

"长得比我英俊,精明强干,风流倜傥。"

"他风流倜傥?我看不过是一个大土鳖。"

"咱们大队就剩这么一个北京知青,你要不抓紧点儿,将来后悔可就来不及了。"

"没兴趣。"

琼英心说,要找刘元还用你介绍吗?刘元和我说过三回,要跟我确立恋爱关系,有一回甚至跪在地上哇哇大哭,我都没答应,这你知道吗?

罗明确实不知道,琼英也没说,为的是给刘元留点儿颜面。

当时饲草基地的恋爱形势似乎很乱,琼英相中的是罗明,罗明舍不得阿斯茹,只好拒绝。刘元恋着琼英,琼英又不愿意。小梅一心要和刘元好,刘元又瞧不上她。还有一个二豆,又面临退婚的境地……

究竟谁能成就一段美好姻缘,谁也说不清楚。

二豆去找乌云,临行前他暗暗发狠说:今天若不成功,干脆撞死算了!

二豆骑马跑了十五里路,来到乌云家,哪里还有大气儿?乌云一家人淡淡的,爱搭不理,显然是不欢迎他。

二豆勉强微笑着,说想请乌云去饲草基地坐坐。乌云还没答话,她的阿爸抢过话头说:"我们闺女又没嫁给你,跟你瞎跑什么?"

"不过是去饲草基地玩一天,有什么关系?"

"不行,让别人瞧见了,我们闺女还嫁人不嫁人了?"

"乌云不是嫁给我了吗?"

"谁说嫁给你了?"

"不嫁就把彩礼退给我!"

"早晚还不退给你。"

"你要不嫁,我再找别人,别耽误我的事儿!"

"你说的是人话吗?"

"怎么不是人话?"

"别吵了,"乌云说,"见面就吵,烦不烦人!"

"你也是,"她阿爸又数落她,"找谁不好,找这么个玩意儿。"

"是我找的吗?从一开始就是你们的主意,现在又埋怨我。"

"你还敢顶嘴?"她阿爸来了气,伸手拍了乌云两巴掌。乌云委屈,止不住眼泪流了下来。

"别打人!"二豆顿起怜香惜玉之心。

"打了又怎样,别人我不敢打,我的闺女我还不敢打?"

"乌云是我老婆,打她就不行!"

乌云阿爸气得直哆嗦,扬起手又要打乌云,二豆冲上去,伸手一挡,她阿爸一个趔趄,往后退了七八步。

乌云薅住二豆的脖领子,瞪起两只大眼睛:"你敢打我阿爸!"

二豆嘿嘿笑着,立刻就软了:"我没打,只是替你挡了一巴掌。"

"我阿爸愿意打我,我愿意挨,你管得着吗?"

二豆一瞧,这是没穷人说理的地方了,惹不起,还躲不起:"我走行吗?"

"趁早走!"

二豆走,乌云跟了出去。走到没人的地方,乌云说:"今天是你不对。"

"我怎么不对了?"

"他是谁,他是你老丈人,你怎么能动手呢?"

"是,是,是我的不对,我检讨行不行?"

"你今天干吗来了?"

"请你去饲草基地坐坐。"

"去饲草基地干吗?"

"瞧瞧我工作的种畜饲养室,瞧瞧牛魔王……"

"牛魔王是谁?"

"一头种牛,从荷兰进口的,你没听说过吗?"

"听说过,早就听说过,这头牛可是名震遐迩,白云淖尔草原谁不知道!"

"那你去吗?"

二豆的婚事 | 327

"什么时候?"

"下个礼拜吧。"

"不行,下个礼拜有事儿。"

"那下下个礼拜?"

"礼拜几?"

"礼拜一。"

"再看吧,还不知到时有事儿没事儿呢。"

"你最好说定了,别我准备好,你又不去,人我都通知了,让我的面子往哪儿搁?"

"看我的心情,心情好了没准去,心情不好就不去了。"

"你、你、你,你这人怎么这样……"

二豆抓耳挠腮,一个劲儿挠头,半天说不出话……

34 男大当婚，女大当嫁

菜园里的菜欣欣向荣，只要浇水，几乎一天一变样。尤其是几种时令菜，如角瓜、黄瓜之类，很快就到了开花结果的时候。

这一天老姜头给角瓜、黄瓜掐花，说不掐长不大。罗明跟在旁边学习，看了半天也不得要领。一株角瓜只留两三个瓜，其他的花就全掐了；黄瓜可以多留几个瓜，究竟留多少，也没有一定的数，跟水和肥有些关系。花还分雄花、雌花，雄花给雌花授粉，罗明瞧这花几乎都一样，分不清雌雄，问老姜头，老姜头哼哼哈哈，半天也没解释清楚。

过了几天，角瓜越长越大，最大的一个有二十多斤，白白的，像个大胖小子，瞧着就喜庆。黄瓜也长成了，顶花带刺，青翠娇嫩欲滴，几个妇女瞧着眼馋，伸手摘一根，在衣服上蹭两下，吃进肚去，罗明瞧着一笑，总得让人尝个鲜不是？

下工的时候，罗明叫人摘了二十几个角瓜，几十斤黄瓜，给大家分。最大的一个角瓜就给了老姜头，其他人口多的给个大瓜，人口少的给个小瓜，黄瓜一户二斤。这是今年第一次分菜，吃了一冬天肉，好不容易分点儿新鲜蔬菜变变口味，人人都喜笑颜开。

菜园还种有二亩豆角，长势也很好。罗明叫人给每一株豆角都安了个柳条三脚架,豆角就顺着架子往上蹿。说来也怪,那豆角枝叶茂盛,蹿的劲头儿很大,就是不结豆角。一般来说,枝蔓长到一尺多高就会开花结豆角,越长结得越多,可以摘好几茬豆角。可现在这二亩豆角,枝蔓已长到一米来高,仍然毫无动静,等得叫人心焦。

罗明问老姜头:"怎么回事儿?"

老姜头说:"再看看吧。"

后来那豆角长到一米二左右,才勉强开了几朵花儿,结成几个豆角,稀稀拉拉,瞧着就叫人泄气。

照它这种结法,就是到死也结不了几个豆角。

罗明又问老姜头:"这个豆角究竟怎么回事儿?"

"上当,"老姜头一拍大腿,"生生让老家的人给骗了!"

"上什么当,又怎么给骗了?"

老姜头解释说:这豆角有一个特性,今年在什么地方留的种子,明年它还在这个地方结豆角。比如今年豆角在一尺高时留的种子,它明年一尺高时就结豆角。咱们这个豆角为什么一米二时才结豆角呢?肯定是去年一米二时留的种子,咱们不是上当了吗?

"豆角难道还有记性?"

"有,准着呢。"

罗明半信半疑,他以为豆角的模仿力未免太强了一点儿,就算你一米二留的种,你一尺就结豆角又有什么不得了?

这一天,乌云来到饲草基地,二豆喜出望外。

他先带乌云去瞧牛魔王,因为这是他唯一可以炫耀的东西。

"牛魔王,"二豆郑重其事,"乌云看你来了。"

牛魔王理也不理,伸出大舌头舔舔鼻子,看都没看乌云一眼。

乌云对牛魔王高大威猛的样子颇为惊奇,说:"这么大个家伙,母牛受得了吗?"

"幸亏是人工授精,"二豆眉飞色舞,"要是真让它招呼,哪头母牛禁得住！"

看完牛魔王，二豆又把乌云让进办公室，让她看看自己办公的地方。又告诉乌云，昨天他宰了一只自留羊，准备今天好好款待她一下。

"谢了，"乌云说，"一会儿我就得走，临来时我爹千叮咛、万嘱咐，叫我天黑之前回去呢。"

"回不去就在我这儿住吧。"

"在哪儿住？"

"就在我这办公室，这不有一张床……"

"行了，我对你的人品不太放心！"

晚上，二豆在老姜头家摆一桌席，招待乌云。

为什么要借老姜头那儿摆席？原因是老姜头家的房子比较宽敞，饲草基地每一家都是一间房，唯独老姜头是两间房，而且其中一间原是知识青年的厨房，比一般房大一半还多。

饲草基地的人几乎全来了，满满挤了一屋子。

都想瞧瞧新媳妇长什么样。

炕上一张小炕桌，上面摆着酒菜。说是酒菜，其实就是一盆煮羊骨头，还有心、肝、肺、肠之类。此外还有一盘拍黄瓜、一盘熬角瓜。

菜虽然简单一点儿，但酒还不错，瓶装草原牌二锅头，一共十好几瓶，是二豆从公社供销社买来的，来的老爷们儿正馋酒，都想一醉方休。

小炕桌周围坐着二豆、乌云、老姜头，还有罗明、刘元、琼英，这三个知青是二豆求爷爷告奶奶死活拉来的。其他的老爷们儿如二哥、侯哥、小杨、刘富贵、王俊启就只能靠后坐了。

女的除琼英、乌云外就都站在地上，以二嫂、小梅为首，也有七八个人。老娘们儿没事干，只拿眼睛瞥着乌云，品头论足。

"一朵鲜花插在了牛粪上！"二嫂撇撇嘴，评价说。

妇女们嘻嘻地笑，笑得乌云脸也红了起来。

二豆端起酒盅，想说点什么，努了半天劲儿也没说出来，只好说：

"头儿,还是你说两句吧。"

"说什么呀,"罗明也端起酒盅,"俗套儿就都免了,说什么也不如喝酒!"

"说得不错,"背后一帮老爷们儿齐声笑道,"喝酒!"

"我先敬弟妹一杯!"

乌云端起酒盅,和罗明碰一下杯,喝了一盅。

刘元说:"我也敬嫂子一杯。"

乌云又喝了一杯。

琼英说:"我再敬嫂子一杯。"

乌云犹豫了一下,还是把酒喝了下去。

"够了、够了,"二豆忙拦在前头,"再喝就醉了……"

"什么够了、够了,"二嫂也挤上来凑热闹,"还没结婚呢,你就想挡横呀——弟妹,嫂子敬你一杯!"

乌云无奈何,硬着头皮又喝了一盅,只觉心跳加速,强忍着没表示出来。其他几个老娘们儿一瞧有便宜可占,也都挤上来要敬弟妹一杯。

二豆伸出双手阻拦,哪里拦得住。"姐姐、妹妹、婶子、大娘,"乌云连连作揖讨饶,"饶我一条小命吧……"

老姜头瞧她们闹得太不成话,有点不高兴了,发话说:"你们乱什么,都给我一边待着去!"

到底是老姜头,一句话就镇住了这帮老娘们儿,吵闹声戛然而止,就像踩了鸡脖子。老姜头又说:"咱们还是'打通锅'吧?"

"没劲儿,没劲儿,"琼英连连摆手,"一喝酒就打通锅,咱们还是换点新鲜的……"

"什么新鲜的?"

"谁输了谁就讲一个笑话……"

"那怎么玩儿?"

"还是划拳,什么'哥俩好''螃蟹拳''砸杠子'都行,输了就讲一个笑话,如果没人笑就再罚一杯。"

"那就是两杯了？"

"不错。"

"行啊，我只要有酒喝，怎么着都行。"

"这个玩法倒挺新鲜的，"二豆说，"我先来吧。"

他挑战老姜头，划"哥俩好"，结果他输了。

"不就讲个笑话嘛，"二豆嘻嘻笑着，喝一盅酒，"我讲了啊。"

众人都瞧着他，听他怎么讲。二豆想了一会儿："我真讲了啊！"

"有话就说，有屁就放，啰唆什么？"

"一位妇女主任作报告，说：今天我们彻底解放了，翻身做了主人，过去你们把我们当褥子铺，如今我们把你们当被子盖！"

讲完他一个人哈哈大笑，像一只发情的鸭子，呱呱笑得前仰后合。

"你们怎么不笑？"

"都老掉牙了……"

认罚，二豆只好又喝了一盅酒。

刘元说："我来。"他挑战小杨，两人划起"螃蟹拳"："螃蟹一呀，爪八个呀，两头尖尖那么大的个呀……"结果小杨输了，他喝了一盅酒，说："我讲个好的，从前有个人，得了健忘症，干什么忘什么，往往事情刚干完，他转身就忘得一干二净。有一天他老婆叫他出门……"

刚说到这儿，琼英拦住了他的话头："这个笑话也太老了，讲点新鲜的，最好是身边的真人真事。"

"那我讲讲二豆吧……"

"我有什么好讲的？"

"你在配种站也有不少光荣事迹，我替你扬扬名……"

"嘻，不就是那点破事吗，"侯哥说，"什么上午蒸包子，酸得能倒牙……在座的谁不知道，你还是说别的吧。"

"好，我说一个别的。有个和尚喜欢谈因果报应，劝人不要轻易杀生，说如果杀了牛羊，来世就会变为牛羊；杀了狗，来世就会变为狗，即便杀了蜢蚁，来世也报应不爽。旁边有人说：'那就不如杀人！'

众人惊问原因？那人说：'杀了人也要遭报应，下辈子好歹还能托生个人。'"

众人都笑，小杨说："这屋的人，谁没杀过牛羊，谁没杀过狗？看来下辈子要想托生个人是千难万难了。"

二哥说："我没杀过狗，下辈子托生牛羊吧。"

接着琼英主动挑战罗明，要跟他"砸杠子"。两人各拿一根筷子，相互敲击，嘴里喊道：杠子、老虎、鸡、虫子。不过五个回合，罗明就败下阵来。只好喝一盅酒，说："我讲个三宝的笑话吧。"

"好，"众人笑道，"早就该给这个老小子编点儿笑话了！"

"去年在大队开会，白银仓也不知从哪儿弄来一点煤，倒在炉子里烧，三宝说：'这玩意儿真好，经烧，不像牛粪、羊粪砖，一燎就光。'我当时说了一句：'煤是木头变的。'三宝哈哈大笑，说：'怪不得叫你们下来接受贫下中农的再教育，学的都是什么东西，煤是木头变的……'他跑到外面搬来一个大木叉，说：'你把这个给我变成煤看看！'"

罗明讲完了，居然没有一个人笑，遂问："二哥，你怎么不笑？"

"这有什么可笑的，"二哥说，"你说煤是木头变的，三宝说不是，如此而已，我不觉得有什么可笑。"

"原来如此，那我自罚一盅吧。"罗明倒了一盅酒，一饮而尽。

接着刘元又找琼英砸杠子，琼英说："我刚砸完，你还是找别人吧。"拒绝了刘元。

当着众人的面儿，刘元有点下不来台，手里拿着一只筷子，放也不是，不放也不是。

小梅笑说："我跟你砸好不好？"

"好啊，"刘元说，"不过你要输了可得喝酒、讲笑话。"

"还不定谁输呢。"

两人喊着、叫着、笑着砸了七八个回合，不分胜负，不过感觉上小梅总比刘元慢半拍。

"你这么慢，谁能赢你呀。"刘元说。

"别拉不出屎赖茅房。"小梅说。

两人又战了三个回合，小梅输了，只好倒一盅酒，看她爹一眼，仰脖把酒喝了，脸立刻红得像一块布，说："我不会讲笑话，唱个歌行不行？"

"行。"大伙儿都拍手。

"我唱个样板戏吧……"

"样板戏谁没听过，唱个好的！"

"那唱什么？"

"《草原之夜》会不会？"

"会！"

"那就唱《草原之夜》吧。"

小梅摆好姿势唱了起来："美丽的夜色多沉静，草原上只留下我的琴声。想给远方的姑娘写封信，可惜没有邮递员来传情。等到千里雪消融，等到草原上送来春风，可克达拉改变了模样，姑娘就会来伴我的琴声……"

歌居然唱得那么清脆，有模有样。众人都拍手叫好，说："小梅这歌可比刚才那几个笑话强多了。"

老姜头、二豆、小杨几个人半天也没喝着酒，早就不耐烦了，相互划起拳来，吆五喝六，嚷成一团。也不讲笑话了，酒却一瓶一瓶下去不少。

酒不醉人人自醉，刘元心情不好，好像胸中有东西堵着，难以下咽。自斟自饮喝了两杯，仍旧难以浇灭胸中的块垒。忽然感觉胃里一阵翻腾，忙俯身到炕沿，只觉眼前一黑，栽下炕去。

小梅忙上前搀扶，老姜头说："小梅，扶刘元到隔壁那屋歇歇。"小梅哪扶得动，罗明跳下炕，帮小梅扶起刘元，送到隔壁那屋躺下。

过了一会儿，乌云似乎受刘元传染，感到胃里一阵翻腾、恶心，忙起身想要下炕。

二豆问:"怎么了?"

"我也有点儿想吐……"

"吐吧,没关系,吐了就好了。"

老姜头说:"你还是赶紧扶弟妹出去,都在我这儿吐,我受得了吗?"

二豆将乌云扶了出去,乌云在墙后干呕了半天,什么也没吐出来,只觉头晕目眩,说:"咱们还是走吧。"

二豆说:"不喝了?"

"还喝什么!"

二豆只好扶乌云去配种站。一进门黑洞洞什么也瞧不见,两人摸着墙往里蹭,忽然传来阵阵强烈的鼻息声,仿佛黑暗中有一头猛兽正欲扑来,将人撕碎……乌云吓得魂飞魄散,一颗心突突狂跳不已。

两人好不容易走进办公室,二豆点着煤油灯,乌云一头栽倒在床上,说:"你可不能走,我一个人害怕!"

"行,我不走,守着你。"

"我要死了……"

"你怎么了?"

"心突突跳个不住,像要飞出来似的……"

"那怎么办呢,要不我给你烧点儿茶?"

"不用,你给我按着点就行了。"

二豆坐到床上,伸手按到乌云心口上。乌云感到有点别扭,说:"你不如也上床躺到我身边。"

"那我把衣服也脱了?"

"脱吧。"

二豆巴不得这一声,三下五除二脱了个精光,只剩一条裤衩,跳上炕,拉过一床被子,盖在乌云身上。

乌云探出脑袋,深呼一口气:"你这被子是什么味儿,呛得我差点没背过气去!"

"将就点吧，等结婚我给你买新的。"二豆说，"你是不是也把衣服脱了？"

"干吗呀？"

"我好帮你按着点儿。"

乌云遂坐起身将衣服脱光，也只剩一条裤衩。

二豆吹灭灯，两人缩进被窝，这才感到舒服多了。

二豆一手搂住乌云，一手按在她的心口上。过了一会儿，问："感觉怎么样？"

"好多了。"

"我怎么觉不出你心跳呢？"

"你是死人啊！"

二豆和乌云走后不久，老姜头这里也就散了。罗明和琼英临走时去隔壁那屋看望刘元，见刘元正呼呼大睡。两人原想把刘元叫醒弄走，老姜头说："就叫他在这儿睡吧。"两人一想也对，就没叫醒刘元，告辞去了。

一干人吃完喝完抹抹嘴走人了，小梅得收拾残局，小姑娘喝了点儿酒，早就困了，哈欠连天，但在阿爸的督促下，又不得不干。

好不容易把一切都收拾利索，问她阿爸："我在哪儿睡？"

老姜头说："就在你那屋睡呗。"

"刘元在呢。"

"刘元在怕什么，你睡你的。"

"那怎么行？"

"刘元醉了，也怎么不了你，你怕什么？"

"我可不敢。"

"你还想跟刘元处对象不想？"

"想啊。"

"那你就听我的，照我说的办，事情就八九不离十了。"

"不会吧,他喝醉了,又没怎么我……"

"这你都甭管,只按我说的办,明天不管发生了什么事儿,都由我跟他说。"

小梅点点头,端一盏油灯到隔壁那屋,见刘元仍呼呼大睡。放开铺盖卷,挪得远远的,也不敢脱衣服,轻轻躺下。过了一会儿,起身把铺盖挪到刘元身边,脱去外衣,仅剩一身秋衣秋裤。这就是她作为一个姑娘的底线。吹灭灯,躺下,盖好被子,瞪着两只火辣辣的大眼睛瞧着天花板。这是她第一次和一个男子睡在一起,浑身处于一种紧张状态,警觉地聆听刘元的一举一动。

天快亮的时候,小梅才蒙眬睡去,但也睡不安稳,接二连三做梦。忽然不知什么东西朝她扑来,不知是狼还是狮子,看不清它的脸,张开血盆大口将她扑倒在地……忽然又骑着马走在山顶,不知怎的一个马失前蹄连人带马跌下山谷,落呀、落呀就是落不到底,她拼命喊:救命,救命……忽然有人推她,招呼她:小梅,小梅……她感觉到了,睁开双眼,瞧见刘元正笑眯眯盯着她,不由得本能地往被子里缩了缩。

"你怎么也在这屋睡?"刘元问道。

"那我上哪儿睡去?"小梅说。

"我既然在这屋睡,你就该找别屋去睡。"

"找不着。"

"你这不是害我吗?我就是跳进黄河也洗不清了!"

"你还是赶紧走吧,要是我爹醒了,你想走也走不了了。"

刘元一想也对,跳下炕,一溜烟地去了。

自打那一天以后,年轻人的婚姻恋爱形势发生了微妙变化。

首先,二豆和乌云的婚事忽然柳暗花明,尽管乌云的父母仍不同意,但女儿愿意,老人也没办法。乌云说:都生米煮成熟饭了,我不嫁他嫁给谁?父母骂她不要脸,说要跟她断绝父女关系,闹腾一番以后,也捂着鼻子承认了二豆这个女婿。

小梅和刘元也落入老姜头的算计之中,自从两人在一个炕上睡过一夜以后，刘元总觉得挺对不住小梅的，虽然两人并没有确定恋爱关系，但刘元已怦然心动，小梅年轻，长得也比琼英漂亮，当作恋人也不错。

　　罗明可以要阿斯茹，我为什么不能要小梅呢？

　　只有琼英和罗明仍处于相持阶段，没有进展。尽管琼英追得很紧，并且常有些出乎意料的热情举动，但罗明心如铁石，不为所动。

35 又见高考

1977年,全国恢复了高考。年轻学子无不欢欣鼓舞,尤其是正在农村的知识青年,因为他们从中看到了"出头"的希望。

与此同时,一股知识青年"回城潮"在全国范围内暗中涌动。

罗明和琼英都报名参加高考,刘元却没有,他说:"你为什么参加高考,不就是想回城、回北京吗?但是你参加高考也不一定能回北京,而且百分之九十九回不了。我先回北京,然后再参加高考。"

"吹牛,"琼英说,"北京是那么好回的?"

"我自有办法。"

"什么办法?"

"办病退。"

"病退?"

"我母亲来信说,现在办病退比以前容易多了。罗明,不如我们一块儿回北京办病退?"

"我已经报名参加高考,"罗明说,"先看看考得怎么样,要是考不上,再办病退不迟。"

过了几天,刘元动身回北京办病退去了。临行之时,小梅说要跟他一块儿回北京瞧瞧,刘元先是不答应,但又禁不住小梅软磨硬泡,最后只好同意。

他想把小梅带回北京,让他母亲看看,如果他母亲也同意,他和小梅的关系就可以确定下来了。

于是刘元带小梅去了北京。

又过了些日子,罗明和琼英一起去了旗里,准备参加高考。高考前要填志愿,需要照片。两人去旗里唯一的照相馆各照了一张一寸免冠照片。照相馆很小,装饰设备都很简陋,老板还兼着裁缝行当,照相也行,裁衣也行,来者不拒。

第二天两人去取照片,照片严重变形,琼英一见大怒,问老板:"你这照的是我吗?"

"不是你是谁?"

"你睁大眼睛看看,我是这个样儿吗?"

"我看差不多。"

"这个照片我不能要,你还是重照吧。"

"重照也还是这个样子。"

"那我就不要了。"

"那钱呢?"

"照片不能用,还给什么钱!"

老板一听也急了:"你爹给你作得这个尿相,我就给你照得这个尿相,赖得着我吗?"

两人越吵越凶,眼看要打起来,老板顺手抄起柜台上一长把熨斗,罗明怕琼英吃亏,只好掏钱付了账,把琼英拉了出来。

出了门琼英把照片撕个粉碎,对罗明说:"我爹妈为什么给我起名琼英,就是期许我与那位古代女英雄一样。可恨这个照相馆居然把我照成那个样子!"

"那琼英一定是美若天仙,倾国倾城了?"

"那当然，要不成吉思汗的长子怎么会瞧上呢。"

"你比那位琼英如何？"

"我虽然比不上，可比阿斯茹、小梅之类总还强一些吧！"

"你倒挺自信。"

"一说到你的心上人，你又不高兴了是吧？"

没有照片，仍填不了志愿，两人只好去"知青办"求助。据那里的人告诉他们，旗中学有一个姓魏的老师，正在为参加高考的学生照相，可以找他帮忙，不过要收费。两人又去旗中学，找到魏老师，原来也是一位北京知青。彼此寒暄了几句，魏老师拿一架旧"莱卡"相机，带他们到屋外，找一面墙作背景，为他们照了相。第二天去取照片，两人一看，一个像大叔，一个像大婶。天哪，难道已经这么老了吗？两人也没说什么，能将就就将就吧，怎么也比照相馆照的强多了。

两人又去招生办填志愿，罗明三个志愿都填的是北京大学，表明他对北京大学的无比向往。看过他志愿的人都说印象深刻，说他孤注一掷，三个志愿都填北大，若考不上，其他大学就不考虑了吗？有点儿太极端了。

这也是罗明当时少年轻狂的表现，做事爱走偏锋，不计后果，完全不切合实际。试想北大一年才给内蒙古几个名额，这几个名额又怎么会落到他的头上呢？

琼英比罗明现实多了，她以为自己初中还没毕业，考大学已是非分之想，所以她尽量低调，第一志愿内蒙古大学，第二志愿包头财经学院，第三志愿石家庄师范学院。琼英的母亲是北大毕业的，她也想去北京，但死也不敢报考北京大学。只想离北京近一点儿，石家庄离北京只有四个小时的车程，所以她就报了一个石家庄师范学院。

那一年高考只考语文和数学，考的都是最基本的知识。可像罗明这样的知青蹉跎十年，一天也没碰过课本，过去学过的知识也基本还给了老师，让他参加考试，不是有点儿勉为其难吗？幸亏他基本功学得还比较扎实，语文还问题不大，数学有些定式、解法忘了，但模模糊糊还有点儿印象，会的答个八九不离十，不会的就连蒙带诈，尽力一答，不能交白卷。考完以后，他以为别的不敢说，及格问题不大。琼英可就惨了，高中的功课一点儿也不会，初中的功课也忘了一多半，你可叫她怎么考试？只能会的恭恭敬敬答出，不会的就交白卷了。

考完以后，罗明有点儿垂头丧气，后悔报北京大学。而且三个志愿都报了北大，实际上是自绝于大学之门。第一次放逐是从北京到千里之外的草原，第二次呢，罗明想，还能到哪去呢？无非还是草原，草原就到头了。

大草原，怕是今生今世也离不开你了。

罗明和琼英都以为这一次考不上大学了，第二天便一起回饲草基地去了，但也都下定决心，好好准备一下，来年再考。

刘元带小梅回北京，由于当时交通不便，颇费了一番周折，先坐汽车到旗里，再坐长途汽车到赛汗塔拉，走顺了也要两三天的时间。赛汗塔拉是著名中转地，当时在老百姓中流传一句话："说汉语走遍天下，说蒙语走不出赛汗塔拉。"说的就是这个地方。赛汗塔拉才有火车，向南向北的人都要到这里倒车，向北出二连浩特，经蒙古国可以抵达莫斯科；向南经大同、张家口可以直达北京。

刘元和小梅回到北京，见到他的母亲，母子俩抱头痛哭了一场。他母亲几年前从干校回北京，办理了退休手续。好日子已在前面招手，可惜刘元的父亲没那个福分，没能熬到"四人帮"倒台，前几年得病离开了人世。所以刘元的母亲盼望自己的儿子能够早一天回到北京，母子俩相依为命。

刘元是个孝顺的孩子，深知母亲的苦楚，他也想承欢膝下，让母亲颐养天年。谁知回北京不久，母子俩便陷入矛盾之中，矛盾的起因就是小梅。

刘元的母亲瞧不上小梅，一嫌她没文化，二嫌她没户口。

这一天，刘元问母亲对小梅的印象如何？他母亲说："长得还可以，做事也麻利,就是乡下姑娘没户口,纵有千般好,就这一条要了命了。"

"那您是不同意了……"

"不同意什么?"

"不同意我和她……"

"不是不同意,不过你要想清楚,没户口就找不到工作,将来生了孩子也上不了户口。你回来参加工作,一个月不过三十来块钱,养活自己都勉勉强强,还要养活老婆孩子,你掂量一下能撑得起这个家吗?"

刘元觉得母亲说的也对,可他这么大的岁数,眼下还只是个牧民,能否办回北京还两说,你让他找谁去?找个品貌相当,又有北京户口的姑娘,不是太不现实了吗?

"我先跟小梅谈着,成不成还不好说,先办病退再说吧。"

第二天他去找一个老同学,想探探办病退的诀窍。他这个老同学姓胡名大伟,为人精明强干,原在山西雁北插队,最近办病退回了北京。

老同学也是多年未见,乍一见不由得眼圈泛红,唏嘘了半天。两人海阔天空聊了一气,渐渐说到正题,刘元就问他怎么办病退?

胡大伟说:"要办病退最好办腰椎间盘突出。"

"腰椎间盘突出有什么好?"

"这种病不易确诊,全凭病人述说,怎么说怎么是。所以有许多人办病退,都办腰椎间盘突出。"

"难道就没有医学办法检查这种病?"

"也就是照相了,照相的时候你只需把腰部脊椎稍稍一扭,照出的相就是腰椎间盘突出了。不过你也要掌握好分寸,别扭过了劲儿,否则就不是突出,而是扭曲了。"

刘元决心办腰椎间盘突出,去新华书店买了两本医书,把上面对腰椎间盘突出的描述背了个滚瓜烂熟,做了一些问答的准备,务求毕其功于一役。然后去医院找大夫,大夫问他哪儿不好?他就把医书上对腰椎间盘突出的描述一股脑端了出来。大夫说"照张片子吧",谁知他经验不足,一扭腰就扭大了,结果片子出来不像是腰椎间盘突出,倒像脊椎扭曲了。一连照了两张片子，都不合格，他不由得有点儿泄气，原来腰椎间盘突出也不是那么好办的。

刘元又去找胡大伟讨主意，胡大伟说："腰椎间盘突出既然不行，你不如改肝炎吧。"

"不行，不行，"刘元说，"我又没有肝炎，一查不就露馅儿了？"

"查之前你吃两个油饼，转氨酶肯定高。"

刘元回到家，将这两天查病的战况跟母亲汇报了一番，他母亲说："你要查病不如去西四医院查。"

"西四医院就那么好糊弄？"刘元说，"再不您有熟人？"

"你小时候得过一种黑热病，在西四医院住过一个多月的院，医院有病历。"

"这是什么时候的事儿，我怎么一点儿印象也没有？"

"你那时才四五岁，可能都忘了。"

第二天，刘元去了西四医院，挂号要出病历，一看，厚厚一叠，病历已经泛黄，他小时候得病的全过程都有详细记录。二十多年了，病历居然还完整保留，医院这种认真负责的精神不禁让人大为佩服。

刘元想，黑热病是够唬人的，但这是二十年前得的病，拿它办病退恐怕不行。他又去内科门诊找大夫，大夫对他的病历很感兴趣，翻看了半天，问他："你以前得过黑热病？"

"小时候四五岁时得过。"

"好利索没有？"

"我正想请教您，黑热病是一种什么病，有后遗症没有？"

"黑热病是一种由白蛉传染的脾脏病，现在已很少遇到，比如我当大夫已二十多年，就从来没遇到过这种病。所以你这病历可是个宝，有重要参考价值。"

"那到底有没有后遗症？"

"一般说没有吧，不过我也拿不准，得看看书。"

"近来我老觉得右胁疼痛，是不是黑热病的后遗症？"

"除右胁疼，还有什么不适？"

"没胃口，不想吃饭，浑身乏力……"

大夫翻开眼皮看看他的眼睛，又叫他躺在床上，在他腹部认真摸了半天，"查查肝功吧"，说着给他开了一张化验单，叫他第二天早晨空腹来抽血化验。

第二天清晨，刘元吃了两张油饼，一个夹肉烧饼，还喝了两碗豆浆，然后去医院抽血化验。化验结果要第二天才能出来，刘元只好回家，带小梅去逛隆福寺。

中午两人去小吃店，要了两碗豆汁，四个焦圈，两碟咸菜。刘元喝得还挺带劲儿，喝了一碗，又要了一碗，小梅说："跟泔水一样。"

刘元说："你要想做一个北京人，首先得学会喝豆汁，你要喝不惯豆汁，还不如回大草原去呢。"

小梅说："大草原好歹还有牛羊肉呢。"

又一天一早，刘元去医院取了化验单，然后去找大夫。大夫看一眼化验单，问他："吃东西了吧？"

刘元脸一红，也不好意思瞪着眼睛说瞎话，只好说："吃了，吃得不多……"

"不是告诉你空腹抽血吗，你怎么吃东西呢？重新验一回吧。"

说着大夫又给他开了张化验单，刘元表面没说什么，心里可有点儿怵。昨天抽了他一管血，扎针的部位铁青，瘀血至今未消，今天还要抽他一管血，奏效与否取决于他吃不吃东西。吃也不行，不吃也不行，可真叫他为难。没办法只好又去请教胡大伟，求胡大伟给他出出主意。

"你可真够笨的，"胡大伟说，"是不是牛羊肉吃得太多了？"

刘元脸又一红，连连作揖："务求你再帮兄弟一把！"

"行了，你也别费这个瞎劲儿了，我给你弄一张化验单吧。"

"你怎么弄？"

"这你就别管了。"

又过了几日，这一天早晨，胡大伟一觉醒来，忽然想起他曾答应刘元弄一张化验单的事儿，心说糟糕，怎么一忙就给忘了呢？脸也不洗，饭也不吃，骑上辆破车，直奔西四医院。他这辆破车除了铃不响，其他什么地方都响，闸也不灵。谁知刚骑到胡同拐弯处，冷不防冲出一个小孩，胡大伟急忙刹闸，哪里刹得住，一头撞到小孩身上，把他撞了一个马趴。胡大伟看看四周没人，那小孩也没哭，赶紧蹬上车溜了。

到了医院，锁上车，直奔化验室。当时化验单都放在化验室窗口的一个纸盒子里，也没人看管，有一百多张。胡大伟一张一张仔细挑选，终于找到一张，转氨酶三个加号，胡大伟觉得挺合适，遂抄起这张化验单大摇大摆扬长而去。

回到家，拿出化验单看了一遍，从姓名上看是个女性，年龄45岁，显然不适合刘元。但这点小事儿也难不住胡大伟，当时的化验单都是绿墨水写的，胡大伟去路边小摊买了一瓶"消字灵"，涂去化验单上的姓名和年龄，又用绿墨水笔填上刘元的姓名和年龄，一张标准的化验单就这样简简单单炮制成功了。

等刘元来找他，他就把化验单给了刘元，刘元又请教下一步怎么走？他说："北京这边还好说，关键是你们那边县医院和县知青办两个公章，这我就帮不上忙，靠你自己了。"

刘元千恩万谢，说得友如此，也不枉此生了。

辞别胡大伟，刘元又去西四医院，挂号取出病历。他原想再找大夫一趟，让大夫在病历上写几句话，以增加病历的可信性，但又怕夜长梦多，弄巧成拙。

思虑再三，决定不找大夫了，只把病历拿回家。

这一天中午，二嫂来找罗明，说："我听周皮匠说，公社邮局有你一封挂号信。"

"周皮匠怎么知道的？"

"周皮匠说他去大队办事儿，白银仓托他带的信。"

当时草原交通不便，信息不通，没有电话，从北京寄一封信来，需二十多天，七转八折才能到罗明手中。这还是快的，要是慢就得一个多月，信件弄丢了也是常事儿。挂号信还好，挂号信需本人签字，一般丢不了。

罗明骑上马，跑十五里地来到公社邮局，拿到他的挂号信，信封上有五个手写体红字：内蒙古大学。

罗明心里一动，急忙撕开信封，原来是通知书，告诉他已被内蒙古大学中文系录取。

邮局的小包问他："这里还有一封你们大队琼英的挂号信，你是不是代领？"

罗明点头同意，签字拿到这封信，撕开一看，原来琼英也被内蒙古大学中文系录取。

罗明这一喜非同小可，不禁手之舞之，足之蹈之。

罗明不知道的是，他被录取要比琼英曲折得多。琼英最多也就是两门功课都不及格，但比她还差的何止千千万万，所以她比较顺利。罗明就不一样了，尽管他考得还不错，数学60多分，语文80多分，但他三个志愿都是北京大学，一开始自然而然被刷了下来。

他的被淘汰在招生办引起较大反响，有人以为这个考生考得还不错，那么多两门不及格的人都被录取，他却被淘汰，这对我们的招生工作岂非一种讽刺？也有人说这个考生一连报了三个北京大学，显然是没把别的大学放在眼里，年轻人的这种轻狂不宜提倡，不录取他也是应该的。

两派意见难分高下，最后反映到上一级主管部门，经商讨一位负责人说："人才难得，弃之可惜。"遂与内蒙古大学协商，由他们录取了罗明。

一波三折，步步惊心，可谓侥幸。

罗明回到饲草基地，首先去找琼英，大老远就喊："好消息，好消息……"

琼英说："什么好消息？"

"关于你的好消息。"

"我能有什么好消息?"

"你先说怎么谢我?"

"你想要我怎么谢你?凡是我有的……"

"你有什么?"

"至少有我这个人吧……"

"告诉你吧,你已被内蒙古大学中文系录取了……"

"是吗?不可能吧……"

罗明掏出录取通知书,琼英一把抢过去,草草一看,不由得惊喜交加,欢呼起来。又问罗明:"你呢,考上北大没有?"

"北大哪有那么好考呢……"

"难道你就这么被刷下去了,哪儿也没考上?"琼英脸色暗淡下去,"其实你考得比我好!"

"我也被内蒙古大学中文系录取了!"

"是吗,那我们以后不就是同窗了?"

"同窗!"

琼英高兴地跳了起来,拉着罗明转了好几个圈,情不自禁在他脸上亲了一口。

"姑娘家家的,一点儿也不矜持。"

"你没听说一句古诗吗?"

"什么古诗?"

"近水楼台先得月,向阳花木易为春。"

那一刻两人都沉浸在欢乐之中,憧憬着未来的校园生活,盼了近十年,终于盼到了这一天。

两人又商议结伴去内蒙古大学报到。琼英说她明天就回旗里,给爹妈报个喜,然后就在旗里等罗明。"你估计什么时候能到旗里?"琼英问。

"这里的事儿一处理完,我就去。"

"这里还有什么事儿?"

"总得向乡亲们辞行吧……"

"离开学已没几天了,你得抓紧。"

现在的问题是罗明走后,谁来照顾牛魔王?罗明想只能托付给二豆了,二豆这两年表现得也不错,托付给他完全没有问题。

第二天一早,罗明骑马驮着琼英去公社找车,送走她后,罗明回饲草基地。他首先给阿斯茹写了一封信,向她报告自己已考入内蒙古大学中文系,可惜两人在两处上学,一个在呼和浩特,一个在包头,仍然聚不到一起,相思之苦无以言表。随后他又想辞行的事儿,饲草基地的人是不用说了,家家户户都应道一声"再见"。其次要去大队走一趟,那里人多,最后跟乡亲们告别一下也是应当的。还有一些人和家庭,例如巴雅尔和乌兰,需要上门拜辞,感谢他们多年来对自己的关怀。此外,三宝和托娅的家也要去一趟,尤其是托娅是他临别之际想要见的一个人。托娅的经历是白云淖尔草原的一个传奇,充满悲欢离合,但愿这样的传奇能长久地流传下去。

又一天上午,罗明备好马,准备去各处拜别,他想本着先远后近的原则,先去三宝和托娅的家,回来再去巴雅尔和乌兰的家。只要这两家拜到了,他的心事儿也就放下了一半。明天去大队,后天去饲草基地各家,这样他的拜别之旅就算圆满完成。

正要走,忽然看见一辆"解放牌"卡车从东面朝饲草基地驶来,罗明心里一动,就停下不走了,等那车驶近,一看果然是雷达站的车。

刘站长跳下车,招呼说:"罗明,你这是要去哪儿?"

罗明说:"刘站长,你怎么来了?"

"我去大队办点事儿,顺便拐过来瞧瞧你。"

"我也正要找你呢。"

"有事儿吗?"

"我已被内蒙古大学中文系录取了,一半天就要去大学报到……"

"恭喜你……"

"我一走，小黑就没人照顾了，你是不是把它收回去？"

"好啊，小黑血统纯正，正是我需要的……"

"那就谢谢你了。"

"你也是，要上大学了，还惦记着狗。"

"有感情了……"

罗明领刘站长到小黑窝前，见小黑正在窝里奶小狗，刘站长说："又下崽子了？"

罗明叫："小黑，小黑。"

小黑闻声起身走了出来，几只小狗跟在后面，在它身前身后转来转去。小黑似乎认识刘站长，摇头摆尾兴奋不已。"披头士"趴在窝旁，像个忠诚的保镖，它也摇摇尾巴，但两只眼睛警惕地盯着刘站长的一举一动，大约还没忘记上一次刘站长打它那两枪。

"你什么时候走？"

"有车就走。"

"我这车下午要去旗里拉粮，你何不坐我这车走呢？"

走还是不走？罗明心里很纠结，他原想四处走走，跟乡亲们道一声别，现在一处也没去，就拍拍屁股一走了之，会不会有人骂他无情无义？但车是个大问题，如果不坐刘站长这趟车，他还得费劲找车，七八天找不着也是有的，那报到的事儿就耽误了。

转念一想做大事儿者不拘小节，走，说走就走！机会来了，岂容错过，即便被人误会也在所不惜。

"行，我就坐你这车走吧，不过你等我十分钟。"

说完罗明转身朝配种站走去，他想最后跟牛魔王告一下别，巴雅尔没能告别，托娅也没能告别，要是牛魔王也没告别，岂非终身的遗憾？谁知到了配种站，却没见牛魔王的身影，也不知二豆把它带到什么地方去了。

罗明又跑到配种站前面的山岗上，朝远望去，也不见牛魔王的身影。罗明的心都凉了，这一刻他才意识到牛魔王在他心中的分量。

无奈何罗明又去二嫂家,问二嫂:"你知道二豆把牛魔王带到哪儿去了?"

"二豆和乌云一大早赶着牛魔王去他阿爸海明家了,"二嫂说,"说要让他老爹见见乌云。"

罗明从兜里掏出一把钥匙,递给二嫂:"刘元回来,把钥匙给他。"

"你这是要去哪儿?"

"我考上了内蒙古大学,正好雷达站有车来,我就坐他们的车去大学报到。"

"那你还回来不回来?"

"放寒暑假有可能回来。"

二嫂眼圈一红,眼泪在眼眶里打转,罗明说:"二嫂你怎么了?"

"没怎么。"

罗明想安慰二嫂几句,可一句话也说不出来,只好硬硬心肠说:"再见!"转身出去了。

来到外面,看见两个战士抱小黑上车,小黑不让抱,拼命挣扎,"汪汪"狂叫不已,两个战士吓得忙松开它。

罗明走过去,抱小黑上车,又把它的小狗崽也抱上车。小黑闻闻这个,舔舔那个,似乎很快乐。

"怎么,你的事儿都完了吗?"刘站长说。

"完了。"

"那走不走?"

"走吧。"

两人爬上车,司机把后挡上好,说:"站长,你还是坐驾驶楼里吧。"

"没关系,我就站上面吧。"刘站长说,"和罗明说说话。"

"叫小罗也坐驾驶楼里吧。"

"上面挺好,等会儿车开了,迎面风一吹,我也痛快痛快!"

车缓缓开动,忽然一条狗从后面追来,"汪汪"狂叫不已,正是

"披头士"。车越开越快,"披头士"的叫声变得绝望凄厉。

"你干脆把它也要上吧……"

"我要它没用。"

"人家一家子,有老婆、有孩子,你忍心把它们拆散了吗?"

刘站长叫停车,等"披头士"跑近了,罗明下车把它抱上车。

瞧这一家子,犹如久别重逢,你舔我,我舔你,别提多亲热了。罗明十分感慨,人的家庭也不过如此,有的家庭还达不到人家这一步呢。

卡车重新启动,在大草原上奔驰,饲草基地越来越小,逐渐看不见了。

罗明心里充满了惆怅,再见了,白云淖尔草原,不管我走到哪里,我的心永远和你在一起。

36 回城

刘元的母亲是一个比较传统的女性，一向以男女之大防为己任，连自己的儿子也不放过。只要刘元和小梅单独在一起，她就紧盯着他们的一举一动。

青年男女在一起不免说些悄悄话，有时把门关起来，刘元的母亲往往趴在门口偷听，如果听到一两句打情骂俏的话，这还得了，她会咳嗽两声，敲敲门，以示警告。如果听了半天，里面一点儿动静也没有，她会以为天要塌下来了，也不咳嗽也不敲门了，径直推门走了进去。

"妈，您有什么事儿？"

"没事儿。"

"没事儿您也不敲门就闯进来做什么？"

"我瞧瞧。"

"瞧什么？"

"你们俩说话就说话吧，关起门做什么？"

"妈，我都这么大了，又不是小孩子，您得给我自由活动的空间，不能天天像防贼似的，我受得了吗？"

"我也是为了你好。"

小梅在一旁听着，也不敢插话，好像自己做错了什么，不由得脸红了半边。

刘元十分恼怒，他觉得母亲太过苛刻，一点儿不知体谅别人，或许这就是两代人之间的鸿沟吧。他有点儿留恋大草原，大草原无拘无束，自由自在，没有那么些条条框框。

大草原既然那么好，那你为什么还要离开大草原回北京呢？

刘元想将来回到北京，找一个工作，他就带小梅出去单过，省去多少是非？又一想他母亲就他这么一个儿子，还指望他养老送终，若娶了媳妇忘了娘，只顾自己，做一个不孝的儿子，合适吗？

以他母亲的性格，婆媳间的关系肯定好不了，小梅不嫁他便罢，若嫁了他，这辈子不知要受多少罪呢。

小梅是个很坚强的姑娘，犹如草原上的小草，"野火烧不尽，春风吹又生"。虽说北京人生地不熟，又有个"准婆婆"在一旁实行高压政策，按理日子不太好过，谁知小梅浑不在意，背着刘元和"婆婆"，偷偷摸摸又交了一个新朋友。

这个新朋友是前院的邻居，北京师范大学一年级的学生，名叫宋玉。宋玉比刘元年轻，长得也比刘元英俊，一下就把刘元比下去了。两人是因打水相识的，小梅天天去前院打水，宋玉见有个漂亮姑娘打水，也故意出来打水，一来二去，两人便搭上话，逐渐熟悉了。

这件事儿一直瞒着刘元，他母亲倒是心知肚明，但也不说破，也不告诉刘元。

宋玉见小梅是个乡下姑娘，好骗，有意勾搭她。

这一天，两人又在水龙头前相遇，宋玉说："你们家大人管不管你在外面交朋友？"

小梅说："交什么朋友？"

"男朋友。"

"别胡说。"

"我想请你吃饭，你们家大人管不管？"

"不让她知道，她怎么管？"

两人约好了时间、地点。中午时，小梅说在家闷得慌，想到大街上溜达，刘元的母亲说："去吧，早点儿回来，别走丢了。"

小梅走到大街上，和宋玉见了面，两人心中均暗暗窃喜。宋玉领小梅去了"砂锅居"饭馆，要了一个"砂锅三白"，一个焦熘小丸子，一瓶啤酒，两人边吃边聊。

宋玉说："刘元他妈对你怎么样？"

小梅说："挺好的。"

宋玉原以为小梅会说刘元他妈怎么怎么不好，那样他就可以说些打抱不平的话，没想到小梅这么说，只好换话题，说起他的校园生活，吹嘘他的学校是北京独一份儿，吃饭不要钱，也不要学费，每月还给零花钱。将来毕了业，国家还包分配，一个中学老师是板上钉钉跑不了的……

小梅说："当老师有什么好，家有五斗粮，不当孩子王。"

宋玉说："那你说什么好？"

"怎么也得当个干部吧？"

"老师就是干部，而且比干部高多了。人们不是常说：教师是人类灵魂的工程师吗？我教出的学生，不管他当多大的干部，多显赫的身份，见了我也得毕恭毕敬叫一声：老师……"

一席话把小梅说得晕头转向，乡下姑娘眼皮浅，不由得对宋玉大为佩服，一双热辣辣的大眼睛瞟着宋玉，觉得他比刘元要强一百多倍。

对于砂锅居，宋玉说是北京一家老饭馆，他们吃的"砂锅三白"在北京也是大大有名。谁知小梅竟如猪八戒吃人参果，也没吃出什么滋味儿来，只是觉得比刘元带她吃的豆汁强多了，但还比不上草原的手扒肉，那吃着才叫过瘾呢。

这以后宋玉又带小梅吃了几回饭馆，两人的关系越发亲密，已到无话不谈的地步。

这一天，小梅受了刘元母亲一顿窝囊气，忍无可忍，想找个贴心人倾诉委屈，就把宋玉约了出来。两人来到"烤肉季"，点了一盘烤羊肉，一盘爆三鲜，一瓶啤酒。小梅说啤酒像马尿，她要喝白酒，宋玉又要了一小瓶二锅头。小梅咕嘟灌了一大口，脸立刻红了起来。

宋玉问："你怎么了？"

小梅未说话，眼泪先吧嗒吧嗒掉了下来。

宋玉心疼地又问："你到底怎么了？"

"我要走了……"

"你要上哪儿？"

"回家！"

"北京这么好，你怎么舍得走呢？"

"北京虽好，不是我这种人能待的地方，还是趁早回家。"

"是不是又受你婆婆的气了？"

"什么婆婆，有她当婆婆，我和刘元的事儿早晚也得吹！"

"你婆婆又怎么了……"

"我这个婆婆，整天没事儿就会捡破烂，什么都是好的，破烂棉花，旧家具坏电器，什么都收。人家丢弃的沙发架子，她收了七八个，一个摞一个，一直摞到天花板。最可笑的是喝完剩下的塑料牛奶袋子，她也攒着，一个个展平，摞齐，用牛皮筋捆住，一百个一摞，攒了已有两三千个。你说，攒那玩意儿有什么用？"

"这也难怪，老一辈人苦日子过惯了……"

"我住的那屋，左一堆破烂，右一摞破烂，几无下脚的地方。昨天我趁她不在，把破烂收拾了一遍，实在没用的就扔的扔，卖的卖。她回来后勃然大怒，把我骂了个狗血喷头，说她的东西一样也不许动，该什么样就什么样，要我赔她的破烂。我说一共才卖了一毛五分钱，您若要就赔您一毛五分钱吧。她说现在还轮不到你当家，她活着就这样，不许改也不许动，你要想改要想动，等她死了以后。"

"老人都保守一些，我妈也一样……"

"她这人也太不近人情了，我心说鬼才想动你那些破烂呢，守着你那

回城 | 357

些破烂自鸣得意去吧，姑奶奶走，回家，回草原，离了你比什么不强！"

"真要走？"

"走，这回我是下定决心了！"

"你会后悔的……"

"后悔也走，跟她这种人过不到一块儿去。"

"其实你换个地方住，离了她这种人不就行了？"

"我在北京人生地不熟，除了刘元，谁也不认识，怎么换？"

"你要真想换，我倒有个地方……"

"什么地方？"

"我在前门大栅栏有一间平房，可以借给你住……"

"那敢情好啊。"

"不过你就得离开刘元了……"

"离开就离开，反正也成不了，冲他妈就成不了！"

"你可想好了，你一个人在外，又没个依靠，北京可不是那么好住的，首先一点：你有钱吃饭吗？"

宋玉一语击中要害，小梅不说话了，脸色也黯淡下去。

"要不你跟我吧……"

"你愿意要我吗？"

"当然，我早就……难道你还看不出我的心？"

"但是，你得跟我结婚！"

"没问题，咱们先谈着，等我毕了业就可以结婚了……"

"不过，你得保证，结婚之前不能在我那儿过夜。"

"我保证！"

"我们家是个传统的家庭，我父亲对我管教极严，洞房花烛夜第二天一早，我得向家中的长辈拿出证据，证明我还是个处女。"

"你放心，我一个当老师的，这点儿觉悟总还有的……"

两人商量已定。这天晚上小梅对刘元说：她想家了，想回去看看。

刘元说："也好，等过几天北京这边的事儿弄利索了，咱们俩一起回草原。"

第二天，刘元出去办事儿。小梅趁他不在，简单收拾了一下，留了张字条："刘元，我先走了，保重身体，再见。"也不告诉刘元的母亲，偷偷溜到外面，会齐宋玉，高高兴兴不辞而别。

小梅走后不久，刘元也踏上回草原的征程，他有一种使命感，此行一定要成功！

临行前他母亲给他500块钱，叫他买些礼物，打点那些管事儿的人。

"官不打送礼的，送点儿礼总是没错的。"他母亲说。

可买什么好呢？刘元也没送过礼，一时有点犯难。后来他买了二十盒北京特产，如麻糖、果脯、茯苓糕之类，花了100来块钱；又买了十件各种颜色的的确良衬衫，也花了100来块钱。还剩200来块钱，他也不知再买什么好了，不如先揣着，求人办事儿，免不了请客喝酒。

刘元到了查干诺尔旗，先去旗医院，那天接待他的人正是旗医院的院长那顺。刘元知道这个人，听张凤选说过。据张凤选说那顺其人心胸狭窄，妒贤嫉能，利用手中的权力排斥异己。张凤选就因医疗技术高明，在旗医院数一数二，遭那顺嫉恨，借张凤选一次医疗事故，将他从旗医院贬到白云淖尔公社卫生院。

刘元心说怎么这么巧就赶上他呢？万一他妒贤嫉能的毛病又犯了，不是对办病退大大不利吗？心里有点儿忐忑不安。

那顺对他的病历很感兴趣，一页一页仔细看了半天，问了许多关于"黑热病"的问题，刘元也一一据实回答。

最后那顺看到了那张化验单，问："怎么就一张单子，你在北京没继续治疗吗？"

"没，在北京待不住，我想回来治，再检查一下……"

"咱们这儿的条件跟北京可没法比。"

"那院长，"刘元不想再扯下去，决心实话实说，"我想办病退，您看能不能……"

"你是要我盖个章吗?"

"不错。"

那顺沉吟半晌,没说话,刘元心急,怕事情黄了,忙说:"我这次回来,给您带了点儿北京特产……"从提兜里拿出六盒果脯、麻糖、茯苓糕,又拿出五件的确良衬衫。

"别这样,你这可是有点儿小瞧我了。"

"不是什么值钱的东西,只是让您尝个鲜。"

"我一个当大夫的,怎么能收病人的东西,快收起来。"

刘元见那顺拒收他的东西,以为盖章的事要黄,心都有点凉了。

"有不少知青来办病退,我都尽量帮忙,你不就是要盖个章吗?我给你盖就是了。"

刘元心中又一喜,这一凉一喜,仿佛瞬间经历了冰火两重天,备受煎熬,刘元感觉都要犯心脏病了。

那顺想了一下,提笔在刘元的病历上写了老长一段话,主要是诊断意见及一些药物,笔迹潦草,刘元也瞧不太懂。

写好后,那顺拿病历出去,盖了个医院的公章,拿回来给了刘元。

"能回就赶紧回吧!"他说。

刘元千恩万谢而去,他对那顺有个评价:是个好人!

离了旗医院,刘元又去了旗知青办。知青办一共三个工作人员,一个官,两个兵,都是见过世面的人,这一回不破点财是办不成事了。

刘元给他们每人三盒北京特产,两件的确良衬衫。知青办主任说:"你是不是搞错了,我是主任,怎么和他们都一样?"

刘元笑着,急忙又给了主任一盒果脯、一盒芝麻南糖、一件衬衫。看看到了吃饭的点儿,又带三个人去饭馆,好酒好菜吃了一顿。三个人还挺能喝,一连干下六瓶草原牌二锅头,喝得醉醺醺的,尽欢而散。

第二天一早,刘元又去知青办,主任也没难为他,给他开了一个证明,盖了公章。

刘元也趁热打铁,当即去邮局,把病历和证明用挂号信给他母亲寄去，让他母亲在北京办理病退事宜。

看看事情已然办妥，刘元也不想在旗里多待，就找车回到大队饲草基地。连门都没进，先去了老姜头的家，询问小梅回来没有？

"没有，"老姜头说，"她跟你去了北京，你怎么倒问起我来了？"

"难道没回来？"刘元大吃一惊，"她可是跟我说先回来的。"

说着拿出小梅临走时给他留的字条，老姜头看了，也没说什么。其实老姜头早就接到小梅的来信，说她已离开了刘元，现正住在一个名叫宋玉的大学生为她提供的平房内，一切安好，请勿挂念。老姜头估摸，小梅一定是跟这个大学生好上了，心里把小梅臭骂了一顿，把老姜家的脸都丢到北京去了！又一想，小梅离开了刘元，和大学生好，未必不是一个出路，也许比跟刘元还强呢。但凭一个老人的直觉，他感到小梅这事儿不靠谱，恐怕长不了。不过这事儿不能让刘元知道，因为小梅来信千叮咛万嘱咐不让他告诉刘元，所以他装疯卖傻，假装不知道，甚至猪八戒倒打一耙，反而指责刘元把小梅弄丢了。

刘元又问罗明和琼英，老姜头说他们考上了内蒙古大学，已经报到去了。

"那钥匙呢，钥匙留给谁了？"

"可能留给二嫂了。"

"怎么留给二嫂，没留给你呢？"

"那谁知道，皮裤套棉裤必定有缘故。"

刘元一笑，又去了二嫂家，要出钥匙。给了大丫、二丫两盒芝麻南糖，又给了二嫂一件的确良衬衫，二哥二嫂留他吃了一顿饭。

吃完饭回到罗明常住的那间小屋，一个人独处时，刘元倍感冷清孤单。人都走了，只剩他一个，真有点儿"茕茕孑立，形影相吊"了。

第二天，刘元去配种站，想瞧瞧牛魔王。刚走到配种站门口，忽见二豆跌跌撞撞从屋里跑出来，一下摔个嘴啃泥。

"你这是怎么了……"刘元急忙过去把他扶起。

"这个畜生，"二豆捂着心口，"可把我吓死了……"

原来二豆给牛魔王喂草料,牛魔王没胃口,怎么哄也不吃,二豆急了,拿木棍打了它两下,牛魔王大怒,猛地两腿站立起来,头一扬,把拴它的木桩整个拔起,那木桩一甩朝二豆招呼过来,二豆吓得一屁股坐在地上,爬起来朝外跑去……

"你喂牛魔王也喂了两年多,"刘元说,"还没培养出感情来?"

"这家伙分人,"二豆说,"怎么喂也不行。"

"你看,牛魔王和罗明、阿斯茹多亲。"

"那咱可比不了。"

两人回到配种室,牛魔王也平静多了,两人试探着靠近,将拔出的木桩重新埋好,砸瓷实。刘元又帮二豆拌料,加了些豆饼、麦麸、胡萝卜之类,牛魔王瞧瞧,仍旧不吃。

"刘元,我这儿缺人,你来帮帮我好不好?"

"我也要走,你还是找别人吧。"

"你要上哪儿?"

"回北京。"

"都走了,明年配种我还真找不着合适的人。"

"云登其木格不在吗?"

"我才不要那个骚娘们儿呢。"

"怎么?"

"过两天乌云来了,有她在中间一搅和,还不定生出多少事儿来呢。"

"你和乌云到底怎么样了?"

"领结婚证了,过几天就办婚礼,到时候务必请你来喝一杯喜酒。"

"没问题,只要我没走,一定出席。"

又过了一个多月,北京方面批准了刘元的病退申请,给他寄来了转户口的四联单。刘元喜出望外,没想到事儿办得这么顺利。他也没耽搁,第二天就去公社找到公安局小高,办理回城手续,然后简单收拾一下,告别了白云淖尔回北京去了。

37 尾声

牛魔王死了。

牛魔王之死是一个放羊娃首先发现的,清晨他赶着羊群去草场,看见前面一个山包上卧着一堆黑乎乎的东西,像牛又不是牛,总有四五头牛那么大,走近一瞧,原来是牛魔王。

牛魔王已经没了气息,但也没侧身翻倒,而是四肢跪倒在地,支撑着身体,仍有一人多高。硕大的头低垂着,两个犄角傲然挺立,两只空洞的大眼依旧圆睁,朝着南方……

中午时分,放羊娃赶着羊恰好经过巴雅尔家附近,他撇下羊去巴雅尔家讨茶喝,顺便告诉他牛魔王死了,死在北面一个山包上。

"死就死了呗,"巴雅尔说,还往地下啐了口唾沫儿,"早就该死了。"

放羊娃走后,巴雅尔拿起马嚼子也出了门,说是去抓马,其实按照放羊娃告诉他的方位,找到了牛魔王。牛魔王果然死了,威猛之势尚在。巴雅尔又往地下啐了两口唾沫儿,心说:"死了还摆这么一副吓人的架势!"不经意朝牛魔王的脑袋瞥了一眼,忽然感觉牛魔王的两只大眼睛正瞧着他,而且随着他打转,巴雅尔吓了一跳,心里一阵一阵发毛。心想：牛魔王虽然不是什么国王，但他的女儿阿斯茹管它叫"千牛之王"，乡亲们也跟着这么叫，挡不住还真有点儿邪魔歪道，还是别惹它为妙。于是暗暗嘀咕说：老伙计，我又没得罪你，一向对你也挺好，你老这么盯着我就不对了。你既然死了，心里有什么怨气，也该找阎王爷去诉说，与这些活着的人有什么相干？

又一想：人死如灯灭，何况一头牛呢。你死了，灵魂已飞上天，什么也没有了，只剩一个臭皮囊，我怕你何来？

想到这里，巴雅尔就撇下牛魔王，回家去了。

对死人，蒙古族牧人有他们特殊的传统，即所谓"天葬"，充满游牧民族的神秘性。

罗明他们刚来草原时，听老牧民讲过"天葬"。具体做法是，将死人放在牛车上，拉至人迹罕至之处，然后在牛屁股上抽一鞭子，让牛拉车疯跑，直到把死人的尸体颠到地上，送葬仪式就算完成。至于尸体则弃之不顾，任凭食腐动物如秃鹰、狼、狗、狐狸等啄食享用，只剩累累白骨经受风雨的无情摧残，最终化为尘土。人是由元素构成的，生于大自然，又回归大自然，或许这是一种唯物主义的态度。

总之，草原牧民重生人，不重死人，这是传统。

后来，罗明等人对草原牧民的殡葬习俗也了解得更多一些，据说草原牧民的殡葬深受萨满教和藏传佛教的影响，崇尚自然，追求上苍的恩赐和安排。亲人去世后，家属要请喇嘛来念经超度，并由喇嘛来决定土葬还是天葬。只是罗明他们在草原的时候正值"文化大革命"时期，红卫兵"破四旧"将各地的喇嘛庙破坏无遗，喇嘛也被扫地出门。你就是想请喇嘛也没处去请，所以罗明他们所看到的牧民殡葬，基本都是天葬。

巴雅尔把牛魔王的死讯通知了阿斯茹，阿斯茹放下手中的工作，急忙骑马来到大队，找到牛魔王，要为老朋友送行。

只几天的工夫，牛魔王的肉、内脏已被食腐动物掏空吃完，只剩四肢骨架撑着一张皮，皮已塌陷下去，两只眼睛也只剩两个大洞，有小鸟在洞口处跳出跳进，寻找残渣剩饭……

阿斯茹见此情景，眼泪流了下来。

这头牛牵扯了她太多的感情，她一生中最美好的少女时代，以及少女时代所经历的懵懂爱情，都与这头牛联系在一起，这辈子也难以忘怀了。

往事一幕一幕浮现在眼前……

她第一次见到牛魔王是什么时候？是她和罗明哥相伴去盟里接牛，在旅馆她为罗明哥抓虱子，当时她才15岁。说起来真害羞，15岁就对身边这位大哥哥产生好感，也许是朦朦胧胧的爱意吧。

牛魔王来到红旗大队，罗明哥管它叫牛魔王，后来这头牛就一直叫牛魔王。

牛魔王的到来引发了毛牛的暴动，几乎大队所有的毛牛都聚集到饲草基地，它们怒吼冲天，经夜不息，要与牛魔王争夺母牛的交配权。争夺交配权是公牛每年都要上演的一场你死我活的大戏，一般都是在牛群中几头毛牛之间进行。这一次大队所有毛牛都来挑战牛魔王，群起而攻之，场面蔚为壮观，实为举世罕见。这时人出面干预了，阿爸命令杀了三十多头毛牛，才把这场暴动平息下去。

接下去大队成立配种站，由罗明哥领头组成一个配种小组，帮牛魔王建立改良牛的新王朝。那段日子也许是阿斯茹这辈子最快乐的一段日子，她也由少女逐渐成长为一个大姑娘。配种小组完成阶段性任务解散后，她和罗明共同担负起喂养照管牛魔王的责任。两人一块儿干活儿，一个锅吃饭，就差一张床睡觉了，耳鬓厮磨，形影不离，饲草基地的乡亲们都说"他俩真像小两口"。阿斯茹听了，心里美滋滋的。

多让人怀念，真想再回到那段日子里，可惜青春的小鸟飞走了，一去不返。

第二年，改良小牛一个一个呱呱落地，这都是牛魔王的儿子、女儿，越来越多，茁壮成长。随着牛魔王走向辉煌的顶峰，它的命运也出现诸多波折。

阿斯茹想到的是牛魔王的两次"丢失"。

第一次"丢失"是盗马贼造的孽,说来要怪阿斯茹,年轻贪睡。盗马贼趁夜晚天黑盗走牛魔王,她居然第二天醒来才发现。阿爸一听牛魔王不见了,大怒,要打阿斯茹,多亏罗明哥拦住了。

阿爸去找牛魔王,历尽千辛万苦,最终在沙窝子白云大队牛倌朝鲁处找到了牛魔王。据说是牛魔王过于威猛高大,盗马贼带着它行动不便,只好忍痛出手贱卖给朝鲁。经过这一番折腾,牛魔王居然没受一点儿伤害,不能不说"万幸"。

这一次阿爸外出寻找牛魔王还有意外收获,事后阿斯茹才知道,原来她有一个同父异母的哥哥,并知道了托娅——阿爸的初恋,据说美若天仙,在白云淖尔草原是一个传奇。

阿斯茹曾拿这事儿偷偷问她的母亲乌兰,乌兰大声喝止了她:"小孩子家莫要问大人的事儿!"

后来阿斯茹也见到了托娅,感觉"也不过如此而已"。

牛魔王第二次"丢失"是它的主动行为,当时白云淖尔草原遭遇百年一遇的雪灾,牛羊找不着吃的,大量冻死饿死。牛魔王毅然决然带领牛群出走,去寻找活命之路。它这一走不要紧,也给看管它的人带来无尽的麻烦,罗明和阿斯茹为了找它,几乎把命也丢在了半路上。

阿斯茹想到了他们的两次遇险,遭遇"儿骆驼"和"白毛风"。

自古以来,蒙古人常告诫来草原的人,千万不要遇到"儿骆驼"和"白毛风",遇到这两样"怪物"只有一个结果,那就是死!

为了寻找牛魔王,阿斯茹和罗明去骆驼群牵骆驼,不巧遇到一头小儿骆驼与一头大儿骆驼撕咬,为争夺与母驼的交配权正拼得你死我活,结果小儿骆驼实力不济败下阵来,猛一抬头看见罗明和阿斯茹,便把一腔怒火转移到他们身上,大步流星朝他们追来。

罗明和阿斯茹只得拨马逃避,但马怎么跑得过骆驼?跑不多远便大汗淋漓,气喘吁吁。小儿骆驼穷追不舍,越追越近,直把他们逼到一片枯树林。阿斯茹至今仍能记得小儿骆驼那邪恶的嘴脸，一时也想到死，因为儿骆驼的惯用伎俩就是把它追到的东西压在身子底下碾。罗明哥为保护她，与小儿骆驼进行了殊死搏斗，多亏那片枯树林，磕磕绊绊，小儿骆驼一时还难以得手。正危急时刻，那头大儿骆驼也追了过来，阿斯茹不由得叹道：完了，今天真要死在这片枯树林里了！谁知小儿骆驼一见大儿骆驼，转身就跑，大儿骆驼也没理罗明和阿斯茹，纵身追了上去，必欲置之死地而后快。

　　两头儿骆驼越跑越远，转眼之间天地悠悠风平浪静。阿斯茹瘫倒在地，心有余悸，今天总算捡了一条命。

　　然而阿斯茹想，寻找牛魔王的过程中，他们遇到的最大危险并不是儿骆驼，而是白毛风。

　　那一天傍晚，他们遇到了白毛风。冷风吹动雪花，刀子一般抽在他们脸上，温度已降至零下三十多摄氏度。当时他们上不着天，下不着地，为了抵御寒冷只有走，却不知走到哪里去？阿斯茹当时也想到死，但远不如遭遇小儿骆驼时强烈，原因是她已经冻麻痹了，困意袭上心头，只想一头睡倒，睡倒就起不来了，最后只有冻死。罗明哥当机立断，就地宿营，两人解衣钻进皮筒子，紧紧搂在一起，相互以体温取暖。阿斯茹想能和罗明哥如此，就是冻死也无遗憾了。谁知年轻人的生命力极为顽强，愣是胜过零下三十多摄氏度的严寒，他们平安度过了那一夜。第二天一早醒来，罗明哥发现他们居然平安无事，一时忘情亲了她两下。

　　阿斯茹感觉，她和罗明哥之间的感情任谁也破坏不了。为什么？因为他们经历过生死考验，这个世上又有几个人经历过这样的考验呢？

　　第二年春天来到的时候，牛魔王带着牛群回来了。牛群损失很大，但大部队总算回来了。牛魔王作为"领头人"，真正体现了它的英雄本色。

　　然而牛魔王变化很大，瘦骨嶙峋，遍体鳞伤，它在带领牛群出走的征程中受了很多苦。这也影响了以后的配种工作，牛魔王已不复以前生龙活虎般雄姿，出精量大幅减少，疲态毕现。尽管阿斯茹和罗明哥尽力给它补充营养，牛魔王始终没有恢复到最佳状态。

罗明和阿斯茹有时也叹息：牛魔王毕竟有点儿老了。

这以后阿斯茹就上学去了……

阿斯茹一边回忆一边哭，往事历历在目，难以忘怀，直到泪尽才止。

阿斯茹原以为她去上学不过两年时间，一晃而过，她很快就能见到朝思暮想的罗明哥，见到老朋友牛魔王，谁知世事变化快，她的愿望再也没能实现。

后来她考上包头畜牧学院。罗明也考上大学，两人分处两地，难得见一回面。学习期间她听说琼英正在追罗明，不到手誓不罢休，两人的关系也越来越热乎。阿斯茹一笑置之，她根本不相信罗明会违背与她的誓言，抛弃她去找另一个人。

阿斯茹和罗明之间曾经有过什么誓言？其实并没有过什么海誓山盟，罗明确实发过誓，他绝不娶大队的女知青，但那能算他们两人爱情的誓言吗？

大学毕业以后，阿斯茹原本可以留在大城市，但她执意要回白云淖尔。为人不能忘本，她不留恋大城市，一心要回去报效父老乡亲。在她的内心深处仍旧留恋草原的美好生活，忘不了激发她爱情的青春岁月，也忘不了罗明与牛魔王。

盟里、旗里也有单位要留她，她毫不动摇，坚决要求回到家乡。因为那里离父老乡亲最近。最终她被分配到公社种畜站，担任技术员。国家改革开放，变化一日千里。阿斯茹正逢其时，在畜种改良方面做出很大成绩。很快便入党提干，被任命为种畜站站长。上面也很看重她，把她视为第三梯队接班人，重点加以培养。

有人说她傻，放弃城市的优越条件，回到这光秃秃的大草原有什么好？也有人说她这条路走对了，要干就得从最基层干起，竞争少，反而升得快。

　　升得快不快，阿斯茹倒不放在心上，只想把本职工作做好就行了。工作之余她心中只有一个心愿，盼望她与罗明的爱情能有一个圆满的结果。可这几年她和罗明面儿也没见过，信也越来越少。两人都有事干，各忙各的，难道真要为了事业牺牲爱情吗？

　　罗明大学毕业以后又考研究生，仍旧报北京大学，仍旧没考上，报的人太多，竞争十分激烈。后来他经高人指点，报了一个冷门——社科院某研究所古脊椎动物专业，当时这个专业全国招考六人，只有三人报名，所以罗明很轻易就考上了，并因此回到北京。但古脊椎动物实非他内心所好，过去学过的知识大半用不上，只好从头学起。这样他和阿斯茹的人生轨迹不但没有交集，反而渐行渐远。

　　两个相爱的年轻人能够走到一起吗？

　　又过了很长一段时间，一天，阿斯茹忽然想起了牛魔王。牛魔王怎么样了，它还在那个地方吗？于是骑上马，来到牛魔王的安息地。那个地方已经面目全非，阿斯茹不由得吃了一惊。

　　牛魔王的头已经和身子分开，滚到了一边，两只长长的牛角仍挺立在那里，使你能够想象它生前威武高大的模样。身上的皮四分五裂，塌陷下去，与土混在一起，已分不清哪些是土，哪些是皮，只露出脊椎和两排森森白骨，遭受风吹雨淋。头、角、脊椎和白骨会长期留存，见证这头种牛曾到这个世上走过一遭。它虽然曾创下不朽的业绩，死后也只剩下这点儿东西。

　　阿斯茹叹息："牛魔王就要化为泥土了！"

　　随着改革开放的不断深入，草原发生了巨大变化。取消了公社，恢复了乡镇建制。仿照"分田到户"的做法，将牲口分给了牧民个人，一户十几头牛，一百来只羊。随着政策的放开也释放了生产力，以自治区为例，牛羊的存栏数每年都增长1000万头左右。

生产发展了，牧民的生活也得到改善，几乎家家户户都买了手摇式柴油发电机，用上了电。不仅蒙古包亮堂了，电视、冰箱、洗衣机也都进了蒙古包，这在罗明插队那个时候是根本无法想象的事情。

手里有钱了，灾难也随之降临，这似乎是宿命。去年冬天，红旗大队一下死了七八个人，除老江巴是因年老正常死亡外，毕力格、小米吉德等都是因醉酒骑马摔死的。手里有了钱，就一桶一桶买酒，大块吃肉，大碗喝酒，喝得醉醺醺的，骑上马就跑，见到河也不下马，从冰上直冲过去，结果马失前蹄，把人也一头栽下，摔断了脖子……

几个人都是这样死的，这几个人年纪也不算大，又都是骑马的行家，偏偏是他们被马摔死了。

多么不值，多么叫人痛心！

牛倌毕力格纵马奔跑摔断了脖子，被送到旗医院。阿斯茹正好在旗里办事儿。听到消息后，急忙赶到医院，毕力格已经断了气。云登其木格哭得像个泪人儿，上气不接下气，说不活了，她和毕力格本是恩爱夫妻，毕力格走了，她还活什么劲儿，要跟毕力格一起去。阿斯茹也被毕力格的惨死惊呆了，一时也说不出什么。晚上阿斯茹又去旅店找云登其木格，怕她想不开。刚走到云登其木格住的房间，就听见里面笑语喧哗，推门一看，只见满屋烟雾缭绕，云登其木格正和几个人打牌，阿斯茹本想劝她几句，又把话生生咽了回去。

阿斯茹想，自己也是多余，云登其木格这样的人怎么会轻生呢？其实她比自己还想得开呢。

死几个人还是小事儿，更大的灾难正向草原一步一步逼近，那就是水土流失，环境逐渐恶化……

阿斯茹抬头朝白云淖尔望去，从她站的地方到白云淖尔大约有十里，如今已看不到白云淖尔的湖面了。因为近几年湖水的水面急剧下降，从她现在所处的这个角度已经看不到湖面了。

阿斯茹曾经到湖边一探究竟，看到的景象让她触目惊心：湖水向中央大面积退去，闪出了四周很大一片空地。这些空地不是直上直下的峭壁，而是缓坡，阿斯茹大致估算了一下，水面下降有十米，瞧着仍是一湖水，面积已缩小了很多。要照这样不断缩减下去，白云淖尔早晚有一天会干涸。前景如此可怕，让人心碎，虽然不知湖水还能坚持多久。

白云淖尔为什么会发生如此惨烈的变化？阿斯茹曾沿着白云河走了很长一段路，想一探究竟。如今的河水已不复当年奔腾咆哮一往无前的模样，而是平静地缓缓而流，水位也下降了一米左右。如果将过去的河水形容为鲁莽的壮汉，现在的河水就像一位害羞的小姑娘，缺少狂野，也缺少了生命力。

河水为什么如此？显然是因为草原干旱少雨，能维持白云河这样一条小河已勉为其难。过去草原不是一样干旱少雨吗？怎么不见现在这种状况？还有另外一个原因，那就是人为的破坏，也许这才是主要原因。生活好了，各方面的人用水也多了，而且只顾自己用水，不顾其他。有的人甚至在上游修了几道水坝，拦截了部分河水，严重破坏了整条河流的生态环境，下游的河水也就越来越少……

白云淖尔是一个完全依靠白云河注入补充水量的小湖，河水越来越少，湖水也就逐渐萎缩。

阿斯茹想起老人们说的白云淖尔的全盛时期，那时湖水的水量充沛，浩浩荡荡，如汪洋大海一般，湖里的鱼密密麻麻。春秋之际，各式各样的候鸟飞临，湖边到处都是鸟蛋……她和罗明在的时候，渔场的工人凿冰打鱼，一网下去还能打上几千斤，但和过去相比，湖里的鱼已经少得太多了。

此时的白云淖尔比起它的全盛时期已经衰退许多，但还能勉强维持它"草原明珠"的美誉。湖边的湿地里，马、牛、羊、驼熙熙攘攘，流连忘返。春天到来的时候，大大小小，各式各样的水鸟铺天盖地，筑巢孵蛋，忙个不停……

白云淖尔不仅是动物们的乐园，也是她和罗明少年时代的洞天福地，他们曾经不知多少次在湖边徜徉，有时带着牛魔王，有时不带，只是享受二人世界。按罗明哥的说法，老天既然赐给我们白云淖尔草原这个礼物，我们如果不知珍惜，不懂享受，那就是暴殄天物了。

阿斯茹记得两人不止一次在湖边眺望湖里的景色，蓝天、白云、远山、飞鸟，碧玉般的湖水，波澜不兴，颜色变化万千。

"罗明哥，湖水的颜色为什么会变呢？"

"我也不知道，大约是阳光的作用吧。"

春天，两人会走到水鸟之中，观赏水鸟的千姿百态……

夏天，两人常在湖中游泳，有时也会划着小船在湖中荡漾，寻找优雅的白天鹅，和它们做最亲密的接触……

冬天，两人会在湖面上滑冰，有时也会去观看渔场的工人凿冰打鱼……

白云淖尔曾带给他们无尽的欢乐，也成为他们萌发初恋的契机，阿斯茹想，也许正是在观赏水鸟们卿卿我我的恋爱时，她才对罗明哥产生了好感，激发了她许许多多的幻想。

春天来到的时候，千千万万的水鸟会聚集在白云淖尔边，上演一场场爱情的悲喜剧。那些小精灵会抓紧时间，轰轰烈烈恋爱、结婚、生子，完成生命的一个轮回。雄鸟采用各种各样的方式追求雌鸟，有的展开羽毛，炫耀它的美丽；有的引吭高歌，模仿各种鸟儿的叫声；有的炫耀它的财富，尽管它的财富只是几朵小花，几枚石子，或是几根小棍，但一样能够引诱雌鸟动心，进入它的巢中；有的则捉一些毛毛虫、蚂蚱之类，亲自喂到雌鸟口中，借以讨它们的欢心；有的则干脆死缠烂打，纠缠不休，直到雌鸟屈服，让雄鸟跳到自己的背上……阿斯茹当时还是孩子，她特别欣赏这种死缠烂打的鸟儿，看着它们又啄又咬，穷追不舍，甚至使用暴力，她开心得哈哈大笑，觉得这才是爱，爱不就要生死相许，轰轰烈烈大干一场，即使搭上命也在所不惜吗？……

诗曰："你侬我侬，忒煞情多，情多处，热如火。把一块泥，捻一个你，塑一个我。将咱两个一起打破，用水调和，再捻一个你，再塑一个我。我泥中有你，你泥中有我。与你生同一个衾，死同一个椁。"

正当阿斯茹陷入沉思,对白云淖尔的前景忧虑不已,忽然瞥见地上有一朵小花。不禁仔细打量,小花长在牛魔王的皮毛与土的混合物中间,孤零零的,比草原的野花大一些,黑、白、黄三种颜色,其中黑色十分醒目,显得有点儿怪异。

莫非是牛魔王的皮肉精血培育出了这朵小花?那么大一头牛,死后才培育出这么一朵小花,不是太少了吗?

阿斯茹思绪万千,又想到罗明,罗明要在就好了,能出出主意,为白云淖尔做点儿什么,可惜他不在。

阿斯茹多少有一些惆怅,一股恨意轻轻涌上心头。她觉得罗明太不够意思,自从走后就再也没回过草原。虽说男子汉大丈夫为事业可以抛弃许多,但是对自己的心上人不是太无情无义了吗?听说他考研的专业是考古学,这不离现实越来越远?想当年两人曾商议毕业回来后搞畜种改良,一起建设草原,看来这点期望也终将化为泡影。

阿斯茹心里很矛盾,恨他吧又恨不起来,不想他吧反倒更想了,不爱他吧反而爱得死去活来。冤家,你叫我如何是好?

她想,过几天说什么也要请假去一趟北京,找到罗明,问问他:"罗明哥,你还爱不爱我?"

阿斯茹伸手掐起那朵小花,把它插在头上,骑上马离开了白云淖尔……